U0535513

# 聊斋志异选

彩色插图本

蒲松龄 著

李伯齐 徐文军 选注

人民文学出版社

图书在版编目(CIP)数据

聊斋志异选:彩色插图本/(清)蒲松龄著;李伯齐,徐文军选注.—北京:人民文学出版社,2023
ISBN 978-7-02-018238-1

Ⅰ.①聊… Ⅱ.①蒲…②李…③徐… Ⅲ.①《聊斋志异》 Ⅳ.①I242.1

中国国家版本馆 CIP 数据核字(2023)第 170338 号

责任编辑　徐文凯
装帧设计　刘　远
责任印制　宋佳月

出版发行　人民文学出版社
社　　址　北京市朝内大街 166 号
邮政编码　100705

印　　刷　三河市宏盛印务有限公司
经　　销　全国新华书店等

字　　数　280 千字
开　　本　890 毫米×1290 毫米　1/32
印　　张　11.375　插页 15
印　　数　1—10000
版　　次　2006 年 1 月北京第 1 版
印　　次　2023 年 9 月第 1 次印刷

书　　号　978-7-02-018238-1
定　　价　46.00 元

如有印装质量问题,请与本社图书销售中心调换。电话:010-65233595

# 目 次

前言 ………………………………………… 1

瞳人语 ……………………………………… 1
偷桃 ………………………………………… 6
劳山道士 …………………………………… 10
娇娜 ………………………………………… 15
叶生 ………………………………………… 24
王成 ………………………………………… 32
青凤 ………………………………………… 39
陆判 ………………………………………… 46
婴宁 ………………………………………… 55
聂小倩 ……………………………………… 65
凤阳士人 …………………………………… 73
莲香 ………………………………………… 78
阿宝 ………………………………………… 89
张诚 ………………………………………… 95
红玉 ………………………………………… 102
连琐 ………………………………………… 110
夜叉国 ……………………………………… 118
罗刹海市 …………………………………… 125
公孙九娘 …………………………………… 137

| 篇目 | 页码 |
|---|---|
| 促织 | 145 |
| 姊妹易嫁 | 152 |
| 续黄粱 | 158 |
| 辛十四娘 | 168 |
| 赵城虎 | 178 |
| 武技 | 181 |
| 花姑子 | 184 |
| 西湖主 | 191 |
| 阎王 | 199 |
| 伍秋月 | 202 |
| 莲花公主 | 207 |
| 云翠仙 | 213 |
| 小谢 | 221 |
| 狼三则 | 229 |
| 蕙芳 | 234 |
| 刘姓 | 238 |
| 阿绣 | 243 |
| 小翠 | 251 |
| 梦狼 | 261 |
| 司文郎 | 268 |
| 于去恶 | 278 |
| 凤仙 | 287 |
| 张鸿渐 | 295 |
| 王子安 | 303 |
| 席方平 | 308 |
| 贾奉雉 | 317 |
| 胭脂 | 325 |
| 织成 | 340 |

香玉 …………………………………………… 345
石清虚 ………………………………………… 352

# 前　言

蒲松龄是我国清代杰出的文学家、小说家,他的名字及其代表作《聊斋志异》,在我国几乎家喻户晓、妇孺皆知。不论是鬓发斑白的老者,还是初涉人事的幼童;不论学识渊博的教授,还是目不识丁的农民,大家都喜爱《聊斋志异》中的故事。在我国文学史上,《聊斋志异》是广受民众喜爱的为数不多的几部著名小说之一。西方学者说:只有《天方夜谭》在英语社会的流传之广可与之相比。《聊斋志异》自十八世纪传入日本开始,目前已被翻译成二十多种语言,在世界各国传布,并以其卓越的艺术成就赢得普遍赞誉。

## 一

蒲松龄(1640—1715),字留仙,一字剑臣,别号柳泉居士,淄川(今山东省淄博市淄川区)蒲家庄人。他自幼受到传统的儒学教育,怀有变革现实、利人济物的社会理想,希望由科考走入仕途。因此,他发愤苦读,常夜以继日。十九岁应童子试,以县、府、道三第一,取得生员(俗称秀才)的资格,受到清初著名诗人、时任山东学政的施闰章的赏识。然而,此后却屡试不第,终老为一落魄秀才。直到垂暮之年,得补岁贡生,直令其啼笑皆非。蒲松龄的一生,除在江苏宝应做了不足一年的幕僚外,七十岁之前,他都在家乡一带设馆授徒,过着清苦的塾师生活。其间,他在本县西铺毕际有家设馆三十年,时间最为长久。毕氏为官僚世家和文化世家,藏书丰富,蒲松龄教书之馀即徜徉于书山翰海之中,为其读书和创作寻得了一处良好的环境。

蒲松龄一生创作繁富,流传下来的散文近五百篇,诗歌一千二百馀首,词百馀阕,俚曲十四种,戏曲三出,杂著九种,实在是一位诸体兼擅、才华横溢的大文学家。其诗在清初自成一家,与王士禛、赵执信鼎足而三;其文骈、散皆工,随笔点染,自成妙文;其为大众喜闻乐见的俚曲,尤具浓郁的生活气息,《墙头记》至今上演,对今天的观众仍有深刻的教育意义。而其中艺术成就最高,使其名垂千古、饮誉中外者,便是文言短篇小说集《聊斋志异》。

## 二

《聊斋志异》是植根本土、受到我国优秀的传统文化滋养的一枝奇葩。植根本土,使其浓郁的乡土气息扑面而来;传统文化的滋养,则使其思想意蕴深厚,令人回味无穷。浓郁的乡土气息,与深厚的文化底蕴,构成了这部短篇小说集最突出的民族特色。《聊斋志异》构思奇特、离奇曲折的神怪故事,及其所表现出的那个时代的梦幻、追求和忧患,都折射出现实生活中人们对美好理想的向往和追求。因而,虽然就空间和时间而言,这些故事已与我们相距遥远,但今天读来仍然让我们感到那么亲切,至今仍以其巨大的艺术魅力,吸引着中外读者。

《聊斋志异》全书近五百篇小说,内容极为丰富。读《聊斋志异》小说,如行山阴道上——小说里有充满人情味的花妖鬼狐,也有生活在社会下层的农妇村媪;故事中有对社会的尖锐批判,有对丑恶人性的鞭挞,也有对美好、健康生活理想的热情讴歌。一个个优美的艺术形象,一篇篇动人心魂、曲折离奇的故事,令你应接不暇。虽然其中也有庸俗落后的内容,在某些优秀的作品里也杂有一定的封建糟粕,但那毕竟是次要的。

蒲松龄生当明亡前夕,经历了明清易代及清初顺治、康熙两朝;既经历了明末清初的战乱动荡,又目睹了清初黑暗的政治现实。作为一个落魄书生,他痛感无力实现自己利人济世的抱负,遂将一腔悲愤融诸笔端,通过小说抒发自己愤激的情怀。《聊斋志异》以其犀利的笔触,在读者面前生动地展示了那个"全无日月"的黑暗世界。在那个世界里,皇帝为一玩物逼得百姓倾家荡产,衙役吏卒横行乡里、鱼肉百姓;上至督抚、下至吏卒,全都贪赃枉法、昏暴不仁,而善良的人民却诉告无门。在那个世界里,是非颠倒,黑白不分,人性扭曲,道德沦落。而在蒲松龄的笔下,普通劳动人民却是那样的正直、善良,他们对美好生活理想的追求又是那样热烈、执着。尤其是那些被作者赋予美好人性的花妖鬼狐,以及那些描写人与女性花妖狐鬼之间生死不渝的爱情故事,更是令人感动、深思。作者塑造的一个个优美动人的女性形象——如聪明美丽的娇娜,痴情不移的青凤,始终如一的莲香,天真烂漫的婴宁等,都呼之欲出;他们蔑视封建礼教,追求美好健康的爱情生活,都是劳动人民追求美好生活理想的曲折表现。在生活、思想不自由的时代,蒲松龄以看似荒诞不经的故事,来表达自己的梦想和追求,这种充满悲情的创作方式,构成了《聊斋志异》特异的浪漫主义色彩。

《聊斋志异》是用文言这一语言形式写成的,这在明清以白话为创作时尚的时代,似乎有些逆忤潮流。然而,小说一问世,却不只士大夫击节赞赏,就连村翁农媪也喜闻乐道,且至今仍脍炙人口,这似乎更令人不可理解。其实,蒲松龄是中国文学语言的巨匠,他通过对传统语言形式的吸收、熔化,采取直接引用、化意铸词、借形赋意、粘合化用、博采口语等方式,把中国民族语言超时空的特性发挥得淋漓尽致,充分展示了传统文言文的独特艺术魅力。

总之,《聊斋志异》继承和发展了我国魏晋以来志怪、传奇小说的优秀传统,用传奇法而以志怪,以浪漫主义的笔触,奇特诡谲的故事情节,异态纷呈的艺术形象,广泛而深刻地反映了那个时代的社会风貌,表现出高尚的审美追求。小说无论在思想上还是艺术上,都达到了那个时代的高峰。

关于本书的编注有几点需要说明:一、选注所用底本。《聊斋志异》的版本很多,近年又出版了几种校点本,其中以朱其铠先生主编的《全本新注聊斋志异》(人民文学出版社1989年10月版)搜辑较为完备,校订精审,且本人也曾参加注释工作,因作为本书底本;校改异文如涉及其他版本,则在注释中加以说明。二、《全本新注聊斋志异》是目前国内较为详尽的注本,为我们注释的主要参考;凡所采录的有关资料,均进行了重新核定;为方便大众阅读,个别注释不避重复;原文中的异体字,凡不影响理解原意的,即径改为规范化汉字。三、为了有助于读者更好地欣赏本书所选的这些作品,人民文学出版社特地从光绪年间刊行的《详注聊斋志异图咏》中为每篇小说都选配了一幅精美的插图,以期达到图文并茂的效果。四、本书的选注工作,是我和文军同志共同完成的。选注初稿虽有分工,而通阅、改定则是共同进行的。在选注过程中,得到人民文学出版社周绚隆先生的大力支持和细心审校。在这里,我们对朱其铠先生及曾参与《全本新注聊斋志异》注释的同仁,对周绚隆先生表示深切的谢忱!

李伯齐

2006年1月

# 瞳人语

长安士方栋①,颇有才名,而佻脱不持仪节②。每陌上见游女③,辄轻薄尾缀之④。清明前一日⑤,偶步郊郭⑥,见一小车,朱茀绣幰⑦;青衣数辈⑧,款段以从⑨。内一婢,乘小驷⑩,容光艳美。稍稍近觇之,见车帷洞开⑪,内坐二八女郎,红装艳丽,尤生平所未睹。目眩神夺,瞻恋弗舍,或先或后,从驰数里。忽闻女郎呼婢近车侧,曰:"为我垂帘下,何处狂儿郎,频来窥瞻!"婢乃下帘,怒顾

---

① 长安:地名。即今陕西西安市。汉、唐都建都于此,古代诗文中常以长安代指国都。士:士人,即读书人,今通称为知识分子。
② 佻脱:轻薄。不持仪节:不遵守礼仪、规矩。持,守,遵守。仪节,男女交往的礼仪、规矩。
③ 陌上:郊野路上。陌,阡陌。本指田间小路,南北叫"阡",东西叫"陌"。
④ 辄:总是。尾缀:尾随,在后面紧跟。
⑤ 清明:清明节。农历二十四节气之一,在阴历四月五日或六日。旧有清明踏青扫墓的习俗。
⑥ 郊郭:城郊。郭,外城。古代内城叫城,外城叫郭。
⑦ 朱茀(fú)绣幰(xiǎn):大红车帘,绣花车帷。旧时女子乘车,车篷前后挂帘遮蔽,以绣花帷幔装饰;挂帘叫"茀",帷幔叫"幰"。
⑧ 青衣:古代卑贱者所服。婢女多穿青衣,所以代指婢女。数辈:数人。
⑨ 款段以从:骑着小马,慢慢地跟着走。款段,款段马,行走迟缓的马。语出《后汉书·马援传》。这里指骑马慢行。
⑩ 小驷:小马。驷,四马一车,也泛指马。
⑪ 洞开:敞开,大开。

生曰:"此芙蓉城七郎子新妇归宁①,非同田舍娘子②,放教秀才胡觑③!"言已,掬辙土飏生④。

生眯目不可开。才一拭视,而车马已渺。惊异而返。觉目终不快。倩人启睑拨视⑤,则睛上生小翳⑥;经宿益剧⑦,泪簌簌不得止;翳渐大,数日厚如钱;右睛起螺旋,百药无效。懊闷欲绝,颇思自忏悔。闻《光明经》能解厄⑧,持一卷,浼人教诵⑨。初犹烦躁,久渐自安。旦晚无事,惟趺坐捻珠⑩。持之一年,万缘俱净⑪。忽闻左目中小语如蝇,曰:"黑漆似,叵耐杀人⑫!"右目中应云:"可同小遨游,出此闷气。"渐觉两鼻中蠕蠕作痒,似有物出,离孔而去。久之乃返,复自鼻入眶中。又言曰:"许时不窥园亭,珍珠兰遽枯瘠死⑬!"生素喜香兰,园中多种植,日常自灌溉;自失明,久置不问。忽闻此言,遽问妻:"兰花何使憔悴死?"妻诘其所知,因告之故。妻趋验之,花果槁矣。大异之。静匿房中以俟之,见有小人自

---

① 芙蓉城:迷信传说中的仙境。归宁:已出嫁的女子回娘家探视,古称归宁。《诗经·周南·葛覃》:"言告师氏,……归宁父母。"宁,安,问安的意思。
② 田舍娘子:乡下妇女,农妇。
③ 放:任意。秀才:明清时期县学生员(庠生)的俗称。这里泛指读书人。胡觑:胡乱偷看。
④ 掬:双手捧起。辙土:车辙中的土。飏:同"扬"。
⑤ 倩:请。睑(jiǎn):眼皮。
⑥ 小翳(yì):遮蔽瞳孔的一小片薄膜。翳,目疾引起的障膜。下文"右眼起螺旋",是说眼中薄膜结成螺旋形状。
⑦ 经宿益剧:过了一晚,更加严重。剧,尤甚,更加厉害。
⑧ 《光明经》:即《金光明经》,佛教经典。解厄:解除困苦。
⑨ 浼(měi):央求,请。
⑩ 趺(fū)坐:佛教徒诵经时的坐姿,双足交叠而坐。捻珠:诵经时捻数佛珠。珠,佛珠,也称数珠,梵语"钵塞莫"的意译。通常用香木(有的用玛瑙、玉石)车成圆粒,贯穿成串,少者14颗,多者1080颗。
⑪ 缘:佛家语,缘起。万缘俱净,是说各种世俗杂念都没有了。
⑫ 叵(pǒ)耐杀人:令人难以忍受。叵,不可。杀,同"煞"。
⑬ 珍珠兰:也称珠兰,常绿小灌木,初夏开小花,花序呈穗状,黄绿色,有香味。

瞳人語

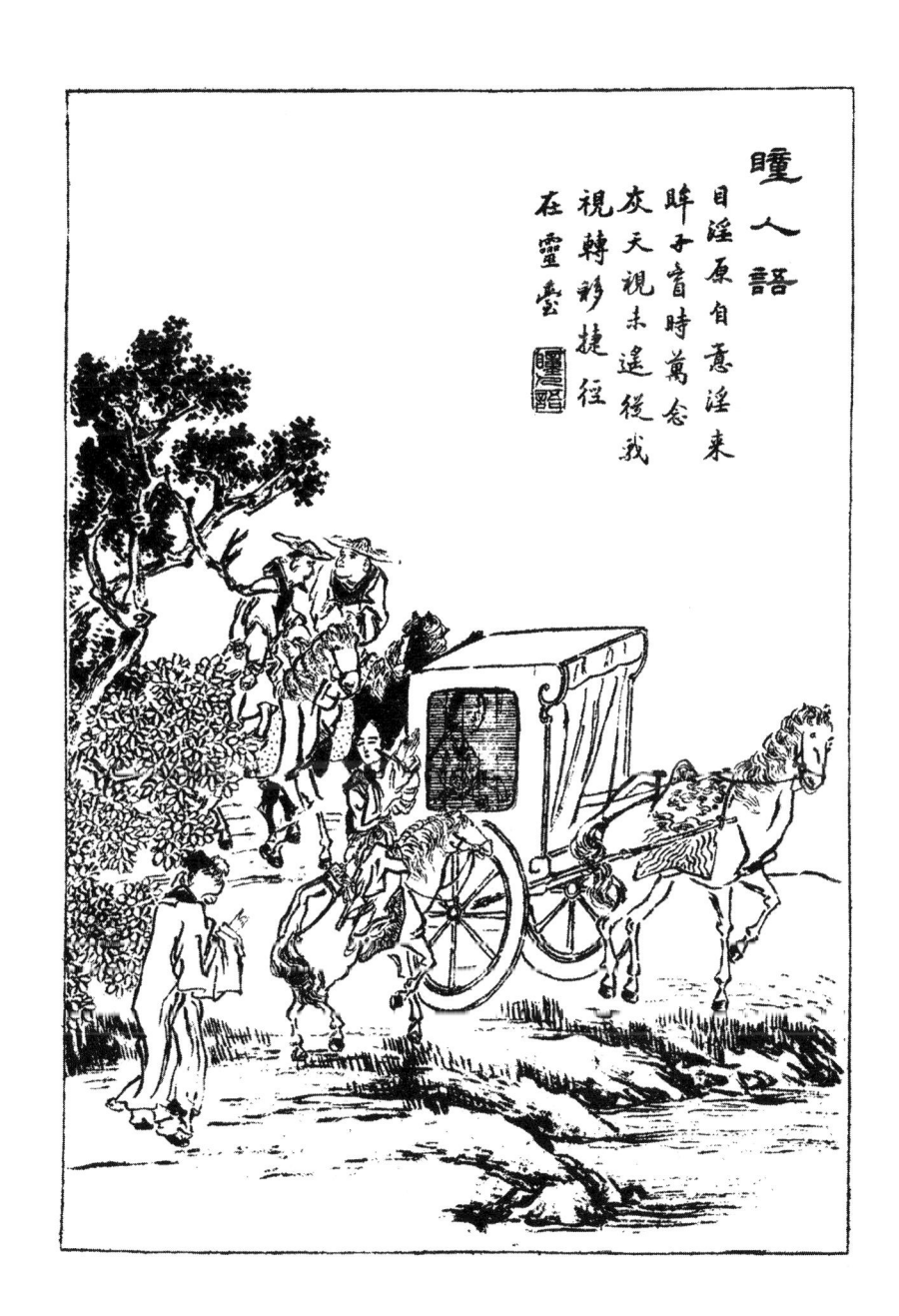

目淫原自意淫來
眸子盲時萬念灰
天視未遠從我視
轉彩捷徑在靈臺

生鼻内出,大不及豆,营营然竟出门去①。渐远,遂迷所在。俄,连臂归,飞上面,如蜂蚁之投穴者。如此二三日。又闻左言曰:"隧道迂②,还往甚非所便,不如自启门。"右应云:"我壁子厚,大不易。"左曰:"我试辟,得与而俱③。"遂觉左眶内隐似抓裂。有顷,开视,豁见几物。喜告妻。妻审之,则脂膜破小窍,黑睛荧荧,如劈椒④。越一宿,幛尽消。细视,竟重瞳也,但右目旋螺如故,乃知两瞳人合居一眶矣。生虽一目眇,而较之双目者,殊更了了⑤。由是益自检束⑥,乡中称盛德焉。

异史氏曰⑦:"乡有士人,偕二友于途,遥见少妇控驴出其前⑧,戏而吟曰:'有美人兮⑨!'顾二友曰:'驱之!'相与笑骋。俄追及,乃其子妇。心赧气丧⑩,默不复语。友伪为不知也者,评骘殊亵⑪。士人忸怩⑫,吃吃而言曰⑬:'此长男妇也。'各隐笑而罢。轻薄者往往自侮,良可笑也。至于眯目失明,又鬼神之惨报矣。芙蓉城

---

① 营营:往来飞动的声音。语出《诗经·小雅·青蝇》。
② 隧道:本指底下暗道,这里指眼睛通向鼻孔的经隧。《素问·调经论》:"五藏之道,皆出于经隧。"注:"隧,潜道也。"迂:绕曲。
③ 而:同"尔"。你。得与而俱,是说如能另开门户,就与你共同使用。
④ 劈椒:绽裂的花椒。因其内仁为黑色,故此用以形容破膜中露出的黑睛。花椒内的黑仁,俗称"椒目"。人眼瞳仁也为黑色。这里形容露出一小点瞳仁。
⑤ 殊更了了:看得更加清楚。
⑥ 检束:检点、约束自己的言行。
⑦ 异史氏曰:《聊斋志异》的作者蒲松龄仿照古代史书自设的一种论赞体例,以便直接发表议论。古史如《左传》用"君子曰",《史记》用"太史公曰",而本书所写狐鬼故事并非历史,所以自称"异史氏"。
⑧ 控驴:骑着驴。控,驾驭。
⑨ "有美人兮":《诗经·郑风·野有蔓草》中的诗句。原诗第一章为:"有美一人,清扬婉兮。邂逅相遇,适我愿兮。"这里含有调戏的意思。
⑩ 心赧气丧:心愧气馁。赧,愧。
⑪ 评骘(zhì)殊亵:评论十分猥亵、下流。评骘,评论,评定。骘,定。
⑫ 忸怩:羞愧难言、内心惭愧的样子。
⑬ 吃(jí)吃:形容口吃,说话结结巴巴、语意含混的样子。

主,不知何神,岂菩萨现身耶①？然小郎君生辟门户,鬼神虽恶,亦何尝不许人自新哉。"

---

① 菩萨:这里指观世音菩萨,我国佛教四大菩萨之一。唐代为避太宗李世民名讳,略称"观音",据说观世音可随机以种种化身救人苦难,我国寺院中的塑像常作女身。

# 偷　桃

童时赴郡试①,值春节②。旧例,先一日各行商贾,彩楼鼓吹赴藩司,名曰"演春"③。余从友人戏瞩④。是日游人如堵。堂上四官⑤,皆赤衣,东西相向坐。时方稚,亦不解其何官。但闻人语哜嘈,鼓吹聒耳。忽有一人,率披发童,荷担而上,似有所白;万声汹动,亦不闻其为何语。但视堂上作笑声。即有青衣人大声命作剧。其人应命方兴⑥,问:"作何剧?"堂上相顾数语。吏下宣问所长。

---

① 童时赴郡试:童年时赴府城应试。明清两代取得生员(俗称秀才)资格的考试,称"童生试",简称"童试"。应考者无论年龄大小,均称童生。童生试分县试(各县县官主持的考试)、府试(县试录取者参加所属府的考试)和院试(府试录取者由各省学政主持的考试)三个阶段,院试录取者即为生员。郡,这里指济南。当时淄川属济南府。
② 春节:古时以立春为春节。
③ "旧例"四句:山东旧时有在立春前一日举行迎春活动的习俗,迎春活动由地方官员主持,活动内容丰富多彩,如清道光本《商河县志》载:"立春前一日,官府率士民具芒种渔牛,迎春于东郊,里人行户扮渔樵耕读诸戏,结彩为楼,以五辛为春盘,饮酒簪花,咳春饼……"商贾(gǔ),行者为商,坐者为贾。古时贩卖货物的商贩称"商",坐地摆摊的叫"贾"。藩司,即布政使,明代为一省的最高行政长官,清代则为总督、巡抚的属官,职掌一省的财赋和人事。这里指藩司衙门。
④ 戏瞩:游玩、观看。
⑤ 四官:应指总督、巡抚、布政使、按察使等省级官员。下文所说"赤衣",即"绯袍",明代规定官至四品,穿绯袍。见《明会要》。清初服色,沿袭明制。
⑥ 方兴:刚刚站起来。方,始。兴,起。上文"似有所白"的"白",当指跪白,即跪着向官员们禀告。

## 偷桃

此日官民作勝游
春俗例奮傳流戲程
天上階升去擲地偎
桃曼倩偷

答言:"能颠倒生物①。"吏以白官。少顷复下,命取桃子。

术人应诺,解衣覆笥上,故作怨状,曰:"官长殊不了了!坚冰未解,安所得桃?不取,又恐为南面者怒②。奈何!"其子曰:"父已诺之,又焉辞?"术人惆怅良久,乃云:"我筹之烂熟。春初雪积,人间何处可觅?惟王母园中③,四时常不凋卸④,或有之。必窃之天上,乃可。"子曰:"嘻!天可阶而升乎⑤?"曰:"有术在。"乃启笥,出绳一团,约数十丈,理其端,望空中掷去;绳即悬立空际,若有物以挂之。未几,愈掷愈高,渺入云中;手中绳亦尽。乃呼子曰:"儿来!余老惫,体重拙,不能行,得汝一往。"遂以绳授子,曰:"持此可登。"子受绳,有难色,怨曰:"阿翁亦大愦愦⑥!如此一线之绳,欲我附之,以登万仞之高天,倘中道断绝,骸骨何存矣!"父又强呜拍之⑦,曰:"我已失口,悔无及,烦儿一行。儿勿苦,倘窃得来,必有百金赏,当为儿娶一美妇。"子乃持索,盘旋而上,手移足随,如蛛趁丝,渐入云霄,不可复见。久之,坠一桃,如碗大。术人喜,持献公堂。堂上传示良久,亦不知其真伪。忽而绳落地上,术人惊曰:"殆矣!上有人断吾绳,儿将焉托!"移时一物坠,视之,其子首也。捧而泣曰:"是必偷桃,为监者所觉。吾儿休矣!"又移时,一足落;无何,肢体纷坠,无复存者。术人大悲,一一拾置笥中而合

---

① 颠倒生物:是说能颠倒按季节时令生长的植物。
② 南面者:古以面南为尊,帝王或长官都坐北朝南。这里以"南面"指堂上长官。下文《青凤》"南面王"指帝王。
③ 王母园:即王母的蟠桃园。王母,即西王母,神话传说中的女神,据说她种的仙桃,三千年一结果。见《艺文类聚》卷八六引《汉武故事》。后世小说据以衍化出西王母的蟠桃园。
④ 凋卸:即凋谢。"卸"通"谢",落。
⑤ 天可阶而升乎:天可沿着阶梯爬上去吗。《论语·子张》:"夫子之不可及也,犹天之不可阶而升也。"《聊斋志异》的作者常将古代典籍文句顺手拈来,化用而出新意。
⑥ 大愦(kuì)愦:太胡涂。大,通"太"。
⑦ 呜拍之:呜之、拍之,抚拍哄劝他。呜,呜之,哄他。呜,哄小儿声。《世说新语·惑溺》:"儿见充(贾充)喜踊,充就乳母手中呜之。"

8

之,曰:"老夫止此儿,日从我南北游。今承严命①,不意罹此奇惨!当负去瘗之。"乃升堂而跪,曰:"为桃故,杀吾子矣!如怜小人而助之葬,当结草以图报耳②。"坐官骇诧,各有赐金。术人受而缠诸腰,乃扣笥而呼曰:"八八儿,不出谢赏,将何待?"忽一蓬头僮首抵笥盖而出,望北稽首,则其子也。以其术奇,故至今犹记之。后闻白莲教能为此术③,意此其苗裔耶④?

---

① 严命·父命。严,对父亲的尊称。这里指官长的指示。旧时称地方官为父母官,所以借称。
② 结草以图报:是说即使死了也要报答恩惠。《左传·宣公十五年》载,魏武子病时嘱咐他的儿子魏颗,待其死后一定让其爱妾改嫁;病危时又让以妾殉葬。武子死后,魏颗遵照前嘱让她改嫁了。后来,魏颗与秦力士杜回交战,见一老人结草绊倒杜回,使其得胜。夜间梦见那位老人来说,他是所嫁妾的父亲,以此来报答魏颗未让其女殉葬的恩惠。后遂以"结草"代指报恩。
③ 白莲教:元明清三代流行于民间的宗教。源于南宋初茅子元创立的白莲宗。初为佛教的一支,后杂有道教思想,分为许多教派,彼此互不相属,统称为白莲教。元明清三代常被用来发动农民起义,如元末刘福通、徐寿辉等领导的红巾军起义,明末山东巨野人徐鸿儒领导的农民起义等。
④ 苗裔:远末子孙。语出《离骚》。这里指白莲教的后世徒众。

# 崂山道士

邑有王生①,行七②,故家子③。少慕道④,闻劳山多仙人⑤,负笈往游。登一顶,有观宇⑥,甚幽。一道士坐蒲团上⑦,素发垂领,而神观爽迈⑧。叩而与语,理甚玄妙⑨。请师之,道士曰:"恐娇情不能作苦。"答言:"能之。"其门人甚众,薄暮毕集。王俱与稽首⑩,遂留观中。

凌晨,道士呼王去,授以斧,使随众采樵。王谨受教。过月馀,手足重茧⑪,不堪其苦,阴有归志。一夕归,见二人与师共酌,日已暮,尚

---

① 邑:本邑,即本县。
② 行七:兄弟排行第七。古代凡同祖兄弟,即叔兄弟以年龄大小排行。
③ 故家子:世家大族之子。
④ 道:指道教。道教,中国本土宗教,源于古代巫术和秦汉时的神仙方术。东汉张道陵倡导五斗米道,奉老子为教主,逐渐形成道教。道教宣扬神仙法术,道教的宗教仪式有斋醮、祈祷、诵经、礼忏等。
⑤ 劳山:即今崂山,也称牢山,在今青岛市东北部,南滨黄海,东临崂山湾,景色秀美,为我国道教胜地之一,至今仍有上清宫、白云洞等名胜古迹。
⑥ 观(guàn)宇:道教庙宇。
⑦ 蒲团:宗教用物。蒲草编结的圆草垫,僧、道士盘坐或跪拜时垫用。
⑧ "素发"二句:白发垂至脖颈,而神态清朗超俗。素,白色。观,容貌、仪态。爽,清爽明朗。迈,高超不俗。
⑨ 玄妙:幽深微妙。《老子》:"玄之又玄,众妙之门。"
⑩ 稽(qǐ)首:古代叩头至地的一种礼节,也指头至腰下拜。僧、道见面或告别,举右手与头齐,躬身施礼,也称稽首。
⑪ 手足重(chóng)茧:手脚都磨出了老茧。重茧,一层层摩擦而生成的硬皮。

无灯烛。师乃剪纸如镜,粘壁间。俄顷月明辉室,光鉴毫芒①。诸门人环听奔走。一客曰:"良宵胜乐,不可不同。"乃于案上取壶酒,分赉诸徒②,且嘱尽醉。王自思:七八人,壶酒何能遍给?遂各觅盎盂③,竞饮先釂④,惟恐樽尽⑤;而往复挹注⑥,竟不少减。心奇之。俄一客曰:"蒙赐月明之照,乃尔寂饮⑦,何不呼嫦娥来⑧?"乃以箸掷月中。见一美人,自光中出。初不盈尺,至地遂与人等。纤腰秀项,翩翩作"霓裳舞"⑨。已而歌曰:"仙仙乎,而还乎,而幽我于广寒乎⑩!"其声清越,烈如箫管⑪。歌毕,盘旋而起,跃登几上,惊顾之间,已复为箸。三人大笑。又一客曰:"今宵最乐,然不胜酒力矣。其饯我于月宫可乎?"三人移席,渐入月中。众视三人,坐月中饮,须眉毕见,如影之在镜中。移时,月渐暗;门人然烛来⑫,则道士独坐而客杳矣。几上肴核尚存⑬。

---

① 光鉴毫芒:月光明澈,细微之物都能照见。毫,兽类秋后生出御冬的细毛;芒,谷类外壳上的针状刺须,如麦芒。毫、芒,比喻极其微细。
② 分赉(lài):分发赏赐。赉,赏赐。
③ 盎盂:盛汤水的容器。盎,大腹而敛口;盂,宽口而敛底。
④ 竞饮先釂(jiào):争先干杯。釂,饮尽杯中酒。
⑤ 樽:本作"尊",也作"罇"。盛酒器,犹今之酒壶。
⑥ 往复挹(yì)注:指众人传来传去地倒酒。挹注,语出《诗经·大雅·洞酌》,本指从大盛器倒入小盛器,这里指从酒壶倒入酒杯。
⑦ 乃尔寂饮:如此寂寞地喝酒。乃尔,如此。
⑧ 嫦娥:本作"姮娥"。神话传说中的月神。据说为后羿之妻,"羿请不死之药于西王母,姮娥窃之以奔月宫"。见《淮南子·览冥训》。
⑨ "霓裳舞":即"霓裳羽衣舞"。唐代天宝年间(742—755)宫廷盛行的一种舞蹈。据《乐苑》载,西凉节度使杨敬述献西域《婆罗门曲》,经唐玄宗改制而名《霓裳羽衣曲》。而《唐逸史》则据传说说唐玄宗曾夜游月宫,见"仙女数百,皆素练霓衣,舞于广庭。问其曲,曰《霓裳羽衣曲》"。详见《乐府诗集·舞曲歌辞五·霓裳辞》题解。
⑩ "已而"四句:已而,然后。仙仙,起舞的样子。语出《诗经·小雅·宾之初筵》。还,归。幽,禁闭。广寒,月宫名。歌辞大意是:我翩翩起舞啊,着实是回到人间了吗,还是仍被幽禁在月宫呢!这里是说景象迷离倘恍,这位嫦娥分辨不清剪贴在壁上的月亮是人间虚设还是天上实有,故有此歌。
⑪ 烈如箫管:像箫管一样嘹亮清脆。箫管,管乐器的统称。
⑫ 然:通"燃"。
⑬ 肴核:菜肴果品。

壁上月,纸圆如镜而已。道士问众:"饮足乎?"曰:"足矣。""足宜早寝,勿误樵苏①。"众诺而退。王窃欣慕,归念遂息。

又一月,苦不可忍,而道士并不传教一术。心不能待,辞曰:"弟子数百里受业仙师,纵不能得长生术,或小有传习,亦可慰求教之心;今阅两三月,不过早樵而暮归。弟子在家,未谙此苦。"道士笑曰:"吾固谓不能作苦,今果然。明早当遣汝行。"王曰:"弟子操作多日,师略授小技,此来为不负也。"道士问:"何术之求?"王曰:"每见师行处,墙壁所不能隔,但得此法足矣。"道士笑而允之。乃传一诀②,令自咒毕,呼曰:"入之!"王面墙,不敢入。又曰:"试入之。"王果从容入,及墙而阻。道士曰:"俯首骤入,勿逡巡!"王果去墙数步,奔而入;及墙,虚若无物;回视,果在墙外矣。大喜,入谢。道士曰:"归宜洁持③,否则不验。"遂助资斧,遣之归。

抵家,自诩遇仙,坚壁所不能阻。妻不信。王效其作为,去墙数尺,奔而入,头触硬壁,蓦然而踣。妻扶视之,额上坟起④,如巨卵焉。妻揶揄之⑤。王惭忿,骂老道士之无良而已。

异史氏曰:"闻此事,未有不大笑者;而不知世之为王生者,正复不少。今有伧父⑥,喜疢毒而畏药石⑦,遂有舐吮痈痔者⑧,进宣

---

① 樵苏:砍柴割草。
② 诀:指施行法术的口诀。下文"咒",即诵念口诀,俗谓念咒。
③ 洁持:洁以持之,即以纯洁的心地保有其道术。
④ 坟起:高起,形容肿块隆起。
⑤ 揶揄(yéyú):讥笑嘲弄。
⑥ 伧(cāng)父:鄙贱匹夫。古时讥讽骂人的话。
⑦ 喜疢(chèn)毒而畏药石:喜好伤身的疾病,而害怕治病的药石。喻指喜欢阿谀奉承而害怕直言忠告。疢毒,疾病,灾患。药石,治病的药物和砭石。砭石,远古把石块磨制成尖石或石片,用来治疗痈疽,除脓血。后以金属制作,即中医针灸所用之针。所以针灸也称砭灸。《左传·襄公十三年》:"臧孙曰:'季孙之爱我,疾疢也;孟孙之恶我,药石也。美疢不如恶石。夫石犹生我,疢之美,其毒滋多。'"
⑧ 舐(shì)吮痈痔:一般作"吸痈舐痔"。吸痈脓,舔痔疮。喻指无耻的阿谀逢迎。《庄子·列御寇》:"秦王有病,召医,破痈溃痤者得车一乘,舐痔者得车五乘,所治愈下,得车愈多。"《史记·佞幸列传》载佞臣邓通为文帝吮吸痈血之事。

# 勞山道士

願學神仙一念癡
薪蘇求授得寧
扶杖宋枝浮苦難
齎術仍此居心
乙可知

威逞暴之术,以迎其旨,诒之曰:'执此术也以往,可以横行而无碍。'初试未尝不小效,遂谓天下之大,举可以如是行矣,势不至触硬壁而颠蹶不止也。"

# 娇　娜

　　孔生雪笠,圣裔也①。为人蕴藉②,工诗。有执友令天台③,寄函招之。生往,令适卒。落拓不得归④,寓菩陀寺,佣为寺僧抄录⑤。寺西百馀步,有单先生第⑥。先生故公子,以大讼萧条⑦,眷口寡,移而乡居,宅遂旷焉。

　　一日大雪崩腾,寂无行旅。偶过其门,一少年出,丰采甚都⑧。见生,趋与为礼,略致慰问,即屈降临。生爱悦之,慨然从入。屋宇都不甚广,处处悉悬锦幕,壁上多古人书画。案头书一册,签云:

---

① 圣裔:孔子的后代。圣,圣人,汉以后特指孔子,其后代也被尊称为"圣裔"。孔子(公元前551—前479),名丘,字仲尼,鲁国陬邑(今山东曲阜)人。春秋末期思想家、教育家、政治家,儒家学派的创始人。
② 蕴藉:宽厚而有涵养。
③ 执友:志趣相投的朋友。令天台:任天台县县令。天台,今浙江所属县,因境内有天台山而得名。
④ 落拓:意同"落魄"。穷困潦倒,漂泊无依。
⑤ 佣:受雇。
⑥ 第:宅第,府第。旧时称人宅为第,含有尊敬之意。
⑦ 以大讼萧条:因一场干系重大的官司,家道破落衰败下来。讼,诉讼,俗谓"官司"。萧条,本来形容秋日万物凋零的景象,这里借指家境衰败。
⑧ 都:美。美好,漂亮。

"琅嬛琐记。"①翻阅一过,皆目所未睹。生以居单第,以为第主,即亦不审官阀②。少年细诘行踪,意怜之,劝设帐授徒③。生叹曰:"羁旅之人,谁作曹丘者④?"少年曰:"倘不以驽骀见斥⑤,愿拜门墙⑥。"生喜,不敢当师,请为友。便问:"宅何久锢?"答曰:"此为单府,曩以公子乡居,是以久旷。仆皇甫氏,祖居陕。以家宅焚于野火,暂借安顿。"生始知非单。当晚谈笑甚欢,即留共榻。

昧爽⑦,即有僮子炽炭火于室。少年先起入内,生尚拥被坐。僮入,白:"太公来⑧。"生惊起。一叟入,鬓发皤然,向生殷谢曰:"先生不弃顽儿,遂肯赐教。小子初学涂鸦⑨,勿以友故,行辈视之也⑩。"已而进锦衣一袭⑪,貂帽、袜、履各一事⑫。视生盥栉已⑬,乃呼酒荐馔⑭。

---

① "签云"二句:签,书籍封面的题签。琅嬛琐记,虚拟的书名。琅嬛,传说中的仙境,所谓琅嬛福地。古有笔记小说《琅嬛记》,旧题元人伊士珍撰,书中多为荒诞不经的神怪故事。书首载西晋张华游于神仙洞府"琅嬛福地",见到各种奇书秘籍,因以"琅嬛"为书名。这里以"琅嬛琐记"代指奇书秘籍,暗示所到之处为神仙洞府。
② 官阀:官位和门第。后文《青凤》篇"门阀"、《婴宁》篇"宗阀",义同。
③ 设帐授徒:意即做教书先生。东汉大经学家马融不受传统教学方式的束缚,"常坐高堂,施绛纱帐,前授生徒,后列女乐,弟子以次相传"(《后汉书·马融传》),后遂以"设帐"代指"教书"。
④ 曹丘:曹生,西汉初年楚地人。楚人季布以重信用出名,经曹丘生四处宣扬,就更加有名。事详《史记·季布列传》。后遂以"曹丘"或"曹丘生"代指推荐人。
⑤ 驽骀(tái):都是能力低下的马,喻指人才能低下、平庸。
⑥ 拜门墙:拜老师。门墙,语出《论语·子张》。孔子的弟子子贡(端木赐)赞颂孔子的学识博大精深,曾说"譬之宫墙,赐之墙也及肩,窥见家室之好。夫子之墙数仞,不得其门而入,不见宗庙之美,百官之富"。后遂以"门墙"喻指师门。
⑦ 昧爽:拂晓。
⑧ 太公:对祖父辈老人的尊称。这里是仆人尊称老一辈主人。
⑨ 涂鸦:喻指字或文章写得不好,胡乱涂改,一个个黑墨团像乌鸦一样。唐卢仝《示添丁》:"忽来案上翻墨汁,涂抹诗书如来鸦。"初学涂鸦,为谦辞,说其刚刚开始学习。
⑩ 行辈视之:以同辈人看待。
⑪ 一袭:一身,一套。
⑫ 一事:一件。
⑬ 盥栉(guànzhì):洗脸,梳头。盥,洗。栉,梳。
⑭ 荐馔:上菜。荐,献,进。

几、榻、裙、衣,不知何名,光彩射目。酒数行,叟兴辞①,曳杖而去。餐讫,公子呈课业,类皆古文词,并无时艺②。问之,笑云:"仆不求进取也。"抵暮,更酌曰:"今夕尽欢,明日便不许矣。"呼僮曰:"视太公寝未?已寝,可暗唤香奴来。"僮去,先以绣囊将琵琶至。少顷,一婢入,红妆艳艳。公子命弹《湘妃》③。婢以牙拨勾动④,激扬哀烈,节拍不类凡闻。又命以巨觥行酒,三更始罢。次日,早起共读。公子最惠⑤,过目成咏,二三月后,命笔警绝。相约五日一饮,每饮必招香奴。一夕,酒酣气热,目注之。公子已会其意,曰:"此婢乃为老父所豢养。兄旷邈无家⑥,我凡夜代筹久矣。行当为君谋一佳耦。"生曰:"如果惠好,必如香奴者。"公子笑曰:"君诚'少所见而多所怪'者矣⑦。以此为佳,君愿亦易足也。"

居半载,生欲翱翔郊郭⑧,至门,则双扉外扃,问之,公子曰:"家君恐交游纷意念,故谢客耳。"生亦安之。

时盛暑溽热,移斋园亭⑨。生胸间瘇起如桃,一夜如碗,痛楚呻吟。公子朝夕省视,眠食都废。又数日,创剧,益绝食饮。太翁亦至,相对太息。公子曰:"儿前夜思先生清恙⑩,娇娜妹子能疗之。遣人于外祖母处呼令归。何久不至?"俄僮入白:"娜姑至,姨

---

① 兴辞:起身告辞。兴,起。
② 时艺:明清时称科举应试的八股文为"时艺"或"时文"。时,当时。后文《陆判》篇"制艺",义同。
③ 《湘妃》:琴曲名。古琴曲有《湘妃怨》。湘妃,湘水女神。相传舜南巡死于苍梧,其二妃娥皇、女英闻讯后投湘水而死,成为湘水女神,称湘妃。详见《乐府诗集·琴曲歌辞一·湘妃》解题。
④ 牙拨:象牙拨子,弹奏琵琶的用具。
⑤ 惠:通"慧"。聪明。
⑥ 旷邈无家:远离家乡,无有妻室。旷邈,广远。家,这里指妻室。
⑦ 少所见而多所怪:见闻少,看到平常事也觉得奇怪。《弘明集》载汉牟融《理惑论》引民间谚语云:"少所见,多所怪,睹骆驼,言马肿背"。
⑧ 翱翔:遨游。见《诗经·齐风·载驱》"齐子翱翔"朱熹注。
⑨ 斋:书斋。
⑩ 清恙:称人疾病的敬辞。恙,病。

与松姑同来。"父子疾趋入内。少间,引妹来视生。年约十三四,娇波流慧,细柳生姿。生望见颜色,嚬呻顿忘,精神为之一爽。公子便言:"此兄良友,不啻同胞也,妹子好医之。"女乃敛羞容,揄长袖①,就榻诊视。把握之间,觉芳气胜兰。女笑曰:"宜有是疾,心脉动矣②。然症虽危,可治;但肤块已凝,非伐皮削肉不可。"乃脱臂上金钏安患处,徐徐按下之。创突起寸许,高出钏外,而根际馀肿,尽束在内,不似前如碗阔矣。乃一手启罗衿,解佩刀,刃薄于纸,把钏握刃,轻轻附根而割。紫血流溢,沾染床席。生贪近娇姿,不惟不觉其苦,且恐速竣割事,偎傍不久。未几,割断腐肉,团团然如树上削下之瘿③。又呼水来,为洗割处。口吐红丸如弹大,着肉上,按令旋转;才一周,觉热火蒸腾;再一周,习习作痒④;三周已,遍体清凉,沁入骨髓。女收丸入咽,曰:"愈矣!"趋步出。

　　生跃起走谢,沉疴若失⑤。而悬想容辉,苦不自已。自是废卷痴坐⑥,无复聊赖。公子已窥之,曰:"弟为兄物色,得一佳耦。"问:"何人?"曰:"亦弟眷属。"生凝思良久,但云:"勿须。"面壁吟曰:"曾经沧海难为水,除却巫山不是云⑦。"公子会其指⑧,曰:"家君

---

① 揄(yú)长袖:捋起长袖。揄,挥。古代女子衣袖长而宽,用手时要上举使之退下。揄即上举的动作。
② 心脉:指心脏的经脉。旧称心为思维的器官;心脉动,是说思想波动。中医有心在地为火之说,所以娇娜说他宜有热毒肿疾。
③ 瘿(yīng):树瘤。
④ 习习作痒:微微发痒。习习,和风轻吹。语出《诗经·邶风·谷风》。
⑤ 沉疴:积久难愈的病。
⑥ 废卷:丢下书卷。指无心读书。卷,指书。唐以前的书文多裱成长卷,以轴舒卷,后习称书为卷。
⑦ "曾经"二句:为唐代诗人元稹《离思五首》中悼念亡妻的诗句,是说再也找不到像亡妻那样值得他爱的女子了。巫山云,古代楚地流行着巫山神女梦与楚王相会的神话故事。战国楚宋玉《高唐赋》说神女自云她住在巫山之阳,高山之下,"旦为朝云,暮为行雨"。后遂以巫山云雨喻指男女欢恋之情。这里是孔生借来表示除了娇娜,他没有中意的人。
⑧ 会其指:领会了他的意思。指,通"旨"。

# 鴇鄉

不愧人間公子名  
英傑家室太多  
情松壞秋色搗  
狼德只合青天  
誓死生

仰慕鸿才,常欲附为婚姻。但止一少妹,齿太稚①。有姨女阿松,年十八矣,颇不粗陋。如不见信,松姊日涉园亭,伺前厢可望见之。"生如其教,果见娇娜偕丽人来,画黛弯蛾②,莲钩蹴凤③,与娇娜相伯仲也。生大悦,求公子作伐④。公子异日自内出,贺曰:"谐矣。"乃除别院,为生成礼。是夕鼓吹阗咽⑤,尘落漫飞,以望中仙人,忽同衾帻,遂疑广寒宫殿,未必在云霄矣。合卺之后⑥,甚惬心怀。

一夕公子谓生曰:"切磋之惠⑦,无日可以忘之。近单公子解讼归,索宅甚急,意将弃此而西⑧。势难复聚,因而离绪萦怀。"生愿从之而去。公子劝还乡闾,生难之。公子曰:"勿虑,可即送君行。"无何,太翁引松娘至,以黄金百两赠生。公子以左右手与生夫妇相把握,嘱闭目勿视。飘然履空,但觉耳际风鸣,久之,曰:"至矣。"启目,果见故里。始知公子非人。喜叩家门,母出非望,又睹美妇,方共忻慰。及回顾,则公子逝矣。松娘事姑孝⑨;艳色

---

① 齿太稚:年龄太小。齿,年龄。
② 画黛弯蛾:描画的双眉,像蚕蛾的一对触须一样弯曲细长。黛,古时妇女描眉用的青黑色颜料。蛾,蚕蛾。蚕蛾触须弯曲细长,旧时常喻指女子细长的眉毛为"蛾眉"。
③ 莲钩蹴凤:尖瘦的小脚穿着凤头鞋。莲,金莲,喻女子的小脚。《南齐书·东昏侯纪》:"凿金为莲花以帖地,令潘妃行其上,曰:'此步步生莲花也。'"莲钩,指妇女瘦小弯曲的脚。蹴,踏。凤,鞋上刺绣的图案。
④ 作伐:做媒。《诗经·豳风·伐柯》:"伐柯如何?匪斧不克。取妻如何?匪媒不得。"后文《婴宁》"执柯",义同。
⑤ 鼓吹阗咽(tiányè):锣鼓、唢呐之声并作。吹,指唢呐一类管乐器。阗,各种声音交杂。咽,有节奏的鼓声。
⑥ 合卺(jǐn):古时婚礼仪式之一,把瓠分为两瓢,叫"卺",新郎与新娘各持一瓢对饮,有如今之饮交杯酒,叫"合卺"。《礼记·昏义》:"共牢而食,合卺而酳(yìn)。"酳,用酒漱口。因用瓢,也称"合瓢"。这里是说举行婚礼。
⑦ 切磋:骨角经工匠切剖,磋磨平滑,才能制成器物。因喻研讨学问。《诗经·卫风·淇奥》:"如切如磋,如琢如磨。"
⑧ 西:用如动词,向西方去。
⑨ 姑:这里指丈夫的母亲,俗称婆婆。古时称丈夫的父母为"翁姑""姑舅""姑嫜",屡见于诗文之中。

贤名,声闻遐迩。

　　后生举进士①,授延安司李②,携家之任。母以道远不行。松娘生一男,名小宦。生以忤直指③,罢官,罣碍不得行④。偶猎郊野,逢一美少年,跨骊驹,频频瞻顾。细看,则皇甫公子也。揽辔停骖,悲喜交至。邀生去,至一村,树木浓昏,荫翳天日。入其家,则金沤浮钉⑤,宛然世族。问妹子,则嫁;岳母,已亡,深相感悼。经宿别去,偕妻同返。娇娜亦至,抱生子掇提而弄曰⑥:"姊姊乱吾种矣。"生拜谢曩德。笑曰:"姊夫贵矣。创口已合,未忘痛耶?"妹夫吴郎,亦来谒拜。信宿乃去⑦。

　　一日公子有忧色,谓生曰:"天降凶殃,能相救否?"生不知何事,但锐自任⑧。公子趋出,招一家俱入,罗拜堂上。生大骇,亟问。公子曰:"余非人类,狐也。今有雷霆之劫⑨。君肯以身赴难,一门可望生全;不然,请抱子而行,无相累。"生矢共生死。乃使仗剑于门,嘱曰:"雷霆轰击,勿动也!"生如所教。果见阴云昼暝,昏

---

① 举进士:考中进士。隋唐开始科举取士,设进士一科,历代相沿;考中进士,即取得入仕资格。明清时期,科举考试分为院试、乡试和会试三级,经院试录取为生员,乡试录取为举人,会试录取称贡士。会试(由礼部主持)之后,再经复试(由皇帝派员主持)和殿试(由皇帝主持),被录取者称进士。
② 延安司李:延安府的推官。延安,清代府名,治所为今陕西延安。司李,也称司理,宋代所置官,掌各州刑狱讼诉。明清时期在各府置推官,职掌与宋代司李略同,因也别称"司李"或"司理"。
③ 直指:直指使。汉代所置官,一般由侍御史充任,赴各地巡视,处理重大案件。见《汉书·百官公卿表上》。这里指奉派巡察地方的大员,如明清时期的巡按御史。
④ 罣(guà)碍:也作"诖碍"。因过失被罢免的官吏,留在任所听候处理,不能自由行动,所以叫"罣碍"。
⑤ 金沤(ōu)浮钉:古代世家大族的门饰,排列整齐的形似浮沤(水泡)、突现于外的涂金圆钉,俗称"浮沤钉"。
⑥ 掇提而弄:弯腰抱起逗弄。
⑦ 信宿:再宿,住了两夜。《诗经·周颂·有客》:"有客宿宿,有客信信。"朱熹注:"一宿曰宿,再宿曰信。"
⑧ 锐自任:迅即表示由自己承担。锐,迅疾。
⑨ 劫:佛教用语。这里是劫数的意思,迷信指命中注定要经历的各种灾难。

黑如鏖①。回视旧居,无复闬闳②,惟见高冢岿然,巨穴无底。方错愕间,霹雳一声,摆簸山岳;急雨狂风,老树为拔。生目眩耳聋,屹不少动。忽于繁烟黑絮之中,见一鬼物,利喙长爪,自穴攫一人出,随烟直上。瞥睹衣履,念似娇娜。乃急跃离地,以剑击之,随手堕落。忽而崩雷暴裂,生仆,遂毙。少间,晴霁,娇娜已能自苏。见生死于旁,大哭曰:"孔郎为我而死,我何生矣!"松娘亦出,共异生归。娇娜使松娘捧其首;兄以金簪拨其齿,自乃撮其颐,以舌度红丸入,又接吻而呵之。红丸随气入喉,格格作响。移时,醒然而苏。见眷口满前,恍如梦寤。于是一门团圞③,惊定而喜。生以幽圹不可久居④,议同旋里⑤。满堂交赞,惟娇娜不乐。生请与吴郎俱,又虑翁媪不肯离幼子;终日议不果。忽吴家一小奴,汗流气促而至。惊致研诘⑥,则吴郎家亦同日遭劫,一门俱没。娇娜顿足悲伤,涕不可止。共慰劝之。而同归之计遂决。生入城,勾当数日⑦,遂连夜趣装⑧。

既归,以闲园寓公子,恒反关之;生及松娘至,始发扃。生与公子兄妹,棋酒谈宴,若一家然。小宦长成,貌韶秀,有狐意。出游都市,共知为狐儿也。

异史氏曰:"余于孔生,不羡其得艳妻,而羡其得腻友也⑨。观

---

① 鏖(yī):黑色石头。
② 闬闳(hànhóng):里巷门。这里指皇甫公子的宅舍。
③ 团圞(luán):团聚。圞,也作"栾",圆。
④ 幽圹(kuàng):墓穴。幽,幽暗之处,指地下。
⑤ 旋里:回家乡。旋,回。里,乡里。
⑥ 研诘:仔细询问。研,穷究。
⑦ 勾当:料理,办理。
⑧ 趣(cù)装:急忙整理行装。趣,促。
⑨ 腻友:漂亮而亲昵的女友。《说文》:"腻,上肥也。"段玉裁注引《诗经·卫风·硕人》"肤如凝脂",说"凝脂"意思就是"上肥"。

其容可以疗饥,听其声可以解颐①。得此良友,时一谈宴,则'色授魂与'②,尤胜于'颠倒衣裳'矣③。"

---

① 解颐:开口笑的样子。
② 色授魂与:语出汉司马相如《上林赋》。《史记索引》引张揖说是"彼色来授我,我魂往与接"的意思,即这里指男女之间精神上的爱恋。色,容貌。魂,精神。
③ 颠倒衣裳:语出《诗经·齐风·东方未明》,隐指男女两性关系。

# 叶　生

　　淮阳叶生者①,失其名字。文章词赋,冠绝当时②,而所如不偶③,困于名场④。会关东丁乘鹤来令是邑,见其文,奇之,召与语,大悦。使即官署,受灯火⑤;时赐钱谷恤其家。值科试⑥,公游扬于学使⑦,遂领冠军⑧。公期望綦切,闱后⑨,索文读之,击节称叹⑩。不意时数限人⑪,文章憎

---

① 淮阳:县名。在今河南东部。
② 冠绝当时:在当时首屈一指。冠,第一名。绝,超越。
③ 所如不偶:所向运气都不好。如,往。不偶,古人常以偶数(双数)、奇(jī)数(单数)来说明自己的命运;命运不好,就说数奇。不偶就是数奇。这里指叶生屡试不第。
④ 名场:求取功名的考场。当时科第即取得生员、举人、进士的资格,叫功名。而这些功名须经科考取得,所以考场称名场。
⑤ 即官署,受灯火:留住县衙,接受学习费用的资助。即,到,在。灯火,灯火费。指求学的费用。
⑥ 科试:也称科考。乡试之前,各省学政(提督学政)巡回所辖地区举行的考试,科考合格的生员才能参加乡试。
⑦ 游扬学使:向学使称扬。游扬,随处称扬。学使,即提督学政,也称督学使者,简称学政或学使,明清时期掌管一省学政和科举考试的官员。
⑧ 领冠军:取得科考第一名。领,取得。
⑨ 闱后:指秋闱之后。闱是考场的意思,这里指秋闱。秋闱,又称秋试,即乡试,在各省省城秋季(仲秋八月)举行,三年一次。
⑩ 击节称叹:极为叹服欣赏的意思。击节,本为用手或拍板调节乐曲,后引申为表示对诗文的激赏。
⑪ 时数:时运。数,运数,命定的遭遇。

命①,榜既放,依然铩羽②。生嗒丧而归③,愧负知己,形销骨立,痴若木偶。公闻,召之来而慰之。生零涕不已。公怜之,相期考满入都④,携与俱北。生甚感佩。辞而归,杜门不出⑤。

无何,寝疾⑥。公遗问不绝⑦;而服药百裹⑧,殊罔所效。公适以忤上官免⑨,将解任去。函致之,其略云:"仆东归有日,所以迟迟者,待足下耳。足下朝至,则仆夕发矣。"传之卧榻。生持书啜泣。寄语来使:"疾革难遽瘥⑩,请先发。"使人返白。公不忍去,徐待之。逾数日,门者忽通叶生至。公喜,逆而问之⑪。生曰:"以犬马病⑫,劳夫子⑬久待,万虑不宁。今幸可从杖履⑭。"公乃束装戒旦⑮。抵里,命子师事生,夙夜与俱。公子名再昌,时年十六,尚不

---

① 文章憎命:杜甫《天末怀李白》:"文章憎命达,魑魅喜人过。"是说好文章却妨害了好命运。
② 铩(shā)羽:鸟羽受到摧残。比喻乡试受挫。铩,残。
③ 嗒(tà)丧:沮丧、魂不守舍的样子。《庄子·齐物论》:"仰天而嘘,嗒焉似丧其耦。"嗒,通"嗒"。
④ 考满:明清时期对政府官员实行定期考绩的一种制度。清初只对外官(地方官),后来内(京官)外官统用三年考满制。康熙三十一年(1692)诏谕内外官除到任不满三月者外,依例按时述职,听候考绩结果。"考满"分为一、二、三等及办事不及、不称职五等,作为官员升迁、降调的依据。详见《清朝通志》卷七十四《选举略三》。
⑤ 杜门:闭门。这里指不与外人交往。杜,堵塞。
⑥ 寝疾:卧病,即病倒在床。
⑦ 遗(wèi)问:馈赠物品,慰问疾病。遗,馈赠。
⑧ 百裹:百剂。裹,包。中药一剂一包。
⑨ 适:这里是恰巧的意思。
⑩ 疾革(jí)难遽瘥(chài):病重难以速愈。革,同"亟"。瘥,病愈。
⑪ 逆:迎,迎接。
⑫ 犬马病:谦称自己的病。犬马,古人对长者自称的卑辞。
⑬ 夫子:先生,老师。古时县学生员称本县县令为老师,自称门生、学生。
⑭ 从杖履:随侍左右的意思。杖,手杖,老人用以助行。履,鞋。古人席地而坐,户内不穿鞋,外出才穿上;杖履为老者出行所需,所以习以杖履指老者出门。古代诗文中也作为对尊者的敬称。唐李商隐《赠华阳宋真人兼寄清都刘先生》:"不因杖履逢周史,徐甲何曾有此身。"
⑮ 束装戒旦:整理行装,及早出发。戒旦,告戒天将明。《文选》四三赵景真《与嵇茂齐书》:"鸡鸣戒旦,则飘而远征。"

能文。然绝慧,凡文艺三两过①,辄无遗忘。居之期岁②,便能落笔成文。益之公力,遂入邑庠③。生以生平所拟举子业④,悉录授读。闱中七题⑤,并无脱漏,中亚魁⑥。公一日谓生曰:"君出馀绪⑦,遂使孺子成名。然黄钟长弃奈何⑧!"生曰:"是殆有命。借福泽为文章吐气,使天下人知半生沦落,非战之罪也⑨,愿亦足矣。且士得一人知己,可无憾,何必抛却白纻,乃谓之利市哉⑩。"公以其久客,恐误岁试⑪,劝令归省;惨然不乐。公不忍强,嘱公子至都,为之纳粟⑫。公

---

① 文艺:时文制艺,指八股范文。
② 期(jī)岁:满一年。
③ 入邑庠:成为县学生员(秀才)。邑庠,县学。
④ 举子业:指应对科举考试的八股文。
⑤ 闱中七题:明清科举考试中的乡试、会试,首场试题为七题,其中"四书义"三道、"五经义"四道,即所谓"闱中七题"。乡试、会试须考三场,而首场最重要,只要首场合格即可录取。
⑥ 亚魁:乡试第二名。
⑦ 出馀绪:意思是拿出本人才学的很少一部分。馀绪,剩馀的一点。
⑧ 黄钟长弃:喻指贤才长期被埋没。《楚辞·卜居》:"黄钟毁弃,瓦釜雷鸣。"是说贤才被遗弃,而小人却十分得意。黄钟,音律名,古乐十二律之一,为六律、六吕的基本音,其发音为校正十二律中的阳律之一。古诗文中常用以比喻德才兼备的人。
⑨ 非战之罪:本为项羽兵败垓下时所说的话,见《史记·项羽本纪》。项羽认为他的失败是天意,并不是自己能力不行。这里叶生借来说明自己半生沦落,功名未就,是命中注定,并不是文章作得不好。
⑩ "何必"二句:意思是说何必非取得科举功名,才算发迹走运呢。白纻,精细洁白的夏布,这里指白衣。白衣,平民的穿着。抛却白纻,就是脱掉白衣,取得功名,换穿官服。宋王禹偁《寄砀山主簿朱九龄》:"忽思蓬岛会群仙,二百同学最少年;利市襕衫抛白纻,风流名字写红笺。"利市,语出《易·说卦》,本指为取得利润,多卖东西,后比喻发迹、走运。
⑪ 岁试:也称岁考。清代各省学政在三年任期内巡回所辖府、州考试一次生员的课业,清初以六等定成绩的优劣,叫作"岁试"。生员必须在本籍参加岁试,所以丁公婉言"劝令归省"。归省(xǐng),回家探望父母。
⑫ 纳粟:明清国子监(简称国学,明清时期的最高学府)肄业的学生称监生,国家准许捐纳。生员不经考选而纳资入国子监,称"例贡";普通身份捐纳的称"例监"。纳粟(交纳一定数量的粮食)赎罪、买爵位,本为汉代制度,见晁错《论贵粟疏》。这里指捐钱(银子)买监生。

## 葉生

恩深知己慰平生　魂夢相隨千里行
莫道黃鐘終毀棄　須知孺子已成名

子又捷南宫①,授部中主政②。携生赴监③,与共晨夕。逾岁,生入北闱④,竟领乡荐⑤。会公子差南河典务⑥,因谓生曰:"此去离贵乡不远。先生奋迹云霄⑦,锦还为快⑧。"生亦喜。择吉就道⑨,抵淮阳界,命仆马送生归。

归见门户萧条,意甚悲恻。逡巡至庭中,妻携簸具以出,见生,掷具骇走。生凄然曰:"今我贵矣!三四年不觌⑩,何遂顿不相识?"妻遥谓曰:"君死已久,何复言贵?所以久淹君柩者⑪,以家贫子幼耳。今阿大亦已成立,将卜窀穸⑫。勿作怪异吓生人。"生闻之,怃然筹怅⑬。逡巡入室,见灵柩俨然,扑地而灭。妻惊视之,衣

---

① 捷南宫:指经会试考取进士。南宫,礼部的别称。会试由礼部主持,所以考中进士为"捷南宫"。捷,获胜,引申为考取的意思。
② 部中主政:明清中央设吏、户、礼、兵、刑、工六部,各部设主事若干员,分掌部属的具体事务。主事别称主政,明清为各部司官中最低一级。进士到部,须先补主事,官阶为正六品。
③ 监:指国子监。捐纳之后,须进监读书。
④ 入北闱:指参加北京举行的乡试。明代国子监分设于应天府(南京)和顺天府(北京),称南监、北监;参加乡试多为监生,故分别称两处的乡试为"南闱""北闱"。清初裁撤南京国子监,故无"南闱",而清代江南乡试仍沿称"南闱",顺天乡试仍沿用"北闱"之称。
⑤ 领乡荐:指考中举人。荐,推荐,荐举。唐代应进士试,由州县地方长官推荐,称"乡荐",后称乡试中式为领乡荐,或简称为"领荐"。
⑥ 差南河典务:派往南河掌管河道治理的某项事务。南河,对北河而言,为清漕运总督管辖的范围,包括徐州道、淮扬海道(今江苏、安徽)所属长江以北的黄河、运河水系及洪泽湖等。
⑦ 奋迹云霄:奋起高飞,喻指考中举人。奋迹,犹言奋起。迹,足迹。旧时常以致身青云称颂人高升,云霄犹青云。
⑧ 锦还:"衣锦还乡"的省词。语本《史记·项羽本纪》"富贵不归故乡,如衣锦夜行"。
⑨ 择吉就道:选择吉日上路。
⑩ 不觌(dí):未相见。《易·困》:"三岁不觌。"
⑪ 久淹:长久淹留,指将灵柩长久停放,没有及时埋葬。旧时穷人发不起丧,就临时将灵柩停放在寺庙或家中。
⑫ 卜窀穸(zhūnxī):选择墓地,安葬的意思。窀穸,墓穴。
⑬ 怃然筹怅:怃然,失意的样子。筹,铸雪斋抄本作"惆",是。

冠履舄如脱委焉①。大恸,抱衣悲哭。子自塾中归②,见结驷于门③,审所自来,骇奔告母。母挥涕告诉。又细询从者,始得颠末④。从者返,公子闻之,涕堕垂膺。即命驾哭诸其室;出橐营丧⑤,葬以孝廉礼⑥。又厚遗其子,为延师教读。言于学使,逾年游泮⑦。

异史氏曰:"魂从知己,竟忘死耶?闻者疑之,余深信焉。同心倩女,至离枕上之魂⑧;千里良朋,犹识梦中之路⑨。而况茧丝蝇迹,呕学士之心肝⑩;流水高山,通我曹之性命者哉⑪!嗟乎!遇合

---

① 如脱委:就像一张皮蜕落在地。脱,通"蜕"。
② 塾:私塾,家学。旧时由私人出资兴办的教学处所,学生一般为本家或本族子弟。
③ 结驷:拴马。驷,泛指马。
④ 颠末:首尾。事情经过。
⑤ 出橐(tuó):犹言出钱。橐,口袋,指钱袋。
⑥ 孝廉:汉代选拔官吏的科目之一,乡举里选,然后由各郡国推荐。明清时为举人的别称。在等级森严的封建社会,各种礼仪都按照其身份地位安排。葬以孝廉礼,即按照举人的身份举行葬礼。
⑦ 游泮(pàn):指到县学读书,即成为秀才。泮,泮宫,周代诸侯所设的学校。这里代指县学。
⑧ "同心倩女"二句:一心相爱的美丽女子,竟至魂魄相随。传奇故事:唐代张镒的女儿倩娘,与住在她家的表兄王宙相爱。张镒本已同意把女儿嫁给王宙,后又把女儿许配给他人。王宙一气之下离开张家,当天夜里,倩娘追至船上,两人一起逃到蜀地。五年后,他们一起回到家乡。王宙独自进门谢罪,张镒说倩娘病在闺中,认为他说谎。及至相见,船中与病榻上的倩娘翕然合而为一。原来追随王宙而去的是倩娘之魂。见唐陈玄祐《离魂记》。元人郑光祖有《倩女离魂》杂剧,即演其事。
⑨ "千里良朋"二句:十分要好的朋友,即使相隔千里,梦中也能相会。相传战国时,张敏与高惠为友,二人常常相思而不能相见,张敏就在梦中去寻找高惠,但中途迷路,不得已返回。如此往返多次,也未能相见。见《文选》卷二〇沈约《别范安成》"梦中不识路,何以慰相思。"注引《韩非子》。这里作者反其义而用之。
⑩ "而况"二句:是说读书人呕心沥血,精心结撰应举文章。茧丝,如茧之抽丝,喻指文章谋篇意脉要连贯。《文心雕龙·章表》:"章句在篇,如茧之抽绪。"蝇迹,蝇头小字,喻指文章缮写工整、用心,字迹像蝇头一样细小。语出《南史·齐衡阳王王道度传》附《萧钧传》。陆游《读书》诗之二:"灯前目力虽非昔,犹课蝇头二万言。"学士,学子、士子,指读书人。呕心肝,用唐李贺事。李贺能苦吟疾书,常背一锦囊,一有所思就记下来放在囊中,其母"见所书多,辄曰:'是儿要当呕出心乃已尔!'"(李商隐《李长吉小传》)
⑪ "流水"二句:是说我们读书人只有遇到知音的赏识,才能使我们获得好的命运。流水高山,喻指知音。《吕氏春秋·本味》篇载伯牙和钟子期的故事:"伯牙鼓琴,钟子期听之。方鼓琴而志在太山,钟子期曰:'善哉乎鼓琴!巍巍乎若太山。'少选之间,而志在流水,钟子期又曰:'善哉乎鼓琴!汤汤乎若流水。'钟子期死,伯牙破琴绝弦,终身不复鼓琴。"后遂以高山流水比喻知音。通,通达。我曹,即我辈。性命,品性和命运。叶生诗赋绝伦当时,所以沦落半生,在作者看来,就是未遇到真正能赏识他文章的知音,因而发出这样的感慨。

难期,遭逢不偶。行踪落落,对影长愁①;傲骨嶙嶙,搔头自爱②。叹面目之酸涩,来鬼物之揶揄③。频居康了之中,则须发之条条可丑④;一落孙山之外,则文章之处处皆疵⑤。古今痛哭之人,卞和惟尔⑥;颠倒逸群之物,伯乐伊谁⑦? 抱刺于怀,三年灭字,侧身以望,

---

① "行踪"二句:所到之处,落落寡合;只身孤影,月下长愁。行踪,踪迹所到之处。落落,孤单落寞的样子。晋左思《咏史诗》:"落落穷巷士,抱影守空庐。"对影,身与影相对,形容孤独。唐李白《月下独酌》:"举杯邀明月,对影成三人。"

② "傲骨"二句:天生傲骨,难以随俗浮沉;思来想去,只有自惜自爱。傲骨,是说不能媚俗随波逐流。嶙嶙,山峻峭高耸的样子。这里形容超群绝俗的品格。搔头,犹搔首,有所思的样子。宋陆游《秋晚登城北门》:"山河兴废供搔首,身世安危入倚楼。"自爱,自我珍惜。

③ "叹面目"二句:自叹穷厄,一脸悲苦;半生沦落,竟招来鬼物的嘲弄。酸涩,悲苦。酸,悲。来,招致。揶揄,嘲弄。《世说新语·任诞》篇注引《晋阳秋》说,罗友为桓温掾属,自以为失意。一次,桓温设宴为一赴郡守任的人送行,罗友到得最晚,桓温问他,他说:"乃首旦出门,于中路逢一鬼,大见揶揄,云:'我只见汝送人作郡,何以不见人送汝作郡?'"

④ "频居"二句:屡屡落榜,连须发都没有一根好看。意思是说落榜书生,被世人讥贬得一无是处。频,频频,屡屡。康了,落第的意思。宋范正敏《遯斋闲览》载,唐代柳冕应举忌讳"落"字,连"安乐"的"乐"也改叫"安康"。后来考试落榜,仆人探问回来说:"秀才康了也!"

⑤ "一落"二句:一旦落榜,所作文章处处都是毛病。落孙山,即落榜。宋范公偁《过庭录》载,宋人孙山滑稽多才,与同乡一起应试,孙山取在最后一名,同乡落榜。同乡的父亲问其是否考中,他不直接回答,说:"解名(榜文所列名单)尽处是孙山,贤郎更在孙山外。"后称落榜为"名落孙山"。疵,毛病。

⑥ "古今"二句:古今心怀高洁被人诬枉而痛哭的人,岂止一个卞和?《韩非子·和氏》载,春秋时期,楚国的卞和在楚山下得到一块璞(玉石),"奉而献之厉王。厉王使玉人(治玉的人)相之,玉人曰:'石也。'王以为诳,而刖其左足。及厉王薨,武王即位,和又奉其璞而献之武王。武王使玉人相之,又曰:'石也。'王又以为诳,而刖其右足。武王薨,文王即位,和乃抱其璞,而哭于楚山之下,三日三夜,泣尽继之以血。王闻之,使人问其故曰:'天下之刖者多矣,子奚哭之悲也?'和曰:'吾非悲刖也,悲夫宝玉而题之以石,贞士而名之以诳。此吾所以悲也。'王乃使玉人理其璞,而得宝焉,遂命曰'和氏之璧'。"惟,只有。尔,然。

⑦ "颠倒"二句:骏马反被说成驽骀,当今谁是真正的伯乐? 逸群之物,指骏马。逸群,超群。伯乐,春秋秦国人,姓孙名阳,以善相马知名于时。其事迹散见于《庄子·马蹄》《楚辞·怀沙》《战国策·楚策》等处。后世以伯乐相马比喻善于辨识人才。慨叹世无伯乐,是说世无识才之人,所以贤愚颠倒,大才被埋没。

四海无家①。人生世上,只须合眼放步,以听造物之低昂而已②。天下之昂藏沦落如叶生其人者③,亦复不少,顾安得令威复来④,而生死从之也哉？噫!"

---

① "抱刺"四句:怀揣名片,无可投谒,倾身而望,四海之大竟无处可以容身。抱刺于怀,即将名片揣在怀中。刺,犹后世的名片、名帖。灭字,字迹磨灭。赵翼《陔馀丛考》卷30《名帖》认为"怀刺"始于祢衡,"古人通名,本用削木书字,汉时谓之谒,汉末谓之刺,汉以后则虽用纸,而仍相沿曰刺"。《三国志·魏书·荀彧传》注引《平原祢衡传》:"衡字正平,建安初,自荆州北游许都,恃才傲逸,臧否过差,见不如己者不与语……是时许都新建,尚饶人士。衡学书一刺怀之,字漫灭而无所适。"这里取祢衡怀刺灭字说无可投谒之人的意思。侧身,倾身,低下头看一看。
② "人生"三句:人生世上,只须闭上眼走自己的路,任凭造物主去摆布吧。这是愤慨的话。合眼,闭上眼不看世间邪恶,浑浑噩噩。放步,放心任意而行。这里含有不管世人如何去说的意思。造物,造物主,上帝。低昂,乐意让低就低,乐意让高就高,随意摆布的意思。
③ 昂藏:气概不凡的样子。李白《赠潘侍御论钱少阳》:"绣衣柱史何昂藏,铁冠白笔横秋霜。"
④ 令威:人名。神话传说,丁令威,汉代辽东人,学道成仙后,化作一只鹤,飞回辽东,徘徊空中,说:"有鸟有鸟丁令威,去家千年今始归。城郭如故人民非,何不学仙冢累累!"事详《搜神后记》。这里是说如有令威其人,追随学仙,离开这不公平的人世。也是愤慨的话。

# 王　成

　　王成,平原故家子①。性最懒,生涯日落,惟剩破屋数间,与妻卧牛衣中②,交谪不堪③。时盛夏燠热④,村外故有周氏园,墙宇尽倾,惟存一亭;村人多寄宿其中,王亦在焉。既晓,睡者尽去;红日三竿,王始起,逡巡欲归。见草际金钗一股⑤,拾视之,镌有细字云:"仪宾府造⑥。"王祖为衡府仪宾⑦,家中故物,多此款式,因把钗筹蹰⑧。欻一妪来寻钗。王虽贫,然性介⑨,遽出授之。妪喜,极

---

① 平原:县名。清代隶属济南府。今属山东省德州市。
② 牛衣:为牛御寒用草或麻编制的覆盖物,类如蓑衣。《汉书·王章传》:"初,章为诸生学长安,独与妻居。章疾病,无被,卧牛衣中,与妻决,涕泣。其妻呵怒之……及为京兆,欲上封事,妻又止之曰:'人当知足,独不念牛衣中涕泣时耶?'"
③ 交谪不堪:妻子埋怨,令人难以忍受。交谪,指妻子絮烦的埋怨。《诗经·邶风·北门》:"我入自外,室人(按指妻子)交遍谪我。"
④ 燠(yù)热:炎热,酷热。燠,暖。
⑤ 金钗一股:金笄一只。钗,金雀钗,分两叉,叉头饰为雀状,古代妇女首饰的一种。《释名·释首饰》:"爵(雀)叉,叉头反上施爵(雀)也。"股,只。
⑥ 仪宾:明代对亲王或郡王女婿的称呼,取《易·观》爻"观国之光,利用宾于王"之义,意思是明习国仪,作宾于王家。
⑦ 衡府:衡王府。明宪宗朱见深的第七子佑楎于成化二十三年(1487)封衡王,孝宗弘治十二年(1499)到封地青州(今属山东),传四代,明亡。详见《明史·宪宗诸子列传》。
⑧ 筹蹰(chóuchú):同"踌躇"。
⑨ 性介:性情耿直。

赞盛德,曰:"钗值几何,先夫之遗泽也①。"问:"夫君伊谁?"答云:"故仪宾王柬之也。"王惊曰:"吾祖也。何以相遇?"妪亦惊曰:"汝即王柬之之孙耶!我乃狐仙。百年前,与君祖缱绻②。君祖殁,老身遂隐。过此遗钗,适入子手,非天数耶!"王亦曾闻祖有狐妻,信其言,便邀临顾。妪从之。王呼妻出见,负败絮③,菜色黯焉④。妪叹曰:"嘻! 王柬之孙子,乃一贫至此哉!"又顾败灶无烟,曰:"家计若此,何以聊生?"妻因细述贫状,呜咽饮泣。妪以钗授妇,使姑质钱市米⑤,三日外请复相见。王挽留之。妪曰:"汝一妻犹不能存活,我在,仰屋而居⑥,复何裨益?"遂径去。王为妻言其故,妻大怖。王诵其义,使姑事之⑦,妻诺。愈三日,果至。出数金,籴粟麦各石。夜与妇共短榻。妇初惧之,然察其意殊拳拳⑧,遂不之疑。

翌日,谓王曰:"孙勿惰,宜操小生业,坐食乌可长也⑨!"王告以无资。妪曰:"汝祖在时,金帛凭所取;我以世外人,无需是物,故未尝多取。积花粉之金四十两⑩,至今犹存。久贮亦无所用,可将去悉以市葛,刻日赴都⑪,可得微息。"王从之,购五十馀端以归⑫。妪命

---

① 先夫之遗泽:已故丈夫的遗物。遗泽,遗物曾经死者接触而令后人沾其恩泽。《颜氏家训·名实》:"夫修善立名者,亦犹筑室树果,生则获其利,死则遗其泽。"
② 缱绻(qiǎnquǎn):亲密难以分离。
③ 负败絮:穿着破棉袄。
④ 菜色黯焉:脸呈青黄色,暗淡无光。菜色,面容因营养不良而表现出来的青黄色。
⑤ 姑质钱市米:姑且拿去抵押,用换来的钱买米。姑,姑且。质,当,抵押。市,买。
⑥ 仰屋而居:在家中只看着屋顶犯愁。仰屋,仰望屋顶,愁苦无计的样子。
⑦ 使姑事之:让妻子像对待婆婆那样侍奉她。
⑧ 拳拳:同"惓惓"。十分诚恳的样子。
⑨ 坐食乌可长也:只坐家里吃怎么能够长久。乌,何,怎么。
⑩ 花粉之金:指买化妆用品的零用钱。
⑪ 刻日:即限期,限定日期。
⑫ 端:古代度量词。其长度说法不一,有一丈六尺、两丈或六丈等几种说法。通常以一端指一匹。

趋装,计六七日可达燕都①。嘱曰:"宜勤勿惰,宜急勿缓,迟之一日,悔之已晚!"王敬诺,囊货就路。中途遇雨,衣履浸濡。王生平未历风霜,委顿不堪,因暂休旅舍。不意淙淙彻暮,檐雨如绳,过宿,泞益甚。见往来行人,践淖没胫②,心畏苦之。待至停午③,始渐燥,而阴云复合,雨又大作。信宿乃行。将近京,传闻葛价翔贵④,心窃喜。入都解装客店,主人深惜其晚。先是⑤,南道初通,葛至绝少。贝勒府购致甚急⑥,价顿昂,较常可三倍⑦。前一日方购足,后来者并皆失望。主人以故告王。王郁郁不乐。越日,葛至愈多,价益下。王以无利不肯售。迟十馀日,计食耗烦多,倍益忧闷。主人劝令贱鬻,改而他图。从之,亏资十馀两,悉脱去⑧。早起,将作归计,起视囊中,则金亡矣。惊告主人,主人无所为计。或劝鸣官⑨,责主人偿。王叹曰:"此我数也,于主人何尤⑩?"主人闻而德之,赠金五两,慰之使归。

自念无以见祖母,蹀躞内外⑪,进退维谷⑫。适见斗鹑者⑬,一

---

① 燕(yān)都:指北京。燕为公元前十一世纪周分封的诸侯国,辖有今河北北部和辽宁西部,建都于蓟(今北京西南隅),因此北京也称燕京。
② 践淖(nào)没胫:泥水淹没了小腿。淖,泥沼。胫,小腿。
③ 停午:也作"亭午"。正午。
④ 翔贵:价格像长了翅膀一样往上涨,即飞涨。
⑤ 先是:在此之前,早些时候。
⑥ 贝勒:满语"多罗贝勒"的简称。清代贵族封爵,品位在亲王、郡王之下。
⑦ 可:约,大约。
⑧ 脱:出脱、脱售的意思。下文"脱败""脱斗而死"的"脱",是"倘若""假如"的意思。
⑨ 鸣官:鸣于官,向官鸣冤。鸣,喊,叫。
⑩ "此我"二句:这是我的运数,对主人有什么好埋怨的。数,运数,命中注定。尤,怨,埋怨。
⑪ 蹀躞(diéduó)内外:从屋内到屋外,踱来踱去。蹀躞,义同"踱躞(xiè)"。
⑫ 进退维谷:进退两难,无路可走。语出《诗经·大雅·桑柔》:"人亦有言,进退维谷。"朱熹《诗集传》:"谷,穷也。"
⑬ 斗鹑者:以斗鹑为戏的人。鹑,鸟名,俗称鹌鹑。鹌与鹑本是两种鸟,形状相似,羽有斑纹者为鹑。详见《本草纲目》。

赌数千;每市一鹑,恒百钱不止。意忽动,计囊中资,仅足贩鹑,以商主人。主人亟怂恿之。且约假寓饮食,不取其直①。王喜,遂行。购鹑盈儋②,复入都。主人喜,贺其速售。至夜,大雨彻曙,天明衢水如河,淋零犹未休也。居以待晴,连绵数日,更无休止。起视笼中鹑渐死。王大惧,不知计之所出。越日,死愈多;仅馀数头,并一笼饲之。经宿往窥,则一鹑仅存。因告主人,不觉涕堕,主人亦为扼腕③。王自度金尽罔归,但欲觅死,主人劝慰之。共往视鹑,审谛之曰:"此似英物④。诸鹑之死,未必非此之斗杀之也。君暇亦无事,请把之⑤;如其良也,赌亦可以谋生。"王如其教。既驯,主人令持向街头,赌酒食。鹑健甚,辄赢。主人喜,以金授王,使复与子弟决赌⑥,三战三胜。半年许,积二十金。心益慰,视鹑如命。

先是大亲王好鹑⑦,每值上元⑧,辄放民间把鹑者入邸相角⑨。主人谓王曰:"今大富宜可立致;所不可知者,在子之命矣。"因告以故,导与俱往。嘱曰:"脱败,则丧气出耳。倘有万分一,鹑斗胜,王必欲市之,君勿应;如固强之,惟予首是瞻⑩,待首肯而后应之⑪。"王

---

① 直:通"值"。下文"千金直"的"直"、"盘计饭直"的"直",义同。
② 儋:通"担"。
③ 扼腕:以一只手握住另一只手的手腕,是表示惋惜、同情时的肢体动作。
④ 英物:杰出的人或物。
⑤ 把之:把玩它。把,把玩。以手持弄,进行调训。
⑥ 子弟:指游荡街头、以斗鹑为戏的年轻人。
⑦ 大亲王:指亲王中行辈尊长者。亲王,清代皇族封爵之一,位在郡王之上。
⑧ 上元:节日名。农历正月十五,即今元宵节。
⑨ 入邸相角:进入他的府邸比赛。角,斗,比赛、较量。
⑩ 惟予首是瞻:意即只看我的眼色行事。语本《左传·襄公十四年》"惟予马首是瞻",并化用其义。
⑪ 首肯:点头同意。

曰："诺。"至邸,则鹑人肩摩于墀下①。顷之,王出御殿②。左右宣言:"有愿斗者上。"即有一人把鹑,趋而进。王命放鹑,客亦放;略一腾踔③,客鹑已败。王大笑。俄顷,登而败者数人。主人曰:"可矣。"相将俱登④。王相之,曰:"睛有怒脉,此健羽也⑤,不可轻敌。"命取铁喙者当之。一再腾跃,而王鹑铩羽。更选其良,再易再败。王急命取宫中玉鹑。片时把出,素羽如鹭,神骏不凡。王成意馁,跪而求罢,曰:"大王之鹑神物也,恐伤吾禽,丧吾业矣。"王笑曰:"纵之。脱斗而死,当厚尔偿。"成乃纵之。玉鹑直奔之。而玉鹑方来,则伏如怒鸡以待之。玉鹑健啄,则起如翔鹤以击之;进退颉颃⑥,相持约一伏时。玉鹑渐懈,而其怒益烈,其斗益急。未几,雪毛摧落,垂翅而逃。观者千人,罔不叹羡。王乃索取而亲把之,自喙至爪,审周一过,问成曰:"鹑可货否⑦?"答曰:"小人无恒产⑧,与相依为命,不愿售也。"王曰:"赐尔重值,中人之产可致⑨。颇愿之乎?"成俯思良久,曰:"本不乐置⑩;顾大王既爱好之,苟使小人得衣食业,又何求?"王请直,答以千金。王笑曰:"痴男子!此何珍宝而千金直也?"成曰:"大王不以为宝,臣以为连城之璧不

---

① 肩摩于墀下:簇拥在宫殿阶前。肩摩,肩膀相摩接,形容拥挤。《战国策·齐策》:"临淄之途,车毂接,人肩摩。"墀,指宫殿前面的台阶。
② 御殿:古代凡与皇帝、诸侯王有关的事物,都在前面加上"御"字作为敬称。御殿,即驾临殿上。
③ 腾踔(chuō):与下文"腾跃",都是腾身跃起的意思。
④ 相将俱登:与主人一同上殿。相将,彼此相伴,一道,一同。《青凤》篇"相将"为相携、手拉着手的意思。
⑤ 健羽:雄健善斗的鸟。羽,这里是鸟的代称。
⑥ 进退颉颃(xiéháng):前后腾挪,上下翻飞。颉颃,鸟上下飞翔。《诗经·邶风·燕燕》:"燕燕于飞,颉之颃之。"朱熹注:"飞而上曰颉,飞而下曰颃。"
⑦ 货:卖,售卖。
⑧ 恒产:固定资产、产业。
⑨ 中人之产:中等人家的财产。
⑩ 置:弃置,舍弃。

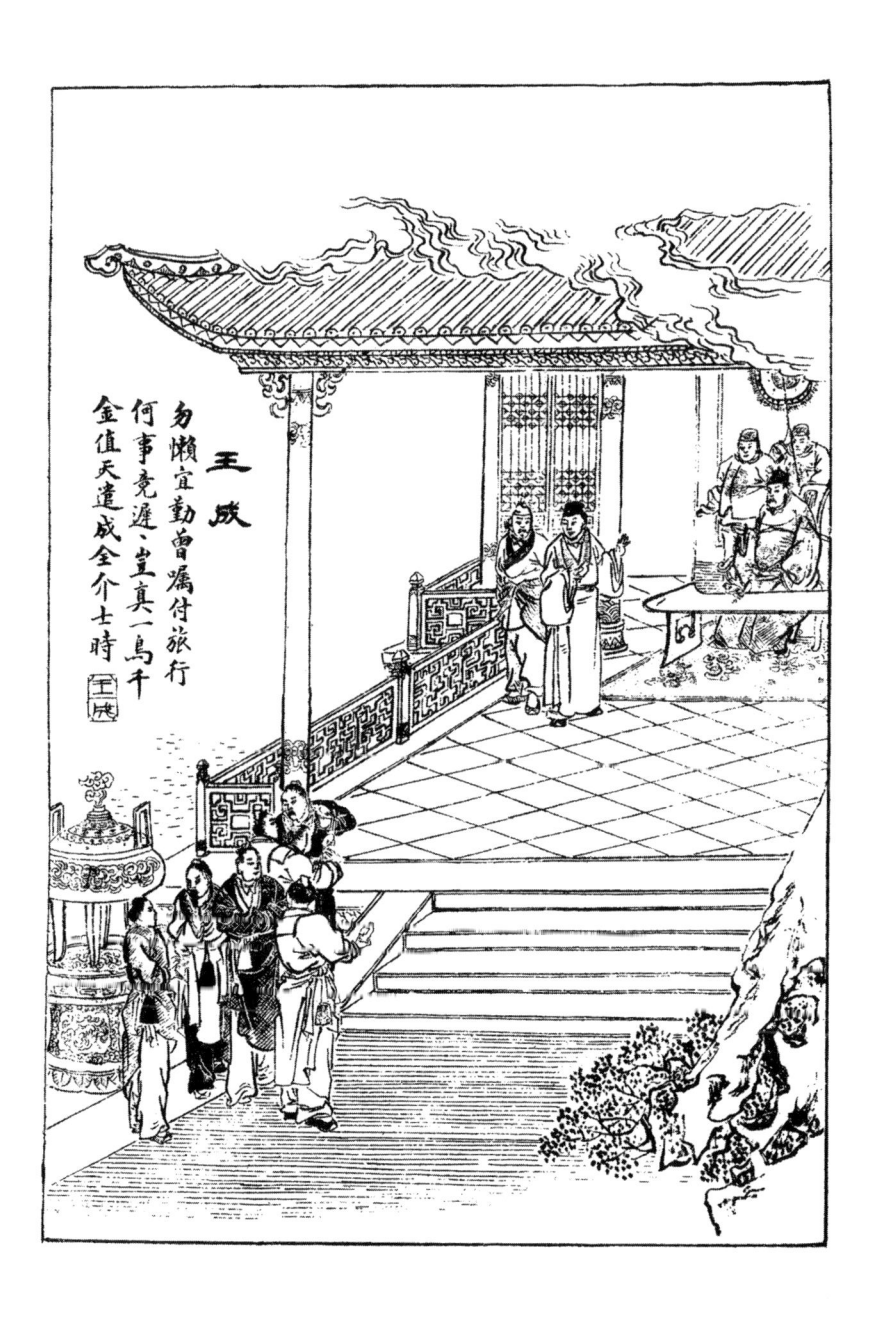

王成

勿懶宜勤曾囑付旅行
何事竟遷延　畫真一鳥千
金值天遣成全介士時

过也①。"王曰:"如何?"曰:"小人把向市廛,日得数金,易升斗粟,一家十馀食指②,无冻馁忧,是何宝如之?"王言:"予不相亏,便与二百金。"成摇首。又增百数。成目视主人,主人色不动。乃曰:"承大王命,请减百价。"王曰:"休矣!谁肯以九百易一鹑者!"成囊鹑欲行。王呼曰:"鹑人来,鹑人来!实给六百,肯则售,否则已耳。"成又目主人,主人仍自若。成心愿盈溢,惟恐失时,曰:"以此数售,心实怏怏;但交而不成,则获戾滋大③。无已,即如王命。"王喜,即秤付之。成囊金拜赐而出。主人怼曰:"我言如何,子乃急自鬻也!再少靳之④,八百金在掌中矣。"成归,掷金案上,请主人自取之,主人不受。又固让之,乃盘计饭直而受之。

王治装归。至家,历述所为,出金相庆。姬命置良田三百亩,起屋作器,居然世家。媪早起,使成督耕,妇督织;稍惰,辄诃之。夫妇相安,不敢有怨词。过三年,家益富,姬辞欲去。夫妇共挽之,至泣下。姬亦遂止。旭旦候之⑤,已杳然矣。

异史氏曰:"富皆得于勤,此独得于惰,亦创闻也。不知一贫彻骨而至性不移⑥,此天所以始弃之而终怜之也。懒中岂果有富贵乎哉!"

---

① 连城之璧:价值连城的璧玉。《史记·廉颇蔺相如列传》载:战国时,楚国的和氏璧为赵国所得,秦王听说后,提出以十五城换取它。后遂称这块璧为"连城璧",并喻指极为珍贵的东西。
② 食指:人手的第二指,喻指家中人口。
③ 获戾(lì):获罪。戾,罪过。
④ 少靳之:稍微坚持一下要价。靳,固,固惜;坚持要价,不让步。《后汉书·崔寔传》:"悔不小靳,可至千万。"
⑤ 旭旦候之:清早前往问安。候,问候,请安。
⑥ 至性:天性。

# 青 凤

　　太原耿氏①,故大家,第宅弘阔。后凌夷②,楼舍连亘,半旷废之。因生怪异,堂门辄自开掩,家人恒中夜骇哗。耿患之,移居别墅,留老翁门焉③。由此荒落益甚,或闻笑语歌吹声。耿有从子去病④,狂放不羁,嘱翁有所闻见,奔告之。至夜,见楼上灯光明灭,走报生。生欲入觇其异。止之,不听。门户素所习识,竟拨蒿蓬,曲折而入。登楼,殊无少异。穿楼而过,闻人语切切。潜窥之,见巨烛双烧,其明如昼。一叟儒冠南面坐,一媪相对,俱年四十馀。东向一少年,可二十许;右一女郎,裁及笄耳⑤。酒胾满案⑥,团坐笑语。生突入,笑呼曰:"有不速之客一人来!"群惊奔匿。独叟

---

① 太原:清代府名。治所在今山西太原市。
② 凌夷:本作"陵夷"。山陵渐平,喻指渐渐衰微、没落。这里指家势渐趋衰落。《史记·高祖功臣侯者年表序》:"始未尝不欲固其根本,而枝叶稍陵夷衰微也。"
③ 门:用如动词,守门、看门的意思。
④ 从子:侄子。同一宗族而次于至亲者叫"从",如叔兄弟称从兄弟,父亲的叔兄弟称从伯、从叔等。
⑤ 裁及笄(jī):才十五岁。裁,同"才"。笄,簪子,女子束发的饰具。及笄,古时女子十五岁束发插簪,表示成年,可议论婚嫁,因称女子十五为及笄之年。《礼记·内则》:"女子十年不出,……十有五年而笄,二十而嫁。"
⑥ 酒胾(zì)满案:酒肉满桌。胾,大块肉。案,桌。

出,叱问:"谁何入人闺闼①?"生曰:"此我家闺闼,君占之。旨酒自饮,不一邀主人,毋乃太吝?"叟审谛,曰:"非主人也。"生曰:"我狂生耿去病,主人之从子耳。"叟致敬曰:"久仰山斗②!"乃揖生入,便呼家人易馔,生止之。叟乃酌客。生曰:"吾辈通家③,座客无庸见避,还祈招饮。"叟呼:"孝儿!"俄少年自外入。叟曰:"此豚儿也④。"揖而坐,略审门阀。叟自言:"义君姓胡。"生素豪,谈论风生,孝儿亦倜傥,倾吐间⑤,雅相爱悦。生二十一,长孝儿二岁,因弟之。叟曰:"闻君祖纂《涂山外传》⑥,知之乎?"答曰:"知之。"叟曰:"我涂山氏之苗裔也。唐以后,谱系犹能忆之⑦;五代而上无传焉⑧。幸公子一垂教也。"生略述涂山女佐禹之功⑨,粉饰多词,妙绪泉涌。叟大喜,谓子曰:"今幸得闻所未闻。公子亦非他人,可

---

① 谁何入人闺闼(tà):是谁闯进人家的内室。谁何,是谁,是什么人。《汉书·贾谊传》:"陈利兵而谁何?"颜师古注:"谁何,问之为谁也。"闺闼,内室。
② 久仰山斗:很久以来就像仰慕泰山北斗一样仰慕您。初次相见时的客套话,犹如久仰大名。山斗,泰山、北斗。喻指德望很高,为当世所瞻仰的人。《新唐书·韩愈传》:"自愈没,其言大行,学者仰之如泰山北斗云。"
③ 通家:即世交之家,彼此世代交情极为亲密的人家。语出《后汉书·孔融传》。
④ 豚儿:旧时对人谦称自己的儿子为"豚儿"或"犬子"。
⑤ 倾吐:倾心畅谈。宋韩维《次韵和平甫同介甫当世过饮见招》:"高文大论日倾吐,响快有类钟应撞。"
⑥ 《涂山外传》:此为狐叟杜撰的书名。涂山,指涂山氏,相传为禹的妻子。《史记·夏本纪》说禹妻为"涂山氏之女",《吴越春秋·越王无余外传》说禹娶涂山九尾白狐之女,"涂山"在这里是指后者;志怪小说中的狐怪精灵都称是涂山狐女的后裔。外传,与史传的"正传"相对而言,指史传未载的,有关传主的轶闻逸事。
⑦ "唐以后"二句:唐代以后,族谱世系尚存,仍可忆述。唐,指唐代。唐以后志怪小说多谈狐仙故事。
⑧ 五代:唐称梁、陈、齐、周、隋为五代。见《隋书·后序》。
⑨ 涂山女佐禹之功:关于涂山氏助禹治水事,有诸多传说。《史记·夏本纪》注引《史记正义》说,禹娶涂山氏四日后即去治水,"及生启,不入门";刘向《列女传》说,禹治水在外,涂山氏独自教养儿子启,使他能继承禹的事业。《汉书·武帝纪》"见夏后启母石"注引颜师古说,禹为开山导水,化为熊,怕惊吓着涂山氏,嘱咐她听到鼓声再送饭,禹跳石,误中鼓。涂山氏往,见禹方作熊,惭而去,至嵩山下化为石,方生启。

请阿母及青凤来,共听之,亦令知我祖德也①。"孝儿入帏中②。少时媪偕女郎出。审顾之,弱态生娇,秋波流慧,人间无其丽也。叟指媪曰:"此为老荆③。"又指女郎:"此青凤,鄙人之犹女也④。颇慧,所闻见辄记不忘,故唤令听之。"生谈竟而饮,瞻顾女郎,停睇不转。女觉之,辄俯其首。生隐蹑莲钩,女急敛足,亦无愠怒。生神志飞扬,不能自主,拍案曰:"得妇如此,南面王不易也!"媪见生渐醉,益狂,与女俱起,遽搴帏去。生失望,乃辞叟出。而心萦萦,不能忘情于青凤也。

至夜,复往,则兰麝犹芳,而凝待终宵,寂无声咳。归与妻谋,欲携家而居之,冀得一遇。妻不从。生乃自往,读于楼下。夜方凭几,一鬼披发入,面黑如漆,张目视生。生笑,拈指研墨自涂⑤,灼灼然相与对视,鬼惭而去。次夜,更既深,灭烛欲寝,闻楼后发扃,辟之閛然⑥。急起窥觇,则扉半启。俄闻履声细碎,有烛光自房中出。视之,则青凤也。骤见生,骇而却退,遽阖双扉。生长跽而致词曰⑦:"小生不避险恶,实以卿故。幸无他人,得一握手为笑,死不憾耳。"女遥语曰:"惓惓深情,妾岂不知?但吾叔闺训严⑧,不敢奉命。"生固哀之,曰:"亦不敢望肌肤之亲,但一见颜色足矣。"女似肯可,启关出,捉其臂而曳之。生狂喜,相将入楼下,拥而加诸

---

① 祖德:先祖之德,先祖功业及其遗留下来的好品质。
② 帏中:内室,闺房。帏,同"帷",帷帐,用来障隔内外。
③ 老荆:老妻。古人谦称己妻为"拙荆""荆妻"。荆,荆钗布裙。皇甫谧《列女传》载,东汉梁鸿的妻子孟光很贤惠,常穿荆钗布裙,每为丈夫上饭时,都举案齐眉。
④ 犹女:侄女。
⑤ 研:通"砚"。
⑥ 辟之閛(pēng)然:即閛然辟之。砰的一声,门被打开了。閛然,开、关门声。
⑦ 长跽(jì):直挺挺地跪着。古人席地而坐,两膝着地,坐在脚后跟上,屁股离开脚跟为跪,耸身直腰为跽。这里所取跪姿,是表示有所请求。《战国策·秦策》三:"秦王跽而请曰:'先生何以幸教寡人?'"
⑧ 闺训:旧时妇女应遵循的道德规范。训,训诫。这里指狐叟按照闺训对青凤的管束。

膝。女曰:"幸有夙分①,过此一夕,即相思无用矣。"问:"何故?"曰:"阿叔畏君狂,故化厉鬼以相吓,而君不动也。今已卜居他所②,一家皆移什物赴新居,而妾留守,明日即发矣。"言已,欲去,云:"恐叔归。"生强止之,欲与为欢。方持论间,叟掩入。女羞惧无以自容,俯首倚床,拈带不语。叟怒曰:"贱辈辱我门户!不速去,鞭挞且从其后!"女低头急去,叟亦出。尾而听之,诃诟万端。闻青凤嘤嘤啜泣③,生心意如割,大声曰:"罪在小生,与青凤何与?倘宥凤也,刀锯铁钺④,小生愿身受之!"良久寂然,生乃归寝。自此第内绝不复声息矣。生叔闻而奇之,愿售以居,不较直。生喜,携家口而迁焉。居逾年,甚适,而未尝须臾忘青凤也。

会清明上墓归,见小狐二,为犬逼逐。其一投荒窜去,一则皇急道上。望见生,依依哀啼,耷耳辑首⑤,似乞其援。生怜之,启裳衿,提抱以归。闭门,置床上,则青凤也。大喜,慰问。女曰:"适与婢子戏,遘此大厄。脱非郎君,必葬犬腹。望无以非类见憎。"生曰:"日切怀思,系于魂梦。见卿如获异宝,何憎之云!"女曰:"此天数也,不因颠覆⑥,何得相从?然幸矣,婢子必言妾为已死,可与君坚永约耳。"生喜,另舍舍之。

积二年馀,生方夜读,孝儿忽入。生辍读,讶诘所来,孝儿伏地,怆然曰:"家君有横难⑦,非君莫拯。将自诣恳,恐不见纳,故以某来。"问:"何事?"曰:"公子识莫三郎否?"曰:"此吾年家子

---

① 夙分(sùfèn):宿缘,前世注定的缘分。
② 卜居:选择定居之处。
③ 嘤嘤啜泣:小声抽泣。嘤嘤,本为鸟鸣声,这里形容哭声细弱。啜泣,抽噎而泣。
④ 刀锯铁(fū)钺(yuè):犹言刀剁斧砍,指残酷的刑罚。铁,通"斧"。钺,大斧。
⑤ 耷(tà)耳辑首:垂耳缩头,畏惧驯顺的样子。耷,义同"搭",下垂。辑,敛,缩。
⑥ 颠覆:这里是遭受挫折的意思。
⑦ 横难:意外灾难。

青鳳

畫樓一角月一更　朝暮出
笑語迎迎別讀一卷青鳳傳
風疏聽福英柱生

也①。"孝儿曰:"明日将过,倘携有猎狐,望君之留之也。"生曰:
"楼下之羞,耿耿在念,他事不敢预闻。必欲仆效绵薄②,非青凤来
不可!"孝儿零涕曰:"凤妹已野死三年矣③。"生拂衣曰④:"既尔,
则恨滋深耳!"执卷高吟,殊不顾瞻。孝儿起,哭失声,掩面而去。
生如青凤所,告以故。女失色曰:"果救之否?"曰:"救则救之;适
不之诺者,亦聊以报前横耳⑤。"女乃喜曰:"妾少孤,依叔成立。昔
虽获罪,乃家范应尔⑥。"生曰:"诚然,但使人不能无介介耳⑦。卿
果死,定不相援。"女笑曰:"忍哉!"次日,莫三郎果至,镂膺虎韔⑧,
仆从甚赫。生门逆之⑨。见获禽甚多,中一黑狐,血殷毛革⑩;抚
之,皮肉犹温。便托裘敝,乞得缀补。莫慨然解赠⑪,生即付青凤,
乃与客饮。客既去,女抱狐于怀,三日而苏,展转复化为叟。举目
见凤,疑非人间。女历言其情。叟乃下拜,惭谢前愆⑫,喜顾女曰:
"我固谓汝不死,今果然矣。"女谓生曰:"君如念妾,还乞以楼宅相
假,使妾得以申返哺之私⑬。"生诺之。叟赧然谢别而去,入夜果举
家来,由此如家人父子,无复猜忌矣。生斋居,孝儿时共谈宴。生

---

① 年家子:科举时代,同一科的举人、进士,彼此称"同年",同年的晚辈称"年家子"。
② 效绵薄:报效微薄之力。一般作为为人提供帮助的谦辞。绵薄,即绵力薄材。《汉书·严助传》:"且越人绵力薄材,不能陆战,又无车骑弓弩之用。"
③ 野死:抛尸荒野。语出古乐府《战城南》。
④ 拂衣:即拂袖,一甩袖子,表示气愤。
⑤ 报前横:报复狐叟从前的粗暴态度。
⑥ 家范:家规。
⑦ 介介:犹耿耿,意即耿耿于怀。
⑧ 镂膺虎韔(chàng):雕金为饰的马带,以虎皮制作的弓袋。语出《诗经·秦风·小戎》。
⑨ 门逆之:到大门外迎接他。逆,迎。出大门迎接,表示恭敬。
⑩ 血殷(yān)毛革:血把皮毛都染红了。殷,赤黑色,淤血的颜色。
⑪ 解赠:解囊相赠。解,解囊,打开钱袋。
⑫ 惭谢前愆:羞惭地对以前的过失表示歉意。谢,告罪,道歉。愆,过失。
⑬ 申返哺之私:表达对父母的孝心。申,表明。返哺,幼鸟长大后衔食哺其母,因用以喻指子女尽孝,报答父母养育之恩。私,私心,指个人的孝心。

嫡出子渐长①,遂使傅之②;盖循循善教,有师范焉③。

① 嫡出子:正妻所生之子。旧时依照宗法,正妻为嫡,所生子为嫡子。
② 傅之:做老师。
③ 有师范:具有老师的风范。

# 陆　判

陵阳朱尔旦①,字小明,性豪放。然素钝②,学虽笃③,尚未知名。一日,文社众饮④。或戏之云⑤:"君有豪名,能深夜赴十王殿⑥,负得左廊判官来⑦,众当醵作筵⑧。"盖陵阳有十王殿,神鬼皆以木雕,妆饰如生。东庑有立判⑨,绿面赤须,貌尤狞恶。或夜闻两廊下拷讯声。入者,毛皆森竖。故众以此难朱。朱笑起,径去。居无何,门外大呼曰:"我请髯宗师至矣⑩!"众皆起。俄负判

---

① 陵阳:旧县名。今为镇,属安徽省青阳县。
② 钝:迟钝,愚笨。
③ 学虽笃:学习虽然勤奋。笃,专心,勤奋。
④ 文社:文人结社。结社的方式,以及社的活动方式、内容各种各样。这里指科举时代秀才们讲学作文的结社。
⑤ 或:有的人。
⑥ 十王殿:庙宇名。十王,即十殿阎王。自唐末以来,中国佛教所传十个主管地狱的阎王,他们各有名号,分居地狱十殿,故名。后来,道教也沿用这一说法。
⑦ 判官:官名。唐代始设。为节度、观察、防御诸使的僚属。这里指迷信传说中为阎王掌管簿册的佐吏。
⑧ 醵(jù)作筵:凑钱摆酒宴。
⑨ 东庑(wǔ):即东廊。庑,殿堂周围的走廊,或正殿两侧的廊屋。这里指廊屋。立判:站着的判官。
⑩ 髯宗师:大胡子宗师。宗师,旧称受人尊崇、堪为师表的人。明、清尊称学使为宗师。朱尔旦把陆判扛到文社,故用以戏称。

入,置几上,奉觞,酹之三①。众睹之,瑟缩不安于坐②,仍请负去。朱又把酒灌地,祝曰:"门生狂率不文③,大宗师谅不为怪。荒舍匪遥④,合乘兴来觅饮⑤,幸勿为畛畦⑥。"乃负之去。

次日,众果招饮。抵暮,半醉而归,兴未阑,挑灯独酌。忽有人搴帘入,视之,则判官也。朱起曰:"意吾殆将死矣!前夕冒渎⑦,今来加斧锧耶⑧?"判启浓髯,微笑曰:"非也。昨蒙高义相订⑨,夜偶暇,敬践达人之约⑩。"朱大悦,牵衣促坐,自起涤器爇火。判曰:"天道温和,可以冷饮。"朱如命,置瓶案上,奔告家人治肴果。妻闻,大骇,戒勿出。朱不听,立俟治具以出⑪。易盏交酬,始询姓氏。曰:"我陆姓,无名字。"与谈古典⑫,应答如响⑬。问:"知制艺否⑭?"曰:"妍媸亦颇辨之⑮。阴司诵读,与阳世亦略同。"陆豪饮,

---

① 酹(lèi):以酒浇地,祭祀鬼神。
② 瑟缩:因恐惧而抖战、蜷缩。
③ 门生:自唐至明,科举制度中,贡举之士以主考官为座主,而自称门生。这里既已称陆判为"宗师"(即学使),而学使又为各省乡试的主考官,朱因以自称。狂率不文:狂妄轻率,不懂礼仪。文,礼法。
④ 匪:通"非"。
⑤ 合乘兴来觅饮:应乘兴来喝酒。合,应,应当。觅饮,讨酒喝。觅,寻求,索求。
⑥ 勿为畛(zhěn)畦(qí):是说不要为人鬼异域所限。畛畦,田间小路,引申为界限、隔阂。
⑦ 冒渎:冒犯亵渎的意思。
⑧ 加斧锧(zhì):意即砍头、杀害。斧锧,古代杀人的刑具。斧指刀刃,锧指砧板。
⑨ 高义:本意指崇高的义行,语出《史记·信陵君列传》。这里义同"高谊",盛情的意思。相订:相约。
⑩ 达人:旷达之人。
⑪ 立俟治具:立等置办酒肴。俟,等待。具,餐具,代指酒肴。
⑫ 古典:古代的典籍。
⑬ 应(yìng)答如响:回答问题就像声音的回响一样。应答,答问,对答。如响,形容回答问题快捷。
⑭ 制艺:即"制义",指八股文。为科举应试文,由四书五经中文句课题,所谓依经立义,故名。
⑮ 妍媸(chī):美丑。这里是优劣、好坏的意思。

一举十觞。朱因竟日饮,遂不觉玉山倾颓①,伏几醺睡。比醒②,则残烛昏黄,鬼客已去。

自是三两日辄一来,情益洽,时抵足卧。朱献窗稿③,陆辄红勒之④,都言不佳。一夜,朱醉,先寝,陆犹自酌。忽醉梦中,觉脏腹微痛;醒而视之,则陆危坐床前⑤,破腔出肠胃,条条整理。愕曰:"夙无仇怨,何以见杀?"陆笑云:"勿惧,我与君易慧心耳。"从容纳肠已,复合之,末以裹足布束朱腰。作用毕⑥,视榻上亦无血迹,腹间觉少麻木。见陆置肉块几上,问之。曰:"此君心也。作文不快,知君之毛窍塞耳。适在冥间,于千万心中,拣得佳者一枚,为君易之,留此以补阙数⑦。"乃起,掩扉去。天明解视,则创缝已合,有线而赤者存焉。自是文思大进,过眼不忘。数日,又出文示陆。陆曰:"可矣。但君福薄,不能大显贵,乡、科而已⑧。"问:"何时?"曰:"今岁必魁⑨。"未几,科试冠军,秋闱果中经元⑩。同社中诸生素揶揄之;及见闱墨⑪,相视而惊,细问始知其异。共求朱先

---

① 玉山倾颓:称颂人的醉态。《世说新语·容止》:"嵇叔夜之为人也,岩岩若孤松之独立;其醉也,傀俄若玉山之将崩。"玉山,形容体态、仪表美好。
② 比:及,等到。
③ 窗稿:指习作的文稿。读书人惯常在窗下写作,故称。
④ 红勒:用朱笔涂抹、删削、批改。《梦溪笔谈·人事一》载,北宋嘉祐年间(1056—1063),士人刘几"累为国学第一,骤为怪崄之语,学者翕然效之,遂成风俗。欧阳公(指欧阳修)深恶之。会公主文,决意痛惩。……有一举人论曰:'天地轧,万物茁,圣人发。'公曰:'此必刘几也。'戏续之曰:'秀才剌,试官剧。'乃以大朱笔横抹之,自首至尾,谓之红勒帛,判'大纰缪'字榜之。既而果几也。"
⑤ 危坐:正身直坐。
⑥ 作用:施治,整治。用,治。
⑦ 阙:同"缺"。
⑧ 乡、科:乡试、科试的省词。详前《叶生》注。
⑨ 魁:夺魁,考取第一名。即下文所说"科试冠军"。
⑩ 经元:即"经魁"。明代科举以五经(《诗经》、《礼记》、《易经》、《书经》、《春秋》)取士,每经各取一名为首,叫"经魁"。乡试必五经中各取一名,列为前五名,所以叫"经元"或"经魁"。清代科考方法有所改变,但习惯上仍沿称前五名为"经元"。
⑪ 闱墨:清代在每届乡试、会试后,主考官编选录取人员中的优秀试卷,刊刻印行,叫做"闱墨"。

## 陸判

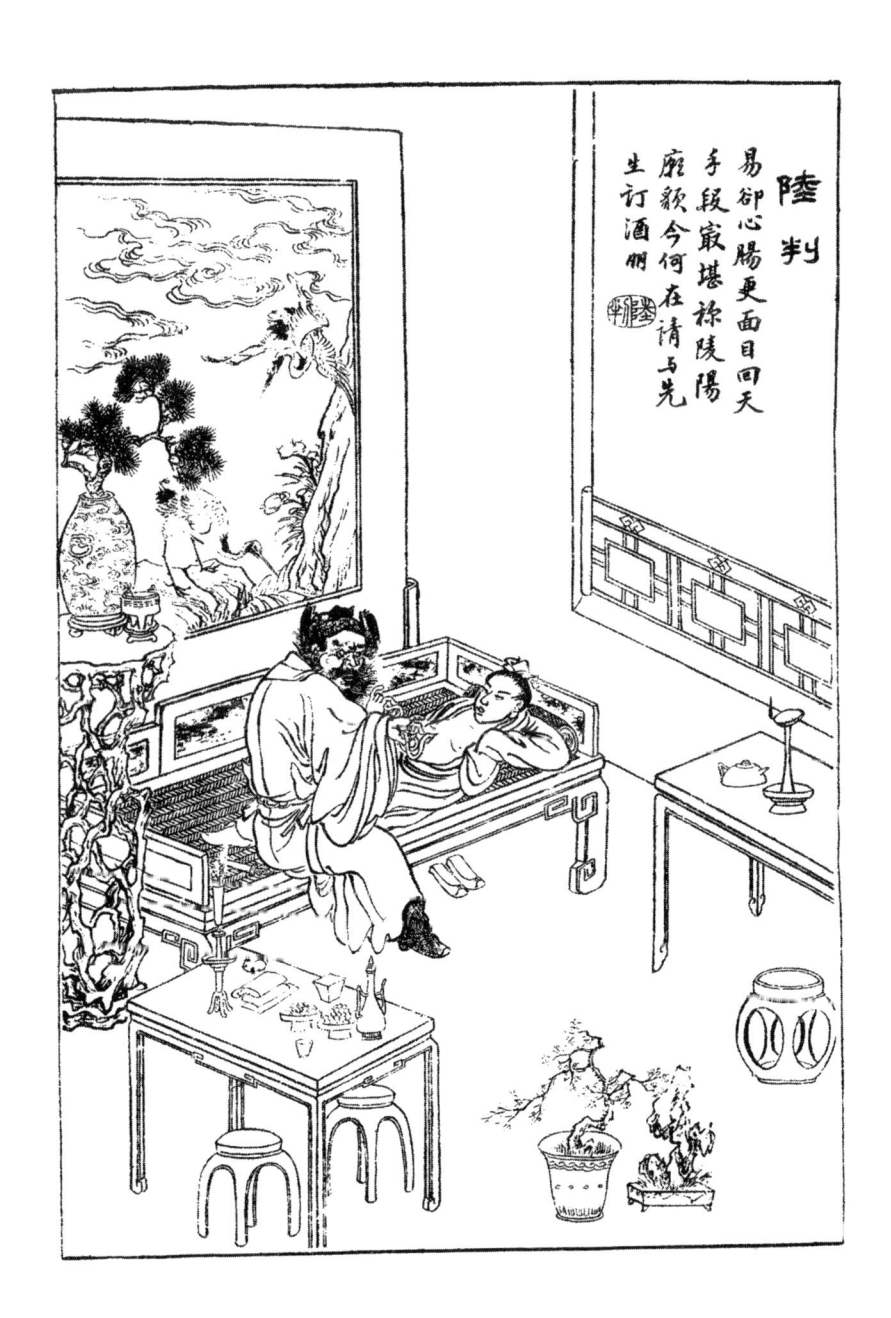

易卻心腸更面目　回天
手段最堪祿陵陽
庭闈今何在　請與先
生訂酒朋

容①,愿纳交陆。陆诺之。众大设以待之②。更初,陆至,赤髯生动,目炯炯如电。众茫乎无色,齿欲相击,渐引去。

朱乃携陆归饮。既醺,朱曰:"湔肠伐胃③,受赐已多。尚有一事欲相烦,不知可否?"陆便请命。朱曰:"心肠可易,面目想亦可更。山荆④,予结发人⑤,下体颇亦不恶,但头面不甚佳丽。尚欲烦君刀斧,如何?"陆笑曰:"诺,容徐图之。"过数日,半夜来叩关。朱急起延入。烛之,见襟裹一物。诘之,曰:"君曩所嘱,向艰物色。适得一美人首,敬报君命。"朱拨视,颈血犹湿。陆力促急入,勿惊禽犬。朱虑门户夜扃。陆至,以手推扉,扉自辟。引至卧室,见夫人侧身眠。陆以头授朱抱之,自于靴中出白刃如匕首,按夫人项,着力如切腐状,迎刃而解,首落枕畔;急于生怀取美人首合项上,详审端正,而后按捺。已而移枕塞肩际,命朱瘗首静所,乃去。朱妻醒,觉颈间微麻,面颊甲错⑥;搓之,得血片,甚骇。呼婢汲盥;婢见面血狼藉,惊绝。濯之,盆水尽赤。举首则面目全非,又骇极。夫人引镜自照,错愕不能自解。朱入告之;因反覆细视,则长眉掩鬓,笑靥承颧⑦,画中人也。解领验之,有红线一周,上下肉色,判然而异。

---

① 先容:事先致意,预先引荐。
② 大设:摆设盛大的宴会。
③ 湔(jiān)肠伐胃:洗肠剖胃。《五代史·周书·王仁裕传》载:王仁裕"少孤,不从师训,年二十五,方有意就学。一夕,梦剖肠胃,引西江水以浣之……及寤,心意豁然。自是资性绝高。"
④ 山荆:对人称自己妻子的谦辞。
⑤ 结发人:元配妻子。古时男子二十束发加冠,女子十五盘发贯笄(簪),即为成年,可论婚嫁,因讲称元配夫妻为"结发夫妻",元配妻子为"结发妻"。《玉台新咏·留别妻》:"结发为夫妻,恩爱两不疑。"
⑥ 甲错:鳞甲错杂。这里指面颊血污结痂,像鱼鳞似的。
⑦ 笑靥(yè)承颧(quán):粲然一笑,脸上漾出两个酒窝。靥,口旁窝,俗称酒窝,是女性美的一种表现。颧,颧骨。酒窝在颧骨的下面,故云"承"。

先是，吴侍御有女甚美①，未嫁而丧二夫，故十九犹未醮也②。上元游十王殿时，游人甚杂，内有无赖贼窥而艳之，遂阴访居里，乘夜梯入，穴寝门③，杀一婢于床下，逼女与淫，女力拒声喊，贼怒而杀之。吴夫人微闻闹声，叫婢往视，见尸骇绝。举家尽起，停尸堂上，置首项侧，一门啼号，纷腾终夜。诘旦启衾④，则身在而失其首。遍挞诸婢，谓所守不恪⑤，致葬犬腹。侍御告郡⑥。郡严限捕贼，三月而罪人弗得。渐有以朱家换头之异闻吴公者。吴疑之，遣媪探诸其家；入见夫人，骇走以告吴公。公视女尸故存，惊疑无以自决。猜朱以左道杀女⑦，往诘朱。朱曰："室人梦易其首，实不解其何故；谓仆杀之，则冤也。"吴不信，讼之。收家人鞫之⑧，一如朱言。郡守不能决。朱归，求计于陆。陆曰："不难，当使伊女自言之。"吴夜梦女曰："儿为苏溪杨大年所贼⑨，无与朱孝廉⑩。彼不艳于其妻，陆判官取儿首与之易之，是儿身死而头生也。愿勿相仇。"醒告夫人，所梦同。乃言于官。问之，果有杨大年；执而械之，遂伏其罪。吴乃诣朱，请见夫人，由此为翁婿。乃以朱妻首合女尸而葬焉。

---

① 侍御：官名。御史的别称。明、清属都察院，职称有左右都御史、左右副都御史，左右佥都御史、监察御史之别。
② 醮(jiào)：古时婚礼中的一种仪节，因指婚礼，引申为结婚的意思。
③ 穴寝门：在寝室门上挖了一个洞。
④ 诘旦：诘朝，第二天早晨。
⑤ 不恪：不慎。恪，谨慎、恭敬。
⑥ 郡：明清指州、府。这里指州、府的衙署。
⑦ 左道：邪门外道。指神怪迷信、巫师邪术等。
⑧ 鞫(jū)：审讯。
⑨ 贼：杀害。
⑩ 无与朱孝廉：与朱孝廉无关。孝廉，本为汉代选举官吏的科目；乡举里选，郡国推荐，朝廷任用。明清科举制度，举人由乡试选录，与汉代郡国推荐相似，因称举人为孝廉。

朱三入礼闱①,皆以场规被放②。于是灰心仕进,积三十年。一夕,陆告曰:"君寿不永矣。"问其期,对以五日。"能相救否?"曰:"惟天所命,人何能私?且自达人观之,生死一耳,何必生之为乐,死之为悲?"朱以为然,即制衣衾棺椁;既竟,盛服而没。

翌日夫人方扶柩哭,朱忽冉冉自外至。夫人惧。朱曰:"我诚鬼,不异生时。虑尔寡母孤儿,殊恋恋耳。"夫人大恸,涕垂膺③,朱依依慰解之。夫人曰:"古有还魂之说,君既有灵,何不再生?"朱曰:"天数不可违也④。"问:"在阴司作何务?"曰:"陆判荐我督案务⑤,授有官爵,亦无所苦。"夫人欲再语,朱曰:"陆判与我同来,可设酒馔。"趋而出。夫人依言营备。但闻室中笑饮,亮气高声,宛若生前。半夜窥之,窅然已逝。自是三数日辄一来,时而留宿缱绻,家中事就便经纪⑥。子玮方五岁,来辄捉抱;至七八岁,则灯下教读。子亦慧,九岁能文,十五入邑庠⑦,竟不知无父也。从此来渐疏,日月至焉而已⑧。又一夕来,谓夫人曰:"今与卿永诀矣。"问:"何往?"曰:"承帝命为太华卿⑨,行将远赴,事烦途隔,故不能来。"母子持之哭,曰:"勿尔!儿已成立,家计尚可存活,岂有百岁

---

① 礼闱:即会试。会试于乡试后第二年春季在礼部举行,故又称礼闱。
② 以场规被放:因违反考场规则而被逐出场外,或不予录取。科举考试,以携带文书入场、亲族任考官而不加回避等为违犯场规。而考卷违式,如题目写错,抬头错误,不避圣讳,污损涂抹等,也往往被取消考试资格。这里指后者。放,驱逐。
③ 膺:胸。
④ 天数:天命。数,运数,命运。
⑤ 督案务:监理案牍方面的事务。督,督察,监管。案,案牍,官方文书。
⑥ 经纪:料理。
⑦ 邑庠:县学。详前《叶生》注。
⑧ 日月至焉:偶然来一次。语出《论语·雍也》。
⑨ 承帝命为太华卿:禀承玉帝的诏命任太华山山神。帝,指玉帝。太华,山名,即西岳华山,在今陕西华阴市南。因其西有少华山,故又称太华山。

不拆之鸾凤耶!"顾子曰:"好为人,勿堕父业。十年后一相见耳。"径出门去,于是遂绝。

后玮二十五举进士,官行人①。奉命祭西岳道经华阴②,忽有舆从羽葆③,驰冲卤簿④。讶之。审视车中人,其父也。下车哭伏道左。父停舆曰:"官声好,我瞑目矣。"玮伏不起。朱促舆行,火驰不顾。去数步,回望,解佩刀遣人持赠。遥语曰:"佩之则贵。"玮欲追从,见舆马人从飘忽若风,瞬息不见。痛恨良久;抽刀视之,制极精工,镌字一行,曰:"胆欲大而心欲小,智欲圆而行欲方⑤。"玮后官至司马⑥。生五子,曰沉,曰潜,曰泂,曰浑,曰深。一夕梦父曰:"佩刀宜赠浑也。"从之。浑仕为总宪⑦,有政声。

异史氏曰:"断鹤续凫,矫作者妄⑧。移花接木⑨,创始者奇。而况加凿削于心肝,施刀锥于颈项者哉?陆公者,可谓媸皮裹妍骨矣⑩。

---

① 行人:官名。职掌捧节奉使;凡颁诏、册封、抚谕、征聘及祭祀山川神祇等,都受皇帝委派前往参加。明代设有行人司,置司正及左右司副,下有行人若干,以进士充任。
② 华阴:县名。今属陕西省。
③ 舆从羽葆:车马仪仗。舆从,车马前后的侍从;羽葆,仪仗。《礼记·杂记》:"匠人执羽葆御柩。"孔颖达疏:"羽葆者,以鸟羽注于柄头,如盖,谓之羽葆。葆,谓盖也。"
④ 卤簿:秦、汉时皇帝出行时的仪仗队,汉以后王公大臣普遍设置,因也泛指官员仪仗。卤,人型盾牌。甲盾的排列,有明确的规定,并记载于薄籍,因称"卤簿"。
⑤ "胆欲大"二句:意思是任事要果决,而思虑要周密;智谋要圆通,而行为要方正。语见《旧唐书·孙思邈传》。
⑥ 司马:官名。古为管领军队官员的称谓。汉武帝置大司马,西汉末年,与丞相、御史大夫并为"三公"。明、清时期用为兵部尚书的别称,侍郎(尚书之副)称少司马。这里或指兵部尚书、侍郎一类的官员。
⑦ 总宪:明、清都察院左都御史的别称。古称御史台为宪台,明洪武年间(1368—1398)改御史台为都察院,因称左都御史为"总宪",右副都御史为"副宪"。
⑧ "断鹤"二句:意思是如因鹤腿长而截之使短,因凫(野鸭)腿短而续之使长,如此矫情而作者是妄为。《庄子·骈拇》:"凫胫虽短,续之则忧;鹤胫虽长,断之则悲。"妄,谬,荒谬。
⑨ 移花接木:将一种花木嫁接到另一种花木之上,喻指暗中巧施手段改造人的形体。
⑩ 媸皮裹妍骨:意思是外貌丑陋而内心美好。媸皮,丑陋的外表。媸,丑陋。妍骨,美好的骨格。这里喻指人的内在精神,美好的品行。

明季至今①,为岁不远②,陵阳陆公犹存乎?尚有灵焉否也?为之执鞭③,所忻慕焉。"

---

① 明季:明代末年。
② 为岁:犹为时。岁,指时间。
③ 为之执鞭:为其赶车,做仆役。表示对人的极度钦佩。《史记·管晏列传》:"假令晏子而在,余虽为之执鞭,所忻慕焉。"

## 婴　宁

　　王子服,莒之罗店人①。早孤②。绝慧③,十四入泮④。母最爱之,寻常不令游郊野。聘萧氏⑤,未嫁而夭,故求凰未就也⑥。会上元⑦,有舅氏子吴生邀同眺瞩⑧。方至村外,舅家有仆来,招吴去。生见游女如云,乘兴独遨。有女郎携婢,拈梅花一枝,容华绝代,笑容可掬。生注目不移,竟忘顾忌。女过去数武,顾婢曰:"个儿郎目灼灼似贼!"遗花地上,笑语自去。

　　生拾花怅然,神魂丧失,怏怏遂返。至家,藏花枕底,垂头而

---

① 莒:古国名。明、清于其地置州,辖境在今山东省莒县一带。
② 早孤:早年丧父。孤,幼年丧父。《孟子·梁惠王上》,"幼而无父曰孤。"
③ 绝慧:绝顶聪明。慧,通"惠"。
④ 入泮:入县学为生员。详前《叶生》"游泮"注。
⑤ 聘:订婚。旧时订婚,男方须向女方行聘,即婚前送聘金(定亲之礼金)或礼物到女方,叫"纳聘"或"纳采"。
⑥ 求凰:喻指求偶、求爱。旧时以凤求凰喻男求女。相传,司马相如边弹琴边吟歌向卓文君表示爱恋之意,其歌云:"凤兮凤兮归故乡,遨游四海求其皇(凰),有一艳女在此堂,室迩人遐毒我肠,何由交接为鸳鸯。"详见《史记·司马相如列传》注引张揖说。
⑦ 上元:节日名。正月十五。
⑧ 舅氏:舅父,舅舅。下文"姑氏"指姑母。眺瞩:登高望远。这里指出外游玩,观赏景物。

睡,不语亦不食。母忧之。醮禳益剧①,肌革锐减②。医师诊视,投剂发表,忽忽若迷。母抚问所由,默然不答。适吴生来,嘱秘诘之。吴至榻前,生见之泪下,吴就榻慰解,渐致研诘③。生具吐其实,且求谋画。吴笑曰:"君意亦复痴!此愿有何难遂?当代访之。徒步于野,必非世家。如其未字④,事固谐矣;不然,拚以重赂⑤,计必允遂。但得痊瘳,成事在我。"生闻之,不觉解颐⑥。吴出告母,物色女子居里,而探访既穷,并无踪绪⑦。母大忧,无所为计。然自吴去后,颜顿开,食亦略进。数日,吴复来,生问所谋。吴绐之曰:"已得之矣。我以为谁何人,乃我姑氏女,即君姨妹行,今尚待聘。虽内戚有婚姻之嫌⑧,实告之,无不谐者。"生喜溢眉宇,问:"居何里?"吴诡曰:"西南山中,去此可三十馀里。"生又嘱再四,吴锐身自任而去。

　　生由是饮食渐加,日就平复。探视枕底,花虽枯,未便雕落。凝思把玩,如见其人。怪吴不至,折柬招之⑨。吴支托不肯赴招⑩。生恚怒,悒悒不欢。母虑其复病,急为议;略与商榷,辄摇首不愿,惟日盼吴。吴迄无耗,益怨恨之。转思三十里非遥,何必仰息他人⑪?怀梅袖中,负气自往,而家人不知也。伶仃独步,无可问程,

---

① 醮禳(jiàoráng):祈祷神灵,免除祸灾。醮,祭神。禳,除,攘除灾害。
② 肌革锐减:肌肤迅速消瘦。革,皮,皮肤。锐,迅疾,急速。
③ 研诘:穷究诘问。研,穷,究。诘,责问,追问。
④ 未字:未曾许婚。字,旧称女子许嫁。
⑤ 拚(pàn)以重赂:豁上重重的礼金行聘。拚,舍弃,豁出去。
⑥ 解颐:开口笑。这里是说露出笑容。颐,面颊。
⑦ 踪绪:踪影和头绪。
⑧ 内戚有婚姻之嫌:姨表通婚的避忌。内戚,内亲,指姨表、姑表等血缘相近的亲戚。嫌,嫌忌。
⑨ 折柬:裁纸写信。柬,通"简"。信。
⑩ 支托:支吾推托。
⑪ 仰息:仰人鼻息,意思是完全依赖别人。

但望南山行去。约三十余里,乱山合沓①,空翠爽肌,寂无人行,止有鸟道②。遥望谷底,丛花乱树中,隐隐有小里落。下山入村,见舍宇无多,皆茅屋,而意甚修雅③。北向一家,门前皆丝柳,墙内桃杏尤繁,间以修竹,野鸟格磔其中④。意其园亭,不敢遽入。回顾对户,有巨石滑洁,因据坐少憩。俄闻墙内有女子,长呼"小荣",其声娇细。方伫听间,一女郎由东而西,执杏花一朵,俯首自簪。举头见生,遂不复簪,含笑拈花而入。审视之,即上元途中所遇也。心骤喜,但念无以阶进⑤;欲呼姨氏,顾从无还往,惧有讹误。门内无人可问,坐卧徘徊,自朝至于日昃⑥,盈盈望断⑦,并忘饥渴。时见女子露半面来窥,似讶其不去者。忽一老媪扶杖出,顾生曰:"何处郎君,闻自辰刻便来,以至于今。意将何为?得勿饥也?"生急起揖之,答云:"将以盼亲⑧。"媪聋聩不闻。又大言之。乃问:"贵戚何姓?"生不能答。媪笑曰:"奇哉!姓名尚自不知,何亲可探?我视郎君,亦书痴耳。不如从我来,啖以粗粝⑨,家有短榻可卧。待明朝归,询知姓氏,再来探访,不晚也。"生方腹馁思啖,又从此渐近丽人,大喜。从媪入,见门内白石砌路,夹道红花片片坠阶上;曲折而西,又启一关,豆棚花架满庭中。肃客入舍⑩,粉壁光

---

① 合沓(tà):重叠。沓,合。
② 鸟道:只有鸟儿才可飞过的道路,喻指山路险峻、狭窄。
③ 意甚修雅:意趣十分秀美幽雅。意,意趣,格调。唐·杜甫《登兖州城楼》:"从来多古意,临眺独踌躇。"下文"意其园亭"的"意",是猜想、怀疑的意思。
④ 格磔(zhé):鸟鸣声。
⑤ 无以阶进:没有办法找个理由进去。阶,用为阶梯,引申为因由、凭借。
⑥ 日昃(zè):太阳偏西,过午。
⑦ 盈盈望断:望眼欲穿的意思。盈盈,流动的眼波。这里语意双关,含有相隔咫尺,相思而难得相见的意思。《古诗十九首·迢迢牵牛星》:"盈盈一水间,脉脉不得语"。望断,望至踪影全无。
⑧ 盼亲:探亲。盼,顾视。
⑨ 啖以粗粝(lì):有糙米饭可吃。啖,吃。粗粝,糙米,喻指粗茶淡饭。
⑩ 肃客入舍:请客人进屋。肃客,主人恭敬地迎请客人。语出《礼记·曲礼》。

如明镜;窗外海棠枝朵探入室中;裀藉几榻①,罔不洁泽。甫坐②,即有人自窗外隐约相窥。媪唤:"小荣!可速作黍③。"外有婢子嗷声而应④。坐次,具展宗阀⑤。媪曰:"郎君外祖,莫姓吴否?"曰:"然。"媪惊曰:"是吾甥也!尊堂,我妹子。年来以家窭贫⑥,又无三尺之男,遂至音问梗塞。甥长成如许,尚不相识。"生曰:"此来即为姨也,匆遽遂忘姓氏。"媪曰:"老身秦姓,并无诞育;弱息仅存,亦为庶产⑦。渠母改醮,遗我鞠养⑧。颇亦不钝,但少教训,嬉不知愁。少顷,使来拜识。"

未几,婢子具饭,雏尾盈握⑨。媪劝餐已,婢来敛具。媪曰:"唤宁姑来。"婢应去。良久,闻户外隐有笑声。媪又唤曰:"婴宁,汝姨兄在此。"户外嗤嗤笑不已。婢推之以入,犹掩其口,笑不可遏。媪嗔目曰:"有客在,咤咤叱叱,是何景象?"女忍笑而立,生揖之。媪曰:"此王郎,汝姨子。一家尚不相识,可笑人也。"生问:"妹子年几何矣?"媪未能解。生又言之。女复笑,不可仰视。媪谓生曰:"我言少教诲,此可见矣。年已十六,呆痴裁如婴儿。"生曰:"小于甥一岁。"曰:"阿甥已十七矣,得非庚午属马者耶?"生首应之。又问:"甥妇阿谁?"答曰:"无之。"曰:"如甥才貌,何十七岁

---

① 裀(yīn)藉几榻:垫席、几案、床榻。裀藉,垫褥,垫席。裀,同"茵"。茵席,重席,双层席。
② 甫坐:刚刚坐下。
③ 作黍:做饭的意思。黍,黄米。
④ 嗷(jiào)声而应:高声答应。
⑤ 具展宗阀:详细地陈述宗族门第。具,具体,详细。展,陈,陈述。阀,门第。
⑥ 窭(jù)贫:十分贫穷。《诗经·邶风·北门》"终窭且贫"朱熹注:"窭者,贫而无以为礼也。"
⑦ "弱息"二句:仅留下这个女儿,还是妾生的。弱息,幼弱的子女。庶产,旧时妻为正室,称嫡;妾为侧室,称庶。妾生子女称"庶出"。
⑧ "渠母"二句:她母亲已改嫁,留给我抚养她。渠,她。改醮,改嫁。鞠养,抚养,养育。
⑨ 雏尾盈握:握才满把的小雏鸡。小鸡满把时最为肥嫩。《礼记·内则》:"雏尾不盈握,弗食。"

犹未聘？婴宁亦无姑家①，极相匹敌②。惜有内亲之嫌。"生无语，目注婴宁，不遑他瞬。婢向女小语云："目灼灼，贼腔未改！"女又大笑，顾婢曰："视碧桃开未？"遽起，以袖掩口，细碎连步而出。至门外，笑声始纵。媪亦起，唤婢襆被③，为生安置。曰："阿甥来不易，宜留三五日，迟迟送汝归④。如嫌幽闷，舍后有小园，可供消遣；有书可读。"次日，至舍后，果有园半亩，细草铺毡，杨花糁径⑤；有草舍三楹，花木四合其所。穿花小步，闻树头苏苏有声，仰视，则婴宁在上。见生来，狂笑欲堕。生曰："勿尔，堕矣！"女且下且笑，不能自止。方将及地，失手而堕，笑乃止。生扶之，阴㨰其腕⑥。女笑又作，倚树不能行，良久乃罢。生俟其笑歇，乃出袖中花示之。女接之，曰："枯矣。何留之？"曰："此上元妹子所遗，故存之。"问："存之何意？"曰："以示相爱不忘也。自上元相遇，凝思成病，自分化为异物⑦；不图得见颜色，幸垂怜悯。"女曰："此大细事⑧。至戚何所靳惜⑨？待郎行时，园中花，当唤老奴来，折一巨捆负送之。"生曰："妹子痴耶？"女曰："何便是痴？"生曰："我非爱花，爱拈花之人耳。"女曰："葭莩之情⑩，爱何待言。"生曰："我所为爱，非瓜葛之爱⑪，乃夫妻之爱。"女曰："有以异乎？"曰："夜共枕席耳。"女俯

---

① 姑家：婆家。
② 匹敌：彼此相当，俗谓般配。
③ 襆（fú）被：以包袱裹束衣被。这里是抱去被褥的意思。
④ 迟迟：从容不迫的样子。这里是说迟些时日。
⑤ 杨花糁径：柳絮散落路上。杨花，柳絮。糁，米粒。这里形容粉散之状。
⑥ 㨰（zùn）：捏。
⑦ 异物：指死亡的人。
⑧ 大细事：极小的事。
⑨ 靳惜：吝惜。
⑩ 葭莩（jiāfú）之情：如此疏远的亲戚情谊。葭莩，芦苇内壁的薄膜，是极为轻薄的东西，喻指关系疏远、感情淡薄的亲戚。《汉书·中山靖王胜传》："今群臣非有葭莩之亲，鸿毛之重。"
⑪ 瓜葛：喻指亲戚。瓜和葛，都是蔓生植物，因喻指相互关联的亲戚。语出汉蔡邕《独断》。

首思良久,曰:"我不惯与生人睡。"语未已,婢潜至,生惶恐遁去。少时,会母所。母问:"何往?"女答以园中共话。媪曰:"饭熟已久,有何长言,周遮乃尔①。"女曰:"大哥欲我共寝。"言未已,生大窘,急目瞪之。女微笑而止。幸媪不闻,犹絮絮究诘。生急以他词掩之,因小语责女。女曰:"适此语不应说耶?"生曰:"此背人语。"女曰:"背他人,岂得背老母?且寝处亦常事,何讳之?"生恨其痴,无术可悟之。食方竟,家中人捉双卫来寻生②。

先是,母待生久不归,始疑;村中搜觅已遍,竟无踪兆。因往寻吴。吴忆曩言,因教于西南山村寻觅。凡历数村,始至于此。生出门,适相值,便入告媪,且请偕女同归。媪喜曰:"我有志,匪伊朝夕③。但残躯不能远涉,得甥携妹子去,识认阿姨,大好!"呼婴宁,宁笑至。媪曰:"有何喜,笑辄不辍?若不笑,当为全人。"因怒之以目。乃曰:"大哥欲同汝去,可便装束。"又饷家人酒食,始送之出。曰:"姨家田产丰裕,能养冗人。到彼且勿归,小学诗礼,亦好事翁姑。即烦阿姨,择一良匹。"二人遂发。至山坳,回顾,犹依稀见媪倚门北望也。

抵家,母睹妹丽,惊问为谁。生以姨女对。母曰:"前吴郎与儿言者,诈也。我未有姊,何以得甥?"问女,女曰:"我非母出。父为秦氏,没时,儿在襁中,不能记忆。"母曰:"我一姊适秦氏,良确;然殂谢已久④,那得复存?"因审诘面庞、志赘⑤,一一符合。又疑曰:"是矣。然亡已多年,何得复存?"疑虑间,吴生至,女避入室。吴询得故,惘然久之。忽曰:"此女名婴宁耶?"生然之。吴亟称怪

---

① 周遮:话多。唐白居易《老戒》:"矍铄夸身健,周遮说话长。"
② 捉双卫:牵着两头驴。捉,牵引。卫,驴的别称。《尔雅翼》:"驴,一名为卫。或曰:晋卫玠好乘之,故以为名。"
③ 匪伊朝夕:不止一日。匪,通"非"。伊,语中助词,无义。
④ 殂(cú)谢:死亡。
⑤ 面庞:面部轮廓。志赘:痣和疣,指身上出生时带来的特殊标记。

事。问所自知,吴曰:"秦家姑去世后,姑丈鳏居①,祟于狐,病瘵死。狐生女名婴宁,绷卧床上,家人皆见之。姑丈没,狐犹时来;后求天师符粘壁上②,狐遂携女去。将勿此耶?"彼此疑参③。但闻室中吃吃,皆婴宁笑声。母曰:"此女亦太憨生④。"吴生请面之。母入室,女犹浓笑不顾。母促令出,始极力忍笑,又面壁移时,方出。才一展拜,翻然遽入,放声大笑。满室妇女,为之粲然。吴请往觇其异,就便执柯⑤。寻至村所,庐舍全无,山花零落而已。吴忆葬处,仿佛不远;然坟垅湮没,莫可辨识,诧叹而返。母疑其为鬼,入告吴言,女略无骇意;又吊其无家,亦殊无悲意,孜孜憨笑而已⑥。众莫之测。母令与少女同寝止。昧爽即来省问⑦,操女红精巧绝伦⑧。但善笑,禁之亦不可;然笑处嫣然,狂而不损其媚,人皆乐之。邻女少妇,争承迎之。母择吉为之合卺⑨,而终恐为鬼物。窃于日中窥之,形影殊无少异⑩。至日,使华装行新妇礼;女笑极不能俯仰,遂罢。生以其憨痴,恐泄漏房中隐事,而女殊密秘,不肯道一语。每值母忧怒,女至,一笑即解。奴婢小过,恐遭鞭楚,辄求诣母共话;罪婢投见,恒得免。而爱花成癖,物色遍戚党;窃典金钗,

① 鳏居:无妻独居。
② 天师符:张天师的神符。天师,道教徒对道教创始人张道陵及其后裔的尊称。张道陵(34—156),即张陵,东汉沛国丰(今江苏丰县)人,顺帝汉安元年(142)在鹄鸣山(今四川大邑县境)创立道教,其后世移居江西龙虎山,世称"张天师"。
③ 疑参:相疑惑。参,交互。
④ 太憨生:太娇痴。憨,傻。生,语助词,无义。
⑤ 执柯:做媒。详见《娇娜》"作伐"注。
⑥ 孜孜憨笑:憨笑不止。孜孜,形容不停歇的样子。
⑦ 昧爽:拂晓,黎明。省(xǐng)问:问安。古时儿女敬事父母,要"昏定晨省",即早晚向父母请安。
⑧ 女红(gōng):旧时指女子所做的纺织、刺绣、缝纫等事。红,同"功"。
⑨ 择吉为之合卺(jǐn):选择吉日给他们举行婚礼。合卺,举行婚礼。详见《娇娜》"合卺"注。
⑩ 形影殊无少异:形体、影子与常人没有什么差别。传说鬼物在日光下无影,因此用以检验婴宁是否为鬼物。

购佳种,数月,阶砌藩溷,无非花者①。

　　庭后有木香一架,故邻西家。女每攀登其上,摘供簪玩②。母时遇见,辄诃之。女卒不改。一日,西人子见之,凝注倾倒。女不避而笑。西人子谓女意己属,心益荡。女指墙底笑而下,西人子谓示约处,大悦。及昏而往,女果在焉,就而淫之,则阴如锥刺,痛彻于心,大号而踣。细视非女,则一枯木卧墙边,所接乃水淋窍也。邻父闻声,急奔研问,呻而不言。妻来,始以实告。爇火烛窍,见中有巨蝎如小蟹然,翁碎木捉杀之。负子至家,半夜寻卒。邻人讼生,讦发婴宁妖异③。邑宰素仰生才,稔知其笃行士④,谓邻翁讼诬,将杖责之。生为乞免,逐释而出。母谓女曰:"憨狂尔尔,早知过喜而伏忧也。邑令神明,幸不牵累;设鹘突官宰⑤,必逮妇女质公堂⑥,我儿何颜见戚里⑦?"女正色,矢不复笑。母曰:"人罔不笑,但须有时。"而女由是竟不复笑,虽故逗,亦终不笑;然竟日未尝有戚容。

　　一夕,对生零涕。异之。女哽咽曰:"曩以相从日浅,言之恐致骇怪。今日察姑及郎,皆过爱无有异心,直告或无妨乎?妾本狐产。母临去,以妾托鬼母,相依十馀年,始有今日。妾又无兄弟,所恃者惟君。老母岑寂山阿⑧,无人怜而合厝之⑨,九泉辄为悼恨。

---

① 藩溷(hùn):茅房,厕所。
② 簪玩:簪于头上,或把之赏玩。
③ 讦(jié)发:揭发。讦,当面用言语攻击人。
④ 稔知:熟知。稔,熟。笃行士:品行淳厚的读书人。
⑤ 鹘(hú)突:糊涂的转音。
⑥ 妇女质公堂:使妇女对质公堂。旧时妇女不能抛头露面,到公堂对质是很丢脸面的事。
⑦ 戚里:亲戚、邻里。
⑧ 岑寂山阿:孤寂地待在荒山里。岑寂,高而寂静。山阿,山坳,泛指荒山野岭。晋·陶渊明《拟挽歌辞》之三:"死去何所道,托体同山阿。"
⑨ 合厝(cuò):合葬。厝,安葬。

婴宁

拈花微笑欹倾
城情到你時轉
不情一味天真
何爛漫只宜
呼作太憨生

君倘不惜烦费,使地下人消此怨恫,庶养女者不忍溺弃。"生诺之,然虑坟冢迷于荒草。女言无虑。刻日,夫妇舆榇而往①。女于荒烟错楚中②,指示墓处,果得媪尸,肤革犹存。女抚哭哀痛。舁归③,寻秦氏墓合葬焉。是夜,生梦媪来称谢,寤而述之。女曰:"妾夜见之,嘱勿惊郎君耳。"生恨不邀留。女曰:"彼鬼也。生人多,阳气胜,何能久居?"生问小荣,曰:"是亦狐,最黠。狐母留以视妾④,每摄饵相哺⑤,故德之常不去心⑥。昨问母,云已嫁之。"由是岁值寒食,夫妇登秦墓,拜扫无缺。女逾年生一子,在怀抱中,不畏生人,见人辄笑,亦大有母风云。

异史氏曰:"观其孜孜憨笑,似全无心肝者。而墙下恶作剧,其黠孰甚焉?至凄恋鬼母,反笑为哭,我婴宁殆隐于笑者矣⑦。窃闻山中有草,名'笑矣乎',嗅之则笑不可止。房中植此一种,则合欢、忘忧⑧,并无颜色矣。若解语花⑨,正嫌其作态耳⑩。"

---

① 舆榇(chèn):以车载棺。榇,棺材。
② 荒烟错楚中:荒无人烟的树丛中。荒烟,荒野而无人烟。错楚,错杂的树丛。
③ 舁(yú)归:用车拉回来。舁,借作"舆"。宋司马光《和子骏新荷》:"新荷满沼绿,兰舁出门陈。"
④ 视:养视,照顾。
⑤ 摄饵:摄取食物。
⑥ 德之:感激她。
⑦ 隐于笑:以笑来掩护自己。
⑧ 合欢、忘忧:两种花名。合欢,俗称夜合花、马缨花。忘忧,忘忧草,萱草的别称。
⑨ 解语花:能通解言语之花,喻指善于迎合人意的美女。唐·王仁裕《开元天宝遗事·解语花》载:"明皇秋八月,太液池有千叶白莲花数枝盛开,帝与贵戚宴赏焉。左右皆叹羡久之。帝指贵妃示于左右曰:'争如我解语花?'"
⑩ 作态:故作姿态,指矫饰而有失自然。

# 聂小倩

　　宁采臣，浙人①。性慷爽，廉隅自重②。每对人言："生平无二色③。"适赴金华④，至北郭，解装兰若⑤。寺中殿塔壮丽，然蓬蒿没人⑥，似绝行踪。东西僧舍，双扉虚掩，惟南一小舍，扃键如新。又顾殿东隅，修竹拱把⑦；阶下有巨池，野藕已花。意甚乐其幽杳⑧。会学使案临⑨，城舍价昂，思便留止，遂散步以待僧归。日暮，有士人来，启南扉。宁趋为礼，且告以意。士人曰："此间无房主，仆亦侨居。能甘荒落，旦暮惠教，幸甚。"宁喜，藉藁代床⑩，支板作几，

---

① 浙：指浙江。
② 廉隅：志行端方。《礼记·儒行》："近文章，砥厉廉隅。"
③ 无二色：旧指除妻子外，不爱恋其他女人。色，女色。
④ 金华：府名。治所在今浙江金华县。
⑤ 兰若：佛寺。梵语音译的略称。原为比丘尼习静修行的处所，后一般指佛寺。
⑥ 蓬蒿没（mò）人：蓬蒿长得比人都高。没，掩没，遮蔽。
⑦ 修竹拱把：长长的竹子，有的对卡粗，有的一满把。拱，两手合围，俗谓"对卡"。把，一手满握。
⑧ 幽杳（yǎo）：幽深静寂。
⑨ 学使案临：学使前来主持考试。学使，督学使者，即提督学政，简称学政。详前《叶生》"学使"注。清制，各省学政在三年任期内，依次到本省所辖各府对生员举行岁试、科试各一次，称案临。
⑩ 藉藁：铺稻草。藁，同"稿"，农作物的秸秆，这里指稻草。

为久客计。是夜,月明高洁,清光似水,二人促膝殿廊①,各展姓字②。士人自言:"燕姓,字赤霞。"宁疑为赴试诸生,而听其音声,殊不类浙。诘之,自言:"秦人。"语甚朴诚。既而相对词竭③,遂拱别归寝。

宁以新居,久不成寐。闻舍北喁喁④,如有家口。起,伏北壁石窗下,微窥之。见短墙外一小院落,有妇可四十馀;又一媪衣黯绯⑤,插蓬沓⑥,鲐背龙钟⑦,偶语月下⑧。妇曰:"小倩何久不来?"媪曰:"殆好至矣。"妇曰:"将无向姥姥有怨言否?"曰:"不闻,但意似蹙蹙⑨。"妇曰:"婢子不宜好相识⑩。"言未已,有十七八女子来,仿佛艳绝。媪笑曰:"背地不言人,我两个正谈道,小妖婢悄来无迹响,幸不訾着短处⑪。"又曰:"小娘子端好是画中人,遮莫老身是男子⑫,也被摄魂去。"女曰:"姥姥不相誉,更阿谁道好?"妇人女子又不知何言。宁意其邻人眷口,寝不复听。又许时,始寂无声。方将睡去,觉有人至寝所,急起审顾,则北院女子也。惊问之,女笑曰:"月夜不寐,愿修燕好⑬。"宁正容曰:"卿防物议⑭,我畏人言;

---

① 促膝:对坐。古人席地而坐,两人相对时膝部挨得很近,因称促膝。
② 各展姓字:各自通报姓名。展,陈,陈说。姓字,姓名和表字。古人在正名之外有字、号;字即表字。交往中,依关系的亲疏称名或称字。
③ 词竭:无话可说。
④ 喁(yú)喁:形容交谈声音低微。
⑤ 衣黯(yē)绯:穿着退了色的红衣。衣,穿。黯,变色。这里指退色。绯,红绸。
⑥ 蓬沓:古时越地妇女簪插的大银栉。宋·苏轼《於潜令刁同年野翁亭》自注:"於潜妇女皆插大银栉,长尺许,谓之蓬沓。"於潜,旧县名,属浙江。银栉,银质梳篦。
⑦ 鲐(tái)背:驼背。龙钟:老态,一般指步态、行动迟缓。
⑧ 偶语:对谈,相对悄悄私语。
⑨ 蹙(cù)蹙:不舒畅的样子。
⑩ 好相识:方言。好看承,客气对待的意思。
⑪ 訾着短处:即揭短,说别人坏话。訾,诋毁。
⑫ 遮莫:假设,假如。
⑬ 燕好:夫妻之好。语本《诗经·邶风·谷风》"燕尔新婚"。
⑭ 物议:人们的议论、批评。

聶小倩

沈具光明磊
落陽不逢
劍俠欠何傷
良宵自説
奇緣者多
半青燐
注暮楊

略一失足,廉耻道丧。"女云:"夜无知者。"宁又咄之。女逡巡若复有词。宁叱:"速去!不然,当呼南舍生知。"女惧,乃退。至户外复返,以黄金一锭置褥上。宁掇掷庭墀,曰:"非义之物,污我囊橐!"女惭,出,拾金自言曰:"此汉当是铁石。"

诘旦①,有兰溪生携一仆来候试,寓于东厢,至夜暴亡。足心有小孔,如锥刺者,细细有血出。俱莫知故。经宿,仆一死②,症亦如之。向晚,燕生归,宁质之③,燕以为魅。宁素抗直,颇不在意。宵分④,女子复至,谓宁曰:"妾阅人多矣,未有刚肠如君者。君诚圣贤,妾不敢欺。小倩,姓聂氏,十八夭殂,葬于寺侧,辄被妖物威胁,历役贱务,腆颜向人,实非所乐。今寺中无可杀者,恐当以夜叉来⑤。"宁骇求计。女曰:"与燕生同室可免。"问:"何不惑燕生?"曰:"彼奇人也,不敢近。"问:"迷人若何?"曰:"狎昵我者,隐以锥刺其足,彼即茫若迷,因摄血以供妖饮;又或以金,非金也,乃罗刹鬼骨⑥,留之能截取人心肝;二者,凡以投时好耳。"宁感谢,问戒备之期,答以明宵。临别泣曰:"妾堕玄海,求岸不得⑦。郎君义气干云,必能拔生救苦。倘肯囊妾朽骨,归葬安宅⑧,不啻再造⑨。"宁毅

---

① 诘旦:明晨,第二天一大早。
② 一:疑作"亦"。
③ 质:询问。
④ 宵分:夜半。
⑤ 夜叉:梵语音译。意译为"能啖鬼""捷疾鬼"等。印度佛教神话中的一种半神的小神灵,在我国文学作品中,通常把他作为恶魔。
⑥ 罗刹:"罗刹娑"等梵语音译的略称。印度神话中的恶魔,演化为佛教故事中的恶鬼,能变幻各种形状,食人血肉。慧琳《一切经音义》卷二十五:"罗刹此云恶鬼也,食人血肉,或飞空,或地行,捷疾可畏也。"
⑦ "妾堕"二句:我堕落苦海,而不能上岸。玄海,佛家语,指苦海,意思是痛苦无边。岸,也是佛家语,意思是脱离苦海,进入佛境。所谓"苦海无边,回头是岸"。下文"拔生救苦",就是救出苦海得以超生的意思。
⑧ 安宅:本指安定的居处,这里指使其安静的葬地,即墓穴。语出《诗经·小雅·鸿雁》。
⑨ 再造:再生的意思。

然诺之。因问葬处,曰:"但记取白杨之上,有乌巢者是也。"言已出门,纷然而灭。

明日,恐燕他出,早诣邀致。辰后具酒馔,留意察燕。既约同宿,辞以性癖耽寂①。宁不听,强携卧具来。燕不得已,移榻从之,嘱曰:"仆知足下丈夫②,倾风良切③。要有微衷④,难以遽白。幸勿翻窥箧幞,违之两俱不利。"宁谨受教。既而各寝,燕以箱筐置窗上,就枕移时,齁如雷吼。宁不能寐。近一更许,窗外隐隐有人影。俄而近窗来窥,目光睒闪⑤。宁惧,方欲呼燕,忽有物裂箧而出,耀若匹练,触折窗上石棂,飘然一射,即遽敛入,宛如电灭。燕觉而起,宁伪睡以觇之。燕捧箧检征⑥,取一物,对月嗅视,白光晶莹,长可二寸,径韭叶许⑦。已而数重包固,仍置破箧中。自语曰:"何物老魅,直尔大胆,致坏箧子。"遂复卧。宁大奇之,因起问之,且以所见告。燕曰:"既相知爱,何敢深隐。我,剑客也。若非石棂,妖当立毙;虽然,亦伤。"问:"所缄何物?"曰:"剑也。适嗅之,有妖气。"宁欲观之。慨出相示,荧荧然一小剑也。于是益厚重燕。明日,视窗外,有血迹。遂出寺北,见荒坟累累,果有白杨,乌巢其颠。迨营谋既就,趣装欲归。燕生设祖帐⑧,情义殷渥⑨,以破革囊赠宁,曰:"此剑袋也。宝藏可远魑魅。"宁欲从授其术。曰:"如君信义刚直,可以为此,然君犹富贵中人,非此道中人也。"宁

---

① 性癖耽寂:性情孤僻,喜爱寂静。耽,乐。
② 丈夫:这里是男子汉大丈夫的意思。
③ 倾风良切:这是客套话,说倾慕十分殷切,与见面说"久仰"是一样的。风,风度。
④ 要有微衷:会有隐衷。要,会。衷,隐衷。说"微衷"是自谦。微,微末,微不足道。
⑤ 睒(shǎn)闪:闪烁。
⑥ 检征:检验。征,验。
⑦ 径韭叶许:约一韭菜叶宽。径,宽。
⑧ 设祖帐:摆筵行酒宴。祖帐,古时将出行者送至郊外,张设帷帐以祭路神,后遂称饯别为祖帐。祖,祖神,神话传说中的道路之神。
⑨ 殷渥:殷切深厚。

乃托有妹葬此,发掘女骨,敛以衣衾,赁舟而归。

宁斋临野,因营坟葬诸斋外,祭而祝曰:"怜卿孤魂,葬近蜗居,歌哭相闻,庶不见凌于雄鬼①。一瓯浆水饮,殊不清旨,幸不为嫌!"祝毕而返,后有人呼曰:"缓待同行!"回顾,则小倩也。欢喜谢曰:"君信义,十死不足以报。请从归,拜识姑嫜②,媵御无悔③。"审谛之,肌映流霞,足翘细笋,白昼端相,娇丽尤绝。遂与俱至斋中。嘱坐少待,先入白母。母愕然。时宁妻久病,母戒勿言,恐所骇惊。言次,女已翩然入,拜伏地下。宁曰:"此小倩也。"母惊顾不遑。女谓母曰:"儿飘然一身,远父母兄弟。蒙公子露覆④,泽被发肤⑤,愿执箕帚⑥,以报高义。"母见其绰约可爱,始敢与言,曰:"小娘子惠顾吾儿,老身喜不可已。但生平止此儿,用承祧绪⑦,不敢令有鬼偶。"女曰:"儿实无二心。泉下人,既不见信于老母,请以兄事,依高堂,奉晨昏⑧,如何?"母怜其诚,允之。即欲拜嫂;母辞以疾,乃止。女即入厨下,代母尸饔⑨。入房穿榻,似熟居者。日暮,母畏惧之,辞使归寝,不为设床褥。女窥知母意,即竟去。过斋欲入,却退,徘徊户外,似有所惧。生呼之。女曰:"室有剑气畏人。向道途中不奉见者,良以此故。"宁悟为革囊,取悬他室。女乃入,就烛下坐。移时,殊不一语。久之,问:"夜读否?妾

---

① 雄鬼:强暴之鬼。
② 姑嫜(zhāng):丈夫的母亲和父亲,俗称公婆。
③ 媵(yìng)御:当婢妾使唤。媵,媵人,侍婢。御,用,使唤。
④ 露覆:也作"覆露",喻指恩泽沾润。《国语·晋语六》:"是先主覆露子也。"覆,荫庇。露,膏泽。
⑤ 泽被发肤:恩泽及于毛发和皮肤,恩泽无所不至的意思。被,覆盖。
⑥ 执箕帚:从事洒扫杂务,为做妻子的谦辞。
⑦ 承祧(tiāo)绪:承继祖宗为后嗣,传宗接代的意思。祧,祖庙。
⑧ 奉晨昏:早晚奉事,如对父母。《礼记·曲礼上》:"冬温而夏凊,昏定而晨省。"
⑨ 尸饔(yōng):料理饮食。语出《诗经·小雅·祈父》。尸,主,主持。饔,熟食。

少诵《楞严经》①,今强半遗忘。浼求一卷②,夜暇就兄正之。"宁诺。又坐,默然,二更向尽,不言去。宁促之。愀然曰:"异域孤魂,殊怯荒墓。"宁曰:"斋中别无床寝,且兄妹亦宜远嫌。"女起,眉颦蹙欲啼③,足𢓜儴而懒步④,从容出门,涉阶而没。宁窃怜之,欲留宿别榻,又惧母嗔。女朝旦朝母,捧匜沃盥⑤,下堂操作,无不曲承母志。黄昏告退,辄过斋头,就烛诵经。觉宁将寝,始惨然出。

先是,宁妻病废,母劬不堪;自得女,逸甚,心德之。日渐稔,亲爱如己出,竟忘其为鬼;不忍晚令去,留与同卧起。女初来未尝食饮,半年渐啜稀饦⑥。母子皆溺爱之,讳言其鬼,人亦不之辨也。无何,宁妻亡。母隐有纳女意,然恐于子不利。女微窥之,乘间告母曰:"居年馀,当知肝膈。为不欲祸行人,故从郎君来。区区无他意⑦,止以公子光明磊落,为天人所钦瞩⑧,实欲依赞三数年,借博封诰⑨,以光泉壤。"母亦知无恶,但惧不能延宗嗣。女曰:"子女惟天所授。郎君注福籍⑩,有亢宗子三⑪,不以鬼妻而遂夺也。"母信之,与子议。宁喜,因列筵告戚党。或请觌新妇,女慨然华妆出,

---

① 《楞严经》:佛经名,全称《大佛顶如来密因修证了义诸菩萨万行首楞严经》。
② 浼(měi)求:请求。
③ 眉颦蹙:双眉皱起,愁苦的样子。
④ 𢓜儴(ráng):同"劻勷",惶遽不安的样子。
⑤ 捧匜(yí)沃盥:服侍盥洗。匜,古代用以盥洗的盛水器。沃盥,浇洗。
⑥ 饦(yì):同"酏",稀粥汤。
⑦ 区区:自称的谦辞。
⑧ 钦瞩:钦敬看重。瞩,瞩目,看重的意思。
⑨ 封诰:即诰封,指官员妻室以诰命封赐爵号。
⑩ 注福籍:载入福禄名籍。注,载入。福籍,迷信说法,人的福禄由天注定,并载入簿册。
⑪ 亢宗子:光宗耀祖的儿子。亢宗,庇护宗族。亢,遮蔽。《左传·昭公元年》:"吉不能亢身,焉能亢宗?"据此,旧时称能扩大家族权势、提高其地位者为亢宗之子。后引申为光宗耀祖的意思。

一堂尽眙①,反不疑其鬼,疑为仙。由是五党诸内眷②,咸执贽以贺③,争拜识之。女善画兰梅,辄以尺幅酬答,得者藏之什袭④,以为荣。

一日,俯颈窗前,怊怅若失⑤。忽问:"革囊何在?"曰:"以卿畏之,故缄置他所。"曰:"妾受生气已久,当不复畏,宜取挂床头。"宁诘其意,曰:"三日来,心怔忡无停息,意金华妖物,恨妾远遁,恐旦晚寻及也。"宁果携革囊来。女反复审视,曰:"此剑仙将盛人头者也。敝败至此,不知杀人几何许!妾今日视之,肌犹粟栗。"乃悬之。次日又命移悬户上。夜对烛坐,约宁勿寝。欻有一物,如飞鸟堕。女惊匿夹幕间⑥。宁视之,物如夜叉状,电目血舌,睒闪攫拿而前。至门却步,逡巡久之,渐近革囊,以爪摘取,似将抓裂。囊忽格然一响,大可合篑⑦;恍惚有鬼物,突出半身,揪夜叉入,声遂寂然,囊亦顿缩如故。宁骇诧,女亦出,大喜曰:"无恙矣!"共视囊中,清水数斗而已。后数年,宁果登进士。女举一男。纳妾后,又各生一男,皆仕进有声⑧。

---

① 眙(chì):吃惊地瞪目直视。
② 五党:疑指五亲族。宋·王禹偁《一品孙郑昱》:"五族不力稿,终岁饱且温。"
③ 执贽:手持礼物。贽,礼物。
④ 什袭:重叠包裹,以示珍藏。
⑤ 怊(chāo)怅若失:痛苦忧伤,心情没有着落。怊怅,犹惆怅。
⑥ 夹幕:侧室帷幕。在左右为夹,侧室在堂两侧。
⑦ 大可合篑(kuì):约合两个竹筐那么大。篑,盛土的竹器。
⑧ 有声:有政声,指为官声誉好。

# 凤阳士人

凤阳一士人①,负笈远游②。谓其妻曰:"半年当归。"十馀月,竟无耗问③。妻翘盼綦切④。一夜,才就枕,纱月摇影,离思萦怀。方反侧间⑤,有一丽人,珠鬟绛帔⑥,搴帷而入,笑问:"姊姊,得无欲见郎君乎?"妻急起应之。丽人邀与共往。妻惮修阻⑦,丽人但请勿虑。即挽女手出,并踏月色,约行一矢之远⑧。觉丽人行迅速,女步履艰涩⑨,呼丽人少待,将归着复履⑩。丽人牵坐路侧,自乃捉

---

① 凤阳:府、县名。治所在今安徽凤阳县西。士人:读书人。
② 负笈(jí)远游:背着书箱外出求学。笈,书箱。古时读书人外出求师访学,称游学。《晋书·王裒传》:"负笈游学。"
③ 耗问:犹音信。
④ 翘盼綦(qí)切:盼望十分殷切。翘,翘企,仰着头、踮起脚。綦,甚,极。
⑤ 方反侧间:意思是正在难以入睡之时。反侧,翻来覆去,形容睡卧不安。《诗经·周南·关雎》:"优哉游哉,辗转反侧。"
⑥ 珠鬟绛帔(pèi):头饰珠翠,身着红色披肩。珠鬟,饰珠之鬟。鬟,束发为髻。绛,红色。帔,披肩。
⑦ 修阻:路远难走。修,长,远。阻,难行。
⑧ 一矢之远:一箭之地,路途很近的意思。
⑨ 步履艰涩:行步迟滞。步履,行步。艰涩,艰难涩滞。指因疲累行步艰难,抬不起脚来。
⑩ 复履:夹底鞋。

足,脱履相假。女喜着之,幸不凿枘①。复起从行,健步如飞。移时,见士人跨白骡来。见妻大惊,急下骑,问:"何往?"女曰:"将以探君。"又顾问丽人伊谁②。女未及答,丽人掩口笑曰:"且勿问讯。娘子奔波匪易③。郎君星驰夜半,人畜想当俱殆④。妾家不远,且请息驾⑤,早旦而行,不晚也。"顾数武之外⑥,即有村落,遂同行。入一庭院,丽人促睡婢起供客,曰:"今夜月色皎然,不必命烛,小台石榻可坐。"士人縶塞檐梧⑦,乃即坐。丽人曰:"履大不适于体⑧,途中颇累赘否?归有代步,乞赐还也。"女称谢付之。

俄顷,设酒果,丽人酌曰:"鸾凤久乖⑨,圆在今夕;浊醪一觞⑩,敬以为贺。"士人亦执盏酬报。主客笑言,履舄交错⑪。士人注视丽者,屡以游词相挑⑫。夫妻乍聚,并不寒暄一语⑬。丽人亦眉目流情,妖言隐谜⑭。女惟默坐,伪为愚者。久之渐醺,二人语益狎。又以巨觥劝客,士人以醉辞,劝之益苦。士人笑曰:"卿为我度一

---

① 凿枘(ruì):方凿(榫卯)圆枘(榫头)的略语。喻龃龉不合。战国宋玉《九辩》:"圆枘而方凿兮,吾固知其钮铻而难入。"不凿枘,意思是很合脚。
② 顾问:以目示意而问。伊谁:是谁。
③ 匪:通"非"。
④ 殆:疲殆,累得要死。
⑤ 息驾:请别人停下来休息的敬辞。息,停止。驾,车乘。
⑥ 顾数武之外:见数步以外。顾,看。
⑦ 縶(zhí)塞檐梧:把骡拴在檐前柱上。縶,拴系。塞,本指劣马或跛驴,这里代指士人所乘之白骡。檐,屋檐。梧,檐前柱。
⑧ 体:手足,四肢。这里指脚。
⑨ 鸾凤久乖:夫妻长久离别。鸾凤,鸾鸟和凤凰,喻指夫妻。乖,离。
⑩ 浊醪(láo):浊酒。这里是谦辞。
⑪ 履舄(xì)交错:履、舄,都是鞋。舄是二重底的鞋。古人席地而坐,脱鞋然后入室。各种鞋子交相错杂,形容宾客之多。《史记·滑稽列传》:"履舄交错,杯盘狼藉。"这里是说丽人与士人两足交错,极为亲昵。
⑫ 游词:放纵淫秽的言辞。游,放纵。
⑬ 寒暄:这里是问候的意思。
⑭ 妖言隐谜:说着迷惑人的暧昧话。妖言,迷惑人心的话。隐谜,让人猜度其含义的隐语。这里指含有调情之意的暧昧话。

鳳陽士人

弟兄夫婦各西
東月下懷人
感慨中顛倒遠
離成夢想不
因夢求夢偶同

曲①,即当饮。"丽人不拒,即以牙拨抚提琴而歌曰②:"黄昏卸得残妆罢,窗外西风冷透纱。听蕉声,一阵一阵细雨下。何处与人闲磕牙③?望穿秋水④,不见还家,潸潸泪似麻⑤。又是想他,又是恨他,手拿着红绣鞋儿占鬼卦⑥。"歌竟,笑曰:"此市井里巷之谣⑦,不足污君听。然因流俗所尚,姑效颦耳⑧。"音声靡靡⑨,风度狎亵⑩。士人摇惑,若不自禁。

少间,丽人伪醉离席;士人亦起,从之而去。久之不至。婢子乏疲,伏睡廊下。女独坐,块然无侣⑪,中心愤恚,颇难自堪。思欲遁归,而夜色微茫,不忆道路。辗转无以自主,因起而觇之。裁近其窗,则断云零雨之声,隐约可闻。又听之,闻良人与己素常猥亵之状,尽情倾吐。女至此,手颤心摇,殆不可遏,念不如出门窜沟壑以死。愤然方行,忽见弟三郎乘马而至,遽便下问。女具以告⑫。三郎大怒,立与姊回,直入其家,则室门扃闭,枕上之语犹喁喁也。三郎举巨石如斗,抛击窗棂,三五碎断。内大呼曰:"郎君脑破矣!

---

① 度一曲:按照曲谱唱一曲。
② 牙拨:拨弄琴弦的牙状器具。提琴:弦乐器。胡琴的一种。
③ 闲磕牙:聊天,闲聊。
④ 望穿秋水:犹望穿双眼。形容望归之切。秋水,喻指女子美丽而清澈的眼波。
⑤ 潸(shān)潸:流泪的样子。《诗经·小雅·大车》:"睠焉顾之,潸焉出涕。"
⑥ 占鬼卦:闺中少妇思夫盼归的占卜游戏。明清民歌《嗳呀呀的》:"嗳呀呀的实难过,半夜三更睡不着。睡不着,拿起绣鞋儿占一课,一只仰着,一只合着。要说是来,这只鞋儿就该这么着;要说不来,那只鞋儿就该这么着。"
⑦ 市井里巷之谣:指民间歌谣。市井,指有商贸交往的城市;里巷,即闾巷,指农村。
⑧ 效颦(pín):喻人不善摹仿,弄巧成拙。效,仿效、摹仿。颦,皱眉。《庄子·天运》篇载,越国美女西施,常因心痛而皱眉,看去更增妩媚。同村一丑女,也仿效西施皱眉的样子,却更加丑陋。这里谦指所唱摹仿得不像。
⑨ 音声靡靡:乐曲和歌唱都柔细动听。靡靡,声音柔细美好。
⑩ 风度狎亵:态度亲昵而猥亵。风度,威仪、态度。
⑪ 块然无侣:孤独无伴。块然,孤独自处的样子。《荀子·君道》:"块然独坐,而天下从之如一。"
⑫ 具以告:以之具告,把所见到的情况全都告诉他(三郎)。

奈何!"女闻之,愕然,大哭,谓弟曰:"我不谋与汝杀郎君,今且若何?"三郎撑目曰①:"汝呜呜促我来;甫能消此胸中恶,又护男儿、怨弟兄,我不贯与婢子供指使②!"返身欲去。女牵衣曰:"汝不携我去,将何之?"三郎挥姊仆地,脱体而去。女顿惊寤,始知其梦。

越日,士人果归,乘白骡。女异之而未言。士人是夜亦梦,所见所遭,述之悉符,互相骇怪。既而三郎闻姊夫自远归,亦来省问。语次,问士人曰:"昨宵梦君,今果然,亦大异。"士人笑曰:"幸不为巨石所毙。"三郎愕然问故,士以梦告。三郎大异之。盖是夜,三郎亦梦遇姊泣诉,愤激投石也。三梦相符,但不知丽人何许耳。

---

① 撑目:瞪着眼,张目直视。
② 贯:"惯"的本字。

# 莲　香

　　桑生,名晓,字子明,沂州人①。少孤②,馆于红花埠③。桑为人静穆自喜④,日再出⑤,就食东邻,馀时坚坐而已⑥。东邻生偶至,戏曰:"君独居,不畏鬼狐耶?"笑答曰:"丈夫何畏鬼狐?雄来吾有利剑,雌者尚当开门纳之。"邻生归,与友谋,梯妓于垣而过之⑦,弹指叩扉。生窥问其谁,妓自言为鬼。生大惧,齿震震有声。妓逡巡自去。邻生早至生斋⑧,生述所见,且告将归。邻生鼓掌曰:"何不开门纳之?"生顿悟其假,遂安居如初。

　　积半年,一女子夜来叩斋,生意友人之复戏也,启门延入,则倾国之姝⑨。惊问所来,曰:"妾莲香,西家妓女。"埠上青楼故多⑩,

---

① 沂州:清代府名。治所在今山东临沂兰山区。
② 少孤:自小失去父亲。
③ 馆:寓舍。这里是寓居的意思。
④ 静穆自喜:自以安静平和而欣喜。静穆,犹静和,心中安静平和。自喜,自欣喜。
⑤ 日再出:每日出去两次。再,两次。
⑥ 坚坐:安坐。
⑦ 梯妓于垣(yuán)而过之:使妓乘梯越墙而过。垣,墙。
⑧ 斋:书房。
⑨ 倾国之姝:绝色女子。倾国,或作"倾国倾城",指美女。《汉书·外戚传》载李延年歌:"北方有佳人,绝世而独立;一顾人城,再顾倾人国。宁不知倾城与倾国,佳人难再得。"
⑩ 青楼:指妓院。

信之。息烛登床,绸缪甚至。自此三五宿辄一至。

一夕独坐凝思,一女子翩然入。生意其莲,承逆与语①。觑面殊非:年仅十五六,髽袖垂髫②,风流秀曼③,行步之间,若还若往④。大愕,疑为狐。女曰:"妾,良家女,姓李氏。慕君高雅,幸能垂盼。"生喜,握其手,冷如冰,问:"何凉也?"曰:"幼质单寒,夜蒙霜露,那得不尔!"既而罗襦衿解,俨然处子。女曰:"妾为情缘,葳蕤之质⑤,一朝失守,不嫌鄙陋,愿常侍枕席。房中得无有人否?"生云:"无他,止一邻娼,顾亦不常。"女曰:"当谨避之。妾不与院中人等⑥,君秘勿泄。彼来我往,彼往我来可耳。"鸡鸣欲去,赠绣履一钩⑦,曰:"此妾下体所著,弄之足寄思慕。然有人慎勿弄也!"受而视之,翘翘如解结锥,心甚爱悦。越夕无人,便出审玩。女飘然忽至,遂相款昵。自此每出履,则女必应念而至。异而诘之。笑曰:"适当其时耳。"

一夜莲来,惊曰:"郎何神气萧索⑧?"生言:"不自觉。"莲便告别,相约十日。去后,李来恒无虚夕。问:"君情人何久不至?"因以相约告。李笑曰:"君视妾何如莲香美?"曰:"可称两绝,但莲卿肌肤温和。"李变色曰:"君谓双美,对妾云尔。渠必月殿仙人⑨,妾

---

① 承逆:承迎,迎接。逆,迎。
② 髽(duǒ)袖垂髫(tiáo):双肩瘦削,头发下垂。髽,下垂。髽袖,垂袖,这里指肩瘦削,即所谓溜肩。女子以双肩瘦削为美。髫,头发下垂。这里指少女。古时少女十五岁前不束发,鬓发下垂。
③ 秀曼:秀美。曼,美。
④ 若还若往:像是后退,又像是前行,形容其体态轻盈袅娜。
⑤ 葳蕤(wēiruí)之质:喻指娇嫩柔弱的处女躯体。葳蕤,草名。南朝·梁·任昉《述异记》:"葳蕤草,一名丽草,又呼为女草,江浙中呼娃草。美女曰娃,故以为名。"质,躯体。《广雅·释言》:"质,躯也。"
⑥ 院中人:指妓女。院,行院,妓院。为妓女所居之处。
⑦ 绣履一钩:绣鞋一只。履,鞋。钩,喻指尖小而翘起如钩的鞋。旧时女子裹足,致使足尖小而弯,鞋形如钩,故称。
⑧ 萧索:本来形容秋日万木凋零后的凄凉景象,这里形容精神萎靡、气色灰暗。
⑨ 月殿仙人:指嫦娥。旧时诗文中常用以喻指美女。

定不及。"因而不欢。乃屈指计,十日之期已满,嘱勿漏,将窃窥之。

次夜,莲香果至,笑语甚洽。及寝,大骇曰:"殆矣!十日不见,何益惫损①?保无有他遇否?"生询其故。曰:"妾以神气验之,脉析析如乱丝②,鬼症也。"次夜,李来,生问:"窥莲香何似?"曰:"美矣。妾固谓世间无此佳人,果狐也。去,吾尾之,南山而穴居。"生疑其妒,漫应之。

逾夕,戏莲香曰:"余固不信,或谓卿狐者。"莲亟问:"是谁所云?"笑曰:"我自戏卿。"莲曰:"狐何异于人?"曰:"惑之者病,甚则死,是以可惧。"莲香曰:"不然。如君之年,房后三日,精气可复,纵狐何害?设旦旦而伐之③,人有甚于狐者矣。天下瘵尸瘵鬼④,宁皆狐蛊死耶⑤?虽然,必有议我者。"生力白其无,莲诘益力。生不得已,泄之。莲曰:"我固怪君惫也。然何遽至此?得勿非人乎?君勿言,明宵,当如渠窥妾者。"是夜,李至,才三数语,闻窗外嗽声,急亡去。莲入曰:"君殆矣!是真鬼物!昵其美而不速绝,冥路近矣!"生意其妒,默不语。莲曰:"固知君不忘情,然不忍视君死。明日当携药饵,为君以除阴毒。幸病蒂尤浅⑥,十日恙当已。请同榻以视痊可。"次夜,果出刀圭药啖生⑦。顷刻,洞下三两

---

① 惫损:疲惫,消瘦。
② 析析:散乱的样子。
③ 旦旦而伐之:指无度地放纵淫欲。旦旦,日日,每天每天地。伐,砍伐。旧时把放纵淫欲喻为伐性之斧,见《吕氏春秋·本生》。
④ 瘵尸瘵(zhài)鬼:指以患肺病而死的人。旧时肺结核为不治之症,称瘵瘵。
⑤ 蛊死:受蛊惑而死。蛊,特制的一种虫毒,能毒害人。旧时把善媚惑人的女性称为蛊女,称沉迷女色为受蛊惑。《左传·庄公二十八年》"楚令尹子元欲蛊文夫人"注:"蛊惑以淫事也。"
⑥ 病蒂:病根。
⑦ 刀圭药:一小匙药。刀圭,古时量取药末的用具。章炳麟《新方言·释器》说:刀即"庀";刀圭,古时读如"条耕",即今之调羹。

行①,觉脏腑清虚,精神顿爽。心虽德之,然终不信为鬼。

莲香夜夜同衾偎生;生欲与合,辄止之。数日后肤革充盈②。欲别,殷殷嘱绝李,生谬应之。及闭户挑灯,辄捉履倾想。李忽至。数日隔绝,颇有怨色。生曰:"彼连宵为我作巫医③,请勿为怼④,情好在我。"李稍怿。生枕上私语曰:"我爱卿甚,乃有谓卿鬼者。"李结舌良久⑤,骂曰:"必淫狐之惑君听也!若不绝之,妾不来矣!"遂呜呜饮泣。生百词慰解,乃罢。隔宿,莲香至,知李复来,怒曰:"君必欲死耶!"生笑曰:"卿何相妒之深?"莲益怒曰:"君种死根,妾为若除之⑥,不妒者将复何如?"生托词以戏曰:"彼云前日之病,为狐祟耳。"莲乃叹曰:"诚如君言,君迷不悟,万一不虞⑦,妾百口何以自解?请从此辞。百日后当视君于卧榻中。"留之不可,怫然径去⑧。由是与李夙夜必偕。约两月馀,觉大困顿。初犹自宽解;日渐羸瘠,惟饮馇粥一瓯⑨。欲归就奉养,尚恋恋不忍遽去。因循数日,沉绵不可复起。邻生见其病惫,日遣馆僮馈给食饮。生至是始疑李,因谓李曰:"吾悔不听莲香之言,以至于此!"言讫而瞑。移时复苏,张目四顾,则李已去,自是遂绝。

生羸卧空斋,思莲香如望岁⑩。一日方凝想间,忽有搴帘入者,则莲香也。临榻哂曰:"田舍郎⑪,我岂妄哉!"生哽咽良久,自

---

① 洞下两三行:泻了两三次。洞,通"恫"。洞下,中医术语,下泻。行,次。
② 肤革充盈:意思是身体又结实起来。肤革,皮肤。充盈,充满。
③ 巫医:巫师与医师。这里戏指莲香为其治病。
④ 为怼(duì):产生怨恨。
⑤ 结舌:说不出话。
⑥ 若:你。
⑦ 不虞:事出意外。
⑧ 怫(fú)然:愤恨的样子。
⑨ 馇(zhān)粥:黏粥。《礼记·檀弓上》"馇粥之食"《疏》:"厚曰馇,稀曰粥。"
⑩ 如望岁:像饥饿盼望谷熟一样。《左传·昭公三十二年》:"闵闵焉如农夫望岁,惧以待时。"
⑪ 田舍郎:戏称农家子弟,含有讥讽之意。

言知罪,但求拯救。莲曰:"病入膏肓①,实无救法。姑来永诀,以明非妒。"生大悲曰:"枕底一物,烦代碎之。"莲搜得履,持就灯前,反复展玩。李女欻入②,卒见莲香③,返身欲遁。莲以身蔽门,李窘急不知所出。生责数之④,李不能答。莲笑曰:"妾今始得与阿姨面相质⑤。昔谓郎君旧疾,未必非妾致,今竟何如?"李俯首谢过。莲曰:"佳丽如此,乃以爱结仇耶?"李即投地陨泣⑥,乞垂怜救。莲遂扶起,细诘生平。曰:"妾,李通判女⑦,早夭,瘗于墙外⑧。已死春蚕,遗丝未尽⑨。与郎偕好,妾之愿也;致郎于死,良非素心。"莲曰:"闻鬼利人死,以死后可常聚,然否?"曰:"不然。两鬼相逢,并无乐处;如乐也,泉下少年郎岂少哉!"莲曰:"痴哉!夜夜为之,人且不堪,而况于鬼!"李问:"狐能死人,何术独否?"莲曰:"是采补者流,妾非其类。故世有不害人之狐,断无不害人之鬼,以阴气盛也。"生闻其语,始知鬼狐皆真。幸习常见惯,颇不为骇。但念残息如丝,不觉失声大痛。莲顾问:"何以处郎君者?"李赧然逊谢。莲笑曰:"恐郎强健,醋娘子要食杨梅也。"李敛衽曰⑩:"如有医国

---

① 病入膏肓(huāng):病已无药可医。《左传·成公十年》:"公梦疾为竖子曰:'彼良医也,惧伤我,焉逃之?'其一曰:'居肓之上,膏之下,若我何?'医至,曰:'疾不可为也。在肓之上,膏之下,攻之不可,达之不及,药不至焉,不可为也。'"膏肓,指心脏与隔膜之间,古代医学认为是药物达不到的地方。
② 欻(xū)入:一闪而入。欻,忽然。
③ 卒:同"猝",突然。
④ 责数(shǔ):责问、数落。数,数落,责备的意思,是说逐条数说其过错。
⑤ 面相质:当面对质。
⑥ 投地陨泣:伏地哭泣。投地,以头投地,即拜伏于地。陨泣,落泪。
⑦ 通判:官名。明、清为知府之佐,各府置员不等,分掌粮运、督捕及农田水利等事务。
⑧ 瘗(yì):埋葬。
⑨ "已死"二句:意思是说人虽已死,而情丝未断。丝,谐"思"。
⑩ 敛衽:整饬衣襟以表敬意。古人衣长及地,行礼前须先提起衣襟,叫作"敛衽"。敛衽为古人见面时的一般礼节,宋元以后则专指妇女表示敬礼。这里是敛衽而拜的意思。

蓮香

七日沉疴遽
故我十年
舊約話前
生閒中細
讀桑生傳
振鬼爭妍
寰青情

手①,使妾得无负郎君,便当埋首地下,敢复觍然于人世耶!"莲解囊出药,曰:"妾早知有今,别后采药三山②,凡三阅月③,物料始备,瘵蛊至死④,投之无不苏者。然症何由得,仍以何引⑤,不得不转求效力。"问:"何需?"曰:"樱口中一点香唾耳。我一丸进,烦接口而唾之。"李晕生颐颊,俯首转侧而视其履。莲戏曰:"妹所得意惟履耳!"李益惭,俯仰若无所容。莲曰:"此平时熟技,今何吝焉?"遂以丸纳生吻,转促逼之,李不得已,唾之。莲曰:"再!"又唾之。凡三四唾,丸已下咽。少间,腹殷然如雷鸣。复纳一丸,自乃接唇而布以气。生觉丹田火热⑥,精神焕发。莲曰:"愈矣!"李听鸡鸣,彷徨别去。莲以新瘥,尚须调摄⑦,就食非计,因将户外反关,伪示生归,以绝交往,日夜守护之。李亦每夕必至,给奉殷勤,事莲犹姊。莲亦深怜爱之。居三月,生健如初,李遂数夕不至;偶至,一望即去。相对时,亦悒悒不乐。莲常留与共寝,必不肯。生追出,提抱以归,身轻若刍灵⑧。女不得遁,遂着衣偃卧,蹙其体不盈二尺。莲益怜之,阴使生狎抱之,而撼摇亦不得醒。生睡去;觉而索之,已杳。后十馀日,更不复至。生怀思殊切,恒出履共弄。莲曰:"窈娜如此⑨,妾见犹怜,何况男子。"生曰:"昔日弄履则至,心固疑之,然终不料其鬼。今对履思容,实所怆恻⑩。"因而泣下。

---

① 医国手:誉称医术居全国之首的人。这里指具有起死回生之术的高明医生。
② 三山:神话传说中的三神山,即方丈、蓬莱、瀛洲,为神仙居处,上有不死之药。见晋王嘉《拾遗记·高辛》。
③ 凡三阅月:共历三个月。阅,历。
④ 瘵蛊(zhàigǔ):即蛊疾,指惑于女色、淫欲过度所得的疾病。
⑤ 引:药引。
⑥ 丹田:道家称人脐下三寸处。见《云笈七签·黄庭外景经》。
⑦ 调摄:调理保养。
⑧ 刍(chú)灵:茅草人,古时殉葬用品。见《礼记·檀弓下》。后用纸扎,送葬时在坟前烧掉。这里喻指身体轻飘。
⑨ 窈娜:窈窕,袅娜。形容体态美好。
⑩ 怆恻:伤心。

先是,富室张姓有女子燕儿,年十五,不汗而死。终夜复苏,起顾欲奔。张扃户,不得出。女自言:"我通判女魂。感桑郎眷注①,遗舄犹存彼处。我真鬼耳,锢我何益?"以其言有因,诘其至此之由。女低徊反顾,茫不自解。或有言桑生病归者,女执辨其诬。家人大疑。东邻生闻之,逾垣往窥,见生方与美人对语;掩入逼之,张皇间已失所在。邻生骇诘。生笑曰:"向固与君言,雌者则纳之耳。"邻生述燕儿之言。生乃启关,将往侦探,苦无由。张母闻生果未归,益奇之。故使佣媪索履,生遂出以授。燕儿得之喜。试着之,鞋小于足者盈寸,大骇。揽镜自照,忽恍然悟己之借躯以生也者,因陈所由。母始信之。女镜面大哭曰:"当日形貌,颇堪自信,每见莲姊,犹增惭怍。今反若此,人也不如其鬼也!"把履号咷,劝之不解,蒙衾僵卧。食之,亦不食,体肤尽肿。凡七日不食,卒不死,而肿渐消;觉饥不可忍,乃复食。数日,遍体瘙痒,皮尽脱。晨起,睡舄遗堕,索着之,则硕大无朋矣②。因试前履,肥瘦吻合,乃喜。复自镜,则眉目颐颊,宛肖生平③,益喜。盥栉见母,见者尽眙④。莲香闻其异,劝生媒通之;而以贫富悬邈,不敢遽进。会媪初度⑤,因从其子婿行,往为寿。媪睹生名,故使燕儿窥帘志客⑥。生最后至,女骤出,捉袂,欲从与俱归。母诃谯之⑦,始惭而入。生审视宛然,不觉零涕,因拜伏不起。媪扶之,不以为侮。生出,浼女

---

① 眷注:眷恋关注。
② 硕大无朋:大得无与伦比。硕,大。朋,比,伦比。语出《诗经·唐风·椒聊》。
③ 宛肖生平:宛然与往日容貌一样。肖,像。
④ 眙(chì):惊视,吃惊地看着。
⑤ 初度:生日。初度指初生之时,后指称生日。语出屈原《离骚》。
⑥ 志客:辨识客人。志,通"识",识别,辨认。
⑦ 诃谯:呵斥,消让。诃,同"呵",谯,同"诮",责备。

舅执柯①,媪议择吉赘生②。

生归告莲香,且商所处。莲怅然良久,便欲别去,生大骇泣下。莲曰:"君行花烛于人家,妾从而往,亦何形颜?"生谋先与旋里③,而后迎燕,莲乃从之。生以情白张。张闻其有室,怒加诮让。燕儿力白之,乃如所请。至日,生往亲迎。家中备具,颇甚草草;及归,则自门达堂,悉以罽毯贴地④,百千笼烛,灿列如锦。莲香扶新妇入青庐⑤,搭面既揭,欢若生平。莲陪卺饮⑥,因细诘还魂之异。燕曰:"尔日抑郁无聊⑦,徒以身为异物,自觉形秽。别后愤不归墓,随风漾泊。每见生人则羡之。昼凭草木,夜则信足浮沉。偶至张家,见少女卧床上,近附之,未知遂能活也。"莲闻之,默默若有所思。

逾两月,莲举一子。产后暴病,日就沉绵。捉燕臂曰:"敢以孽种相累,我儿即若儿。"燕泣下,姑慰藉之。为召巫医,辄却之。沉痼弥留⑧,气如悬丝。生及燕儿皆哭。忽张目曰:"勿尔!子乐生,我乐死。如有缘,十年后可复得见。"言讫而卒。启衾将敛,尸化为狐。生不忍异视,厚葬之。子名狐儿,燕抚如己出。每清明,必抱儿哭诸其墓。

---

① 浼女舅执柯:请求女方的舅父做媒人。浼,请托。执柯,做媒,见《娇娜》注。
② 赘:招赘。古时男子就女家成婚,叫作赘婿,其身份与女家的儿子相同。《汉书·贾谊传》:"家贫子壮则出赘。"
③ 旋里:回归故里。旋,回,还。
④ 罽(jì)毯:毛毯。罽,毛织品。
⑤ 青庐:古时北方为举行婚礼临时搭设的帏帐。唐·段成式《酉阳杂俎·礼异》:"北朝婚礼,青布幔为屋,在门内外,谓之青庐,于此交拜。"
⑥ 卺(jǐn)饮:古时结婚仪式中,将一瓠剖为两瓢,新婚夫妇各执其一,饮酒漱口,叫作"卺饮"。详前《娇娜》"合卺"注。
⑦ 尔日:近日。尔,通"迩",近。
⑧ 沉痼(gù)弥留:重病临危。沉痼,积久不愈之病。弥留,语出《尚书·顾命》,本指病久不愈,后指病重濒死。

后生举于乡①,家渐裕,而燕苦不育。狐儿颇慧,然单弱多疾。燕每欲生置媵。一日,婢忽白:"门外一妪,携女求售。"燕呼入,卒见,大惊曰:"莲姊复出耶!"生视之,真似,亦骇。问:"年几何?"答云:"十四。""聘金几何?"曰:"老身止此一块肉,但俾得所,妾亦得啖饭处,后日老骨不至委沟壑,足矣。"生优价而留之。燕握女手,入密室,撮其颔而笑曰:"汝识我否?"答言:"不识。"诘其姓氏,曰:"妾韦姓。父徐城卖浆者②,死三年矣。"燕屈指停思,莲死恰十有四载。又审视女,仪容态度,无一不神肖者。乃拍其顶而呼曰:"莲姊,莲姊!十年相见之约,当不欺吾!"女忽如梦醒,豁然曰:"咦!"熟视燕儿。生笑曰:"此'似曾相识燕归来'也③。"女泫然曰④:"是矣。闻母言,妾生时便能言,以为不祥,犬血饮之,遂昧宿因⑤。今日始如梦寤。娘子其耻于为鬼之李妹耶?"共话前生,悲喜交至。

一日,寒食,燕曰:"此每岁妾与郎君哭姊日也。"遂与亲登其墓,荒草离离⑥,木已拱矣⑦。女亦太息。燕谓生曰:"妾与莲姊,两世情好,不忍相离,宜令白骨同穴。"生从其言,启李家得骸,舁归而合葬之。亲朋闻其异,吉服临穴⑧,不期而会者数百人。余庚戌南游至沂⑨,阴雨,休于旅舍。有刘生子敬,其中表亲,出同社王子

---

① 举于乡:即乡试得中,成了举人。
② 卖浆者:卖饮料的人。浆,泛指饮料。
③ 似曾相识燕归来:宋·晏殊《浣溪沙》一词中的句子。
④ 泫然:流涕的样子。
⑤ 遂昧宿因:就不明白前生的因缘了。昧,目不明。宿因,犹宿缘,为佛教用语。宿指过去世,缘指原因。佛教认为人现世的遭遇都是由宿缘造成的。
⑥ 离离:茂盛的样子。
⑦ 木已拱矣:坟墓上的树都已对掐粗了。拱,以两大指尖与两食指尖相合作圈,俗云"对卡"。《左传·僖公三十二年》:"中寿,尔墓之木拱矣。"
⑧ 吉服临穴:穿着吉服到墓地参加葬礼。吉服,逢吉庆之事或节日期间穿着的冠服。
⑨ 庚戌:指康熙九年,即公元1670年。沂:沂水,县名。今属山东。

章所撰桑生传,约万馀言,得卒读。此其崖略耳①。

异史氏曰:"嗟乎！死者而求其生,生者又求其死,天下所难得者,非人身哉？奈何具此身者,往往而置之,遂至觍然而生不如狐,泯然而死不如鬼。"

---

① 崖略:梗概,大略。语出《庄子·知北游》。

聊斋志异选

《王成》

聊斋志异选

《陆判》

聊斋志异选

《婴宁》

聊斋志异选

《聂小倩》

聊斋志异选

《阿宝》

聊斋志异选

《张诚》

聊斋志异选

《红玉》

聊斋志异选

《夜叉国》

# 阿　宝

粤西孙子楚①,名士也。生有枝指②;性迂讷③,人诳之,辄信为真。或值座有歌妓,则必遥望却走④。或知其然,诱之来,使妓狎逼之,则赪颜彻颈⑤,汗珠珠下滴。因共为笑。遂貌其呆状⑥,相邮传作丑语⑦,而名之"孙痴"。

邑大贾某翁⑧,与王侯埒富。姻戚皆贵胄⑨。有女阿宝,绝色也,日择良匹,大家儿争委禽妆⑩,皆不当翁意。生时失俪⑪,有戏

---

① 粤西:广西省的别称,即今广西壮族自治区。粤,古为百粤之地,清于其地置广东、广西两省,别称粤东、粤西。
② 枝(qí)指:歧指,骈指。俗称"六指"。
③ 迂讷:迂阔而少言。迂,迂阔,不懂世务,想的和做的都不符合实际。讷,语言迟钝,说话少。
④ 却走:倒着走。却,后退。
⑤ 赪(chēng)颜彻颈:脸红到脖颈。赪,红色。
⑥ 貌:描画,描绘。
⑦ 相邮传作丑语:当作丑话,彼此相传。邮传,即驿传,通过驿站传递。这里是到处传播的意思。
⑧ 大贾(gǔ):大商人。下面说他"与王侯埒富",是说他与王侯同样富有。埒(liè),相等。
⑨ 贵胄:显贵的后裔。
⑩ 大家儿:富有人家的青年。委禽妆:致送订婚聘礼。委,送。禽妆,聘礼。禽,指雁。古时行聘用雁,因称"委禽"或"委禽妆"。《左传·昭公元年》:"公孙黑又使强委禽焉。"杜预注:"禽,雁也。纳采(行聘)用雁。"
⑪ 失俪:丧偶,即丧妻。俪,偶。

之者,劝其通媒。生殊不自揣,果从其教。翁素耳其名,而贫之。媒媪将出,适遇宝,问之,以告。女戏曰:"渠去其枝指,余当归之①。"媪告生。生曰:"不难。"媒去,生以斧自断其指,大痛彻心,血益倾注,滨死②。过数日,始能起,往见媒而示之。媪惊,奔告女。女亦奇之,戏请再去其痴。生闻而哗辨,自谓不痴;然无由见而自剖③。转念阿宝未必美如天人,何遂高自位置如此?由是曩念顿冷。

会值清明,俗于是日,妇女出游,轻薄少年,亦结队随行,恣其月旦④。有同社数人强邀生去。或嘲之曰:"莫欲一观可人否⑤?"生亦知其戏己,然以受女揶揄故,亦思一见其人,忻然随众物色之。遥见有女子憩树下,恶少年环如墙堵。众曰:"此必阿宝也。"趋之,果宝也。审谛之,娟丽无双。少顷,人益稠。女起,遽去。众情颠倒,品头题足,纷纷若狂。生独默然。及众他适,回视生犹痴立故所,呼之不应。群曳之曰:"魂随阿宝去耶?"亦不答。众以其素讱,故不为怪,或推之、或挽之以归。至家,直上床卧,终日不起,冥如醉,唤之不醒。家人疑其失魂,招于旷野,莫能效。强拍问之⑥,则朦胧应云:"我在阿宝家。"及细诘之,又默不语。家人惶惑莫解。初,生见女去,意不忍舍,觉身已从之行,渐傍其衿带间,人无呵者。遂从女归,坐卧依之,夜辄与狎,甚相得;然觉腹中奇馁⑦,

---

① 归之:嫁给他。古时女子出嫁曰归。
② 滨死:几近死亡。滨,水边。引申为迫近的意思。
③ 自剖:自我分辩。
④ 恣其月旦:肆意加以评论。恣,恣肆,任意,不受任何约束的意思。月旦,品评褒贬人物。《后汉书·许劭传》载,许劭与其堂兄许靖都很有名,好在一起评论乡党人物,"每月辄更其品题,故汝南俗称'月旦评'焉。"后称品评人物为"月旦评",或省称"月旦"。
⑤ 可人:本指性行可取之人,见《礼记·杂记下》。后指可意之人,令人满意的人。这里指可意的恋人。
⑥ 拍问:抚拍而问。拍,爱抚。
⑦ 奇馁:特别饿得慌。奇,特别。

思欲一返家门,而迷不知路。女每梦与人交,问其名,曰:"我孙子楚也。"心异之,而不可以告人。生卧三日,气休休若将渐灭①。家人大恐,托人婉告翁,欲一招魂其家。翁笑曰:"平昔不相往还,何由遗魂吾家?"家人固哀之,翁始允。巫执故服、草荐以往②。女诘得其故,骇极,不听他往,直导入室,任招呼而去。巫归至门,生榻上已呻。既醒,女室之香奁什具,何色何名,历言不爽③。女闻之,益骇,阴感其情之深。

生既离床寝,坐立凝思,忽忽若忘。每伺察阿宝,希幸一再进之。浴佛节④,闻将降香水月寺,遂早旦往候道左,目眩睛劳。日涉午,女始至,自车中窥见生,以掺手搴帘⑤,凝睇不转。生益动,尾从之。女忽命青衣来诘姓字。生殷勤自展,魂益摇。车去,始归。归复病,冥然绝食,梦中辄呼宝名,每自恨魂不复灵。家旧养一鹦鹉,忽毙,小儿持弄于床。生自念:倘得身为鹦鹉,振翼可达女室。心方注想,身已翩然鹦鹉,遽飞而去,直达宝所。女喜而扑之,锁其肘,饲以麻子。大呼曰:"姐姐勿锁!我孙子楚也!"女大骇,解其缚,亦不去。女祝曰:"深情已篆中心⑥。今已人禽异类,姻好何可复圆?"鸟云:"得近芳泽,于愿已足。"他人饲之,不食;女自饲之,则食。女坐,则集其膝⑦;卧,则依其床。如是三日。女甚怜

---

① 休休,同"咻咻",呼吸紧迫的样子。渐灭:消尽。渐,凡物竭尽曰渐。这里是气息将尽的意思。
② 故服、草荐:旧衣服和卧席,均为巫师招魂用具。
③ 历言不爽:一一说出,分毫不差。
④ 浴佛节:即佛诞节。佛教传说,释迦牟尼出生时,有九条龙口吐香水,为其洗浴。据此,每逢佛诞日,佛教徒就以各种名香洗浴佛像,进行浴佛活动,并供养各种花卉、灯烛、茶果、珍馐等。同时,还举行拜祭佛祖、施舍僧侣等活动。中国汉族等地区的佛诞节,一般在农历四月初八日。
⑤ 掺(shān)手:犹纤手。《诗经·魏风·葛屦》:"掺掺女手,可以缝裳。"掺,纤细。
⑥ 已篆中心:已铭刻于心。篆,刻,铭刻。
⑦ 集:停留。

之,阴使人瞯生①,生则僵卧,气绝已三日,但心头未冰耳。女又祝曰:"君能复为人,当誓死相从。"鸟云:"诳我!"女乃自矢。鸟侧目若有所思。少间,女束双弯②,解履床下,鹦鹉骤下,衔履飞去。女急呼之,飞已远矣。

女使妪往探,则生已瘥。家人见鹦鹉衔绣履来,堕地死,方共异之。生既苏,即索履。众莫知故。适妪至,入视生,问履所在。生曰:"是阿宝信誓物。借口相覆:小生不忘金诺也③。"妪反命,女益奇之,故使婢泄其情于母。母审之确,乃曰:"此子才名亦不恶,但有相如之贫④。择数年得婿若此,恐将为显者笑⑤。"女以履故,矢不他。翁媪从之,驰报生。生喜,疾顿瘳。翁议赘诸家。女曰:"婿不可久处岳家。况郎又贫,久益为人贱。儿既诺之,处蓬茅而甘藜藿⑥,不怨也。"生乃亲迎成礼⑦,相逢如隔世欢。

自是家得奁妆,小阜,颇增物产。而生痴于书,不知理家人生业;女善居积,亦不以他事累生。居三年,家益富。生忽病消渴⑧,卒。女哭之痛,泪眼不晴⑨,至绝眠食,劝之不纳,乘夜自经。婢觉之,急救而醒,终亦不食。三日,集亲党,将以殓生。闻棺中呻以

---

① 瞯(jiàn):窥,窥视。《孟子·离娄下》:"王使人瞯夫子,果有以异于人乎?"
② 双弯:两只小脚。旧时女性缠足,双足拱起如弯。
③ 金诺:称别人诺言的敬词。古人重视诚信,所谓一诺千金。
④ 相如之贫:喻指才子而贫苦。汉代著名文学家司马相如在出仕前十分贫苦,与四川临邛大富翁之女卓文君相恋,卓父嫌憎其贫不允,于是与文君私奔。事详《汉书·司马相如传》。
⑤ 显者:显贵的人。这里指世家大户。显,荣显,富贵。
⑥ 处蓬茅而甘藜藿:住草房,吃野菜,都心甘情愿。蓬茅,茅草搭盖的房屋。藜藿,野菜。
⑦ 亲迎成礼:亲自迎娶,完成婚礼。古时婚礼,婿往女家亲迎,送达聘礼后先归,候于门外,新娘至则揖拜而入。见《仪礼·士昏礼》。
⑧ 病消渴:患糖尿病。
⑨ 不晴:不干的意思。旧诗文常形容泪如雨落,而"晴"为雨霁日出,因喻指泪干。

阿寶

倩女曾離
枕上魂慵郎
情思更溫存
阿儂休說人
禽異鸚鵡前
豈卻挂孫

息,启之,已复活。自言:"见冥王,以生平朴诚,命作部曹①。忽有人白:'孙部曹之妻将至。'王稽鬼录,言:'此未应便死。'又白:"不食三日矣。'王顾谓:'感汝妻节义,姑赐再生。'因使驭卒控马送余还。"由此体渐平。值岁大比②,入闱之前,诸少年玩弄之,共拟隐僻之题七,引生僻处与语,言:"此某家关节③,敬秘相授。"生信之,昼夜揣摩制成七艺④,众隐笑之。时典试者虑熟题有蹈袭弊⑤,力反常经⑥,题纸下,七艺皆符。生以是抡魁⑦。明年,举进士,授词林⑧。上闻异,召问之。生具启奏。上大嘉悦。后召见阿宝,赏赉有加焉。

异史氏曰:"性痴则其志凝,故书痴者文必工,艺痴者技必良。世之落拓而无成者,皆自谓不痴者也。且如粉花荡产,卢雉倾家⑨,顾痴人事哉!以是知慧黠而过⑩,乃是真痴,彼孙子何痴乎!"

集痴类十:"窖镪食贫⑪。对客辄夸儿慧。爱儿不忍教读。讳病恐人知。出资赚人嫖。窃赴饮会赚人赌。倩人作文欺父兄。父子账目太清。家庭用机械。喜子弟善赌。"

---

① 部曹:古时中央各部分曹办事,其属官泛称部曹。曹,古时分职治事的官署或部门。这里指冥间某部属官。
② 大比:明、清时期每三年举行一次乡试,称"大比"。
③ 关节:通贿赂。这里指贿赂主考。
④ 七艺:这里指七篇应试文章。参见前《叶生》"闱中七题"注。
⑤ 蹈袭弊:因袭故常的弊端。
⑥ 力反常经:极力改变以往的做法。经,法。
⑦ 抡魁:选为魁首。抡,选拔。魁,魁首,第一。
⑧ 授词林:授官翰林。词林,即翰林。翰林,文翰之多若林的意思。明初建翰林院,额题"词林",故也作为翰林院的别称。
⑨ "且如"二句:意思是因狂嫖滥赌而倾家荡产。粉花,脂粉烟花,喻指女色。卢雉,呼卢喝雉的省称,指赌博。卢、雉均为古代博戏中的胜采。
⑩ 慧黠而过:过分聪明、狡黠。过,过分。
⑪ 窖镪食贫:窖藏金银而过着贫苦生活。

94

# 张　诚

　　豫人张氏者①,其先齐人②,明末齐大乱,妻为北兵掠去③。张常客豫,遂家焉。娶于豫,生子讷。无何,妻卒,又娶继室,生子诚。继室牛氏悍,每嫉讷,奴畜之④,啖以恶草具⑤。使樵,日责柴一肩,无则挞楚诟诅,不可堪。隐畜甘脆饵诚⑥,使从塾师读⑦。诚渐长,性孝友,不忍兄劬⑧,阴劝母;母弗听。一日,讷入山樵,未终,值大风雨,避身岩下,雨止而日已暮。腹中大馁,遂负薪归。母验之少,怒不与食;饥火烧心,入室僵卧。诚自塾中来,见兄嗒然⑨,问:"病乎?"曰:"饿耳。"问其故,以情告。诚愀然便去。移时,怀饼来饵兄。兄问其所自来。曰:"余窃面倩邻妇为之,但食勿言也。"讷食之。嘱弟曰:"后勿复然,事泄累弟。且日一啖,饥当不死。"诚曰:

---

① 豫:指今河南省。河南占属豫州,故称。
② 齐:指古齐地。今山东泰山以北及中、东部,为先秦齐地,汉以后仍沿称为齐。
③ 北兵:指清兵。
④ 奴畜之:当作奴隶养着。
⑤ 恶草具:粗劣的蔬食。《史记·陈丞相世家》:"以恶草具进楚使。"草,粗。具,供设。
⑥ 甘脆:香甜食品。
⑦ 塾师:私塾的老师。塾,私塾,即家学。旧时私人开设的教学处所。
⑧ 劬(qú):劬劳,辛苦。
⑨ 嗒(tà)然:身心俱疲的样子。《庄子·齐物论》:"荅焉若丧其耦。"《释文》:"又作嗒,解体貌。"

"兄故弱,乌能多樵①!"次日食后,窃赴山,至兄樵处。兄见之,惊问:"将何作?"答曰:"将助樵采。"问:"谁之遣②?"曰:"我自来耳。"兄曰:"无论弟不能樵③,纵或能之,且犹不可。"于是速之归④。诚不听,以手足断柴助兄。且云:"明日当以斧来。"兄近止之。见其指已破,履已穿,悲曰:"汝不速归,我即以斧自刭死⑤!"诚乃归。兄送之半途,方复回。樵既归,诣塾,嘱其师曰:"吾弟年幼,宜闭之。山中虎狼多。"师曰:"午前不知何往,业夏楚之⑥。"归谓诚曰:"不听吾言,遭笞责矣!"诚笑曰:"无之。"明日,怀斧又去。兄骇曰:"我固谓子勿来,何复尔?"诚不应,刈薪且急,汗交颐不少休。约足一束,不辞而返。师又责之,乃实告之。师叹其贤,遂不之禁。兄屡止之,终不听。

一日,与数人樵山中,欻有虎至。众惧而伏。虎竟衔诚去。虎负人行缓,为讷追及。讷力斧之,中胯。虎痛狂奔,莫可寻逐,痛哭而返。众慰解之,哭益悲。曰:"吾弟,非犹夫人之弟⑦;况为我死,我何生焉!"遂以斧自刎其项。众急救之,入肉者已寸许,血溢如涌,眩瞀殒绝⑧。众骇,裂之衣而约之⑨,群扶而归。母哭骂曰:"汝杀吾儿,欲刿颈以塞责耶⑩!"讷呻云:"母勿烦恼,弟死,我定不生!"置榻上,创痛不能眠,惟昼夜依壁坐哭。父恐其亦死,时就榻

---

① 乌能:怎能。
② 谁之遣:谁让你来的。遣,派遣。
③ 无论:不要说。
④ 速:催促。
⑤ 自刭:自己割脖颈。
⑥ 业夏(jiǎ)楚之:已经体罚了他。业,已经。夏楚,同"榎楚",指榎木、荆条,本为古时学校体罚学生的用具。这里指处罚、责打。
⑦ 非犹夫人之弟:不像别人的弟弟那样。犹,若。夫,语中助词。
⑧ 眩瞀(mào)殒绝:目光散乱,死了过去。眩瞀,眼昏花。人将死时,瞳孔放大,两眼无光。殒,死亡。
⑨ 约:缠束。这里指包扎伤口。
⑩ 刿(lì):割破。

## 張成

手斧揮新助玉
昆履穿指破復行論
天教神帝銜之
去千戶歸來慶一門

少哺之,牛辄诟责,讷遂不食,三日而毙。村中有巫走无常者①,讷途遇之,缅诉曩苦②。因询弟所,巫言不闻。遂反身导讷去。至一都会,见一皂衫人自城中出。巫要遮代问之③。皂衫人于佩囊中检牒审顾④,男妇百馀,并无犯而张者。巫疑在他牒。皂衫人曰:"此路属我,何得差逮。"讷不信,强巫入内城。城中新鬼、故鬼往来憧憧⑤,亦有故识⑥,就问,迄无知者。忽共哗言:"菩萨至⑦!"仰见云中,有伟人,毫光彻上下,顿觉世界通明。巫贺曰:"大郎有福哉!菩萨几十年一入冥司⑧,拔诸苦恼⑨,今适值之。"便捽讷跪⑩。众鬼囚纷纷籍籍,合掌齐诵慈悲救苦之声,哄腾震地。菩萨以杨柳枝遍洒甘露,其细如尘。俄而雾收光敛,遂失所在。讷觉颈上沾露,斧处不复作痛。巫乃导与俱归,望见里门,始别而去。讷死二日,豁然竟苏,悉述所遇,谓诚不死。母以为撰造之诬,反诟骂之。讷负屈无以自伸,而摸创痕良瘥。自力起,拜父曰:"行将穿云入

---

① 有巫走无常者:有一巫师权充勾魂鬼使。巫,巫师。无常,迷信传说中的无常鬼,能促人死。走无常,巫师权充鬼使勾人魂魄。旧时,在人休克或精神昏迷时,巫师装神弄鬼,说其魂魄被阴间勾去。于是他便瞑目装死,说是到阴间查访,待其睁开眼后,便说查访情况如何如何。
② 缅诉曩苦:追诉以往所受之苦。缅,远。曩,往日,昔日。
③ 要(yāo)遮:中途拦住。语出《史记·卫将军骠骑列传》。要,同"腰"。
④ 检牒审顾:翻检生死簿察看。牒,簿册。这里指生死簿。迷信传说,人生死是命中注定的,其死期在冥司都记录在案,称为"生死簿"。
⑤ 憧(chōng)憧:往来不绝的样子。
⑥ 故识:老相识,熟人。
⑦ 菩萨:梵语"菩提萨埵"的简称。佛教经典上常提到的菩萨有弥勒、文殊、普贤、观世音、大势至等,这里指观世音。观世音为"西方三圣"之一,佛教称其为大慈大悲的菩萨,说遇难众生只要诵念其名号,他就会"观其音声",前往拯救解脱。见《法华经·普门品》。唐代为避唐太宗李世民名讳,略称"观音"。据说观音显灵,常化身救众苦难。南北朝后,中国寺庙中的观音塑像常作女相。小说中观音现身时,身披霞光,手拈杨柳枝和一细颈小瓶,瓶中藏有甘露;观音以甘露救人苦恼。
⑧ 冥司:迷信传说中阴曹地府。
⑨ 拔诸苦恼:从苦恼中超拔出来。拔,超拔,救度。苦恼,佛教认为贪、恚、愚、痴都是造成人们苦恼的祸根。见《无量寿经》下。
⑩ 捽(zuó):揪头发。

海往寻弟,如不可见,终此身勿望返也。愿父犹以儿为死。"翁引空处与泣,无敢留之。

讷乃去。每于冲衢访弟耗①,途中资斧断绝②,丐而行。逾年,达金陵③,悬鹑百结④,伛偻道上。偶见十馀骑过,走避道侧。内一人如官长,年四十已来,健卒怒马,腾踔前后。一少年乘小驷,屡视讷。讷以其贵公子,未敢仰视。少年停鞭少驻,忽下马,呼曰:"非吾兄耶!"讷举首审视,诚也。握手大痛,失声。诚亦哭曰:"兄何漂落以至于此?"讷言其情,诚益悲。骑者并下问故,以白官长。官命脱骑载讷⑤,连辔归诸其家⑥,始详诘之。初,虎衔诚去,不知何时置路侧,卧途中经宿。适张别驾自都中来⑦,过之,见其貌文⑧,怜而抚之,渐苏。言其里居,则相去已远,因载与俱归。又药敷伤处,数日始痊。别驾无长君⑨,子之。盖适从游瞩也。诚具为兄告。言次,别驾入,讷拜谢不已。诚入内,捧帛衣出,进兄,乃置酒燕叙。别驾问:"贵族在豫,几何丁壮?"讷曰:"无有。父少齐人,流寓于豫。"别驾曰:"仆亦齐人。贵里何属?"答曰:"曾闻父言属东昌辖⑩。"惊曰:"我同乡也!何故迁豫?"讷曰:"明季清兵入境,掠前母去。父遭兵燹,荡无家室。先贾于西道⑪,往来颇稔,故

---

① 冲衢:冲要通衢,即通向四面八方的要道。耗:音讯。
② 资斧:行旅费用,俗称"盘缠"。语出《易·旅》。
③ 金陵:古地名。即今江苏南京市。
④ 悬鹑百结:喻指衣服破烂。悬鹑,鹌鹑毛斑尾秃,因形容衣服短缺、破烂。唐·白行简《李娃传》:"裳有百结,褴褛如悬鹑。"
⑤ 脱骑:解下一马。脱,解。
⑥ 连辔(pèi):骑马并行。辔,驭马的缰绳。
⑦ 别驾:官名。明清时期为州府的佐吏。详见前《莲香》"别驾"注。
⑧ 貌文:相貌文雅。
⑨ 长君:成年的公子。长,对"少"而言,年长,年岁大。
⑩ 东昌:明清府名。治所在今山东聊城市东昌府区。
⑪ 贾(gǔ):经商。

止焉。"又惊问:"君家尊何名?"讷告之。别驾瞠而视①,俯首若疑,疾趋入内。无何,太夫人出②。共罗拜,已,问讷曰:"汝是张炳之之孙耶?"曰:"然。"太夫人大哭,谓别驾曰:"此汝弟也。"讷兄弟莫能解。太夫人曰:"我适汝父三年,流离北去,身属黑固山半年③,生汝兄。又半年固山死,汝兄补秩旗下迁此官④。今解任矣⑤。每刻刻念乡井,遂出籍⑥,复故谱⑦。屡遣人至齐,殊无所觅耗,何知汝父西徙哉!"乃谓别驾曰:"汝以弟为子,折福死矣⑧!"别驾曰:"曩问诚,诚未尝言齐人,想幼稚不忆耳。"乃以齿序⑨:别驾四十有一,为长;诚十六,最少;讷二十二,则伯而仲矣。别驾得两弟,甚欢,与同卧处,尽悉离散端由,将作归计。太夫人恐不见容。别驾曰:"能容则共之,否则析之。天下岂有无父之国?"于是鬻宅办装,刻日西发。

既抵里,讷及诚先驰报父。父自讷去,妻亦寻卒;块然一老鳏⑩,形影自吊。忽见讷入,暴喜,恍恍以惊⑪;又睹诚,喜极不复作

---

① 瞠(chēng)而视:瞪大眼睛仔细看。瞠,瞪目,瞪大眼睛,表示惊异。
② 太夫人:犹老夫人。依汉代制度,只有列侯之母可称太夫人,后成为官绅之母的通称。
③ 黑固山:姓黑的满人。固山,满语,即"八旗"的"旗"。八旗初为满族统治者建立的军事、行政和生产统一的制度;清初凡满族成员都被编入八旗,平时生产,战时出征,后演变为兵籍编制。清代对编入八旗的人称旗人,汉人称满人一般也称旗人。旗的最高首领称"固山额真",后改称都统。
④ 补秩旗下:以旗籍补缺为官。秩,官职。旗下,这里指旗籍。
⑤ 解任:解职、免职。解,免。
⑥ 出籍:出旗籍,即脱离旗籍,恢复汉人身份。
⑦ 复故谱:返归原来的宗族,即认祖归宗。复,返还。谱,指家谱。
⑧ 折福死矣:旧时认为自作罪孽或非分享有某种好处,就会使你本应享受的福寿受损,叫折福或折寿。这里指以弟为子造成的罪过令其折福。死,口语,凡事至极都说"死"。
⑨ 以齿序:按照年龄排定长幼次序。齿,年齿,年岁。
⑩ 块然:孤独的样子。
⑪ 恍恍:形容事出意外、信疑参半的样子。语本《老子》十四章"是谓惚恍"河上公注。

言,潸潸以涕①。又告以别驾母子至,翁辍泣愕然,不能喜,亦不能悲,蚩蚩以立②。未几,别驾入,拜已;太夫人把翁相向哭。既见婢媪厮卒,内外盈塞,坐立不知所为。诚不见母,问之,方知已死,号嘶气绝,食顷始苏。别驾出资,建楼阁;延师教两弟;马腾于厩,人喧于室,居然大家矣。

异史氏曰:"余听此事至终,涕凡数堕。十馀岁童子,斧薪助兄,慨然曰:'王览固再见乎③!'于是一堕。至虎衔诚去,不禁狂呼曰:'天道愦愦如此④!'于是一堕。及兄弟猝遇,则喜而亦堕;转增一兄,又益一悲,则为别驾堕。一门团圞⑤,惊出不意,喜出不意,无从之涕,则为翁堕也。不知后世,亦有善涕如某者乎⑥?"

① 潸(shān)潸:泪流不断的样子。
② 蚩蚩:傻呆呆的样子。
③ 王览固再见乎:像王览那样的人物竟然又出现了吗。《晋书·王祥传》载,王览为王祥的异母弟。王祥性至孝,十分孝顺父母,却遭继母的百般虐待。王览对生母的行为很不满,屡屡劝阻。王祥挨打时,他用身体遮挡;母亲想药死王祥时,他就先尝饭菜,终于使王祥得以保全,王览也因此而出名。这里是以王览比张诚。固,乃。见,同"现"。
④ 愦愦:糊涂。
⑤ 团圞(luán):团聚。
⑥ 某:第一人称代词,我。

# 红　玉

　　广平冯翁有一子①,字相如,父子俱诸生。翁年近六旬,性方鲠②,而家屡空③。数年间,媪与子妇又相继逝,井臼自操之④。一夜,相如坐月下,忽见东邻女自墙上来窥。视之,美。近之,微笑。招以手,不来亦不去。固请之,乃梯而过,遂共寝处。问其姓名,曰:"妾邻女红玉也。"生大爱悦,与订永好。女诺之。夜夜往来,约半年许。翁夜起,闻子舍笑语,窥之,见女。怒,唤出,骂曰:"畜产所为何事!如此落寞⑤,尚不刻苦,乃学浮荡耶?人知之,丧汝德;人不知,促汝寿!"生跪自投,泣言知悔。翁叱女曰:"女子不守闺戒,既自玷,而又以玷人。倘事一发,当不仅贻寒舍羞⑥!"骂已,愤然归寝。女流涕曰:"亲庭罪责⑦,良足愧辱!我二人缘分尽

---

① 广平:府、县名,府治广平。今属河北省。
② 方鲠:方正鲠直。鲠,通"骾",刚直。
③ 屡空(kòng):屡屡匮乏。是说经常处于穷困之中,衣食不济。《论语·先进》:"回也其庶乎,屡空。"屡,犹"每",常常。空,匮乏。
④ 井臼:汲水,舂米,喻指家务。
⑤ 落寞:也作"落莫",冷落寂寞。这里指因穷困而为亲友疏远的境况。
⑥ 贻寒舍羞:使我家丢脸的意思。贻,遗留,留给。寒舍,谦指自己家居住处。
⑦ 亲庭:指父亲训诫。亲,父亲。庭,庭训。《论语·季氏》载,孔子站在庭中,其子伯鲤恭敬地从他面前走过,他教导伯鲤学诗、学礼。后来就称父亲的教训为"庭训"。

紅玉

劫妻殺父大仇
仇平義士相逢而死
生有子
有素誰玉海
水期中
惆悵程嬰

矣!"生曰:"父在不得自专①。卿如有情,尚当含垢为好。"女言辞决绝,生乃洒涕②。女止之曰:"妾与君无媒妁之言,父母之命,逾墙钻隙③,何能白首?此处有一佳耦,可聘也。"告以贫。女曰:"来宵相俟,妾为君谋之。"次夜,女果至,出白金四十两赠生。曰:"去此六十里,有吴村卫氏,年十八矣,高其价,故未售也。君重啖之④,必合谐允。"言已,别去。

生乘间语父,欲往相之,而隐馈金不敢告。翁自度无资,以是故,止之。生又婉言:"试可乃已⑤。"翁颔之⑥。生遂假仆马,诣卫氏。卫故田舍翁,生呼出,引与间语⑦。卫知生望族⑧,又见仪采轩豁⑨,心许之,而虑其靳于资⑩。生听其词意吞吐,会其旨,倾囊陈几上。卫乃喜,浼邻生居间,书红笺而盟焉⑪。生入拜媪。居室偪侧⑫,女依母自幛。微睨之,虽荆布之饰⑬,而神情光艳,心窃喜。卫借舍款婿,便言:"公子无须亲迎。待少作衣妆,即合舁送去⑭。"生与期而归。诡告翁,言卫爱清门⑮,不责资⑯。翁亦喜。至日,卫

---

① 自专:自作主张。封建时代,依照封建宗法,儿子要惟父命是听,不得擅作主张。
② 洒涕:落泪。
③ 逾墙钻隙:越墙相从,凿壁相窥,指男女私相结合。《孟子·滕文公下》:"不待父母之命,媒妁之言,钻穴隙相窥,逾墙相从,则父母国人皆贱之。"
④ 重啖之:以重金诱使同意。啖,以利诱人。
⑤ 试可乃已:试试不行再作罢。语出《尚书·尧典》。《史记》作"试不可用而已"。
⑥ 颔之:点头同意。
⑦ 间语:私语。这里是与其个别交谈的意思。
⑧ 望族:有声望的大族。
⑨ 仪采轩豁:仪态高雅的意思。仪采,仪容风采。轩豁,轩昂豁达。
⑩ 靳于资:不舍得花钱的意思。靳,吝惜。
⑪ 书红笺而盟:以红笺书写柬帖,订立婚约。
⑫ 偪侧(bīzè):小而狭窄。偪,同"逼",窄小。侧,同"仄",狭窄。
⑬ 荆布:荆钗布裙,贫家妇女的装束。参见前《青凤》"老荆"注。
⑭ 即合舁(yú)送去:就用轿送过去。合,当。舁,抬,这里指用轿抬。
⑮ 清门:寒素之家。清,清白。古时指不从事低贱职业的人家为清白人家。
⑯ 不责资:不责求金钱。责,苛求。

果送女至。女勤俭,有顺德①,琴瑟甚笃②。逾二年,举一男,名福儿。会清明抱子登墓,遇邑绅宋氏。宋官御史③,坐行赇免④,居林下⑤,大煽威虐。是日亦上墓归,见女艳之,问村人,知为生配。料冯贫士,诱以重赂,冀可摇,使家人风示之⑥。生骤闻,怒形于色;既思势不敌,敛怒为笑,归告翁。翁大怒,奔出,对其家人,指天画地,诟骂万端。家人鼠窜而去。宋氏亦怒,竟遣数人入生家,殴翁及子,汹若沸鼎。女闻之,弃儿于床,披发号救。群篡舁之⑦,哄然便去。父子伤残,吟呻在地,儿呱呱啼室中。邻人共怜之,扶之榻上。经日,生杖而能起;翁忿不食,呕血寻毙。生大哭,抱子兴词⑧,上至督抚⑨,讼几遍,卒不得直⑩。后闻妇不屈死,益悲。冤塞胸吭⑪,无路可伸。每思要路刺杀宋,而虑其扈从繁⑫,儿又罔托。日夜哀思,双睫为不交。

① 顺德:顺从的品德。指孝顺父母、顺从丈夫,这被封建时代认为是妇女最好的道德表现。
② 琴瑟甚笃:喻指夫妇关系和谐感情深厚。《诗经·小雅·常棣》:"妻子好合,如鼓琴瑟。"
③ 御史:官名。明清都察院设都御史、副都御史、监察御史。负责巡按府县、纠弹官吏及向朝廷提出建议。
④ 坐行赇(qiú)免:因行贿罪被免职。坐,获罪。赇,贿赂。
⑤ 居林下:住在乡下。古时称官吏解任回里为退归林下。林,郊野。
⑥ 风(fēng)示:即"讽示"。风,通"讽",微言示意。不正面说,通过暗示来表达自己的意思。
⑦ 篡舁之:硬抢并扛抬着她。篡,抢夺。
⑧ 兴词:起诉。
⑨ 督抚:总督和巡抚,清代省一级最高长官。督,指总督。地方军政长官,管辖一省或二、三省的军民要政。巡抚为省级地方政府长官,地位略次于总督。
⑩ 卒不得直:最终也没有得到伸雪。卒,终。直,伸雪。
⑪ 冤塞胸吭(háng):冤气使他心中憋屈,堵得慌。塞,堵塞,充满。胸,内心。吭,咽喉。
⑫ 扈从:即"护从",随从人员。扈,通"护"。

忽一丈夫吊诸其室①,虬髯阔颔②,曾与无素③。挽坐,欲问邦族④。客遽曰:"君有杀父之仇,夺妻之恨,而忘报乎?"生疑为宋人之侦,姑伪应之。客怒眦欲裂⑤,遽出曰:"仆以君人也,今乃知不足齿之伧⑥!"生察其异,跪而挽之,曰:"诚恐宋人舔我⑦。今实布腹心:仆之卧薪尝胆者⑧,固有日矣。但怜此襁中物,恐坠宗祧⑨。君义士,能为我杵臼否⑩?"客曰:"此妇人女子之事,非所能。君所欲托诸人者,请自任之;所欲自任者,愿得而代庖焉⑪。"生闻,崩角在地⑫。客不顾而出⑬。生追问姓字,曰:"不济⑭,不任受怨;济,亦不任受德。"遂去。生惧祸及,抱子亡去。至夜,宋家一门俱寝,有人越重垣入,杀御史父子三人,及一媳一婢。宋家具状告官。官大骇。宋执谓相如⑮,于是遣役捕生,生遁不知所之,于是情益真。

---

① 吊:慰问。
② 虬(qiú)髯阔颔:蜷曲的络腮胡,宽宽的下巴。
③ 曾与无素:与其素无往来。曾,语气词。
④ 邦族:家乡宗族。
⑤ 怒眦欲裂:气得眼睛像要爆裂,形容愤怒的样子。眦,眼眶。
⑥ 不足齿之伧:不值得与他称兄道弟的伧夫。齿,以年龄为序定长幼。伧,即"伧夫",鄙贱粗俗之辈,古时骂人的话。
⑦ 舔(tiǎn):试探,引诱。
⑧ 卧薪尝胆:睡卧草中,时尝苦胆,喻指刻苦自励,不敢安居。用《史记·勾践世家》勾践为雪亡国之耻而"置胆于座,坐卧即仰胆,饮食亦尝胆"的故事。
⑨ 坠宗祧:失去宗庙的香火,即失去后嗣。坠,失。宗祧,即宗庙。祧,远祖之庙。古人认为生育子孙,为延续祖宗血脉,有祭祖之人。
⑩ 为我杵臼:意思是代我保护孤儿。《史记·赵世家》载,春秋时期,晋国权臣屠岸贾(gǔ)要诛灭执政的赵氏家族,为保护赵朔的遗腹子武,赵氏门客公孙杵臼与程婴议定,杵臼抱着程婴刚出生的儿子逃匿,程婴则假装揭发,领晋军搜捕,杵臼与程子被杀,程婴则保护着赵氏孤儿藏匿山中。后赵武攻灭屠岸贾,延续了赵氏一脉。
⑪ 代庖(páo):代替厨师做饭,喻指越职行事。《庄子·逍遥游》:"庖人虽不治庖,尸祝不越樽俎而代之矣。"
⑫ 崩角:即俗所谓"叩响头"。额角触地叩头,声响像山陵倒塌一样。崩,迅速倒下,如山体崩塌。角,额头。《孟子·尽心下》:"若崩厥角稽首。"
⑬ 不顾:不回头。
⑭ 不济:不成功。济,成,成功。
⑮ 执:执意,坚持。

宋仆同官役诸处冥搜。夜至南山,闻儿啼,踪得之,系缧而行。儿啼愈嗔,群夺儿抛弃之,生冤愤欲绝。见邑令,问:"何杀人?"生曰:"冤哉!某以夜死,我以昼出,且抱呱呱者,何能逾垣杀人?"令曰:"不杀人,何逃乎?"生词穷,不能置辩。乃收诸狱。生泣曰:"我死无足惜,孤儿何罪?"令曰:"汝杀人子多矣,杀汝子,何怨?"生既褫革①,屡受梏惨,卒无词,令是夜方卧,闻有物击床,震震有声,大惧而号。举家惊起,集而烛之②,一短刀,铦利如霜③,剡床入木者寸馀,牢不可拔。令睹之,魂魄丧失。荷戈遍索,竟无踪迹。心窃馁,又以宋人死,无可畏惧,乃详诸宪④,代生解免,竟释生。

生归,瓮无升斗,孤影对四壁。幸邻人怜馈食饮,苟且自度。念大仇已报,则辴然喜;思惨酷之祸,几于灭门,则泪潸潸堕;及思半生贫彻骨,宗支不续,则于无人处大哭失声,不复能自禁。如此半年,捕禁益懈。乃哀邑令,求判还卫氏之骨。及葬而归,悲怛欲死,辗转空床,竟无生路。忽有款门者⑤,凝神寂听,闻一人在门外,哝哝与小儿语。生急起窥觇,似一女子。扉初启,便问:"大冤昭雪,可幸无恙!"其声稔熟,而仓卒不能追忆。烛之,则红玉也。挽一小儿,嬉笑跨下。生不暇问,抱女鸣哭,女亦惨然。既而推儿曰:"汝忘尔父耶?"儿牵女衣,目灼灼视生。细审之,福儿也。大惊,泣问:"儿那得来?"女曰:"实告君:昔言邻女者,妄也。妾实狐。适宵行,见儿啼谷口,抱养于秦⑥。闻大难既息,故携来与君团聚耳。"生挥涕拜谢,儿在女怀,如依其母,竟不复能识父矣。大

---

① 褫(chǐ)革:夺去生员的衣衿顶戴,即被除名。明清时生员有表示其身份的衣衿顶戴,可不受刑辱,除名之后即可行刑。
② 集而烛之:群集用灯一照。烛,照。
③ 铦(xiān)利如霜:锐利的锋刃像霜雪一样耀眼。铦,锐利。
④ 详诸宪:把案情呈报上级。详,旧时公文之一,下级官员向上级陈报请示时所用。宪,上级官长。
⑤ 款门:叩门,敲门。
⑥ 秦:指今陕西省。陕西古为秦地,因简称秦。

未明,女即遽起。问之,答曰:"奴欲去。"生裸跪床头,涕不能仰。女笑曰:"妾诳君耳。今家道新创,非夙兴夜寐不可①。"乃剪莽拥篲②,类男子操作。生忧贫乏,不自给。女曰:"但请下帷读③,勿问盈歉,或当不至饿死。"遂出金治织具,租田数十亩,雇佣耕作。荷镵诛茅④,牵萝补屋⑤,日以为常。里党闻妇贤⑥,益乐资助之。约半年,人烟腾茂,类素封家⑦。生曰:"灰烬之馀,卿白手再造矣。然一事未就安妥,如何?"诘之,答曰:"试期已迫,巾服尚未复也⑧。"女笑曰:"妾前以四金寄广文⑨,已复名在案。若待君言,误之已久。"生益神之。是科遂领乡荐⑩。时年三十六,腴田连阡,夏屋渠渠矣⑪。女袅娜如随风欲飘去,而操作过农家妇。虽严冬自苦,而手腻如脂。自言二十八岁,人视之,常若二十许人。

异史氏曰:"其子贤,其父德,故其报之也侠⑫。非特人侠,狐亦侠也。遇亦奇矣!然官宰悠悠⑬,竖人毛发⑭,刀震震入木,何惜

---

① 夙兴夜寐:早起晚睡,指勤苦持家。《诗经·卫风·氓》:"夙兴夜寐,靡有朝矣。"
② 剪莽拥篲(huì):剪除杂草,持帚扫地。莽,草。篲,扫帚。
③ 下帷读:闭门苦读的意思。下帷,放下帷幕。语出《史记·儒林·董仲舒列传》。后称深居读书,不闻外事为"下帷"。
④ 荷镵(chán)诛茅:扛着锄具,铲除茅草。镵,铁制掘土工具。
⑤ 牵萝补屋:牵拉松萝以补茅屋。牵,引,拉着。萝,松萝,一名女萝,悬垂树上,通体丝状。唐·杜甫《佳人》:"侍婢卖珠回,牵萝补茅屋。"
⑥ 里党:乡邻。党,古代地方基层组织。五家为邻,五邻为里,一万二千五百家为乡,五百家为党。
⑦ 素封:指未曾出仕而其富有可比封爵的人家。封,指有封爵的人。
⑧ 巾服:即顶戴衣衿。
⑨ 广文:指学官。唐天宝年间在国子监增开广文馆,设博士、助教等职,领国子生中修进士课业的人。明清时期泛指儒学教官。
⑩ 领乡荐:中举人。
⑪ 夏屋渠渠:大屋深阔。语出《诗经·秦风·权舆》。夏,大。渠渠,深广。
⑫ 侠:旧时指抱打不平、见义勇为的人。
⑬ 悠悠:荒谬。
⑭ 竖人毛发:使人毛发直立,即令人发指。

不略移床上半尺许哉？使苏子美读之，必浮白曰：'惜乎击之不中①'！"

---

① 苏子美：即宋代文学家苏舜钦，字子美。宋·龚明之《中吴记闻》载，子美读《汉书·张良传》，读到张良与刺客狙击秦始皇，误中副车，"遽抚案曰：'惜乎击之不中！'遂引一大白"。

# 连　琐

　　杨于畏,移居泗水之滨①。斋临旷野,墙外多古墓,夜闻白杨萧萧,声如涛涌。夜阑秉烛,方复凄断②。忽墙外有人吟曰:"玄夜凄风却倒吹,流萤惹草复沾帏③。"反复吟诵,其声哀楚④。听之,细婉似女子。疑之。明日,视墙外,并无人迹。惟有紫带一条,遗荆棘中;拾归,置诸窗上。向夜二更许⑤,又吟如昨。杨移杌登望⑥,吟顿辍。悟其为鬼,然心向慕之。

　　次夜,伏伺墙头。一更向尽,有女子珊珊自草中出⑦,手扶小树,低首哀吟。杨微嗽,女忽入荒草而没。杨由是伺诸墙下,听其吟毕,乃隔壁而续之曰:"幽情苦绪何人见?翠袖单寒月上时⑧。"

----

① 泗水:又叫泗河,源于山东泗水县东陪尾山,因四源并发,合为一水,故名。
② 凄断:凄绝。心境非常凄凉。
③ "玄夜"二句:意思是在这漆黑夜间,略带寒意的秋风阵阵袭来,流光一样的萤火,刚在草间盘旋又飞落到窗前。玄夜,黑夜。凄风,凉风,即秋风。却倒,吹来吹去。惹、沾,都是随处留恋的意思。帏,窗帷。
④ 哀楚:哀怨凄苦。
⑤ 向夜:进入夜晚。向,趋向。
⑥ 杌(wù):坐具,北方俗称"杌子"。
⑦ 珊珊:本来形容女子行走环佩相摩的响声,这里意同"姗姗",缓步而行的样子。
⑧ "幽情"二句:意思是身着单薄的衣衫,徘徊在寒月之下,有谁能体味我的隐情和内心的凄苦。幽情,隐秘的情怀。苦绪,凄苦的心情。翠袖,碧色衣袖,代指女子衣衫。唐·杜甫《佳人》:"天寒翠袖薄,日暮倚修竹。"

久之,寂然。杨乃入室。方坐,忽见丽者自外来,敛衽曰①:"君子固风雅士,妾乃多所畏避。"杨喜,拉坐。瘦怯凝寒②,若不胜衣③,问:"何居里,久寄此间?"答曰:"妾陇西人④,随父流寓⑤。十七暴疾殂谢⑥,今二十馀年矣。九泉荒野,孤寂如鹜⑦。所吟乃妾自作,以寄幽恨者。思久不属⑧;蒙君代续,欢生泉壤。"杨欲与欢,蹙然曰⑨:"夜台朽骨⑩,不比生人,如有幽欢,促人寿数。妾不忍祸君子也。"杨乃止。戏以手探胸,则鸡头之肉⑪,依然处子。又欲视其裙下双钩⑫。女俯首笑曰:"狂生太罗唣矣⑬!"杨把玩之,则见月色锦袜,约彩线一缕。更视其一,则紫带系之。问:"何不俱带?"曰:"昨宵畏君而避,不知遗落何所。"杨曰:"为卿易之。"遂即窗上取以授女。女惊问何来,因以实告。女乃去线束带。既翻案上书,忽见《连昌宫词》⑭,慨然曰:"妾生时最爱读此。今视之,殆如梦寐!"与谈诗文,慧黠可爱。剪烛西窗⑮,如得良友。自此每夜但闻

---

① 敛衽:敛衣而拜。详前《莲香》"敛衽"注。
② 瘦怯凝寒:身体瘦弱,凝聚着一股寒气。瘦怯,瘦弱。凝寒,凝聚寒气,严寒。
③ 若不胜衣:仿佛承受不起衣服的重量。极言其身体柔弱。
④ 陇西:秦、汉置郡,辖有今甘肃东南部,因为今甘肃省的别称。清置陇西县,属巩昌府,今属甘肃省。
⑤ 流寓:流落、寄居他乡。
⑥ 暴疾殂(cú)谢:突然发病而亡。殂谢,死亡。
⑦ 孤寂如鹜:孤单寂寞,像失群的野鸭。
⑧ 思久不属(zhǔ):思考很久而未能接续。属,连缀,指把诗文连缀成篇。
⑨ 蹙然:皱眉的样子。
⑩ 夜台:指坟墓。晋·陆机《挽歌三首》之一:"送子长夜台,呼子不闻。"
⑪ 鸡头之肉:喻指女子乳头。语出《开元天宝遗事》。鸡头,芡实(药用植物)的别名。
⑫ 双钩:喻指女子双足。旧时女子缠足,尖而且小,拱弯如钩。
⑬ 罗唣:本作"啰唣"。语多嘈杂,这里引申为啰嗦,含有骚扰的意思。
⑭ 《连昌宫词》:唐·元稹所作新乐府诗,为叙事诗的名篇。诗通过连昌宫边老人的见闻和经历,由连昌宫的兴衰联系唐王朝的盛衰,寄托了作者对清明政治的向往。连昌宫,唐代行宫,故址在河南洛阳附近的宜阳县。
⑮ 剪烛西窗:夜深灯前,夫妻对语。语本唐·李商隐《夜雨寄北》"何当共剪西窗烛,却话巴山夜雨时"。

微吟,少顷即至。辄嘱曰:"君秘勿宣。妾少胆怯,恐有恶客见侵。"杨诺之。两人欢同鱼水①,虽不至乱,而闺阁之中,诚有甚于画眉者②。女每于灯下为杨写书,字态端媚。又自选宫词百首③,录诵之。使杨治棋枰④,购琵琶。每夜教杨手谈⑤,不则挑弄弦索⑥。作"蕉窗零雨"之曲⑦,酸人胸臆⑧;杨不忍卒听⑨,则为"晓苑莺声"之调⑩,顿觉心怀畅适。挑灯作剧⑪,乐辄忘晓,视窗上有曙色,则张皇遁去。

一日,薛生造访,值杨昼寝。视其室,琵琶、棋枰俱在,知非所善。又翻书得宫词,见字迹端好,益疑之。杨醒,薛问:"戏具何来?"答:"欲学之。"又问诗卷,托以假诸友人。薛反复检玩,见最后一叶细字一行云:"某月日连琐书。"笑曰:"此是女郎小字⑫,何相欺之甚?"杨大窘,不能置词。薛诘之益苦,杨不以告。薛卷挟⑬,杨益窘,遂告之。薛求一见,杨因述所嘱。薛仰慕殷切;杨不

---

① 鱼水:鱼水相得,喻指夫妇亲密之情。《管子·小问》载,齐桓公使管仲去请宁戚,宁戚回答说:"浩浩乎!"管仲不明白什么意思,他的侍婢说:"诗有之:'浩浩者水,育育者鱼,未有室家,而安召我居?'宁子其欲室乎?""欲室"就是想要成家。后遂以鱼水喻指夫妻和美。
② 有甚于画眉:有比张敞画眉还要亲密的夫妻关系。汉京兆尹张敞夫妻关系亲密,他亲自为妻子画眉,有的人认为他这是无威仪的表现,上奏宣帝。宣帝召见,问及此事,张敞说:"臣闻闺房之内,夫妇之私,有过于画眉者。"
③ 宫词:以宫廷生活为题材的诗歌。
④ 棋枰:围棋棋盘。
⑤ 手谈:指下围棋。《世说新语·巧艺》:"王中郎(坦之)以围棋是坐隐,支公(遁)以围棋为手谈。"
⑥ 挑弄弦索:弹奏弦乐器如琴瑟琵琶之类。
⑦ "蕉窗零雨"之曲:取隔窗聆听雨打芭蕉给人的感受所度之曲。零雨,零星雨点。零雨滴落蕉叶,给人以凄寂、冷清之感。
⑧ 酸人胸臆:令人心酸。酸,悲伤。
⑨ 卒听:听到终了。卒,终。
⑩ 为"晓苑莺声"之调:弹奏出如同清晨花园中黄莺婉转鸣啭的曲调。
⑪ 作剧:做游戏。
⑫ 小字:乳名,俗称"小名"。
⑬ 卷挟:以卷走相要挟。

得已,诺之。夜分,女至,为致意焉。女怒曰:"所言伊何①?乃已喋喋向人②!"杨以实情自白。女曰:"与君缘尽矣!"杨百词慰解,终不欢,起而别去,曰:"妾暂避之。"明日,薛来,杨代致其不可。薛疑支托,暮与窗友二人来③,淹留不去,故挠之④,恒终夜哗,大为杨生白眼⑤,而无如何。众见数夜杳然,浸有去志⑥,喧嚣渐息。忽闻吟声,共听之,凄婉欲绝。薛方倾耳神注,内一武生王某⑦,掇巨石投之,大呼曰:"作态不见客,那得好句?呜呜恻恻⑧,使人闷损⑨!"吟顿止。众甚怨之,杨恚愤见于词色。次日,始共引去⑩。杨独宿空斋,冀女复来,而殊无影迹。逾二日,女忽至,泣曰:"君致恶宾,几吓煞妾!"杨谢过不遑。女遽出,曰:"妾固谓缘分尽也,从此别矣。"挽之已渺。由是月馀,更不复至。杨思之,形销骨立,莫可追挽。

一夕,方独酌,忽女子搴帏入。杨喜极,曰:"卿见宥耶?"女涕垂膺,默不一言。亟问之,欲言复忍,曰:"负气去,又急而求人,难免愧恧⑪。"杨再三研诘,乃曰:"不知何处来一龌龊隶⑫,逼充媵妾。顾念清白裔⑬,岂屈身舆台之鬼⑭?然一线弱质,乌能抗拒?

---

① 所言伊何:对你是怎么说的?伊,语助词。
② 喋喋向人:对人多嘴多舌。喋喋,多言的样子。
③ 窗友:同窗友人。
④ 故挠之:故意扰乱他们。
⑤ 白眼:用白眼球看人,是冷淡、厌恶的表示。《晋书·阮籍传》载,阮籍能为青白眼,对其厌恶的虚伪的礼法之士,"以白眼对之";见到志趣相投的人,"乃见青眼"。
⑥ 浸:渐。
⑦ 武生:武生员。清代科举设有武科,以武艺出身的生员为武生员。
⑧ 呜呜恻恻:声调曼长而情意悲切。呜呜,声调曼长。恻恻,凄凉、悲伤。
⑨ 闷损:犹闷煞,烦闷死人。损,犹煞。
⑩ 引去:退出离去。下文"引手去"的"引",是"拉""牵"的意思。
⑪ 愧恧(nù):惭愧。
⑫ 龌龊隶:下贱衙役。龌龊,卑污。
⑬ 清白裔:清白人家的后代。清白,清白人家。旧指不从事卑贱职业的人家。
⑭ 舆台:舆和台,古代奴隶的两个等级。《左传·昭公七年》:"天有十日,人有十等,……故王臣公,公臣大夫,大夫臣士,士臣皂,皂臣舆,舆臣隶,隶臣僚,僚臣仆,仆臣台。"

君如齿妾在琴瑟之数①,必不听自为生活②。"杨大怒,愤将致死③,但虑人鬼殊途,不能为力。女曰:"来夜早眠,妾邀君梦中耳。"于是复共倾谈,坐以达曙。女临去,嘱勿昼眠,留待夜约。杨诺之,因于午后薄饮④,乘醺登榻,蒙衣偃卧。忽见女来,授以佩刀,引手去。至一院宇,方阖门语,闻有人挢石挝门⑤。女惊曰:"仇人至矣!"杨启户骤出,见一人赤帽青衣⑥,猬毛绕喙⑦。怒咄之。隶横目相仇,言词凶谩⑧。杨大怒,奔之。隶捉石以投,骤如急雨,中杨腕,不能握刃。方危急所⑨,遥见一人,腰矢野射⑩。审视之,王生也。大号乞救。王生张弓急至,射之,中股;再射之,殪⑪。杨喜感谢。王问故,具告之。王自喜前罪可赎,遂与共入女室。女战惕羞缩,遥立不作一语。案上有小刀,长仅尺馀,而装以金玉;出诸匣,光芒鉴影。王叹赞不释手。与杨略话,见女惭惧可怜,乃出,分手去。杨亦自归,越墙而仆,于是惊寤,听村鸡已乱鸣矣。觉腕中痛甚;晓而视之,则皮肉赤肿。

停时⑫,王生来,便言夜梦之奇。杨曰:"未梦射否?"王怪其先知。杨出手示之,且告以故。王忆梦中颜色,恨不真见;自幸有功

---

① 齿妾在琴瑟之数:意即把我看做你的妻子。
② 必不听自为生活:必定不会听任我自谋生路。生活,犹生存。
③ 致死:效死,拼命。
④ 薄饮:稍喝一点酒。薄,少。
⑤ 挢(nuò)石挝门:拿石头砸门。挢,握持。挝,击。
⑥ 赤帽青衣:清初官府衙役的装束。
⑦ 猬毛绕喙:刺猬毛般的胡须环绕着嘴的四周。猬毛,胡须硬而直竖,如同刺猬毛。
⑧ 凶谩:凶恶傲慢。谩,同"慢",傲慢。
⑨ 方危急所:正当危急之时。所,语尾,其词义不确定,这里指时间。
⑩ 腰矢野射:腰挂弓箭,在野外射猎。
⑪ 殪(yì):死。
⑫ 停时:停午时分,即正午。停,也作"亭"。

## 連瑣

莽艸垂楊裊亂昏
吟懷悲楚之
月無虜十年一覺
泉臺參同
必真未始返魂

于女,复请先容①。夜间,女来称谢。杨归功王生,遂达诚恳。女曰:"将伯之助②,义不敢忘,然彼赳赳③,妾实畏之。"既而曰:"彼爱妾佩刀,刀实妾父出使粤中④,百金购之。妾爱而有之,缠以金丝,瓣以明珠。大人怜妾夭亡,用以殉葬。今愿割爱相赠,见刀如见妾也。"次日,杨致此意。王大悦。至夜,女果携刀来,曰:"嘱伊珍重,此非中华物也。"由是往来如初。

积数月,忽于灯下笑而向杨,似有所语,面红而止者三。生抱问之。答曰:"久蒙眷爱,妾受生人气,日食烟火⑤,白骨顿有生意。但须生人精血,可以复活。"杨笑曰:"卿自不肯,岂我故惜之?"女云:"交接后,君必有念徐日大病⑥,然药之可愈。"遂与为欢。既而着衣起,又曰:"尚须生血一点,能拚痛以相爱乎?"杨取利刃刺臂出血;女卧榻上,便滴脐中。乃起曰:"妾不来矣。君记取百日之期,视妾坟前,有青鸟鸣于树头,即速发冢。"杨谨受教。出门又嘱曰:"慎记勿忘,迟速皆不可!"乃去。越十馀日,杨果病,腹胀欲死。医师投药,下恶物如泥,浃辰而愈⑦。计至百日,使家人荷插以待⑧。日既夕,果见青鸟双鸣。杨喜曰:"可矣!"乃斩荆发圹⑨,见棺木已朽,而女貌如生。摩之微温。蒙衣舁归置暖处,气咻咻

---

① 先容:原意是先加修饰的意思,引申为介绍推荐时为之称誉。这里是事先介绍的意思。汉·邹阳《狱中上梁王书》:"轮囷离奇,而为万乘器者,何则?以左右先为之容也。"
② 将伯之助:请长者帮助的意思,对别人帮助的客气话。将,请。伯,长。《诗经·小雅·正月》:"载输尔载,将伯助予。"
③ 赳赳:勇武的样子。《诗经·周南·兔罝》:"赳赳武夫,公侯干城。"
④ 粤中:古称今广东、广西为粤地,见《汉书·地理志》。广东省别称粤。
⑤ 烟火:烟火食,指人间熟食。
⑥ 念徐日:二十馀日。念,"廿"的读音,数字二十省作"廿"。
⑦ 浃辰:十二天。浃,周匝。辰,日。古以天干地支纪时,自子至亥为十二辰。
⑧ 插:也作"锸""臿",掘土的工具,即铁锹。
⑨ 发圹(kuàng):打开墓穴。

然①,细于属丝②。渐进汤酏③,半夜而苏。每谓杨曰:"二十馀年,如一梦耳。"

---

① 气咻(xū)咻然:气息缓缓而出的样子。
② 细于属丝:像丝一样微弱。细,微。属,连。
③ 汤酏(yǐ):米汤。酏,稀粥。

# 夜 叉 国

交州徐姓①,泛海为贾。忽被大风吹去。开眼至一处,深山苍莽。冀有居人,遂缆船而登,负糗腊焉②。

方入,见两崖皆洞口,密如蜂房;内隐有人声。至洞外,伫足一窥,中有夜叉二③,牙森列戟④,目闪双灯,爪劈生鹿而食。惊散魂魄,急欲奔下,则夜叉已顾见之,辍食执入。二物相语⑤,如鸟兽鸣,争裂徐衣,似欲啖噉⑥。徐大惧,取囊中糗糒⑦,并牛脯进之。

---

① 交州:古地名。汉武帝置交趾刺史部,东汉改置交州刺史部,辖有今我国广东省、广西壮族自治区及越南北部,治所在广信(今广西梧州市),不久移至番禺(今广东广州市);三国吴分置交、广二州,交州治龙编(今越南河内市),辖境屡有变化,至唐代限于今河内附近一带。

② 糗腊(qiǔxī):干粮和干肉。糗,炒熟的米麦捣成的细粉。

③ 夜叉:梵语音译,也作"药叉""夜乞叉"等;意译为"能啖鬼""捷疾鬼"等。印度神话中一种半神的小神灵,佛教中作为北天王毗沙门的眷属,列为天龙八部之一。在文学作品中,或以为凶暴丑恶,或取勇健之义。《法华玄宝二》:"夜叉,此云勇健,飞腾空中,摄地行类诸罗刹也。罗刹云暴恶,亦云可畏。彼皆讹音。梵语正云药叉罗刹婆。"民间常把泼辣凶悍的女子称为"母夜叉",含有贬义。文末说"家家床头有个夜叉在",是戏称厉害老婆为夜叉。

④ 牙森列戟:牙齿并立如同摆列的长戟。森,峙立。戟,古代武器,旁出两刃。这里喻指夜叉的牙齿外突而尖利。

⑤ 二物:指二夜叉。

⑥ 啖噉:咬吃。噉,同"啖"。

⑦ 糗糒(bèi):干粮。糒,义同"糗"。

分啖甚美。复翻徐橐①,徐摇手以示其无。夜叉怒,又执之。徐哀之曰:"释我。我舟中有釜甑②,可烹饪。"夜叉不解其语,仍怒。徐再与手语③,夜叉似微解。从至舟,取具入洞,束薪燃火,煮其残鹿,熟而献之。二物啖之喜。夜以巨石杜门④,似恐徐遁。徐曲体遥卧⑤,深惧不免。天明,二物出,又杜之。少顷,携一鹿来付徐。徐剥革,于深洞处流水,汲煮数釜。俄有数夜叉至,群集吞啖讫,共指釜,似嫌其小。过三四日,一夜叉负一大釜来,似人所常用者。于是群夜叉各致狼麋⑥。既熟,呼徐同啖。居数日,夜叉渐与徐熟,出亦不施禁锢,聚处如家人。徐渐能察声知意,辄效其音,为夜叉语。夜叉益悦,携一雌来妻徐。徐初畏惧莫敢伸;雌自开其股就徐,徐乃与交,雌大欢悦。每留肉饵徐,若琴瑟之好⑦。

一日,诸夜叉早起,项下各挂明珠一串⑧,更番出门⑨,若伺贵客状。命徐多煮肉。徐以问雌,雌云:"此天寿节⑩。"雌出,谓众夜叉曰:"徐郎无骨突子⑪。"众各摘其五,并付雌。雌又自解十枚,共得五十之数,以野苎为绳⑫,穿挂徐项。徐视之,一珠可直百十

---

① 橐:盛东西的布袋。
② 釜甑(zèng):古代炊具。釜,锅。甑,蒸米饭的瓦制器具。
③ 手语:用手势表示所说的意思。
④ 杜门:这里是用石头把门堵上的意思。杜,堵塞。
⑤ 曲体遥卧:蜷曲着身体,睡在远处。曲,蜷曲。形容畏惧的样子。
⑥ 各致狼麋:分别送来狼和麋鹿。致,送。
⑦ 若琴瑟之好:就像夫妻那样和谐相处。琴瑟,喻指夫妇。详前《红玉》"琴瑟甚都"注。
⑧ 明珠:夜明珠,也叫夜光珠,非常名贵,传说出自南海。
⑨ 更番:轮番,轮替。
⑩ 天寿节:金、元时以皇帝的生日为天寿节,这里指夜叉王的生日。
⑪ 骨突子:即骨朵子。宋代皇帝仪仗中卫士所执,将铁或木制的一蒜头形的物件缀于棒端,宋以前叫"金瓜"。珍珠形状与杖头金瓜相似,夜叉们就将所佩珠串叫作骨突子。
⑫ 野苎(zhù):野生的苎麻。

金①。俄顷俱出。徐煮肉毕,雌来邀去,云:"接天王。"至一大洞,广阔数亩。中有石,滑平如几;四圈俱有石坐;上一坐蒙一豹革,馀皆以鹿。夜叉二三十辈,列坐满中。少顷,大风扬尘,张皇都出。见一巨物来,亦类夜叉状,竟奔入洞,踞坐鹗顾②。群随入,东西列立,悉仰其首,以双臂作十字交。大夜叉按头点视。问:"卧眉山众尽于此乎③?"群哄应之。顾徐曰:"此何来?"雌以"婿"对,众又赞其烹调。即有二三夜叉,奔取熟肉陈几上。大夜叉掬啖尽饱,极赞嘉美,且责常供。又顾徐云:"骨突子何短?"众曰:"初来未备。"物于项上摘取珠串,脱十枚付之,俱大如指顶,圆如弹丸。雌急接,代徐穿挂,徐亦交臂作夜叉语谢之。物乃去,蹑风而行,其疾如飞。众始享其馀食而散。

居四年馀,雌忽产,一胎而生二雄一雌,皆人形,不类其母。众夜叉皆喜其子,辄共拊弄。一日,皆出攫食,惟徐独坐。忽别洞来一雌欲与徐私,徐不肯。夜叉怒,扑徐蹴地上。徐妻自外至,暴怒相搏,龁断其耳。少顷,其二亦归,解释令去。自此雌每守徐,动息不相离。又三年,子女俱能行步,徐辄教以人言,渐能语,啁啾之中,有人气焉④。虽童也,而奔山如履坦途;依依有父子意。

一日,雌与一子一女出,半日不归,而北风大作。徐恻然念故乡,携子至海岸,见故舟犹存,谋与同归。子欲告母,徐止之。父子登舟,一昼夜达交。至家,妻已醮⑤。出珠二枚,售金盈兆⑥,家颇

---

① 直:"值"的本字。
② 踞坐鹗顾:叉开两腿,傲慢地坐在那里;像凶猛的鹗鸟搜寻猎物那样,四处扫视。踞坐,古人席地而坐,坐时将两腿叉开,向前直伸,是一种傲慢的坐姿。鹗,雕一类猛禽,停则峙立四顾,目光锐利、凶狠。
③ 卧眉山:为杜撰的地名。据后文,卧眉为夜叉国之一。
④ "啁啾(zhōujiū)"二句:牙牙学语时,就很像人了。啁啾,小鸟鸣叫声,喻指小儿学语。有人气,即有人味,像人。
⑤ 醮(jiào):改嫁。
⑥ 盈兆:满一兆。兆,数量单位。十万为亿,十亿为兆,即一百万为一兆。

夜叉國

深山蒼莽
少人蹤習俗殊
疑類毒龍不是徐生還
故國安知海外卧眉牽

丰。子取名彪,十四五岁,能举百钧①,粗莽好斗。交帅见而奇之②,以为千总③。值边乱④,所向有功,十八为副将⑤。

时一商泛海,亦遭风,飘至卧眉。方登岸,见一少年,视之而惊。知为中国人,便问居里。商以告。少年曳入幽谷一小石洞,洞外皆丛棘;且嘱勿出。去移时,挟鹿肉来啖商。自言:"父亦交人。"商问之,而知为徐,商在客中尝识之。因曰:"我故人也。今其子为副将。"少年不解何名。商曰:"此中国之官名。"又问:"何以为官?"曰:"出则舆马,入则高堂;上一呼而下百诺;见者侧目视,侧足立⑥:此名为官。"少年甚歆动⑦。商曰:"既尊君在交,何久淹此?"少年以情告。商劝南旋⑧。曰:"余亦常作是念。但母非中国人,言貌殊异;且同类觉之,必见残害:用是辗转⑨。"乃出曰:"待北风起,我来送汝行。烦于父兄处,寄一耗问⑩。"商伏洞中几半年。时自棘中外窥,见山中辄有夜叉往还;大惧,不敢少动。一日,北风策策⑪,少年忽至,引与急窜。嘱曰:"所言勿忘却。"商应之。又以肉置几上,商乃归。

---

① 能举百钧:能举起一百钧那么重。钧,古代重量单位,三十斤为一钧。
② 交帅:交州的军事统帅。清代掌管一方军政的提督及其节制下的总兵,都可称帅。
③ 千总:武官名。明始置,为京营兵将领;清在绿营兵守备之下设千总。
④ 值边乱:恰逢边防有战事。
⑤ 副将:总兵之副,即副总兵,亦即下文所称"副总"。总兵为清绿营兵高级武官,受提督节制,掌理本镇军务,又称为总镇,所直接管辖的营兵称镇标。下文"标下",就是指在总兵节制之下。
⑥ 侧目视,侧足立:不敢正眼(抬头)看,也不敢正面站立(站在旁边),以表示敬畏。
⑦ 歆动:动心。因欣喜而心动。
⑧ 南旋:南归。指回交州。
⑨ 用是辗转:因此犹豫不决。辗转,有所思虑而反复不安。语出《诗经·周南·关雎》。
⑩ 耗问:音信。
⑪ 策策:风吹落叶声。唐·韩愈《秋怀》之一:"窗前两好树,众叶光薿薿。秋风一披拂,策策鸣不已。"

敬抵交①,达副总府,备述所见。彪闻而悲,欲往寻之。父虑海涛妖薮②,险恶难犯③,力阻之。彪抚膺痛哭,父不能止。乃告交帅,携两兵至海内。逆风阻舟,摆簸海中者半月。四望无涯,咫尺迷闷④,无从辨其南北。忽而涌波接汉⑤,乘舟倾覆,彪落海中,逐浪浮沉。久之,被一物曳去;至一处,竟有舍宇。彪视之,一物如夜叉状。彪乃作夜叉语。夜叉惊讯之,彪乃告以所往。夜叉喜曰:"卧眉我故里也,唐突可罪!君离故道已八千里⑥。此去为毒龙国,向卧眉非路。"乃觅舟来送彪。夜叉在水中推行如矢,瞬息千里,过一宵,已达北岸。见一少年临流瞻望。彪知山无人类,疑是弟;近之,果弟,因执手哭。既而问母及妹,并云健安。彪欲偕往,弟止之,仓忙便去。回谢夜叉,则已去。未几,母妹俱至,见彪俱哭。彪告其意,母曰:"恐去为人所凌。"彪曰:"儿在中国甚荣贵,人不敢欺。"归计已决,苦逆风难渡。母子方徊徨间⑦,忽见布帆南动,其声瑟瑟⑧。彪喜曰:"天助吾也!"相继登舟,波如箭激⑨;三日抵岸。见者皆奔。彪向三人脱分袍裤。抵家,母夜叉见翁怒骂,恨其不谋。徐谢过不遑。家人拜见家主母,无不战栗。彪劝母学作华言,衣锦,厌粱肉⑩,乃大欣慰。

---

① 敬:方言。特意,专诚。
② 妖薮:妖怪聚集的地方。薮,水浅草茂而为鸟兽栖息的泽地,喻指人或物聚集的地方。
③ 难犯:难以接近。
④ 迷闷:迷失;心里憋闷而口难出声的昏迷状态。《北齐书·儒林·权会传》:"前后二人,忽然离散。会亦不觉堕驴,因而迷闷。至明始觉,方知堕驴之处,乃是郭外才去家数里。"
⑤ 涌波接汉:波浪涌起,上接霄汉。汉,银汉,银河。
⑥ 故道:原来的航道。
⑦ 徊徨:徘徊彷徨。
⑧ 瑟瑟:风声。
⑨ 波如箭激:激起的波浪,急如箭射。激,急疾。
⑩ 厌粱肉:粱肉尽着吃。厌,满足。

母女皆男儿装,类满制①。数月稍辨语言,弟妹亦渐白皙。弟曰豹,妹曰夜儿,俱强有力。彪耻不知书,教弟读。豹最慧,经史一过辄了②。又不欲操儒业③;仍使挽强弩,驰怒马④。登武进士第⑤,聘阿游击女⑥。夜儿以异种,无与为婚。会标下袁守备失偶⑦,强妻之。夜儿开百石弓,百馀步射小鸟,无虚落。袁每征辄与妻俱,历任同知将军⑧,奇勋半出于闺门。豹三十四岁挂印⑨,母尝从之南征,每临巨敌,辄擐甲执锐⑩,为子接应,见者莫不辟易⑪。诏封男爵⑫。豹代母疏辞⑬,封夫人。

异史氏曰:"夜叉夫人,亦所罕闻,然细思之而不罕也:家家床头有个夜叉在。"

① 类满制:如同满族服制。
② 一过辄了:读一遍就能通晓。
③ 操儒业:指读书求仕。
④ 怒马:烈马。
⑤ 登武进士第:考中武进士。自唐而后,科举设武科,至明代中期始定武乡试、武会试的制度,清代相沿,其考试科目虽与文科不同,而院试、乡试、会试、殿试及生员、举人、进士、状元等名目则相同,只加"武"字加以区别。
⑥ 游击:武官名。清代绿营兵设游击,职位次于参将(位次于副将),为下级武官。
⑦ 守备:武官名。清代绿营兵统兵官,职位次于游击。
⑧ 同知将军:即副将军。同知,军政长官的副职。
⑨ 挂印:指挂将军印。
⑩ 擐(huàn)甲执锐:身穿铠甲,手持兵器。擐,穿。锐,兵器。
⑪ 辟(bì)易:受惊而退,退避。《史记·项羽本纪》:"是时赤泉侯为骑将,追项王,项王瞋目叱之,赤泉侯人马俱惊,辟易数里。"
⑫ 男爵:封建时代五等爵位(公、侯、伯、子、男)的最低一等。女子例无封爵,这里说为酬其军功而视同男子给予封爵,为游戏笔墨。
⑬ 疏辞:向皇帝上疏,辞去封爵。疏,奏疏,为臣下向皇帝奏事的一种文体。

# 罗刹海市

马骥,字龙媒,贾人子①。美丰姿。少倜傥,喜歌舞。辄从梨园子弟②,以锦帕缠头,美如好女③,因复有"俊人"之号。十四岁,入郡庠④,即知名。父衰老,罢贾而居。谓生曰:"数卷书,饥不可煮,寒不可衣。吾儿可仍继父贾。"马由是稍稍权子母⑤。

从人浮海⑥,为飓风引去⑦,数昼夜至一都会。其人皆奇丑;见马至,以为妖,群哗而走。马初见其状,大惧;迨知国中之骇己也,遂反以此欺国人。遇饮食者则奔而往;人惊遁,则啜其馀。久之,入山村。其间形貌亦有似人者,然褴褛如丐。马息树下,村人不敢前,但遥望之。久之,觉马非噬人者,始稍稍近就之。马笑与语。

---

① 贾(gǔ)人:商人。
② 梨园子弟:戏曲艺人。也称梨园弟子。《新唐书·礼乐志》载,唐玄宗通晓音律,又酷爱法曲(道观所奏乐曲),曾选乐工三百人,在梨园教习,并亲自纠正他们的错误,号称皇帝梨园子弟。宫女数百,也为梨园弟子,居宜春北院。后称剧场为梨园,称戏曲艺人为梨园子弟。
③ 好女:美女。《战国策·秦策》:"以文绣千匹,好女百人,遗义渠君。"
④ 郡庠:府学。
⑤ 权子母:指经商。子母相权,原指货币轻重相权,见《国语·周语下》。后以物之相生为子母,因指以本生息;本钱为母,子为利息。权,秤,秤量。引申为权衡。
⑥ 浮海:浮游海上。指从事海上贸易。
⑦ 飓风:旧历五六月间,起于热带海上的剧烈旋风。引:取;收敛。这里是裹挟、携带的意思。下文"引与俱去"的"引",为引导的意思。

其言虽异,亦半可解。马遂自陈所自①。村人喜,遍告邻里,客非能搏噬者②。然奇丑者望望即去③,终不敢前;其来者,口鼻位置,尚皆与中国同,共罗浆酒奉马,马问其相骇之故,答曰:"尝闻祖父言:西去二万六千里,有中国,其人民形象率诡异④。但耳食之⑤,今始信。"问其何贫。曰:"我国所重,不在文章,而在形貌。其美之极者,为上卿⑥;次任民社⑦;下焉者,亦邀贵人宠⑧,故得鼎烹以养妻子⑨。若我辈初生时,父母皆以为不祥,往往置弃之;其不忍遽弃者,皆为宗嗣耳。"问:"此名何国?"曰:"大罗刹国⑩。都城在北去三十里。"马请导往一观。于是鸡鸣而兴⑪,引与俱去。天明,始达都。都以黑石为墙,色如墨,楼阁近百尺。然少瓦,覆以红石。拾其残块磨甲上,无异丹砂。时值朝退,朝中有冠盖出,村人指曰:"此相国也⑫。"视之,双耳皆背生,鼻三孔,睫毛覆目如帘。又数骑出,曰:"此大夫也⑬。"以次各指其官职,率犪駤怪

---

① 自陈所自:自我陈说从哪里来。
② 能搏噬者:能搏杀吃人的人。
③ 望望即去:掉头就离去。《孟子·公孙丑上》:"望望然去之,若将浼焉。"《集注》:"望望,去而不顾之貌。浼,污。"
④ 率诡异:全都奇形怪状。率,全。诡异,怪异。
⑤ 耳食:喻指轻信传闻,不加细察。《史记·六国年表序》:"学者牵于所闻,见秦在帝位日浅,不察其终始,因举而笑之,不敢道,此与以耳食何异。"
⑥ 上卿:古官名。周时天子、诸侯均置,为卿最高一级。
⑦ 任民社:指做地方官。民社,人民与社稷。
⑧ 邀:取得,获得。
⑨ 鼎烹:鼎食,指食以美味。鼎为富贵人家所用的炊具。
⑩ 罗刹国:古国名。《通典·边防·南蛮·罗刹》:"罗刹国在婆利(古国名,故地在今印度尼西亚加里曼丹岛)之东,其人极陋,朱发黑身,兽牙鹰爪。时与林邑(即占城,故地在今越南中南部)人作市,辄以夜,昼日则掩其面。隋炀帝大业三年,遣使常骏等使赤土国,至罗刹。"其中"兽牙鹰爪",或为装饰之物。小说盖据传闻演义,非为写实。罗刹国在我国东南,而小说则言在北,即是证明。
⑪ 鸡鸣而兴:鸡一叫就起床。兴,起。
⑫ 相国:即宰相。
⑬ 大夫:古诸侯国官吏设置卿、大夫、士三级,每级又分为上中下。汉以后则以大夫作为高级官吏的通称。下文"搢(缙)绅大夫",泛指做官的人。缙绅,古代官员插笏板(上朝奏事用)于绅带间,因称仕宦为官者为缙绅。

异①;然位渐卑,丑亦渐杀②。无何,马归,街衢人望见之,噪奔跌蹶,如逢怪物。村人百口解说,市人始敢遥立。既归,国中咸知有异人,于是搢绅大夫,争欲一广见闻,遂令村人要马。然每至一家,阍人辄阖户③,丈夫女子窃窃自门隙中窥语;终一日,无敢延见者④。村人曰:"此间一执戟郎⑤,曾为先王出使异国,所阅人多,或不以子为惧。"造郎门。郎果喜,揖为上客⑥。视其貌,如八九十岁人。目睛突出,须卷如猬⑦。曰:"仆少奉王命,出使最多;独未至中华。今一百二十馀岁,又得睹上国人物,此不可不上闻于天子。然臣卧林下,十馀年不践朝阶,早旦,为君一行。"乃具饮馔,修主客礼。酒数行,出女乐十馀人,更番歌舞。貌类夜叉,皆以白锦缠头,拖朱衣及地。扮唱不知何词,腔拍恢诡⑧。主人顾而乐之。问:"中国亦有此乐乎?"曰:"有。"主人请拟其声,遂击桌为度一曲。主人喜曰:"异哉!声如凤鸣龙啸,从未曾闻。"

翼日,趋朝,荐诸国王。王忻然下诏。有二三大夫,言其怪状,恐惊圣体。王乃止。郎出告马,深为扼腕⑨。居久之,与主人饮而醉,把剑起舞,以煤涂面作张飞⑩。主人以为美,曰:"请君以张飞见宰相,厚禄不难致。"马曰:"嘻!游戏犹可,何能易面目图荣

---

① 鬅鬡(zhēngníng):须发散乱的样子。
② 渐杀:逐渐差减。杀,差,减。
③ 阍人:守门人。阖户:关门。
④ 延见:延请相见。
⑤ 执戟郎:古代宫门警卫官。秦、汉郎官有中郎、侍郎、郎中等,都执戟在各宫殿门前轮值宿卫,故称。
⑥ 揖为上客:奉为最尊贵的客人。揖,拱手为礼。这里是礼敬的意思。
⑦ 须卷如猬:胡须蜷曲着像刺猬那样。
⑧ 腔拍恢诡:腔调和节拍都很离奇。恢诡,十分离奇。宋·陆游《草书歌》:"有时寓意笔砚间,跌宕奔腾作恢诡。"
⑨ 扼腕:握持自己的手腕,表示惋惜。
⑩ 以煤涂面作张飞:用煤把脸涂黑,扮作张飞的模样。

显①?"主人固强之,马乃诺。主人设筵,邀当路者饮②,令马绘面以待。未几,客至,呼马出见客。客讶曰:"异哉!何前嫭而今妍也!"遂与共饮,甚欢。马婆娑歌"弋阳曲"③,一座无不倾倒。明日交章荐马④。王喜,召以旌节⑤。既见,问中国治安之道,马委曲上陈⑥,大蒙嘉叹,赐宴离宫⑦。酒酣,王曰:"闻卿善雅乐,可使寡人得而闻之乎?"马即起舞,亦效白锦缠头,作靡靡之音⑧。王大悦,即日拜下大夫。时与私宴⑨,恩宠殊异。久而官僚百执事颇觉其面目之假⑩;所至,辄见人耳语,不甚与款洽。马至是孤立,悯然不自安⑪。遂上疏乞休致⑫,不许;又告休沐⑬,乃给三月假。

于是乘传载金宝⑭,复归山村。村人膝行以迎。马以金资分

---

① 易面目图荣显:改换自己的面貌而谋取荣华富贵。易面目,意即换张脸。这里指迎合世俗喜好。易,改变。
② 当路:同"当道",居要地。喻指握有政权的人。
③ 婆娑:起舞的样子。弋阳曲:为南曲腔调的一种,明清时期流行于江西弋阳一带。弋阳曲为民间俗调,而罗刹王却认为是"雅乐";不惟人美丑颠倒,戏曲也是雅俗颠倒。
④ 交章:交相上奏章。
⑤ 召以旌节:令人持旌节前往召见他。旌节,各代形制不一,一般以竹为竿,上缀牦牛尾和五彩鸟羽,为古代皇帝特使所持有,用为出使他国,或征召官吏。以旌节召,是对待大夫的礼节。《孟子·万章下》:"'敢问招虞人何以?'曰:'以皮冠,庶人以旃,士以旂,大夫以旌。'"
⑥ 委曲:细致曲折。这里是原原本本的意思。
⑦ 离宫:行宫。指都城正式宫殿之外,供其游处的宫室。
⑧ 靡靡之音:声调淫靡的俗曲。古指写男欢女爱的民间歌曲。罗刹王令马骥奏雅乐,而他"作靡靡之音"以迎合。
⑨ 时与私宴:经常参加皇帝招待亲友的宴会。私宴,以私人名义举行的宴会。
⑩ 百执事:即百官。《尚书·盘庚下》:"呜呼!邦伯、师长、百执事之人,尚皆隐哉。"执事,指各部门负责具体事务的官员。
⑪ 悯(xián)然:不安的样子。
⑫ 乞休致:请求辞官家居。
⑬ 休沐:休息、洗沐,指官吏例定的休息日。汉制,五日一休沐;唐制,十日一休沐。这里指休假。
⑭ 乘传(shèngzhuàn):古代驿站用四匹下等马拉的车。这里指乘坐驿站马车,说明马骥深得国王恩宠。

给旧所与交好者,欢声雷动。村人曰:"吾侪小人受大夫赐,明日赴海市,当求珍玩,用报大夫。"问:"海市何地?"曰:"海中市,四海鲛人①,集货珠宝;四方十二国,均来贸易。中多神人游戏。云霞障天,波涛间作。贵人自重,不敢犯险阻,皆以金帛付我辈,代购异珍。今其期不远矣。"问所自知,曰:"每见海上朱鸟往来,七日,即市。"马问行期,欲同游瞩。村人劝使自贵。马曰:"我顾沧海客,何畏风涛?"

未几,果有踵门寄资者②,遂与装资入船。船容数十人,平底高栏。十人摇橹,激水如箭。凡三日,遥见水云幌漾之中,楼阁层迭,贸迁之舟③,纷集如蚁。少时,抵城下。视墙上砖,皆长与人等,敌楼高接云汉④。维舟而入,见市上所陈,奇珍异宝,光明射目,多人世所无。一少年乘骏马来,市人尽奔避,云是"东洋三世子⑤"。世子过,目生曰:"此非异域人?"即有前马者来诘乡籍。生揖道左⑥,具展邦族⑦。世子喜曰:"既蒙辱临,缘分不浅!"于是授生骑,请与连辔。乃出西城。方至岛岸,所骑嘶跃入水。生大骇失声。则见海水中分,屹如壁立。俄睹宫殿,玳瑁为梁⑧,鲂鳞作瓦;四壁晶明,鉴影炫目。下马揖入。仰视龙君在上,世子启奏:"臣游市廛,得中华贤士,引见大王。"生前拜舞⑨。龙君乃言:"先生文

---

① 鲛人:也作"蛟人"。传说南海有鲛人,水居如鱼,能织一种薄纱叫"鲛绡",其眼中所掉的泪随即凝为珍珠。见《博物志》《述异记》(下)等记载。
② 踵门:亲至其门。踵,至。
③ 贸迁:交易,贸易。
④ 敌楼:即城楼。建在城上,用来瞭望敌人,故称。云汉:银河。接云汉,接天,摩天,形容城楼之高。
⑤ 世子:王侯的嫡长子(嫡妻所生之长子)。
⑥ 道左:道旁。
⑦ 具展邦族:一一陈述自己的籍贯和姓氏。具,陈,一一陈述。
⑧ 玳瑁为梁:以玳瑁为饰的屋梁。玳瑁,龟类动物,背甲光亮,可作装饰品。
⑨ 拜舞:跪拜。古代朝拜仪式,三叩九拜,起伏如舞,故云。

学士,必能衙官屈、宋①。欲烦椽笔赋'海市'②,幸无吝珠玉③。"生稽首受命。授以水精之砚④,龙鬣之毫⑤,纸光似雪,墨气如兰。生立成千馀言,献殿上。龙君击节曰⑥:"先生雄才,有光水国矣!"遂集诸龙族,宴集采霞宫。酒炙数行,龙君执爵向客曰:"寡人所怜女,未有良匹,愿累先生。先生倘有意乎?"生离席愧荷⑦,唯唯而已。龙君顾左右语。无何,宫女数辈,扶女郎出。佩环声动,鼓吹暴作。拜竟,睨之,实仙人也。女拜已而去。少时酒罢,双鬟挑画灯,导生入副宫⑧,女浓妆坐伺。珊瑚之床,饰以八宝;帐外流苏⑨,缀明珠如斗大;衾褥皆香耎⑩。天方曙,则雏女妖鬟,奔入满侧。生起,趋出朝谢。拜为驸马都尉⑪。以其赋驰传诸海。诸海龙君,皆端员来贺⑫,争折简招驸马饮⑬。生衣绣裳,驾青虬⑭,呵殿而

---

① 衙官屈、宋:以屈原、宋玉为衙官,就是超过屈、宋的意思。《续世说》载,唐代杜审言高自称许,说"吾之文章合得屈、宋为衙官"。衙官,唐代刺史的属官。
② 椽笔:如椽之笔,即大手笔,喻指文章高手。《晋书·王导传》附《王珣传》载,王珣"梦人以大笔如椽与之,既觉,语人云:'此当有大手笔事。'俄而帝崩,哀册谥议,皆珣所草。"
③ 无吝珠玉:不要吝惜您华美的文辞。珠玉,喻文辞贵重华美。
④ 水精:即水晶。
⑤ 龙鬣(liè)之毫:用龙的胡须制作的毛笔。鬣,龙颔旁的小鳍。这里指龙须,极言笔的珍贵。
⑥ 击节:犹今打拍子,表示十分赞赏。
⑦ 离席愧荷:站起来,很恭敬地表示感谢。愧荷,蒙受有愧,引申为感谢的意思。《唐人说荟》载顾敻《袁氏传》:"但告此辈,恪愧荷而已。"
⑧ "双鬟"二句:丫鬟挑着彩灯,把他领进后宫。双鬟,古时幼女的发式,这里指年幼的婢女、丫鬟。副,后乘为副。副宫,即后宫。
⑨ 流苏:用五彩丝或鸟羽做的垂缨,为车马、楼台、帐幕的装饰品。这里指床帐四角下垂的缨穗。
⑩ 香耎(ruǎn):既香又软。耎,同"软"。
⑪ 驸马都尉:官名。汉武帝时置,掌副车(后车)之马,为皇帝近侍。魏晋之后,皇帝的女婿例加这一称号,简称驸马,而非实职。
⑫ 端员:专门履行某一职责的人员。端,同"专"。
⑬ 折简:也作"折柬",裁纸作书。
⑭ 驾青虬(qiú):驾着青虬拉的车子。虬,无角龙。

羅剎海市

妍媸倒置來千閒
海市遙開萬里
雲翠亮文章
饒富貴水晶
宮裏琴龍宍

出①。武士数十骑,背雕弧②,荷白棓③,晃耀填拥。马上弹筝④,车中奏玉。三日间,遍历诸海。由是"龙媒"之名,噪于四海。宫中有玉树一株,围可合抱;本莹澈,如白琉璃,中有心,淡黄色,稍细于臂;叶类碧玉,厚一钱许,细碎有浓阴。常与女啸咏其下。花开满树,状类蔷葡⑤。每一瓣落,锵然作响。拾视之,如赤瑙雕镂⑥,光明可爱。时有异鸟来鸣,毛金碧色,尾长于身,声等哀玉⑦,恻人肺腑。生闻之,辄念想乡土。因谓女曰:"亡出三年,恩慈间阻⑧,每一念及,涕膺汗背⑨。卿能从我归乎?"女曰:"仙尘路隔⑩,不能相依。妾亦不忍以鱼水之爱,夺膝下之欢⑪。容徐谋之。"生闻之,涕不自禁。女亦叹曰:"此势之不能两全者也!"明日,生自外归。龙君曰:"闻都尉有故土之思,诘旦趣装,可乎?"生谢曰:"逆旅孤臣,过蒙优宠,衔报之诚⑫,结于肺肝。容暂归省,当图复聚耳。"入暮,女置酒话别。生订后会,女曰:"情缘尽矣。"生大悲。女曰:"归养双亲,见君之孝,人生聚散,百年犹旦暮耳,何用作儿女哀泣?此后

---

① 呵殿:前呼后拥。呵,在前喝道;殿,在后随从。
② 雕弧:雕有文采的弓。
③ 白棓(bàng):白色大棒。棓,同"棒"。
④ 筝:古代弦乐器的一种。下文所奏的"玉",指玉制管乐器。
⑤ 蔷(zhān)葡:栀子花。
⑥ 赤瑙:红色玛瑙。
⑦ 声等哀玉:如同玉器鸣奏一样哀婉动听。哀玉,如玉发出的哀婉之声。
⑧ 恩慈间阻:与父母隔绝不通音问。恩慈,仁慈,仁爱慈祥,指父母。
⑨ 涕膺汗背:泪下沾胸,汗流浃背。膺,胸。
⑩ 仙尘路隔:仙境与尘世不通往来。
⑪ "妾亦"二句:我也不忍心因夫妻之爱,剥夺你孝敬父母的欢乐。鱼水,喻指夫妻。膝下,儿女对父母称膝下,是说依依父母之前,还像未成年时一样,表示亲爱之意。《孝经·圣治》"故亲生之膝下"注:"膝下,谓孩幼之时也。言亲爱之心生于孩幼,比及年长,渐识义方,则日加尊严,能致敬于父母也。"
⑫ 衔报之诚:感恩图报的热诚。衔报,衔环报恩。《后汉书·杨震传》注引《续齐谐记》载,杨震的父亲宝,年幼时救了被鸱枭咬伤的黄雀,当夜梦见一黄衣童子以四枚白环相报,并说令其子孙清白处世,位登三公,就像这四枚白环一样。后来果然应验。

妾为君贞,君为妾义,两地同心,即伉俪也,何必旦夕相守,乃谓之偕老乎?若渝此盟,婚姻不吉。倘虑中馈乏人①,纳婢可耳②。更有一事相嘱:自奉衣裳,似有佳朕③,烦君命名。"生曰:"其女耶,可名龙宫;男耶,可名福海。"女乞一物为信④。生在罗刹国所得赤玉莲花一对,出以授女。女曰:"三年后四月八日,君当泛舟南岛,还君体胤⑤。"女以鱼革为囊,实以珠宝,授生曰:"珍藏之,数世吃着不尽也。"天微明,王设祖帐⑥,馈遗甚丰。生拜别出宫,女乘白羊车,送诸海涘⑦。生上岸下马,女致声珍重,回车便去,少顷便远,海水复合,不可复见。

生乃归。自浮海去,咸谓其已死;及至家,家人无不诧异。幸翁媪无恙,独妻已他适。乃悟龙女"守义"之言,盖已先知也。父欲为生再婚,生不可,纳婢焉。谨志三年之期,泛舟岛中。见两儿坐在水面,拍流嬉笑,不动亦不沉。近引之,儿哑然捉生臂⑧,跃入怀中。其一大啼,似嗔生之不援己者。亦引上之。细审之,一男一女,貌皆婉秀。额上花冠缀玉,则赤莲在焉。背有锦囊,拆视,得书云:"翁姑计各无恙⑨。忽忽三年,红尘永隔;盈盈一水,青鸟难通⑩。结想为梦,

---

① 中馈乏人:缺乏主持家务的女人。中馈,语出《易·家人》,本指酒食,旧时妇女在家中料理饮食、筹办宴品,叫作"主中馈"。
② 纳婢:纳婢为妾。纳,娶。旧时纳妾不算娶妻,所以也不算"渝盟"。
③ "自奉"二句:自从嫁给你,似有怀孕的佳兆。佳朕,佳兆,指怀孕。朕,征兆。
④ 乞一物为信:求取一件东西为信物。
⑤ 体胤:亲生儿女。胤,后嗣。
⑥ 设祖帐:意思是设宴饯别。详前《聂小倩》"祖帐"注。
⑦ 海涘(sì):海边。涘,水边。
⑧ 哑然:笑声;笑貌。这里是笑着的意思。
⑨ 翁姑:公婆。
⑩ "盈盈"二句:意思是说虽然只有一水之隔,彼此却音信难通。《古诗十九首》:"盈盈一水间,脉脉不得语。"盈盈,水清浅的样子。青鸟,借指使者。《汉武故事》说,七月七日,忽有青鸟飞集殿前。东方朔说,这是西王母要来。不一会,王母到,三青鸟夹侍王母两旁。后遂借称使者为青鸟。

引领成劳①,茫茫蓝蔚,有恨如何也!顾念奔月姮娥,且虚桂府②;投梭织女,犹怅银河③。我何人斯,而能永好④?兴思及此,辄复破涕为笑。别后两月,竟得孪生。今已啁啾怀抱⑤,颇解言笑;觅枣抓梨,不母可活⑥。敬以还君。所贻赤玉莲花,饰冠作信。膝头抱儿时,犹妾在左右也。闻君克践旧盟,意愿斯慰。妾此生不二,之死靡他⑦。奁中珍物,不蓄兰膏;镜里新妆,久辞粉黛⑧。君似征人,妾作荡妇⑨,即置而不御,亦何得谓非琴瑟哉⑩?独计翁姑亦既抱孙,曾未一觌新妇⑪,揆之情理,亦属缺然。岁后阿姑窀穸⑫,当往临穴,一尽妇职。过此以往,则'龙宫'无恙,不少把握之期⑬;

---

① 引领成劳:因殷切期盼而忧伤。引领,翘首企盼的样子。领,脖颈。劳,忧伤。
② "顾念"二句:意思是说但想到为成仙而奔月的嫦娥,尚且在空旷的桂府独处。顾,但。姮娥,即嫦娥。传说后羿向西王母求得不死药,被他的妻子偷吃而成仙,飞升月宫。见《淮南子·览冥训》。桂府,传说月宫有桂树,高五百丈,后因称月宫为桂宫或桂府。见唐·段成式《酉阳杂俎·天咫》。
③ "投梭"二句:意思是天上的织女,尚且因银河阻隔不能与牛郎相聚而怅恨不已。织女,星名。在银河东,与河西牛郎星相对。后逐渐演化为神话故事,而说法很不一致。大致说织女是天帝的孙女,年年织造云锦,制作天衣,后嫁河西牛郎,织造中断,天帝怒,强行将他们分离,令其隔银河相望,只准每年的七月七日晚上相会。详见《荆楚岁时记》。
④ 我何人斯:我是何等样人。斯,语尾助词,无义。
⑤ 啁啾(zhōujiū)怀抱:在怀抱中牙牙学语。啁啾,小鸟鸣叫声,喻指幼儿牙牙学语的声音。
⑥ 不母:不依赖母亲。
⑦ "妾此生"二句:我此生决不再嫁,直到死也没有二心。不二,不再嫁。二,再。之,直到。靡,没有。他,他心。
⑧ "奁(lián)中"四句:意思是说从此不再妆饰打扮。奁,首饰盒。兰膏、粉黛,都是女子化妆品。兰膏,用兰炼成的香脂;粉黛,扑面粉和描眉用的颜料。黛,青黑色。
⑨ 荡妇:荡子妇。出游不归者的妻子。《古诗十九首》:"昔为倡家女,今为荡子妇。荡子行不归,空床难独守。"
⑩ "即置"二句:意思是即便不过夫妻生活,又怎能说没有夫妻恩爱呢。置,弃置。琴瑟,喻指和谐美满的夫妻。
⑪ 一觌(dí)新妇:与儿媳见上一面。觌,相见。新妇,指儿媳,与"媳妇"同。
⑫ 窀穸(zhūnxī):墓穴。这里指下葬。所以下文说"临穴"(亲临墓穴)。
⑬ 把握:握手,指会面。

'福海'长生,或有往还之路。伏惟珍重①,不尽欲言。"生反复省书揽涕②。两儿抱颈曰:"归休乎③!"生益恸,抚之曰:"儿知家在何许?"儿啼,呕哑言归。生视海水茫茫,极天无际;雾鬟人渺,烟波路穷④。抱儿返棹,怅然遂归。

生知母寿不永,周身物悉为预具⑤,墓中植松槚百馀⑥。逾岁,媪果亡。灵舆至殡宫⑦,有女子缞绖临穴⑧。众惊顾,忽而风激雷轰,继以急雨,转瞬已失所在。松柏新植多枯,至是皆活。福海稍长,辄思其母,忽自投入海,数日始还。龙宫以女子不得往,时掩户泣。一日,昼暝,龙女忽入,止之曰:"儿自成家,哭泣何为?"乃赐八尺珊瑚一树,龙脑香一帖⑨,明珠百粒,八宝嵌金合一双,为嫁资。生闻之突入,执手啜泣。俄顷,迅雷破屋,女已无矣。

异史氏曰:"花面逢迎,世情如鬼⑩。嗜痂之癖,举世一辙⑪。

---

① 伏惟:俯伏思惟,犹言恭敬地希望。旧时书面上用为对尊长的敬辞。
② 揽涕:忍泪。揽,持,把持。
③ 归休乎:回家吧。休,语助词。
④ "雾鬟"二句:黑发美人已消失,茫茫大海也已无归路。雾鬟,满头黑发如轻雾笼罩。明·何景明《嫦娥图》:"霓裳羽衣世莫闻,雾鬟雪貌人难见。"烟波,茫如烟雾的大海。穷,尽。这里指已无回归大海之路。
⑤ "生知"二句:意思是马骥由龙女所说得知母亲将死,凡丧葬所需之物全都预为准备。永,长。周身物,指寿衣、棺椁以及丧事所需物品。预具,预先准备。
⑥ 松槚(jiǎ):松树和楸树。槚,即楸树,木材密致,古人常以为棺椁。墓间多植。《左传·哀公十一年》:伍子胥"将死,曰:'树吾墓槚,槚可材也。'"
⑦ 灵舆:灵车。殡宫:墓穴。
⑧ 缞绖(cuīdié):丧服,古时用麻布缝制。缞,衣衣,披于胸前,后穿在身上;绖,系(或戴)在头上的麻带或帽。缞绖,为旧时子女为父母所服的孝服。
⑨ 龙脑香:由龙脑树提炼的香料。一帖:一包。
⑩ "花面"二句:变换各种面孔,以迎合世俗喜好;这样的世态,简直就如同鬼蜮。花面,像妓女一样修饰脸面。俗称妓女为花,她们逢场作戏,装出各种面孔。
⑪ "嗜痂"二句:爱吃龌龊之物的怪癖,如今满天下都是。嗜痂,嗜食疮痂。《南史·刘穆之传》载,穆之的孙子刘邕嗜食疮痂,认为其味与鳆鱼一样。后遂称乖僻的嗜好为"嗜痂"。这里喻指以美为丑、颠倒黑白以及曲意逢迎、寡廉鲜耻的种种不可理喻的世俗喜好。

‘小惭小好，大惭大好’①。若公然带须眉以游都市，其不骇而走者盖几希矣②！彼陵阳痴子，将抱连城玉向何处哭也③？呜呼！显荣富贵，当于蜃楼海市中求之耳④！"

---

① "小惭"二句：语出唐·韩愈《与冯宿论文书》。本指写文章，说你违背本心作迎合世俗的文章，一下笔就叫人惭愧，而却为世人所欢迎；你惭愧少一点，他们认为"小好"，惭愧多一点，他们就认为"大好"。这里用来指颠倒是非、混淆黑白的社会现实，让人失去善良本性，屈意迎合丑恶的世俗要求。

② "若公然"二句：如若公然以顶天立地的男儿本色走在大街上，那不被吓跑的人大概就很少了。须眉，胡须、眉毛，代指男子。这里主要强调男子的大丈夫气概。走，跑。

③ "彼陵阳"二句：那个陵阳一心献宝的痴人，如活在今天，他将抱着价值连城的璧玉到哪里去哭诉啊！陵阳痴子，指春秋时楚人卞和，他曾受封陵阳侯。卞和献宝的故事，详前《叶生》"古今痛哭之人"注。这里意思是说卞当年怀宝受刑，痴心不改，终于得到赏识，而如活在今天，他连哭诉的地方都没有了！

④ 蜃楼海市：即海市蜃楼。大海上因光线折射作用而出现楼台、人物、城市等幻象，古人认为是蜃（鲛类动物）吐气所致。当于蜃楼海市中求得，就是在现实中得不到。

# 公孙九娘

　　于七一案①,连坐被诛者②,栖霞、莱阳两县最多。一日,俘数百人,尽戮于演武场中③。碧血满地④,白骨撑天。上官慈悲,捐给棺木,济城工肆⑤,材木一空。以故伏刑东鬼⑥,多葬南郊。

　　甲寅间⑦,有莱阳生至稷下⑧,有亲友二三人亦在诛数,因市楮帛⑨,

---

① 于七一案:指于七抗清事件。于七,山东栖霞人。清顺治五年(1648)起义,以锯齿山为根据地,七年攻进宁海州(山东牟平),杀知州刘文淇。曾降清,任栖霞把总。十八年,率旧部复反。康熙元年(1662)春,清兵围剿,失败出走。《山东通志·兵防志》详载其事。其后清兵进剿,对当地人民进行血腥屠杀;栖霞、莱阳两地受害尤烈。
② 连坐:受牵连而获罪。
③ 演武场:练兵场。故址在今山东省济南市南门外。
④ 碧血:喻指忠烈者之血。周灵王的贤臣苌弘,受人诋毁流放到蜀,自杀而死,"藏其血三年而化为碧"。见《庄子·外物》。
⑤ 济城:指济南府城。工肆:作坊。这里指棺材铺。下文"材木"即指打制棺材的木料。
⑥ 伏刑东鬼:指受到刑戮的栖霞、莱阳一带的民众。东鬼,东方之鬼。栖霞、莱阳在山东东部,故云。下文"南郊",则指济南南郊。
⑦ 甲寅:指康熙十三年(1674)。
⑧ 稷下:地名。本为春秋齐国稷邑,在今山东淄博临淄区城北,因代指临淄。临淄为齐都,而济南自北魏以来历为齐地首府,后遂以"稷下""稷门"指称济南。
⑨ 市楮(chǔ)帛:买纸钱。市,买。

酹奠榛墟①,就税舍于下院之僧②。明日,入城营干③,日暮未归。忽一少年,造室来访。见生不在,脱帽登床,着履仰卧。仆人问其谁何,合眸不对。既而生归,则暮色朦胧,不甚可辨。自诣床下问之,瞠目曰:"我候汝主人,絮絮逼问,我岂暴客耶④!"生笑曰:"主人在此。"少年即起着冠,揖而坐,极道寒暄,听其音,似曾相识。急呼灯至,则同邑朱生,亦死于七之难者。大骇却走,朱曳之云:"仆与君文字交,何寡于情?我虽鬼,故人之念,耿耿不忘。今有所渎⑤,愿无以异物猜薄之⑥。"生乃坐,请所命。曰:"令女甥寡居无耦,仆欲得主中馈⑦。屡通媒妁,辄以无尊长命为辞。幸无惜齿牙馀惠⑧。"先是,生有女甥,早失恃⑨,遗生鞠养⑩,十五始归其家。俘至济南,闻父被刑,惊恸而绝。生曰:"渠自有父,何我之求?"朱曰:"其父为犹子启榇去⑪,今不在此。"问:"女甥向依阿谁?"曰:"与邻媪同居。"生虑生人不能作鬼媒。朱曰:"如蒙金诺⑫,还屈玉

---

① 酹奠榛墟:到荒草灌木丛生的坟茔去祭奠。酹奠,以酒洒地,祭奠鬼神。榛墟,荒废的丘墟。指无人照管的荒坟。榛,灌木。
② 税舍:安置。税,与"舍"义同。《尔雅·释诂》:"税,舍也。"注:"舍,放置。"下院:规模较大的佛寺分设的寺院。
③ 营干:办事。
④ 暴客:指盗贼。《易·系辞下》:"重门击柝,以待暴客。"
⑤ 有所渎:有所冒犯。渎,轻慢。
⑥ 猜薄:疑惧。薄,通"怖",惧。《广雅》:"薄,惧也。"
⑦ 主中馈:意即做妻子。详前《夜叉国》"中馈"注。
⑧ 幸无惜齿牙馀惠:希望不要吝惜成人之美的好话。齿牙馀惠,喻指成人之美的话。《南史·谢朓传》载,谢朓喜褒奖人才,曾说:"士子声名未立,应共奖成,不惜齿牙馀论。"
⑨ 失恃:丧母。《诗经·小雅·蓼莪》:"无父何怙,无母何恃。"
⑩ 鞠养:养育。
⑪ 犹子:侄子。启榇(chèn):指迁葬。榇,棺材。
⑫ 金诺:称人承诺的敬辞。古人重视诚信,所谓"一诺千金"。《史记·季布列传》:"楚人谚曰:'得黄金百斤,不如得季布一诺。'"

趾①。"遂起握生手。生固辞,问:"何之?"曰:"第行②。"勉从与去。

北行里许,有大村落,约数十百家。至一第宅,朱叩扉,即有媪出。豁开两扉,问朱:"何为?"曰:"烦达娘子,阿舅至。"媪旋反,顷复出,邀生入。顾朱曰:"两椽茅舍子大隘,劳公子门外少坐候。"生从之入。见半亩荒庭,列小室二。女甥迎门啜泣,生亦泣。室中灯火荧然。女貌秀洁如生时,凝目含涕,遍问妗姑。生曰:"具各无恙,但荆人物故矣③。"女又呜咽曰:"儿少受舅妗抚育,尚无寸报④,不图先葬沟渎,殊为恨恨。旧年⑤,伯伯家大哥迁父去,置儿不一念;数百里外,伶仃如秋燕。舅不以沉魂可弃,又蒙赐金帛,儿已得之矣。"生乃以朱言告,女俛首无语⑥。媪曰:"公子曩托杨姥三五返,老身谓是大好;小娘子不肯自草草,得舅为政⑦,方此意慊得⑧。"言次,一十七八女郎,从一青衣,遽掩入;瞥见生,转身欲遁。女牵其裾曰:"勿须尔!是阿舅,非他人。"生揖之。女郎亦敛衽。甥曰:"九娘,栖霞公孙氏。阿爹故家子⑨,今亦穷波斯⑩,落落不称意。且晚与儿还往。"生睨之,笑弯秋月,羞晕朝霞,实天人也。

---

① 屈玉趾:客气话,委屈您走一趟。玉趾,称人脚步的敬辞。
② 第行:只管走就是。第,仅只。
③ 荆人物故:妻子已经死了。荆人,指妻子。详前《陆判》"山荆"注。物故,死亡。
④ 寸报:寸心回报。唐·孟郊《游子吟》:"谁言寸草心,报得三春晖。""三春晖"喻指母亲的恩惠,因以"寸心"指对母亲的孝心。莱阳甥女由舅母养大,而未及尽孝,所以说"尚无寸报"。
⑤ 旧年:去年。
⑥ 俛首:即俯首。俛,同"俯"。
⑦ 为政:做主,主持。
⑧ 此意慊得:这个心意才得到满足。慊,足。
⑨ 故家子:显贵仕宦人家的后代。下文"大家",意思相同。
⑩ 穷波斯:未详。有的据《俗呼小录》"跑谓之波",认为是"穷而奔忙"的意思。有的说,波斯为古国名,即今伊朗。波斯商人很早来中国经营珠宝,被认为非常富有,"波斯胡"就成为富人的代称;"穷波斯"意即由富有变为穷困,喻指家道衰落。以上两说供理解时参考。

曰:"可知是大家,蜗庐人焉得如此娟好①!"甥笑曰:"且是女学士,诗词俱大高。昨儿稍得指教。"九娘微哂曰:"小婢无端败坏人,教阿舅齿冷也②。"甥又笑曰:"舅断弦未续③,若个小娘子,颇能快意否?"九娘笑奔出,曰:"婢子颠疯作也!"遂去。言虽近戏,而生殊爱好之。甥似微察,乃曰:"九娘才貌无双,舅倘不以粪壤致猜④,儿当请诸其母。"生大悦。然虑人鬼难匹。女曰:"无伤,彼与舅有夙分。"生乃出。女送之,曰:"五日后,月明人静,当遣人往相迓。"生至户外,不见朱。翘首西望。月衔半规⑤,昏黄中犹认旧径。见南面一第,朱坐门石上,起逆曰:"相待已久,寒舍即劳垂顾。"遂携手入,殷殷展谢。出金爵一、晋珠百枚⑥,曰:"他无长物⑦,聊代禽仪⑧。"既而曰:"家有浊醪,但幽室之物,不足款嘉宾,奈何!"生扬谢而退⑨。朱送至中途,始别。

生归,僧仆集问,隐之曰:"言鬼者妄也,适友人饮耳。"后五日,果见朱来,整履摇箑⑩,意甚欣适。才至户庭,望尘即拜⑪。少间,笑曰:"君嘉礼既成⑫,庆在今夕,便烦枉步。"生曰:"以无回音,

---

① 蜗庐:蜗舍,喻指狭小的居室。《古今注·虫鱼》:"野人结圆舍,如蜗牛之壳,曰'蜗舍'。"这里喻指小户人家的居室。娟好:娴雅美丽。娟,娴雅。
② 齿冷:讥笑的意思。
③ 断弦未续:喻指妻死尚未续娶。古时以琴瑟喻指夫妻谐和关系,丧妻即称"断弦",再娶称"续弦"。
④ 不以粪壤致猜:不因其为已死之人而产生疑惧。粪壤,粪土,喻指腐朽的尸骨。三国魏曹丕于徐干、刘桢等死后,在《与吴质书》中说:"观其姓名,已为鬼录。追思昔游,犹在心区。而此诸子,化为粪壤,可复道哉!"
⑤ 月衔半规:月亮半圆。衔,含。规,圆形。
⑥ 晋珠:晋地所产之珠。晋,今山西省的别称。山西霍山产玉有名,见《尔雅·释地》。
⑦ 长(zhǎng)物:馀物,多馀的财物。语出《世说新语·德行》。
⑧ 禽仪:订婚聘礼。禽,指雁。详见前《阿宝》"禽妆"注。
⑨ 扬(huī)谢:谦谢。扬,谦抑。
⑩ 整履摇箑(shà):穿戴整齐,摇着扇子。箑,扇子。
⑪ 望尘即拜:原指谄媚显贵,迎候时远远望见车尘就下拜,见《晋书·潘岳传》。这里指朱生特别恭敬,刚进庭院,远远望见就急忙下拜。
⑫ 嘉礼:吉礼,吉庆时的礼仪。这里指婚礼。

尚未致聘,何遽成礼?"朱曰:"仆已代致之。"生深感荷,从与俱去。直达卧所,则女甥华妆迎笑。生问:"何时于归①?"女曰:"三日矣。"生乃出所赠珠,为甥助妆②。女三辞乃受,谓生曰:"儿以舅意白公孙老夫人,夫人作大欢喜。但言老耄无他骨肉,不欲九娘远嫁,期今夜舅往赘诸其家。伊家无男子,便可同郎往也③。"朱乃导去。村将尽,一第门开,二人登其堂。俄白:"老夫人至。"有二青衣,扶妪升阶。生欲展拜,夫人云:"老朽龙钟,不能为礼,当即脱边幅④。"乃指画青衣⑤,进酒高会。朱乃唤家人,另出肴俎,列置生前;亦别设一壶,为客行觞⑥。筵中进馔,无异人世。然主人自举,殊不劝进。既而席罢,朱归。青衣导生去,入室,则九娘华烛凝待。邂逅含情⑦,极尽欢昵。初,九娘母子,原解赴都。至郡⑧,母不堪困苦死,九娘亦自到。枕上追述往事,哽咽不成眠。乃口占两绝云⑨:"昔日罗裳化作尘,空将业果恨前身⑩。十年露冷枫林月,此

---

① 于归:出嫁。《诗经·周南·桃夭》:"之子于归,宜其室家。"
② 助妆:增添嫁妆。
③ 郎:旧时女子称丈夫或所爱为"郎"。这里指朱生。
④ 脱边幅:不必拘礼的意思。脱,免。边幅,本指布帛宽窄合适、整齐,引申喻指人的容止合乎礼仪。
⑤ 指画:指使,指挥。
⑥ 行觞:行酒,斟酒。
⑦ 邂逅含情:偶然相遇,情意缠绵。邂逅,偶然相遇,这里含有一见钟情的意思。《诗经·唐风·绸缪》:"今夕何夕,见此邂逅。子兮子兮,如此邂逅何!"
⑧ 郡:指郡城济南。
⑨ 口占两绝:顺口吟出两首绝句。口占,随口吟出,不用笔写。绝,绝句,旧体诗的一种,有"五绝"(五字为句)、"七绝"(七字为句)之分。
⑩ "昔日"二句:意思是说昔日青春美貌,今已腐化为尘土;面对不可改变的命运又能如何,徒然怨恨前生未积善因。罗裳,犹罗裙,为少女所服。罗,绮縠(qíhú),精细的丝织品。古代诗文常以衣饰代指人,这里即以罗裳代指少女时代。空,徒然。业,佛教用语,泛指一切身心活动。业果,业的果报,指人的善恶行为必将得到相应的报应。善恶与报应,二者之间是因果关系。这里说今生遭遇为前生的报应;有时也是对命运的无可如何的一种解释。

夜初逢画阁春①。""白杨风雨绕孤坟,谁想阳台更作云②?忽启镂金箱里看,血腥犹染旧罗裙③。"天将明,即促曰:"君宜且去,勿惊厮仆。"自此昼来宵往,嬖惑殊甚④。一夕,问九娘:"此村何名?"曰:"莱霞里⑤。里中多两处新鬼,因以为名。"生闻之欷歔。女悲曰:"千里柔魂,蓬游无底⑥;母子零孤,言之怆恻。幸念一夕恩义,收儿骨归葬墓侧,使百年得所依栖,死且不朽。"生诺之。女曰:"人鬼路殊,君不宜久滞。"乃以罗袜赠生,挥泪促别。生凄然出,忉怛若丧⑦,心怅怅不忍归。因过拍朱氏之门。朱白足出逆⑧;甥亦起,云鬟鬅鬙,惊来省问。生惆怅移时,始述九娘语。女曰:"妗氏不言,儿亦夙夜图之。此非人世,久居诚非所宜。"于是相对汍澜⑨,生亦含涕而别。叩寓归寝,展转申旦。欲觅九娘之墓,则忘问志表⑩。及夜复往,则千坟累累,竟迷村路,叹恨而返。展视罗袜,着风寸断,腐如灰烬,遂治装东旋。

半载不能自释,复如稷门,冀有所遇。及抵南郊,日势已晚,息

---

① "十年"二句:意思是说十年来置身于这秋风冷月之中,饱受孤寂凄凉之苦;今夜与你相逢,才初次结婚做女人。露冷、枫林、月,都指深秋,渲染凄凉、孤寂的气氛和心境。画阁,彩饰的闺阁,这里指洞房。
② "白杨"二句:意思是说多少年来,荒野孤坟风吹雨淋,只有白杨为伴;那曾料想会有今天,还能与你恩爱缠绵?白杨,古代墓地林木。阳台,指男女欢会之处。战国·宋玉《高唐赋序》说:楚王游于云梦高唐,梦与神女欢会;神女告辞时,对楚王说:"妾在巫山之阳,高丘之阻,旦为朝云,暮为行雨,朝朝暮暮,阳台之下。"
③ "忽启"二句:意思是说在这欢会的幸福时刻,一不小心打开昔日衣箱,那被血腥污染的罗裙,令我顿时想到被杀时的惨景。镂金箱,雕金为饰的衣箱。
④ 嬖惑:迷恋女色。嬖,宠爱。
⑤ 莱霞里:于七起义,被屠杀的主要是莱阳、栖霞两县的民众,因虚拟其坟茔所在为"莱霞里"。所以下文说"里中多两处新鬼,因以为名"。
⑥ 蓬游无底:像蓬草一样随风飘泊,没有归处。蓬,蓬草,当秋而枯,随风四散。底,止,休止。
⑦ 忉怛若丧:悲伤得要死。忉怛,内心悲伤。丧,失。
⑧ 白足出逆:赤脚出迎。白足,赤脚,光着脚。这里是指仓促之间,未及穿鞋。
⑨ 汍澜:泪流很快的样子。
⑩ 志表:碑志、墓表。

公孫九娘

月落楓林路窈
冥冰人轉自
得娉婷一雙
羅襪臨歧
贈猶染
當年碧
血腥

驾庭树,趋诣丛葬所。但见坟兆万接①,迷目榛荒;鬼火狐鸣,骇人心目。惊悼归舍。失意遨游,返辔遂东。行里许,遥见女郎独行丘墓间,神情意致,怪似九娘。挥鞭就视,果九娘。下与语,女径走,若不相识;再逼近之,色作怒,举袖自障。顿呼"九娘",则烟然灭矣。

异史氏曰:"香草沉罗,血满胸臆②;东山佩玦,泪渍泥沙③。古有孝子忠臣,至死不谅于君父者。公孙九娘岂以负骸骨之托④,而怨怼不释于中耶?脾膈间物⑤,不能掬以相示,冤乎哉!"

---

① 坟兆万接:坟茔一个接着一个。
② "香草"二句:意思是说屈原自沉汨罗江,满腔悲愤。香草,屈原诗歌中常以香草喻指品德高洁之人,这里用以喻指屈原。沉罗,自沉汨罗江。血满胸臆,血泪满怀,悲愤不已的意思。胸臆,胸怀。
③ "东山"二句:意思是说晋公子申生遭受谗害,沉冤难申。东山佩玦,指春秋时期晋公子申生事。晋太子申生忠厚孝顺,受到臣下的拥戴,而因骊姬谗害而被废冤死。在其奉命讨伐东山皋落时,临行"公衣之玦偏衣(背缝偏离的上衣,为杂色奇服),佩之金玦(应佩玉玦,而改金质)"(《左传·闵公二年》),说明晋公听信谗言而疏远他,后果然被废。玦,半环形佩饰。
④ 负骸骨之托:有负归葬尸骨的嘱托。
⑤ 脾鬲间物:指心。鬲,同"膈"。

# 促　织

宣德间①,宫中尚促织之戏②,岁征民间③。此物故非西产④;有华阴令欲媚上官⑤,以一头进,试使斗而才⑥,因责常供。令以责之里正⑦。市中游侠儿⑧,得佳者笼养之,昂其直,居为奇货⑨。里胥猾黠⑩,假此科敛丁口⑪,每责一头,辄倾数家之产。邑有成名

① 宣德间:宣德年间。宣德,明宣宗朱瞻基的年号(1426—1435)。
② 促织:蟋蟀的别名,古称吟蛩。
③ 岁征民间:每年从民间征收。征,收取。这里指强行索要。
④ 西:西部地区。这里指陕西。
⑤ 华阴:县名,今属陕西省。
⑥ 试使斗而才:试着使之斗,表现出不同凡俗的禀赋。才,天赋的禀性。
⑦ 里正:古代乡设里正,明代称里长。明代赋仪实行里甲制,以一白一十户为一里,推举丁粮(壮年人耕作所得的米粟)多的十户,以丁粮多少为序,轮流充当里长,故又称"富户役"。后来这一制度被破坏,富户往往贿赂官府,让中、下户任里长。这类里长大都不敢向豪绅富户征派,常常因自己赔垫而倾家荡产。
⑧ 游侠儿:古称救人困厄、守信重义,具有侠义精神的人为"游侠",见汉·司马迁《史记·游侠列传》。这里指游荡市井、争强斗狠的青年。
⑨ 居为奇货:囤积起来当作珍奇的货物,以等待高价出售。居,居积,囤积。
⑩ 里胥:里吏,乡里的小吏。猾黠(xiá):狡猾奸诈。下文"猾胥",即狡猾的胥吏。
⑪ 假此科敛丁口:借此按人口摊派费用。科敛,按例分派、征收。丁口,泛指人口;男子称"丁",女子称"口"。下文"敛户口",意思是按户(一户为一家)按丁征收。

者,操童子业①,久不售②。为人迂讷③,遂为猾胥报充里正役,百计营谋不能脱。不终岁,薄产累尽。会征促织,成不敢敛户口,而又无所赔偿,忧闷欲死。妻曰:"死何裨益?不如自行搜觅,冀有万一之得。"成然之。早出暮归,提竹筒铜丝笼,于败堵丛草处探石发穴,靡计不施,迄无济;即捕三两头,又劣弱不中于款④。宰严限追比⑤;旬馀,杖至百,两股间脓血流离,并虫亦不能行捉矣。转侧床头,惟思自尽。

时村中来一驼背巫,能以神卜。成妻具资诣问。见红女白婆⑥,填塞门户。入其舍,则密室垂帘,帘外设香几。问者爇香于鼎⑦,再拜。巫从旁望空代祝,唇吻翕辟⑧,不知何词,各各竦立以听。少间,帘内掷一纸出,即道人意中事,无毫发爽。成妻纳钱案上,焚拜如前人。食顷,帘动,片纸抛落。拾视之,非字而画:中绘殿阁,类兰若⑨;后小山下,怪石乱卧,针针丛棘,青麻头伏焉⑩;旁一蟆,若将跳舞。展玩不可晓⑪。然睹促织,隐中胸怀。折藏之,归以示成。成反复自念,得无教我猎虫所耶?细瞻景状,与村东大

---

① 童子业:指童生的课业。明清科举制度,凡准备参加生员考试或未考取者,不论年龄大小,统称"童生",或别称"文童""儒童"。操童子业,就是指准备应考生员的课业。
② 不售:没有考取生员的意思。售,卖,卖出手。旧时常将才高而待识者说成"待价而沽"(待高价而卖),所以未被录用就说成"不售"。
③ 迂讷:迂阔而拙于言辞。
④ 不中(zhòng)于款:不合乎规格要求。中,符合。款,款式,规格。
⑤ 严限追比:严格规定期限,并按期追究催逼。
⑥ 红女白婆:红颜少女和白发老妇。
⑦ 爇(ruò)香:烧香。鼎:三足香炉。
⑧ 唇吻翕(xī)辟:嘴唇一张一合。翕,合。
⑨ 类兰若:像是佛寺。兰若,梵语"阿兰若"的音译,即佛寺。
⑩ 青麻头:蟋蟀的上品的一种。《帝京景物略》卷三说:"凡促织,青为上,黄次之,赤次之,黑又次之,白为下。"下文"蝴蝶""螳螂""油利挞""青丝额"等,都是蟋蟀不同品种的名称。
⑪ 展玩:审视玩味。展,审。玩,玩味。

佛阁真逼似。乃强起扶杖,执图诣寺后。有古陵蔚起①;循陵而走,见蹲石鳞鳞②,俨然类画。遂于蒿莱中,侧听徐行,似寻针芥;而心目耳力俱穷,绝无踪响。冥搜未已③,一癞头蟆猝然跃去。成益愕,急逐趁之④。蟆入草间,蹑迹披求⑤,见有虫伏棘根;遽扑之,入石穴中。掭以尖草⑥,不出;以筒水灌之始出。状极俊健,逐而得之。审视,巨身修尾,青项金翅。大喜笼归,举家庆贺,虽连城拱璧不啻也⑦。土于盆而养之⑧,蟹白栗黄⑨,备极护爱。留待限期,以塞官责。

成有子九岁,窥父不在,窃发盆,虫跃掷径出,迅不可捉,及扑入手,已股落腹裂,斯须就毙。儿惧,啼告母。母闻之,面色灰死,大骂曰:"业根⑩!死期至矣!而翁归⑪,自与汝复算耳!"儿涕而出。未几成归,闻妻言如被冰雪。怒索儿,儿渺然不知所往。既而,得其尸于井。因而化怒为悲,抢呼欲绝⑫。夫妻向隅⑬,茅舍无

---

① 古陵蔚起:古墓蔚然隆起。蔚,草木繁盛的样子。
② 蹲石鳞鳞:即前文的"怪石乱卧"。蹲石,丛聚的石头。蹲,通"僔",聚,众多。鳞鳞,密集排列的样子。
③ 冥搜:暗中搜索。冥,暗。晋·孙绰《天台山赋》:"夫远寄冥搜,笃信神通。"
④ 逐趁:在后面悄悄追赶。趁,随及。
⑤ 蹑迹披求:跟踪拨开草丛搜求。披,分开。
⑥ 掭(tiàn)以尖草:用尖草轻轻挑动。掭,挑。
⑦ 连城拱璧:即"连城璧"。《史记·廉颇蔺相如列传》载,战国时期,赵国得到和氏璧,秦国说要用十五个城池换取它;因其价值连城,即称和氏璧为"连城璧"。拱璧,大璧。拱,两手相握。不啻:不止。
⑧ 土于盆而养之:把土放在盆子里,蓄养促织。
⑨ 蟹白栗黄:蟹肉和栗实,喂养促织的食物。
⑩ 业根:犹祸根。业,佛教用语,造作的意思,泛指一切身心活动。佛教讲业报,即业的报应,善业有善报,恶业有恶报。这里指恶业。
⑪ 而翁归:你父亲回来。而,你。
⑫ 抢呼欲绝:呼天抢地,痛苦得要死。抢,撞。
⑬ 向隅:面向内室的角落,喻指孤凄悲伤。这里取"向隅而泣"的意思。汉·刘向《说苑·贵德》:"今有满堂饮酒者,有一人独索然向隅而泣,则一堂之人皆不乐矣。"

烟①,相对默然,不复聊赖②。日将暮,取儿藁葬③。近抚之,气息惙然④。喜置榻上,半夜复苏。夫妻心稍慰。但蟋蟀笼虚,顾之则气断声吞,亦不敢复究儿。自昏达曙,目不交睫。

东曦既驾⑤,僵卧长愁。忽闻门外虫鸣,惊起觇视,虫宛然尚在,喜而捕之。一鸣辄跃去,行且速。覆之以掌,虚若无物;手裁举,则又超忽而跃。急趁之,折过墙隅,迷其所往。徘徊四顾,见虫伏壁上。审谛之,短小,黑赤色,顿非前物。成以其小,劣之。惟彷徨瞻顾,寻所逐者。壁上小虫,忽跃落衿袖间,视之,形若土狗⑥,梅花翅,方首长胫,意似良。喜而收之。将献公堂,惴惴恐不当意,思试之斗以觇之。村中少年好事者,驯养一虫,自名"蟹壳青",日与子弟角,无不胜。欲居之以为利,而高其直,亦无售者⑦。径造庐访成。视成所蓄,掩口胡卢而笑⑧。因出己虫,纳比笼中。成视之,庞然修伟,自增惭怍,不敢与较。少年固强之。顾念蓄劣物终无所用,不如拚博一笑。因合纳斗盆。小虫伏不动,蠢若木鸡⑨。少年又大笑。试以猪鬣毛撩拨虫须,仍不动。少年又笑。屡撩之,虫暴怒,直奔,遂相腾击,振奋作声。俄见小虫跃起,张尾伸须,直龁敌领。少年大骇,解令休止。虫翘然矜鸣⑩,似报主知。成大

---

① 茅舍无烟:家里未动烟火,就是都没有吃饭。
② 不复聊赖:不再有所指望。聊赖,依赖,指生活或感情上的凭借。
③ 藁葬:草草埋葬。
④ 惙(chuò)然:气息微弱的样子。
⑤ 东曦既驾:东方太阳已经升起。曦,日光。神话中羲(曦)和为日神驾车。战国·屈原《离骚》:"吾令羲和弭节兮,望崦嵫而勿迫。"注:"羲和,日御也。"
⑥ 土狗:虫名,即蝼蛄。见《本草纲目·蝼蛄》。
⑦ 售:通"雠",应,应答。
⑧ 掩口胡卢而笑:忍不住地笑。掩口胡卢,掩口笑。掩口笑曰"胡卢"。
⑨ 蠢若木鸡:愚呆像木雕的鸡。木鸡,木头制作的鸡。语出《庄子·达生》。这里指小虫意态呆滞,毫无生气。
⑩ 翘然矜鸣:抖动着翅膀,骄傲地鸣叫。

促織

莎雞遠貢
九重天貴
有常供例
不蠲何物
癡兒偏
致富生
生死死
亦堪憐

喜。方共瞻玩,一鸡瞥来①,径进一啄。成骇立愕呼。幸啄不中,虫跃去尺有咫②。鸡健进,逐逼之,虫已在爪下矣。成仓猝莫知所救,顿足失色。旋见鸡伸颈摆扑;临视,则虫集冠上③,力叮不释。成益惊喜,掇置笼中。

翼日进宰。宰见其小,怒诃成。成述其异,宰不信。试与他虫斗,虫尽靡④;又试之鸡,果如成言。乃赏成,献诸抚军⑤。抚军大悦,以金笼进上,细疏其能⑥。既入宫中,举天下所贡蝴蝶、螳螂、油利挞、青丝额……一切异状,遍试之,无出其右者。每闻琴瑟之声,则应节而舞。益奇之。上大嘉悦,诏赐抚臣名马衣缎。抚军不忘所自;无何,宰以"卓异"闻⑦。宰悦,免成役⑧。又嘱学使,俾入邑庠⑨。由此以善养虫名,屡得抚军殊宠。不数岁,田百顷,楼阁万椽⑩,牛羊蹄躈各千计⑪。一出门,裘马过世家焉⑫。

异史氏曰:"天子偶用一物,未必不过此已忘;而奉行者即为

---

① 瞥来:瞥然而来,倏忽即至。
② 尺有咫:一尺多远。咫,周制八寸为咫。
③ 集:止,停留。
④ 尽靡:全都被打败。靡,披靡。
⑤ 抚军:明清时巡抚多兼兵部侍郎衔,也称抚军。
⑥ 细疏其能:在上奏时详细列述这头蟋蟀的本领。疏,一条条列述。臣下向皇帝奏事的表章,称奏疏或上疏。
⑦ 以"卓异"闻:以"卓异"的考绩上报。考绩,也称考课,为封建时代考察官吏的一种制度,按其在职表现分别等级,作为升降、调离和罢免的依据。明清对外官(京城以外任职者)每三年考察一次;州县以月计,上报府,府对属吏一年考察一次,上报布政使;每三年,巡抚对考核情况核定后,造册上报吏部,称为大计。"卓异"是大计最好的评语,意思是政绩异常突出。闻,臣下奏事于朝廷曰"闻",使上听闻的意思。
⑧ 免成役:免去成名里正的差役。
⑨ 俾入邑庠:使其入县学,取得生员的资格。俾,使。
⑩ 万椽(chuán):犹万间。
⑪ 牛羊蹄躈(qiào)各千计:意思是牛羊各二百头。蹄躈,牛羊的蹄与口。躈,又作"噭",口。语出《史记·货殖列传》。牛羊每头四蹄一躈,以"千计"则为二百头。
⑫ 裘马过世家:轻裘肥马,其排场超过世族之家。

定例。加之官贪吏虐,民日贴妇卖儿①,更无休止。故天子一跬步②,皆关民命,不可忽也。独成氏子以蠹贫③,以促织富,裘马扬扬。当其为里正、受扑责时,岂意其至此哉! 天将以酬长厚者④,遂使抚臣、令尹,并受促织恩荫⑤。闻之:一人飞升,仙及鸡犬⑥。信夫!"

---

① 贴妇:典当妻子,把妻子抵押出去。贴,以物为抵押,俗所谓典当。
② "故天子"二句:所以天子的一举一动,都关了人民的性命。跬(kuǐ),举一足,即半步。
③ 以蠹贫:因当蠹胥而贫。蠹,蠹胥,害民之差役。这里指里胥。蠹,蛀虫。旧时把暴政称为"蠹政",把为害民众的官吏称为"蠹役""蠹胥"。
④ 长(zhǎng)厚者:忠厚老实的人。
⑤ 恩荫:清制,文职京官四品以上,外官三品以上,武职二品以上,凭皇帝施恩可荫其子孙为官,叫作"恩荫"。见《清会典事例·吏部》。这里说受促织恩荫,是对腐败政治的辛辣讽刺。
⑥ "一人"二句:即一人成仙,鸡犬飞升。《列仙传》载,汉淮南王刘安修道成仙,服药飞升,他养的鸡犬舔了剩药,也跟他一起飞升。这里是对巡抚以下众官因促织受益的讽刺。

# 姊妹易嫁

　　掖县相国毛公①,家素微②,其父常为人牧牛。时邑世族张姓者,有新阡在东山之阳③。或经其侧,闻墓中叱咤声曰④:"若等速避去⑤,勿久溷贵人宅⑥!"张闻,亦未深信。既又频得梦,警曰:"汝家墓地,本是毛公佳城⑦,何得久假此⑧?"由是家数不利⑨。客劝徙葬吉,张听之,徙焉。一日,相国父牧,出张家故墓,猝遇雨,匿

---

① 掖县:旧县名。即今山东莱州市。相国:官名。秦置。位尊于丞相,为最高文职官员。汉以后用为对宰相或相当宰相职位者的尊称。明初废除丞相,实行内阁制,设内阁大学士,充当皇帝顾问。明中叶之后,职权相当宰相,因尊称为相国。毛公:指毛纪,字维之,明宪宗成化年间(1465—1487)进士,官至谨身殿大学士。《明史》有传。
② 素微:原本贫贱。素,原、本始。微,卑微,指社会地位低下。
③ 新阡:新墓。阡,墓道。
④ 叱咤声:怒斥声。
⑤ 若等:汝等、尔等,你们这些人。下文"且令携若儿来"中的"若"为"其"的意思,"今欲以儿代若姊"的"若",义同"汝",即"你"。
⑥ 溷(hùn):混杂。宅:阴宅,指墓室。
⑦ 佳城:指墓地。晋·张华《博物志·异闻》载,汉滕公夏侯婴出丧时,"公卿送丧,驷马不行,蹐地悲鸣,掘蹄下地得石,有铭曰:'佳城郁郁,三千年见白日,吁嗟滕公居此室。'遂葬焉。"后遂以"佳城"代指墓地。
⑧ 假:僭,非分占用。
⑨ 数(shuò)不利:屡屡发生不吉利的事。

身废圹中①。已而雨益倾盆,潦水奔穴②,崩洶灌注③,遂溺以死。相国时尚孩童。母自诣张,愿丐咫尺地④,掩儿父。张问其姓氏,大异之。行视溺死所,俨当置棺处,又益骇。乃使就故圹窆焉⑤。且令携若儿来。葬已,母偕儿诣张谢。张一见,辄喜,即留其家,教之读,以齿子弟行⑥。又请以长女妻儿,母不敢应。张妻云:"既已有言,奈何中改!"卒许之。

  然其女甚薄毛家,怨惭之意,形于言色。有人或道及,辄掩其耳;每向人曰:"我死不从牧牛儿!"及亲迎⑦,新郎入宴,彩舆在门,而女掩袂向隅而哭。催之妆,不妆;劝亦不解。俄而新郎告行⑧,鼓乐大作,女犹眼零雨而首飞蓬也⑨。父止婿,自入劝女,女涕若罔闻。怒而逼之,益哭失声,父无奈之。又有家人传白:新郎欲行。父急出,言:"衣妆未竟,乞郎少停待。"即又奔入视女。往来者,无停履。迁延少时,事愈急,女终无回意。父无计,周张欲自死⑩。其次女在侧,因非其姊,苦逼劝之。姊怒曰:"小妮子,亦学人喋聒⑪!尔何不从他去?"妹曰:"阿爷原不曾以妹子属毛郎⑫;若以妹子属毛郎,何烦姊姊劝驾也?"父听其言慷爽,因与伊母窃议,以

---

① 废圹:废弃的墓穴。即下文"故圹",迁葬后遗留的旧墓穴。
② 潦水:暴雨后的大水。
③ 崩洶(hōng):浪涛冲激声。
④ 丐:乞求。
⑤ 窆(biǎn):下葬。
⑥ 以齿子弟行:与自己的子弟按照年龄排列在一起,意即把他当作自己的子弟看待。齿,列,以年齿为序排列。
⑦ 亲迎:新郎亲自到女家迎娶。
⑧ 告行:请行。告,请。
⑨ 眼零雨而首飞蓬:眼里掉泪,而头发散乱。旧时诗文常用雨来喻指眼泪,所谓"泪落如雨"。零雨,喻指掉眼泪。首飞蓬,即首如飞蓬,喻指女子不梳洗,头发散乱的样子。《诗经·卫风·伯兮》:"自伯之东,首如飞蓬。"
⑩ 周张:语出《汉书·礼乐志》,原为周遍张设的意思。这里意同"周章",惶急、紧张。
⑪ 喋聒(guō):喋喋聒聒,多嘴多舌地烦人。
⑫ 属:归属,指许配。

次易长。母即向次女曰:"连逆婢不遵父母命①,今欲以儿代若姊,儿肯之否?"女慨然曰:"父母教儿往,即乞丐不敢辞;且何以见毛家郎便终身饿莩死乎②?"父母闻其言,大喜,即以姊妆妆女,仓猝登车而去。入门,夫妇雅敦逑好③。然女素病赤鬝④,稍稍介公意。久之浸知易嫁之说⑤,益以知己德女⑥。居无何,公补博士弟子⑦,应秋闱试⑧。道经王舍人店⑨,店主先一夕梦神曰:"旦夕当有毛解元来⑩,后且脱汝于厄⑪。"以故晨起,专伺察东来客,及得公,甚喜。供具殊丰善,不索直。特以梦兆厚自托。公亦颇自负;私以细君发鬑鬑⑫,虑为显者笑,富贵后念当易之。已而晓榜既揭⑬,竟落孙山,咨嗟蹇步⑭,懊恨丧志。心赧旧主人⑮,不敢复由王舍,以他道归。后三年,再赴试,店主人延候如初。公曰:"尔言初不验,殊惭

---

① 忤逆婢:不孝之女。忤逆,违逆,指子女不孝顺父母,或不遵从父母之命。婢,女子的贱称。这里是张父骂长女为"婢"。
② 饿莩(piǎo)死:当饿莩而死,即饿死。饿莩,饿死的人。
③ 雅敦逑好:夫妻之间十分和睦融洽。雅,甚。敦,敦睦,亲厚和睦。逑好,指夫妻关系和美。语本《诗经·周南·关雎》"窈窕淑女,君子好逑"。
④ 赤鬝(qiān):头发稀秃。唐·韩愈《南山》:"或赤若秃鬝,或燂若柴槱(yǒu)。"下文"发鬑(lián)鬑",为鬓发稀少的样子。
⑤ 浸:渐渐。
⑥ 以知己德女:因十分了解自己而感激她。德,以之为德,感激的意思。
⑦ 补博士弟子:指取得生员资格。汉武帝始兴办太学,置博士官,令郡国选送五十人入太学就博士受业,称博士弟子。明清生员别称"博士弟子"。
⑧ 秋闱试:即乡试。详见前《陆判》"秋闱"注。
⑨ 王舍人店:村镇名。即王舍人庄,在今济南市东郊。
⑩ 解(jiè)元:唐代各地乡贡入京应试,均由地方解送,后因称乡试为"解试",称乡试第一名为"解元"。下文"解首",也就是"解元";"孝廉",明清为举人的别称。
⑪ 脱汝于厄:能从困厄之中把你解救出来。厄,困厄,苦难。
⑫ 细君:妻子。旧时称妻子为"细君"。
⑬ 晓榜既揭:录取榜文公布之后。晓榜,天晓张贴的榜文。乡试在公布录取名次的前一日午后写榜,第二天拂晓张贴出去。揭,揭晓。
⑭ 咨嗟蹇步:唉声叹气,举步艰涩。咨嗟,叹息。蹇步,举步艰难。南朝宋·谢瞻《经张子房庙》:"四达虽平直,蹇步愧无良。"
⑮ 心赧(nǎn)旧主人:意思是心中羞愧,不敢见那位店主人。赧,羞愧脸红。

## 姊妹易嫁

掖縣傳聞事有無
大姨夫作小姨夫
集祐集菀尋常事
姊妹當時計較殊

祗奉①。"主人曰："秀才以阴欲易妻，故被冥司黜落②，岂妖梦不足以践③？"公愕而问故。盖别后复梦而云。公闻之，惕然悔惧，木立若偶。主人谓："秀才宜自爱，终当作解首。"未几，果举贤书第一④。夫人发亦寻长，云鬟委绿⑤，转更增媚。

姊适里中富儿，意气颇自高。夫荡惰，家渐陵替，空舍无烟火。闻妹为孝廉妇，弥增愧怍。姊妹辄避路而行。又无何，良人卒⑥，家落。顷之，公又擢进士⑦。女闻，刻骨自恨，遂忿然废身为尼。及公以宰相归，强遣女行者诣府谒问⑧，冀有所贻。比至，夫人馈以绮縠罗绢若干匹，以金纳其中而行者不知也。携归见师。师失所望，恚曰："与我金钱，尚可作薪米费；此等仪物我何所须尔！"遽令将回。公及夫人疑之，启视而金具在，方悟见却之意。发金笑曰："汝师百馀金尚不能任⑨，焉有福泽从我老尚书也⑩。"遂以五十金付尼去，曰："将去作尔师用度。多恐福薄人难承荷耳。"行者归，告其师。师默然自叹，念平生所为，辄自颠倒，美恶避就，繄岂由人耶⑪？后店主人以人命逮系囹圄，公乃为力解释罪。

---

① 祗奉：敬奉。祗，敬。
② 黜落：贬退使之落榜。黜，贬下。落，低落。
③ 岂妖梦不足以践：难道怪异之梦就不值得履行。妖梦，指前文店主之梦。店主按照梦中所示，敬奉毛公，是其"践"梦。践，履行。《左传·僖公十五年》："寡人之从晋君而西也，亦晋之妖梦是践。"
④ 举贤书第一：考中第一名举人。贤书，本来意思是举荐贤能的名单，见《周礼·地官·乡大夫》。后称乡试考中为"登贤书"。
⑤ 云鬟委绿：云雾一般的发髻，如同堆积的墨绿。云鬟，云状发髻。委，堆积。绿，发黑而有光彩，呈墨绿色。
⑥ 良人：旧时妻子称丈夫为"良人"。语出《诗经·唐风·绸缪》。
⑦ 擢进士：擢进士第，即考中进士。科举时代，考试及第称"擢第"。擢，选拔。
⑧ 行者：佛教指在佛教寺院服杂役而未剃发出家者，也泛指佛教修行者。这里指庵观中尚未剃度的女尼。
⑨ 不能任：承受不起，与下文"难承荷"的意思相同。
⑩ 老尚书：毛纪在明武宗正德年间（1506—1521）曾任礼部尚书。
⑪ 繄（yī）：语词，无义。

异史氏曰:"张家故墓,毛氏佳城,斯已奇矣。余闻时人有'大姨夫作小姨夫①,前解元为后解元②'之戏,此岂慧黠者所能较计耶?呜呼!彼苍者天,久不可问,何至毛公,其应如响?"

① 大姨夫作小姨夫:《事文类聚》载,宋朝欧阳修与王拱辰同为薛家女婿,欧阳之妻年长而早死,继娶薛家幼女,因此当时有"旧女婿为新女婿,大姨夫作小姨夫"之说。这里戏指毛公本娶张氏长女而却娶了次女。
② 前解元为后解元:指毛公本应是前届的解元,却因一念之差成了后一届的解元。

# 续 黄 粱

福建曾孝廉,高捷南宫时①,与二三新贵②,邀游郭外。偶闻毗卢禅院③,寓一星者④,因并骑往诣问卜。入揖而坐。星者见其意气⑤,稍佞谀之⑥。曾摇箑微笑⑦,便问:"有蟒玉分否⑧?"星者正容许二十年太平宰相。曾大悦,气益高。值小雨,乃与游侣避雨僧舍。舍中一老僧,深目高鼻,坐蒲团上⑨,淹蹇不为礼⑩。众一举手⑪,登榻自话,群以宰相相贺。曾心气殊高,便指同游曰:"某为

---

① 高捷南宫:指考中进士。南宫,汉代称尚书省为南宫,唐代也指称礼部。进士考试在南宫举行,称南宫大典。
② 新贵:本指新授职的官员,这里指新进士,即新科进士。见《称谓录·新进士》。
③ 毗(pí)卢禅院:供奉毗卢佛的寺院。毗卢,佛名,即毗卢遮那,梵语音译,略译为"卢舍那","光明遍照"的意思。禅院,佛教寺院。
④ 星者:以星命之学推算人的运数的人,即俗称占卜算命的人。星命之学认为人生八字与天星运数有联系,可推算一个人的福禄命运,实无科学根据。
⑤ 意气:意态气概。
⑥ 佞谀:谄媚阿谀;曲承其意,巧言奉承。
⑦ 摇箑:摇扇,得意的样子。
⑧ 蟒玉分:指做高官的福分。蟒玉,蟒袍、玉带,古代高官服饰。明代多赐内阁大臣,清代为高官礼服。清·孔尚任《桃花扇·远社》:"副净扮阮大铖,蟒玉骄态坐轿,杂持拿伞扇引上。"
⑨ 蒲团:僧人跪拜或坐禅时所用的垫子,以蒲草编制成圆形,故名。
⑩ 淹蹇不为礼:坐在那里一动不动。淹蹇,淹滞、停留。
⑪ 一举手:招呼一下。僧人不动,新贵们也不为礼,举手招呼一下,算是礼敬。

宰相时,推张年丈作南抚①,家中表为参、游②,我家老苍头亦得小千把③,于愿足矣。"一坐大笑。

俄闻门外雨益倾注,曾倦伏榻间。忽见有二中使④,赍天子手诏⑤,召曾太师决国计⑥。曾得意,疾趋入朝。天子前席⑦,温语良久⑧。命三品以下,听其黜陟⑨。赐蟒玉名马。曾被服稽拜以出⑩。入家,则非旧所居第,绘栋雕榱⑪,穷极壮丽,自亦不解,何以遽至于此。然拈须微呼,则应诺雷动。俄而公卿赠海物⑫,伛偻足恭者⑬,叠出其门。六卿来⑭,倒屣而迎⑮;侍郎辈⑯,揖与语;下此

---

① 推:推荐。年丈:科举时代,同科考中者称"同年",称同年的父辈或父辈的同年为"年丈"。南抚:明代应天巡抚(驻苏州府)的专称,全衔为"总督粮储、提督军务、兼巡抚应天等府"。
② 中表:中表兄弟。古时称姑父母的儿子为外兄弟,称舅、姨父母的儿子为内兄弟;外为表,内为中,合称"中表兄弟"。参、游:参将、游击,明清时期的武官名。
③ 老苍头:老仆人。汉时仆隶都用苍(青黑色)巾裹头,因称仆人为苍头。千把:千总、把总,明清时期低级武官名。
④ 中使:宫中派出的使者,一般由太监充任。
⑤ 赍(jī)天子手诏:持天子亲笔诏书。赍,持,持物给人。
⑥ 太师:官名。古代以太师、太傅、太保为"三公",太师位最高。汉以后多为大官加衔,表示恩宠而无实职。
⑦ 天子前席:天子为其所动,不觉移身向前。唐·李商隐《贾生》:"可怜夜半虚前席,不问苍生问鬼神。"
⑧ 温语:亲切交谈。温,指语气温和。
⑨ 听其黜陟(zhì):听任他任免。听,任凭。黜,贬降、罢免。陟,升,提拔。
⑩ 被服稽拜以出:穿戴上所赐官服,叩拜而出。
⑪ 绘栋雕榱(cuī):彩绘的屋梁和雕饰的屋椽。栋,梁。榱,椽。
⑫ 海物:指海产之物,见《尚书·禹贡》。这里指海珍等稀见之物。
⑬ 伛偻(yǔlǚ)足(jù)恭者:指曲意奉承巴结的人。伛偻,弯腰塌背,表示恭顺。足恭,过分地恭敬。《论语·公冶长》:"巧言令色,足恭,左丘明耻之,丘亦耻之。"
⑭ 六卿:《周礼》以天官冢宰、地官司徒、春官宗伯、夏官司马、秋官司寇、冬官司空为六官或六卿,明清时期用以指称吏、户、礼、兵、刑、工六部尚书。
⑮ 倒屣(xǐ)而迎:语出《三国志·魏书·王粲传》。倒屣,把鞋穿倒。屣,鞋。古人家居,脱鞋席地而坐;把鞋穿倒,极言慌促情状。
⑯ 侍郎:官名。汉代为郎官的一种,为宫廷近侍。明清时期与尚书同为各部的堂官(长官),正二品。

者,颔之而已①。晋抚馈女乐十人②,皆是好女子③,其尤者为嫋嫋,为仙仙,二人尤蒙宠顾。科头休沐④,日事声歌。一日,念微时尝得邑绅王子良周济,我今置身青云⑤,渠尚蹉跎仕路⑥,何不一引手⑦?早旦一疏,荐为谏议⑧,即奉俞旨⑨,立行擢用。又念郭太仆曾睚眦我⑩,即传吕给谏及侍御陈昌等⑪,授以意旨;越日,弹章交至⑫,奉旨削职以去。恩怨了了⑬,颇快心意。偶出郊衢,醉人适触卤簿⑭,即遣人缚付京尹⑮,立毙杖下。接第连阡者,皆畏势献沃产⑯。自此,富可埒国⑰。无何而嫋嫋、仙仙,以次殂谢,朝夕遐想。忽忆曩年见东家女绝美,每思购充媵御⑱,辄以绵薄违宿愿⑲,今日

---

① 颔之:动动下巴,即点点头。
② 晋抚:山西巡抚。女乐:歌女。
③ 好女子:美丽女子。
④ 科头休沐:不戴官帽,随意地在家休假。科头,绾发不戴帽,意思是穿着随意。休沐,休息沐浴,古时指官吏休假。详前《罗刹海市》"休沐"注。
⑤ 置身青云:喻指官高位显。青云,喻高位。
⑥ 蹉跎仕路:宦途失意。蹉跎,虚度时光,不得志的意思。
⑦ 引手:援手,拉一把。
⑧ 谏议:官名。东汉称谏议大夫,历代沿置。明初也曾设置,后废。明清谏官称"给事中"、"给谏"。
⑨ 俞旨:即谕旨,皇帝旨意。俞,是,应答之词。语出《尚书·尧典》,因有"帝曰:'俞'",后为皇帝专用语。
⑩ 太仆:官名。秦汉为九卿之一,掌皇帝的车马和马政。北齐始称太仆卿,历代沿置不改。睚眦:怒目而视。睚眦之怨,瞪一眼的怨恨,指很小的怨恨。
⑪ 侍御:官名,即侍御史。汉沿秦置,唐代侍御史、殿中侍御史、监察御史同属御史,明清仅存监察御史。
⑫ 弹章交至:弹劾的奏章纷纷送达皇帝。
⑬ 恩怨了了:恩怨分明。
⑭ 卤簿:仪仗。
⑮ 京尹:京兆尹,京城的行政长官。
⑯ "接第"二句:宅第相接、田地广大的人家,都畏惧他的势焰而献出自己最肥沃的土地。连阡,阡陌相连,指土地数量多。阡,阡陌,田间小路。
⑰ 富可埒(liè)国:即富可敌国,其财富可与国家相比。埒,同等。
⑱ 媵御:小妾。
⑲ 绵薄:财力薄弱。

續黃粱

初捷南宮意氣揚
沈閒譽語更翻翻
僧寮不是邯鄲道
也作黃粱夢一場

幸可适志。乃使干仆数辈①,强纳资于其家。俄顷藤舆舁至②,则较之昔望见时尤艳绝也。自顾生平,于愿斯足。

又逾年,朝士窃窃③,似有腹非之者④。然各为立仗马⑤,曾亦高情盛气,不以置怀。有龙图学士包上疏⑥,其略曰:"窃以曾某,原一饮赌无赖,市井小人。一言之合,荣膺圣眷⑦,父紫儿朱⑧,恩宠为极。不思捐躯摩顶⑨,以报万一,反恣胸臆⑩,擅作威福。可死之罪,擢发难数!朝廷名器,居为奇货,量缺肥瘠,为价重轻⑪。因而公卿将士,尽奔走于门下,估计贪缘,俨如负贩⑫;仰息望尘,不可算数⑬。或有杰士贤臣,不肯阿附⑭,轻则置之闲散⑮,重则褫以

---

① 干仆:干练的仆人。
② 藤舆舁(yú)至:用一乘小轿抬了过来。藤舆,藤制的二人小轿。
③ 朝士窃窃:朝廷官员们私下议论纷纷。窃窃,私下低声议论。
④ 腹非:义同"腹诽",口中不言而内心反对。
⑤ 各为立仗马:意思是各为贪恋禄位,沉默不言。立仗马,喻指畏祸不敢直谏的朝臣。唐代皇帝临朝,在宫门外立八匹马作为仪仗,称为"立仗马"。这种马静立不动、不嘶叫,一叫就退换。《唐书·李林甫传》载,唐玄宗时的奸相李林甫以立仗马警告朝臣,说:"君等独不见立仗马乎?终日无声,而饫(yù)三品刍豆,一鸣则斥之矣。"
⑥ 龙图学士包:本指宋代包拯,他曾官龙图阁直学士。包拯以刚正无私著闻,因借指刚直不阿的官员。
⑦ 荣膺圣眷:荣幸地获得皇帝的眷顾。膺,受,承受。
⑧ 父紫儿朱:意思是父子都做高官。紫、朱,均指官服。唐代三品以上官员着紫色朝服,五品以上着朱色朝服。
⑨ 捐躯摩顶:献身和受苦。捐躯,献身,以死报国。捐,舍弃。摩顶,摩损头顶,指为民忘身、受尽辛苦。《孟子·尽心上》:"墨子兼爱,摩顶放踵利天下,为之。"
⑩ 恣胸臆:犹恣恣、肆意,随心所欲。胸臆,胸怀。这里指心中所想,个人欲望。
⑪ "朝廷"四句:意思是说他把持朝廷任命官吏的大权,公然按品级高低标价买卖。名器,名指爵号即官员品级和称号,器指车服即车服的使用规格和仪制。缺,官缺,即待补的官位。肥瘠,肥瘦,指官俸及进项的多少。
⑫ "估计"二句:意思是说他们估计买官获益的多少,就设法攀附曾某,双方如同商贩交易一样。贪缘,攀缘,依附。俨,俨然。
⑬ "仰息"二句:意思是说依附逢迎曾某的人,难以数计。仰息,仰人鼻息,喻指依附于人,听其指使。这里是依附于他的意思。望尘,即望尘而拜,这里指对其逢迎巴结,详见前《公孙九娘》"望尘即拜"注。
⑭ 阿附:曲意依附、迎合。
⑮ 置之闲散:安排他做个无职无权的闲官。

编氓①。甚且一臂不袒,辄忤鹿马之奸②;片语方干,远窜豺狼之地③。朝士为之寒心,朝廷因而孤立。又且平民膏腴④,任肆蚕食;良家女子,强委禽妆⑤。沴气冤氛⑥,暗无天日!奴仆一到,则守、令承颜⑦;书函一投,则司、院枉法⑧。或有厮养之儿⑨,瓜葛之亲,出则乘传⑩,风行雷动。地方之供给稍迟,马上之鞭挞立至。荼毒人民,奴隶官府⑪,扈从所临,野无青草⑫。而某方炎炎赫赫,怙宠无悔⑬。

---

① 褫(chǐ)以编氓:革职为民。褫,褫革,指剥夺官服,即革除官职。编氓,即编民,编入户籍的平民。氓,民。
② "甚且"二句:意思是说甚至于有一次不袒护他,就违拗权奸的意旨。袒臂(袒露臂膀)事见《史记·吕太后本纪》。汉高祖刘邦死后,吕后专权,在其病重期间,令吕禄、吕产分别统率南、北军,引起太尉周勃等大臣的不满。周勃利用太尉的身份,下令军中说:"为吕氏右袒,为刘氏左袒。"军中都袒露左臂,表示拥护刘氏为帝。后因以"左袒"或"偏袒"指偏护一方。辄,就。忤,违背。鹿马之奸,指秦相赵高指鹿为马事,见《史记·秦始皇本纪》。赵高谋夺帝位,试探群臣是否听命于他,就把献给秦二世的马说成鹿。二世问他是否弄错了,把鹿说成马;问群臣,为迎合赵高都说是马。后遂以"指鹿为马"喻指颠倒是非。这里是说曾某为赵高一样的权奸。
③ "片语"二句:说一句冒犯的话,就会被充军流放。干,犯。远窜豺狼之地,指被充军流放到野兽出没的边远荒凉之地。窜,放逐。
④ 膏腴:肥沃的土地。
⑤ 强委禽妆:强下聘礼。禽妆,订婚聘礼。详见前《阿宝》"委禽妆"注。
⑥ 沴(lì)气冤氛:意思是到处充满灾害和冤屈的气氛。沴气,灾气,气不和而致害。
⑦ 守、令:太守、县令。承颜:看着其颜色行事。承,仰承。
⑧ 司、院:指布政使司(一省行政长官)、按察使司(省级司法长官)、总督(一省或数省军政长官)和巡抚(省级地方长官)。总督例兼兵部尚书及都察院右都御史衔,巡抚例兼都察院副都御史衔,因称"两院"。
⑨ 厮养之儿:干粗活的奴仆。劈木柴的叫"厮",烧火做饭的叫"养"。
⑩ 乘传(zhuàn):乘坐驿站的车马。
⑪ 奴隶:这里是役使的意思。
⑫ "扈从"二句:意思是说曾某的扈从人员所到之处,全都搜刮一空。扈从,随从服役人员。野无青草,指无野菜可食。《左传·僖公二十六年》:"室如悬罄,野无青草,何恃而不恐。"
⑬ "而某"二句:意思是说而曾某势焰正炽,依恃皇帝的恩宠干尽坏事而不知悔改。炎炎赫赫,形容势焰炙人。怙宠,依恃皇帝恩宠。

召对方承于阙下,萋菲辄进于君前①;委蛇才退于自公②,声歌已起于后苑。声色狗马,昼夜荒淫;国计民生,罔存念虑。世上宁有此宰相乎!内外骇讹,人情汹汹。若不急加斧锧之诛,势必酿成操、莽之祸③。臣夙夜祗惧④,不敢宁处,冒死列款⑤,仰达宸听⑥。伏祈断奸佞之头,籍贪冒之产⑦,上回天怒,下快舆情⑧。如果臣言虚谬,刀锯鼎镬,即加臣身。"云云。疏上,曾闻之气魄悚骇,如饮冰水。幸而皇上优容,留中不发⑨。又继而科、道、九卿⑩,交章劾奏;即昔之拜门墙、称假父者⑪,亦反颜相向。奉旨籍家,充云南军⑫。子任平阳太守⑬,已差员前往提问。曾方闻旨惊怛,旋有武士数十人,带剑操戈,直抵内寝,褫其衣冠⑭,与妻并系。俄见数夫运赀于庭,金银钱钞以

---

① "召对"二句:意思是说被召见的官员刚刚来到宫外,他就已把谗言上达皇帝。召对,召见问事。阙下,宫阙之下。阙,门。萋菲,也作"萋斐",花纹错杂,喻指巧语谗言。《诗经·小雅·巷伯》:"萋兮斐兮,成是贝锦;彼谮人兮,亦已太甚。"
② 委蛇(wēiyí):雍容自得的样子。《诗经·召南·羔羊》:"退食自公,委蛇委蛇。"
③ 操、莽之祸:指篡弑的祸患。操,指曹操。东汉末年,曹操挟持汉献帝,以朝廷的名义发号施令,成为实际上的最高统治者。曹操一死,其子曹丕遂代汉称帝。莽,指王莽。西汉末年,王莽专擅朝政,后即篡汉自立,改国号为"新"。
④ 祗惧:敬慎小心的意思。祗,敬。惧,戒惧。《尚书·无逸》:"治民祗惧,不敢荒宁。"
⑤ 列款:公文分条列举叫列款。这里是列举其罪状的意思。
⑥ 仰达宸听:上达君听,上报皇帝知道。宸,北极星所居,代指皇帝居处。听,听闻。
⑦ 籍贪冒之产:没收其贪污受贿所得的财产。籍,籍没,登记其财产而没收,即抄家。贪冒,贪图财利。冒,也是"贪"的意思。
⑧ 舆情:民情。舆,众。
⑨ 留中不发:把奏章搁置禁中,暂不下发。中,禁中,皇帝居处。
⑩ 科、道、九卿:意思是朝廷所有官员。科道,明清时期吏、户、礼、兵、刑、工六科给事中与都察院各道监察御史的合称。九卿,明清为中央各主要行政长官的总称。
⑪ 拜门墙:投拜其门下,自称门生。门墙,师门。《论语·子张》:"夫子之墙数仞,不得其门而入,不见宗庙之美,百官之富。"称假父者:称呼其为义父的人,即自居干儿的人。假父,义父。
⑫ 充云南军:充军发配到云南。
⑬ 平阳:府名。治所在今山西临汾县。
⑭ 褫其衣冠:剥夺其官服。官服是古时官员品级的标志;处罚在任官员,首先褫夺其官服。

数百万,珠翠瑙玉数百斛,幄幕帘榻之属,又数千事①,以至儿襁女舄,遗坠庭阶。曾一一视之。酸心刺目。又俄而一人掠美妾出,披发娇啼,玉容无主。悲火烧心,含愤不敢言。俄楼阁仓库,并已封志。立叱曾出。监者牵罗曳而出。夫妻吞声就道,求一下驷劣车,少作代步,亦不得。十里外,妻足弱,欲倾跌,曾时以一手相攀引。又十馀里,己亦困惫。欻见高山,直插霄汉,自忧不能登越,时挽妻相对泣。而监者狞目来窥,不容稍停驻。又顾斜日已坠,无可投止,不得已,参差蹩躠而行②。比至山腰,妻力已尽。泣坐路隅。曾亦憩止,任监者叱骂。忽闻百声齐噪,有群盗各操利刃,跳梁而前③。监者大骇,逸去。曾长跪,言:"孤身远谪,囊中无长物。"哀求宥免。群盗裂眦宣言:"我辈皆被害冤民,只乞得佞贼头,他无索取。"曾怒叱曰:"我虽待罪,乃朝廷命官,贼子何敢尔!"贼亦怒,以巨斧挥曾项。觉头堕地作声,魂方骇疑,即有二鬼来,反接其手,驱之行。

行逾数刻,入一都会。顷之,睹宫殿;殿上一丑形王者,凭几决罪福。曾前匍伏请命。王者阅卷,才数行,即震怒曰:"此欺君误国之罪,宜置油鼎④!"万鬼群和,声如雷霆。即有巨鬼捽至墀下,见鼎高七尺已来,四围炽炭,鼎足尽赤。曾觳觫哀啼⑤,窜迹无路⑥。鬼以左手抓发,右手握踝,抛置鼎中。觉块然一身,随油波而上下;皮肉焦灼,痛彻于心;沸油入口,煎烹肺腑。念欲速死,而万计不能得死。约食时,鬼方以巨叉取曾出;复伏堂下。王又检册籍,怒曰:"倚势凌人,合受刀山狱!"鬼复捽去。见一山,不甚广

---

① 事:件。
② 参差蹩躠(biéxiè)而行:一前一后,一瘸一拐地向前走。蹩躠,跛行。
③ 跳梁:腾跳。旧时常形容坏人跋扈的情状。
④ 油鼎:油锅。为古时烹刑刑具。
⑤ 觳觫(húsù):因怕死而颤抖。语出《孟子·梁惠王上》。
⑥ 窜迹无路:无路可以逃避。

阔,而峻削壁立,利刃纵横,乱如密笋。先有数人胃肠刺腹于其上①,呼号之声,惨绝心目。鬼促曾上,曾大哭退缩。鬼以毒锥刺脑,曾负痛乞怜。鬼怒,捉曾起,望空力掷。觉身在云霄之上,晕然一落,刃交于胸,痛苦不可言状。又移时,身驱重赘,刀孔渐阔;忽焉脱落,四支蠖屈②。鬼又逐以见王。王命会计生平卖爵鬻名,枉法霸产,所得金钱几何。即有髼须人持筹握算③,曰:"二百二十一万。"王曰:"彼既积来,还令饮去!"少间,取金钱堆阶上,如丘陵。渐入铁釜,熔以烈火。鬼使数辈,更相以杓灌其口,流颐则皮肤臭裂,入喉则脏腑腾沸。生时患此物之少,是时患此物之多也。半日方尽。王者令押去甘州为女④。

行数步,见架上铁梁,围可数尺,绾一火轮⑤,其大不知几百由旬,焰生五采,光耿云霄。鬼挞使登轮。方合眼跃登,则轮随足转,似觉倾坠,遍体生凉。开目自顾,身已婴儿,而又女也。视其父母,则悬鹑败絮⑥;土室之中,瓢杖犹存。心知为乞人子。日随乞儿托钵⑦,腹辘辘然常不得一饱。着败衣,风常刺骨。十四岁,鬻与顾秀才备媵妾,衣食粗足自给。而冢室悍甚⑧,日以鞭棰从事,辄用赤铁烙胸乳。幸良人颇怜爱,稍自宽慰。东邻恶少年,忽逾墙来逼

---

① 胃(juàn)肠:挂肠。
② 蠖(huò)屈:像尺蠖一样屈曲着。蠖,虫名,即尺蠖,体细长,爬行时一屈一伸,如同以尺量物,故名。
③ 髼(níng)须人:毛发散乱的人。筹:筹码。
④ 甘州:清代府名。治所在今甘肃省张掖市。
⑤ "绾一火轮"以下十二句:此为据迷信传说,具体形象地描述所谓生死轮回过程。佛教轮回,是说如同车轮旋转不停,众生在三界(欲界、色界、无色界)六道(地狱、饿鬼、畜生、修罗、人、天)的生死世界循环不已。火轮即轮回的那个轮子;由旬是古印度计算里程的单位,有大、中、小之别,大者六十里或八十里,小者四十里。鬼逼迫着他登上这个轮子,轮子一转,就又再世为人。
⑥ 悬鹑败絮:喻指衣服破旧褴褛。鹑,鹌鹑,其尾秃,因喻衣服破旧。《荀子·大略》:"子夏贫,衣若县(悬)鹑。"败,破。
⑦ 托钵:捧着碗。钵,钵盂,本僧人化斋用具,这里指碗。
⑧ 冢室:即嫡室。旧时妻为嫡,妾为庶。冢,嫡。

与私,乃自念前身恶孽,已被鬼责,今那得复尔。于是大声疾呼,良人与嫡妇尽起,恶少年始窜去。居无何,秀才宿诸其室,枕上喋喋,方自诉冤苦。忽震厉一声,室门大辟,有两贼持刀入,竟决秀才首,囊括衣物。团伏被底,不敢复作声。既而贼去,乃喊奔嫡室。嫡大惊,相与泣验。遂疑妾以奸夫杀良人,因以状白刺史。刺史严鞠,竟以酷刑诬服,依律凌迟处死①。縶赴刑所,胸中冤气扼塞,距踊声屈②,觉九幽十八狱③,无此黑黯也。

正悲号间,闻游者呼曰:"兄梦魇耶?"豁然而寤,见老僧犹跏趺座上④。同侣竞相谓曰:"日暮腹枵⑤,何久酣睡?"曾乃惨淡而起⑥。僧微笑曰:"宰相之占验否?"曾益惊异,拜而请教。僧曰:"修德行仁,火坑中有青莲也⑦。山僧何知焉。"曾胜气而来,不觉丧气而返。台阁之想,由此淡焉。入山不知所终。

异史氏曰:"福善祸淫,天之常道⑧。闻作宰相而忻然于中者⑨,必非喜其鞠躬尽瘁可知矣。是时方寸中,宫室妻妾,无所不有。然而梦固为妄,想亦非真。彼以虚作,神以幻报。黄粱将熟,此梦在所必有,当以附之邯郸之后⑩。"

---

① 凌迟:古代最为残酷的一种死刑,俗称"剐刑"。
② 距踊声屈:顿足喊冤。
③ 九幽十八狱:指迷信传说中的"十八层地狱"。九幽,"九泉",指阴间。
④ 跏趺:佛教用语,"结跏趺坐"的省称。僧人坐禅的姿势,俗称"打坐"。
⑤ 腹枵(xiāo):腹空,饥饿。枵,空虚。
⑥ 惨淡:惨黯,惨暗无色。
⑦ "修德"二句:意思是说如果你修养自己的美德而行仁义之事,即便身处火坑一样的险境,也会得到神的庇佑和度脱。青莲,花名,梵语"优钵罗"的意译,其花叶长而宽,青白分明,佛教比作佛眼。见《法苑珠林》。
⑧ "福善"二句:降福给行善的人,降祸给淫恶的人,这是上天不变的规则。
⑨ 中:心。与下文"方寸"同义。
⑩ "黄粱"三句:意思是说像曾生这样,黄粱未熟而美梦已醒的情形在所必有,应将其附录于《邯郸记》之后。唐·沈既济《枕中记》载,卢生在邯郸道上自叹不得志,仙人吕洞宾给他一个枕头,说枕着它可以适志如意。卢生俯首就枕,梦中享尽人间荣华富贵,而醒来店主人的一锅黄粱还未煮熟。这一小说,后被改为戏曲《黄粱梦》《邯郸记》。

## 辛 十 四 娘

广平冯生①,正德间人②。少轻脱③,纵酒。昧爽偶行④,遇一少女,着红帔⑤,容色娟好。从小奚奴⑥,蹑露奔波,履袜沾濡。心窃好之。薄暮醉归,道侧故有兰若⑦,久芜废,有女子自内出,则向丽人也⑧。忽见生来,即转身入。阴念:丽者何得在禅院中?絷驴于门,往觇其异。入则断垣零落,阶上细草如毯。彷徨间,一斑白叟出,衣帽整洁,问:"客何来?"生曰:"偶过古刹,欲一瞻仰。翁何至此?"叟曰:"老夫流寓无所,暂借此安顿细小。既承宠降⑨,有山茶可以当酒。"乃肃宾入⑩。见殿后一院,石路光明,无复榛莽。入

---

① 广平:县名。今属河北省。明清时期属直隶广平府。
② 正德:明武宗朱厚照年号(1506—1521)。
③ 轻脱:轻佻放达。
④ 昧爽:天刚亮,黎明。
⑤ 红帔:红色披肩。
⑥ 小奚奴:本指官婢、女奴,见《周礼·天官·序官》"奚三百人"注。后通称男女奴仆为"奚奴"。这里指婢女。
⑦ 兰若:佛寺。详前《促织》"兰若"注。下文"禅院""古刹",均指佛寺。
⑧ 向丽人:刚才所见美人。向,昔,昔时。
⑨ 既承宠降:客气话,意思是既然承您错爱来到这里。宠,爱。降,临。
⑩ 肃宾入:引导客人进来。肃,引导。《礼记·曲礼》上:"主人肃客入。"下文"肃身欲拜"的"肃",是"揖拜"的意思。

其室,则帘幌床幕,香雾喷人。坐展姓字,云:"蒙叟姓辛①。"生乘醉遽问曰:"闻有女公子未遭良匹②,窃不自揣,愿以镜台自献③。"辛笑曰:"容谋之荆人。"生即索笔为诗曰:"千金觅玉杵,殷勤手自将。云英如有意,亲为捣元霜④。"主人笑付左右。少间,有婢与辛耳语。辛起慰客耐坐⑤,牵幕入。隐约三数语,即趋出。生意必有佳报;而辛乃坐与喔噱⑥,不复有他言。生不能忍,问曰:"未审意旨,幸释疑抱⑦。"辛曰:"君卓荦士⑧,倾风已久⑨,但有私衷,所不敢言耳。"生固请之。辛曰:"弱息十九人⑩,嫁者十有二。醮命任之荆人⑪,老夫不与焉。"生曰:"小生只要得今朝领小奚奴带露行者。"辛不应,相对默然。闻房内嘤嘤腻语⑫,生乘醉搴帘曰:"伉俪既不可得,当一见颜色,以消吾憾。"内闻钩动,群立愕顾。果有红

---

① 蒙叟:愚叟,谦称。蒙,愚蒙。叟,老头。
② 未遭良匹:未曾遇到好对象,意即未曾许配人家。遭,遇。匹,配偶。
③ 镜台自献:意即自媒求婚。晋人温峤的堂姑托他为女儿找对象,而他丧妻后就打表妹的主意。过了几天,他对姑母说,已为表妹物色到女婿,条件和自己差不多,并以玉镜台为聘礼。举行婚礼时,才知为温峤本人。事详《世说新语·假谲》。镜台,放置梳妆镜的台盒。
④ "千金"四句:这是借裴航的故事,表达求婚之意。唐代裴航下第,路经蓝桥驿,与少女云英一见倾心,遂向其祖母求婚。老人说她老病,神仙赠给她灵丹妙药,须用玉杵臼捣一百天才可服用,如他能找到玉杵和臼,就将孙女嫁给他。裴航俪其所有,果然购得玉杵和臼,并亲自捣药百天,遂与云英成婚。事详唐·裴铏《传奇·裴航》。玉杵,捣药用具。将,持。元霜,丹药。元,本作"玄",为避清康熙帝讳(玄烨)改。
⑤ 慰客耐坐:安抚客人耐心坐着。
⑥ 喔噱(wàjué):乐不自胜。这里是谈笑的意思。
⑦ 幸释疑抱:希望消除我心中的疑虑。幸,希望。
⑧ 卓荦(luò):卓越超群,与众不同。
⑨ 倾风:倾慕仪容,恭维别人的话。风,仪态、风貌。
⑩ 弱息:谦称儿女,后专指女儿。
⑪ 醮命任之荆人:女儿许嫁全由内人做主。醮,旧指女子出嫁。荆人,谦称妻子。
⑫ 嘤嘤腻语:细声细气地亲切交谈。嘤嘤,本指鸟儿鸣啭声,这里形容声音细弱而好听。腻语,亲狎之语。

衣人,振袖倾鬟,亭亭拈带①。望见生入,遍室张皇。辛怒,命数人摔生出。酒愈涌上,倒榛芜中,瓦石乱落如雨,幸不着体。

卧移时,听驴子犹龁草路侧,乃起跨驴,踉跄而行。夜色迷闷,误入涧谷,狼奔鸱叫,竖毛寒心。踟蹰四顾,并不知其何所。遥望苍林中,灯火明灭,疑必村落,竟驰投之。仰见高闳②,以策挝门,内有问者曰:"何处郎君,半夜来此?"生以失路告。问者曰:"待达主人。"生累足鹄俟③。忽闻振管辟扉④,一健仆出,代客捉驴。生入,见室甚华好,堂上张灯火。少坐,有妇人出,问客姓氏,生以告。逾刻,青衣数人扶一老妪出,曰:"郡君至⑤。"生起立,肃身欲拜。妪止之,坐谓生曰:"尔非冯云子之孙耶?"曰:"然。"妪曰:"子当是我弥甥⑥。老身钟漏并歇⑦,残年向尽,骨肉之间,殊多乖阔⑧。"生曰:"儿少失怙⑨,与我祖父处者,十不识一焉。素未拜省⑩,乞便指示。"妪曰:"子自知之。"生不敢复问,坐对悬想。妪曰:"甥深夜何得来此?"生以胆力自矜诩,遂一一历陈所遇。妪笑曰:"此大好事。况甥名士,殊不玷于姻娅,野狐精何得强自高?甥勿虑,我能为若致之。"生谢唯唯。妪顾左右曰:"我不知辛家女儿遂如此端

---

① "振袖"二句:整衣低头,站在那里拈着衣带。振,通"整"。亭亭,亭亭玉立。拈带,是旧时少女害羞时的习惯动作。
② 高闳(hóng):高门。闳,门。
③ 累足鹄俟:两脚跟踮起,伸长脖子等候。累足,犹踵足。鹄,鸟名,俗称天鹅,颈长,举首类企盼之状。俟,等候。
④ 振管辟扉:锁动门开。振,动。辟,开。
⑤ 郡君:官员夫人的封号。由下文知老妪为尚书夫人。
⑥ 弥甥:外甥的儿子。
⑦ 钟漏并歇:隐指死亡。南朝陈·徐陵《答李颙之书》:"残光炯炯,虑在昏明;馀息绵绵,待尽钟漏。"以钟漏待尽喻指残年;钟、漏并歇,则为生命终止。钟、漏,均为古时计时器,因指时间。
⑧ 乖阔:疏远。乖,离。
⑨ 失怙(hù):丧父。语出《诗经·小雅·蓼莪》。
⑩ 拜省:拜望问安。省,看望,问候。

好。"青衣人曰:"渠有十九女,都翩翩有风格①,不知官人所聘行几?"生曰:"年约十五馀矣。"青衣曰:"此是十四娘。三月间,曾从阿母寿郡君,何忘却?"妪笑曰:"是非刻莲瓣为高履②,实以香屑,蒙纱而步者乎?"青衣曰:"是也。"妪曰:"此婢大会作意③,弄媚巧。然果窈窕,阿甥赏鉴不谬。"即谓青衣曰:"可遣小狸奴唤之来④。"青衣应诺去。移时,入白:"呼得辛家十四娘至矣。"旋见红衣女子,望妪俯拜。妪曳之曰:"后为我家甥妇,勿得修婢子礼。"女子起,娉娉而立⑤,红袖低垂。妪理其鬓发,捻其耳环,曰:"十四娘近在闺中作么生⑥?"女低应曰:"闲来只挑绣。"回首见生,羞缩不安。妪曰:"此吾甥也。盛意与儿作姻好,何便教迷途,终夜窜溪谷?"女俛首无语。妪曰:"我唤汝非他,欲为吾甥作伐耳⑦。"女默默而已。妪命扫榻展裀褥,即为合卺。女腆然曰:"还以告之父母。"妪曰:"我为汝作冰⑧,有何舛谬?"女曰:"郡君之命,父母当不敢违,然如此草草,婢子即死,不敢奉命!"妪笑曰:"小女子志不可夺,真吾甥妇也!"乃拔女头上金花一朵,付生收之。命归家检历⑨,以良辰为定。乃使青衣送女去。听远鸡已唱,遣人持驴送生

---

① 翩翩有风格:风雅有格调。翩翩,风流文雅的样子。风格,人的风度格调。
② 刻莲瓣为高履:指将木制鞋后跟镂刻上莲瓣花纹。古代缠足妇女用木制后跟衬于鞋底,叫作高履。
③ 大会作意:特别会动心思。作意,起意。
④ 狸奴:猫的别称。这里或指猫一类精灵。
⑤ 娉(pīng)娉:犹娉婷,身材美好的样子。
⑥ 作么生:做什么营生,干什么活。生,营生,山东方言。
⑦ 作伐:为人作媒。同"执柯",详前《莲香》"执柯"注。
⑧ 作冰:作冰人,即作媒人。《晋书·艺术·索𬘘传》载,孝廉令狐策梦站在冰上,与冰下人交谈,让索𬘘占卜吉凶。索𬘘说:"冰上为阳,冰下为阴,阴阳事也。士如归妻,迨冰未泮,婚姻事也。君在冰上与冰下人语,为阳语阴,媒介事也。君当为人作媒,冰泮而婚成。"后遂称媒人为"冰人"。
⑨ 检历:查阅历书,选择吉日。

出。数步外,欷一回顾,则村舍已失;但见松楸浓黑,蓬颗蔽冢而已①。定想移时,乃悟其处为薛尚书墓。薛故生祖母弟,故相呼以甥。心知遇鬼,然亦不知十四娘何人。咨嗟而归,漫检历以待之,而心恐鬼约难恃。再往兰若,则殿宇荒凉。问之居人,则寺中往往见狐狸云。阴念:若得丽人,狐亦自佳。至日除舍扫途,更仆眺望,夜半犹寂。生已无望。顷之门外哗然,躧屣出窥②,则绣幰已驻于庭③,双鬟扶女坐青庐中④。妆奁亦无长物,惟两长鬣奴扛一扑满⑤,大如瓮,息肩置堂隅。生喜得佳丽偶,并不疑其异类。问女曰:"一死鬼,卿家何帖服之甚?"女曰:"薛尚书,今作五都巡环使,数百里鬼狐皆备扈从,故归墓时常少。"生不忘蹇修⑥,翼日,往祭其墓。归见二青衣,持贝锦为贺⑦,竟委几上而去。生以告女,女曰:"此郡君物也。"

邑有楚银台之公子⑧,少与生共笔砚,相狎。闻生得狐妇,馈遗为馈⑨,即登堂称觞。越数日,又折简来招饮。女闻,谓生曰:"曩公子来,我穴壁窥之,其人猿睛鹰准⑩,不可与久居也。宜勿

---

① 蓬颗蔽冢:封土荒草遮掩的坟墓。蓬颗,上生蓬草的土块。《汉书·贾山传》载《至言》说为秦始皇修骊山墓的囚徒死了葬在骊山,"使其后世曾不得蓬颗蔽冢而托葬焉"。古时东北人叫土块为"蓬颗",就是土块上生蓬草。
② 躧屣(xǐxǐ):趿拉着鞋。意思是因急于出门,未来得及把鞋提上。
③ 绣幰(xiǎn):绣花车或轿的帷幔,代指彩车或花轿。
④ 青庐:古时北方举行婚礼处。详前《莲香》"青庐"注。
⑤ 长鬣(liè)奴:长须仆人。鬣,胡须。扑满:储钱罐。
⑥ 蹇修:古代善于为人作媒的人,后代指媒人。屈原《离骚》:"解佩纕以结言兮,吾令蹇修以为理。"
⑦ 贝锦:织有贝形花纹的锦缎。
⑧ 银台:官署名。宋时有银台司,掌管内外章奏及案牍,司署设在银台门内,故名。明清时期的通政司职任与银台司略同,也称银台。
⑨ 馈遗(wèi)为馈(nuǎn):旧时嫁女后三日,母家及亲友馈送食物,叫"馈"。馈遗,馈赠。
⑩ 猿睛鹰准:如猿般的眼睛,鹰钩鼻子。准,鼻梁。

往。"生诺之。翼日,公子造门,问负约之罪,且献新什①。生评涉嘲笑,公子大惭,不欢而散。生归,笑述于房。女惨然曰:"公子豺狼,不可狎也!子不听吾言,将及于难!"生笑谢之。后与公子辄相谀噱②,前郤渐释③。会提学试④,公子第一,生第二。公子沾沾自喜,走伻来邀生饮⑤。生辞,频招乃往。至则知为公子初度⑥,客从满堂,列筵甚盛。公子出试卷示生,亲友叠肩叹赏。酒数行,乐奏于堂,鼓吹伧儜⑦,宾主甚乐。公子忽谓生曰:"谚云:'场中莫论文⑧。'此言今知其谬。小生所以忝出君上者,以起处数语略高一筹耳⑨。"公子言已,一座尽赞。生醉不能忍,大笑曰:"君到于今,尚以为文章至是耶!"生言已,一座失色。公子惭忿气结。客渐去,生亦遁。醒而悔之,因以告女。女不乐曰:"君诚乡曲之儇子也⑩!轻薄之态,施之君子,则丧吾德;施之小人,则杀吾身。君祸不远矣!我不忍见君流落,请从此辞。"生惧而涕,且告之悔。女曰:"如欲我留,与君约:从今闭户绝交游,勿浪饮⑪。"生谨受教。十四娘为人勤俭洒脱,日以纴织为事。时自归宁,未尝逾夜。又时出金帛作生计,日有赢馀,辄投扑满。日杜门户,有造访者辄嘱苍头谢去。

---

① 新什:新作。什,篇什,指诗文。
② 谀噱(jué):诣谀,以相互诣谀为笑乐。噱,大笑。
③ 郤:同"隙",嫌隙,隔阂。
④ 提学试:清代提督学政主持的考试,有童生院试,生员岁、科两试。这里所指不详。
⑤ 走伻(bēng):走使,指仆人。伻,使者。
⑥ 初度:生日。语出屈原《离骚》。
⑦ 伧儜(cāngníng):形容音调粗浊杂乱。语出唐·刘禹锡《竹枝词引》。
⑧ "场中莫论文":意思是科考考场中靠运气,不在文章优劣。
⑨ 起处:明清科举应试作八股文,每篇由破题、承题、起讲、入手、起股、中股、后股、束股八部分组成,从起股至中股为正式的议论。起处,指正式议论之前阐明题旨、引起议论的部分。
⑩ 乡曲之儇(xuān)子:语出《荀子·非相》,指僻居一隅的轻薄子弟。乡曲,穷乡僻壤。儇,轻薄。
⑪ 浪饮:滥饮。浪,滥,放纵。

一日,楚公子驰函来,女焚蓺不以闻。翼日,出吊于城,遇公子于丧者之家,捉臂苦邀。生辞以故。公子使圉人挽辔①,拥之以行。至家,立命洗腆②。继辞夗退。公子要遮无已③,出家姬弹筝为乐。生素不羁,向闭置庭中,颇觉闷损;忽逢剧饮,兴顿豪,无复萦念。因而酣醉,颓卧席间。公子妻阮氏,最悍妒,婢妾不敢施脂泽。日前,婢入斋中,为阮掩执,以杖击首,脑裂立毙。公子以生嘲慢故衔生,日思所报,遂谋醉以酒而诬之。乘生醉寐,扛尸床间,合扉径去。生五更醒解,始觉身卧几上,起寻枕榻,则有物腻然,继绊步履④;摸之,人也:意主人遣僮伴睡。又蹴之不动而僵。大骇,出门怪呼。厮役尽起,蓺之,见尸,执生怒闹。公子出验之,诬生逼奸杀婢,执送广平。隔日,十四娘始知,潸然曰:"早知今日矣!"因按日以金钱遗生。生见府尹,无理可伸,朝夕搒掠,皮肉尽脱。女自诣问,生见之,悲气塞心,不能言说。女知陷阱已深,劝令诬服,以免刑宪⑤。生泣听命。

女还往之间,人咫尺不相窥。归家咨悒,遽遣婢子去。独居数日,又托媒媪购良家女,名禄儿,年及笄⑥,容华颇丽;与同寝食,抚爱异于群小⑦。生认误杀拟绞⑧。苍头得信归,恸述不成声。女闻,坦然若不介意。既而秋决有日⑨,女始皇皇躁动,昼去夕来,无

---

① 圉人:马夫。
② 洗腆(tiǎn):古语,丰盛的意思。这里指准备丰盛的酒食。《尚书·酒诰》:"自洗腆,致用酒。"
③ 要(yāo)遮无已:拦挡不止。要遮,阻拦。要,通"邀"。
④ 继(xiè)绊:由物绊住。继,系,拘系。
⑤ 刑宪:刑法。这里指刑罚。
⑥ 及笄:十五岁。古时女子年十五束发加笄,表示成年,可以谈婚论嫁。笄,簪,用以挽发。
⑦ 群小:众婢妾。《诗经·邶风·柏舟》:"忧心悄悄,愠于群小。"
⑧ 拟绞:拟定绞刑。
⑨ 秋决有日:秋决快要到了。秋决,秋日处决。古时秋季行刑,处决犯人。

停履。每于寂所,於邑悲哀①,至损眠食。一日,日晡②,狐婢忽来。女顿起,相引屏语③。出则笑色满容,料理门户如平时。翼日,苍头至狱,生寄语娘子一往永诀。苍头复命,女漫应之,亦不怆恻,殊落落置之④。家人窃议其忍⑤。忽道路沸传:楚银台革爵,平阳观察奉特旨治冯生案⑥。苍头闻之,喜告主母。女亦喜,即遣入府探视,则生已出狱,相见悲喜。俄捕公子至,一鞫,尽得其情。生立释宁家⑦。归见闺中人⑧,泫然流涕,女亦相对怆楚,悲已而喜,然终不知何以得达上听。女笑指婢曰:"此君之功臣也。"生愕问故。先是,女遣婢赴燕都⑨,欲达宫闱,为生陈冤。婢至,则宫中有神守护,徘徊御沟间⑩,数月不得入。婢惧误事,方欲归谋,忽闻今上将幸大同⑪,婢乃预往,伪作流妓。上至构栏⑫,极蒙宠眷。疑婢不似风尘人⑬,婢乃垂泣。上问:"有何冤苦?"婢对曰:"妾原籍直隶广平,生员冯某之女。父以冤狱将死,遂鬻妾构栏中。"上惨然,赐金百两。临行,细问颠末,以纸笔记姓名;且言欲与共富贵。婢言:"但得父子团聚,不愿华胙也⑭。"上颔之,乃去。婢以此情告生。

---

① 於(wū)邑:同"呜咽",悲气郁结。
② 日晡(bū):天将暮时,傍晚。晡,申时,午后三至五时。
③ 相引屏(bǐng)语:拉着手到无人处交谈。屏,避开人交谈。
④ 落落:豁达的样子。
⑤ 忍:忍心,狠心。
⑥ 平阳:府名。治所在今山西临汾市。观察:明清对道员的尊称。唐代在不设节度使的政区设观察使,为州以上长官。明清分守、分巡道员也管辖府、州有关政务,因尊称道员为观察。
⑦ 立释宁家:即刻释放回家。
⑧ 闺中人:这里指妻子。
⑨ 燕都:指北京。
⑩ 御沟:环绕宫墙的河。
⑪ 上幸大同:皇上临幸大同。大同,府名。治所在今山西大同市。
⑫ 构栏:也作"勾栏"。妓院。
⑬ 风尘人:堕落风尘之人,指妓女。风尘,妓女。
⑭ 华胙(hū):华衣美食,指富贵。胙,大块的鱼、肉。

生急拜,泪眦双荧①。

居无几何,女忽谓生曰:"妾不为情缘,何处得烦恼?君被逮时,妾奔走戚眷间,并无一人代一谋者。尔时酸衷,诚不可以告愬②。今视尘俗益厌苦。我已为君蓄良偶,可从此别。"生闻,泣伏不起,女乃止。夜遣禄儿侍生寝,生拒不纳。朝视十四娘,容光顿减;又月馀,渐以衰老;半载,黯黑如村妪:生敬之,终不替③。女忽复言别,且曰:"君自有佳侣,安用此鸠盘为④?"生哀泣如前日。又逾月,女暴疾,绝饮食,羸卧闺闼。生侍汤药,如奉父母。巫医无灵,竟以溘逝。生悲怛欲绝。即以婢赐金,为营斋葬⑤。数日,婢亦去,遂以禄儿为室。逾年,生一子。然比岁不登⑥,家益落。夫妻无计,对影长愁。忽忆堂陬扑满,常见十四娘投钱于中,不知尚在否。近临之,则豉具盐盎⑦,罗列殆满。头头置去⑧,箸探其中,坚不可入;扑而碎之,金钱溢出。由此顿大充裕。后苍头至太华⑨,遇十四娘,乘青骡,婢子跨蹇以从⑩,问:"冯郎安否?"且言:"致意主人,我已名列仙籍矣。"言讫,不见。

异史氏曰:"轻薄之词,多出于士类,此君子所悼惜也。余尝冒不韪之名,言冤则已迂;然未尝不刻苦自励,以勉附于君子之林,而祸福之说不与焉。若冯生者,一言之微,几至杀身,苟非室有仙人,亦何能解脱囹圄,以再生于当世耶?可惧哉!"

---

① 泪眦双荧:两眼闪着泪花。眦,眼眶。
② 告愬:即告诉。愬,同"诉"。
③ 终不替:始终不改变态度。替,更改。
④ 鸠盘:梵语音译"鸠槃荼"的省称,意译为瓮形鬼、冬瓜鬼,小说中用以形容既老且丑的妇人。
⑤ 斋葬:斋祭而葬。斋,斋戒祭祀,诵经祭神。
⑥ 比岁不登:连年歉收。登,谷熟。
⑦ 豉(chǐ)具盐盎:所有盛豆豉和盐的器具。盎,小口大肚的瓦罐。
⑧ 头头置去:一件一件地挪开。
⑨ 太华:太华山,即西岳华山。
⑩ 蹇(jiǎn):蹇卫,即驴。

## 辛十四孃

了却夫妻來了情
情功成主婢好同行
赦書鶯地從天降曾
惹天顏道挂名

## 赵 城 虎

赵城妪①,年七十馀,止一子。一日入山,为虎所噬。妪悲痛,几不欲活,号啼而诉于宰。宰笑曰:"虎何可以官法制之乎?"妪愈号咷,不能制之。宰叱之,亦不畏惧,又怜其老,不忍加威怒,遂诺为捉虎。妪伏不去,必待勾牒出②,乃肯行。宰无奈之,即问诸役,谁能往者。一隶名李能,醺醉,诣座下,自言:"能之。"持牒下,妪始去。隶醒而悔之,犹谓宰之伪局③,姑以解妪扰耳,因亦不甚为意。持牒报缴④,宰怒曰:"固言能之,何容复悔?"隶窘甚,请牒拘猎户⑤。宰从之。隶集猎人,日夜伏山谷,冀得一虎,庶可塞责。月馀,受杖数百,冤苦罔控⑥。遂诣东郭岳庙⑦,跪而祝之,哭失声。

无何,一虎自外来,隶错愕⑧,恐被咥噬⑨。虎入,殊不他顾,蹲立门中。隶祝曰:"如杀某子者尔也,其俯听吾缚。"遂出缧索絷虎

---

① 赵城:县名。隋末置,清属霍州府,治所在今山西洪洞县赵城镇西南。
② 勾牒:缉拿犯人的公文。
③ 伪局:假装办事的架势。
④ 持牒报缴:至期交回勾牒复命。
⑤ 牒拘猎户:发出公文,令猎户限期捉虎。拘,拘役,限期服役。
⑥ 罔控:无处控诉。
⑦ 岳庙:山神庙。
⑧ 错愕:仓促惊遽的样子。
⑨ 咥噬(diéshì):吃掉。咥,咬。噬,吞噬。

## 趙城虎

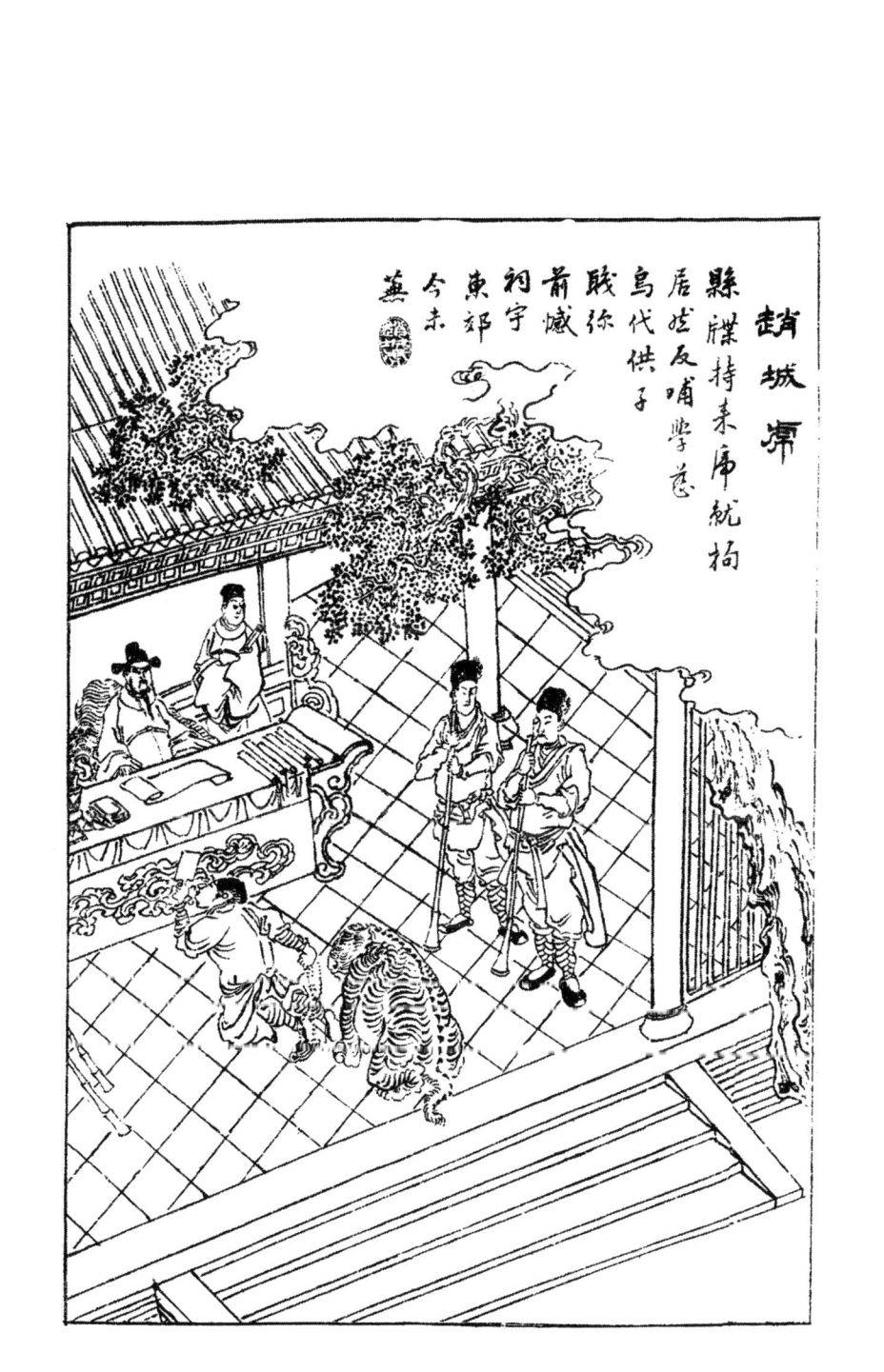

縣牒持來庠就拘
居然反哺學慈
烏代供子
賤徐
前誠
祠宇東郊
今未
燕

项①,虎帖耳受缚。牵达县署,宰问虎曰:"某子尔噬之耶?"虎颔之。宰曰:"杀人者死,古之定律。且妪止一子,而尔杀之,彼残年垂尽,何以生活?倘尔能为若子也,我将赦之。"虎又颔之,乃释缚令去。

妪方怨宰之不杀虎以偿子也。迟旦,启扉,则有死鹿;妪货其肉革,用以资度。自是以为常,时衔金帛掷庭中。妪从此致丰裕,奉养过于其子。心窃德虎。虎来,时卧檐下,竟日不去。人畜相安,各无猜忌。数年,妪死,虎来吼于堂中。妪素所积,绰可营葬②,族人共瘗之。坟垒方成,虎骤奔来,宾客尽逃。虎直赴冢前,嗥鸣雷动,移时始去。土人立"义虎祠"于东郭,至今犹存。

① 缧(léi)索萦虎项:用绳索拴系虎的脖颈。缧索,拘系犯人的绳索。萦,系。
② 绰(chuò)可营葬:营办丧事有馀。绰,宽裕。

聊斋志异选

城門

《罗刹海市》

聊斋志异选

《促织》

聊斋志异选

《辛十四娘》

聊斋志异选

《花姑子》

聊斋志异选

《西湖主》

聊斋志异选

《云翠仙》

聊斋志异选

《小谢》

聊斋志异选

《阿绣》

## 武　技

　　李超,字魁吾,淄之西鄙人①。豪爽,好施。偶一僧来托钵②,李饱啖之。僧甚感荷,乃曰:"吾少林出也③。有薄技,请以相授。"李喜,馆之客舍,丰其给④,旦夕从学。三月,艺颇精,意得甚。僧问:"汝益乎⑤?"曰:"益矣。师所能者,我已尽能之。"僧笑,命李试其技。李乃解衣唾手,如猿飞,如鸟落,腾跃移时,诩诩然交人而立⑥。僧又笑曰:"可矣。子既尽吾能,请一角低昂⑦。"李忻然,即各交臂作势。既而支撑格拒⑧,李时时蹈僧瑕⑨;僧忽一脚飞掷,李已仰跌丈馀。僧抚掌曰:"子尚未尽吾能也。"李以掌致地⑩,惭沮

---

① 淄之西鄙:淄川县西部边境。鄙,边境。
② 托钵·化缘,乞求斋饭。僧人化缘,乞求布施时,于托钵盂(饭具),因称化缘为"托钵"。
③ 少林:少林寺,佛教名刹,住今河南登封西北少室山北麓五乳峰下。相传建于北魏太和十九年(495),为佛教禅宗和少林派拳术的发源地。
④ 丰其给:对其供给十分丰厚。
⑤ 益:增益,提高。
⑥ 诩(xǔ)诩然:骄傲自得的样子。
⑦ 一角低昂:一比高低。角,较量。
⑧ 格拒:格斗、抵拒。
⑨ 蹈僧瑕:在格斗中寻求僧人的破绽。蹈,践、履。瑕,虚弱。《管子·制分》:"故凡用兵者,攻坚则韧,乘瑕则神。"
⑩ 以掌致地:用手掌抵地。致,至。

181

请教。又数日,僧辞去。

李由此以名,遨游南北,罔有其对①。偶适历下②,见一少年尼僧③,弄艺于场④,观者填溢⑤。尼告众客曰:"颠倒一身⑥,殊大冷落。有好事者,不妨下场一扑为戏。"如是三言。众相顾,迄无应者。李在侧,不觉技痒,意气而进⑦。尼便笑与合掌⑧。才一交手,尼便呵止曰:"此少林宗派也。"即问:"尊师何人?"李初不言。固诘之,乃以僧告。尼拱手曰:"憨和尚汝师耶?若尔,不必交手足,愿拜下风。"李请之再四,尼不可。众怂恿之,尼乃曰:"既是憨师弟子,同是个中人⑨,无妨一戏。但两相会意可耳。"李诺之。然以其文弱故,易之⑩;又年少喜胜,思欲败之,以要一日之名⑪。方颉颃间⑫,尼即遽止,李问其故,但笑不言。李以为怯,固请再角。尼乃起。少间,李腾一踝去⑬。尼骈五指下削其股⑭;李觉膝下如中刀斧,蹶仆不能起。尼笑谢曰:"孟浪忤客⑮,幸勿罪!"李舁归,月馀始愈。

后年馀,僧复来,为述往事。僧惊曰:"汝大卤莽!惹他何为?幸先以我名告之;不然,股已断矣!"

---

① 罔:无。
② 历下:古邑名。在今济南市西南,因城在历山之下而得名。西汉时改置历城县,明清属济南府。
③ 尼僧:女僧人,俗称尼姑。
④ 弄艺:耍弄武艺。
⑤ 填溢:满满当当,满得挤不下。溢,满,满得盛不下。
⑥ 颠倒一身:颠来倒去一个人。
⑦ 意气:负气;冲动。
⑧ 合掌:佛教徒双手合十,表示敬意,也称"合十"。
⑨ 个中人:此道中人,指都是武术行中人。
⑩ 易之:轻视她。易,看得轻易。
⑪ 要(yāo):博取。
⑫ 颉颃:语出《诗经·邶风·燕燕》,指鸟上下飞翔。这里喻指比武时腾挪进退。
⑬ 腾一踝(huái)去:腾起一脚踢去。踝,脚后跟。
⑭ 骈五指:五指并拢。骈,并列。
⑮ 孟浪忤客:卤莽地冒犯客人。孟浪,言行轻率。

## 賽技

少林宗派
傳人少繞浮真傳
便己狂同是箇中須
會意未容亞浪角低昂

## 花 姑 子

　　安幼舆,陕之拔贡生①,为人挥霍好义②,喜放生。见猎者获禽,辄不惜重直,买释之。会舅家丧葬,往助执绋③。暮归,路经华岳④,迷窜山谷中。心大恐。一矢之外,忽见灯火,趋投之。数武中,欻见一叟,伛偻曳杖,斜径疾行。安停足,方欲致问,叟先诘谁何。安以迷途告;且言灯火处必是山村,将以投止。叟曰:"此非安乐乡。幸老夫来,可从去,茅庐可以下榻⑤。"安大悦,从行里许,睹小村。叟扣荆扉⑥,一妪出,启关曰⑦:"郎子来耶⑧?"叟曰:"诺。"

　　既入,则舍宇湫隘⑨。叟挑灯促坐,便命随事具食⑩。又谓妪

① 拔贡:科举制度中贡入国子监的生员的一种,明代称"选贡"。清代由各省学政从生员中考选,保送入京,作为拔贡;朝考合格,可以充任京官、知县或教职。
② 挥霍好义:轻财仗义。挥霍,指轻散财物。好义,救助弱小。
③ 执绋(fú):指送葬。《礼记·曲礼上》:"助葬必执绋。"绋,牵挽灵棺的绳索。古时送葬的人挽拉着灵棺的绳索以助行进,因称送葬为"执绋"。
④ 华岳:即西岳华山。
⑤ 可以下榻:可以待客。下榻,据《后汉书·徐穉传》载,豫章太守陈蕃素不接待宾客,却特为郡中名士徐穉设一榻;徐穉离去,随即挂起来。后遂称接待宾客为"下榻"。
⑥ 荆扉:柴门,荆条编制的院门。
⑦ 启关:开门。
⑧ 郎子:对别人儿子的敬称。这里指安幼舆。
⑨ 湫(jiǎo)隘:低下窄小。湫,下,低下。
⑩ 随事具食:依照侍奉客人的礼节,备办饭菜。随事,本为依照职事的意思,见《后汉书·百官志》。这里是依照客人身份的意思。

曰:"此非他,是吾恩主。婆子不能行步,可唤花姑子来酾酒①。"俄女郎以馔具入,立叟侧,秋波斜盼。安视之,芳容韶齿②,殆类天仙。叟顾令煨酒③。房西隅有煤炉,女郎入房拨火。安问:"此女公何人?"答云:"老夫章姓。七十年止有此女。田家少婢仆,以君非他人,遂敢出妻见子④,幸勿哂也。"安问:"婿何家里?"答言:"尚未。"安赞其惠丽,称不容口。叟方谦挹⑤,忽闻女郎惊号。叟奔入,则酒沸火腾。叟乃救止,诃曰:"老大婢,濡猛不知耶⑥!"回首,见炉旁有蓰心插紫姑未竟⑦,又诃曰:"发蓬蓬许,裁如婴儿!"持向安曰:"贪此生涯,致酒腾沸。蒙君子奖誉,岂不羞死!"安审谛之,眉目袍服,制甚精工。赞曰:"虽近儿戏,亦见慧心。"斟酌移时,女频来行酒,嫣然含笑,殊不羞涩。安注目情动。忽闻妪呼,叟便去。安觑无人,谓女曰:"睹仙容,使我魂失。欲通媒妁,恐其不遂,如何?"女抱壶向火,默若不闻;屡问不对。生渐入室,女起,厉色曰:"狂郎入闼⑧,将何为!"生长跪哀之。女夺门欲去,安暴起要遮,狎接腺胲⑨。女颤声疾呼,叟匆遽入问。安释手而出,殊切愧惧。女从容向父曰:"酒复涌沸,非郎君来,壶子融化矣。"安闻女

---

① 酾(shāi)酒:滤酒,引申为酌酒。
② 芳容韶齿:年轻貌美的意思。韶齿,妙龄。韶,美。齿,年龄。
③ 煨酒:用炭火温酒。
④ 出妻见(xiàn)子:让妻子儿女出来相见。旧时向客人引见妻子儿女,是关系亲近的表示。
⑤ 谦挹(yì):谦退,谦让。
⑥ 濡猛:煮酒的火太大。濡,烹煮东西。《礼记·内则》:"濡豚"注:"凡濡,谓烹之以汁和也。"
⑦ 蓰心插紫姑未竟:用秫秸心扎紫姑还未扎成。蓰心,高粱秸心。山东称高粱为"蓰秫",见蒲松龄《农桑经·农经》。紫姑,即坑三姑,民间相传为厕神。《显异录》说紫姑是山东莱阳人,姓何,名媚,字丽卿,寿阳李景纳为妾,为其妻曹氏所嫉,正月十五夜被虐杀于厕间,上帝怜悯她,命为厕神。民间在这一天制作紫姑的形状,到厕间迎祝,以占卜蚕桑及祸福。其事也见《荆楚岁时记》《异苑》等处。
⑧ 入闼:进入闺内。闼,门。
⑨ 狎接腺胲(juéhán):亲昵接吻。接腺胲,指接吻。口上曰腺,口下曰胲。胲,即"函"的本字。

言,心始安妥,益德之。魂魄颠倒,丧所怀来①。于是伪醉离席,女亦遂去。叟设裀褥,阖扉乃出。安不寐,未曙,呼别。

至家,即浼交好者造庐求聘,终日而返,竟莫得其居里。安遂命仆马,寻途自往。至则绝壁巉岩,竟无村落;访诸近里,此姓绝少。失望而归,并忘寝食。由此得昏瞀之疾②:强啖汤粥,则噇喁欲吐③,溃乱中,辄呼花姑子。家人不解,但终夜环伺之,气势阽危④。一夜,守者困怠并寐,生朦瞳中,觉有人揣而抏之⑤。略开眸,则花姑子立床下,不觉神气清醒。熟视女郎,潸潸涕堕。女倾头笑曰:"痴儿何至此耶?"乃登榻,坐安股上,以两手为按太阳穴。安觉脑麝奇香,穿鼻沁骨。按数刻,忽觉汗满天庭⑥,渐达肢体。小语曰:"室中多人,我不便住。三日当复相望。"又于绣袪中出数蒸饼置床头⑦,悄然遂去。安至中夜,汗已思食,扪饼啖之。不知所苞何料,甘美非常,遂尽三枚。又以衣覆馀饼,懵懵酣睡⑧,辰分始醒,如释重负。三日,饼尽,精神倍爽,乃遣散家人。又虑女来不得其门而入,潜出斋庭,悉脱扃键。未几,女果至,笑曰:"痴郎子!不谢巫耶⑨?"安喜极,抱与绸缪,恩爱甚至。已而曰:"妾冒险蒙垢,所以故,来报重恩耳。实不能永谐琴瑟,幸早别图。"安默默良久,乃问曰:"素昧生平,何处与卿家有旧?实所不忆。"女不言,但云:"君自思之。"生固求永好。女曰:"屡屡夜奔,固不可;常谐伉俪,亦不能。"安闻言,邑邑而悲⑩。女曰:"必欲相谐,明宵请临妾

---

① 丧所怀来:意思是原本对花姑非礼的念头消失了。丧,忘。怀来,来意。
② 昏瞀(mào):精神迷乱。
③ 噇喁(chōngyǒng):欲吐的样子。噇,急喘。《广韵》:"喁,噇喁,欲吐。"
④ 气势阽(diàn)危:气力渐衰,生命垂危。气势,这里指气力渐衰的病态。阽,近。
⑤ 揣而抏(yǎn)之:是动他。揣、抏,都是摇动的意思。
⑥ 天庭:两眉之间,指前额。
⑦ 绣袪(qū):彩绣的袖口。袪,袖口。
⑧ 懵懵(měngténg):朦胧。
⑨ 巫:巫医。古代称女医师为巫。《淮南子·说山训》"巫之用糈"注:"医师,在女曰巫。"
⑩ 邑邑:也作"悒悒",不乐的样子。

菊姑子

迢迢原無伉儷
緣光拍膈衷自
纏綿萬節不睹
賤生命逗戎飛
昇一百年

家。"安乃收悲以忻,问曰:"道路辽远,卿纤纤之步,何遂能来?"曰:"妾固未归。东头耷媪我姨行,为君故,淹留至今,家中恐所疑怪。"安与同衾,但觉气息肌肤,无处不香。问曰:"熏何芗泽①,致侵肌骨?"女曰:"妾生来便尔,非由熏饰。"安益奇之。女早起言别,安虑迷途,女约相候于路。安抵暮驰去,女果伺待,偕至旧所。叟媪欢逆②。酒肴无佳品,杂具藜藿③。既而请安寝,女子殊不瞻顾,颇涉疑念。更既深,女始至,曰:"父母絮絮不寝,致劳久待。"浃洽终夜④,谓安曰:"此宵之会,乃百年之别。"安惊问之,答曰:"父以小村孤寂,故将远徙。与君好合,尽此夜耳。"安不忍释,俯仰悲怆。依恋之间,夜色渐曙。叟忽然闯入,骂曰:"婢子玷我清门,使人愧怍欲死!"女失色,草草奔出。叟亦出,且行且詈。安惊屡遌怯⑤,无以自容,潜奔而归。

数日徘徊,心景殆不可过。因思夜往,逾墙以观其便。叟固言有恩,即令事泄,当无大谴。遂乘夜宵往,蹀躞山中⑥;迷闷不知所往。大惧。方觅归途,见谷中隐有舍宇;喜诣之,则闬闳高壮⑦,似是世家;重门尚未扃也。安向门者讯章氏之居。有青衣人出,问:"昏夜何人询章氏?"安曰:"是吾亲好,偶迷居向。"青衣曰:"男子无问章也。此是渠姈家,花姑即今在此,容传白之。"入未几,即出邀安。才登廊舍,花姑趋出迎,谓青衣曰:"安郎奔波中夜,想已困殆,可伺床寝。"少间,携手入帏。安问:"姈家何别无人?"女曰:"姈他出,留妾代守。幸与郎遇,岂非夙缘?"然偎傍之际,觉甚膻

---

① 芗泽:香泽,芳香脂膏。芗,同"香"。
② 欢逆:欢迎。
③ 藜藿:野菜。
④ 浃洽:和洽,融洽。
⑤ 惊屡遌怯:惊愕畏惧。屡,窘。见《集韵》。遌,同"遻",相遇而惊。怯,畏惧。
⑥ 蹀躞:走来走去的样子。
⑦ 闬闳(hànhóng):里门,巷门。

腥,心疑有异,女抱安颈,遽以舌舐鼻孔,彻脑如刺。安骇绝,急欲逃脱,而身若巨绠之缚。少时,闷然不觉矣。

安不归,家中逐者穷人迹,或言暮遇于山径者。家人入山,则裸死危崖下。惊怪莫察其由,舁归。众方聚哭,一女郎来吊,自门外嗷啕而入①。抚尸捼鼻,涕洟其中,呼曰:"天乎,天乎! 何愚冥至此!"痛哭声嘶,移时乃已。告家人曰:"停以七日,勿殓也。"众不知何人,方将启问;女傲不为礼,含涕径出,留之不顾。尾其后,转眸已渺。群疑为神,谨遵所教。夜又来,哭如昨。至七夜,安忽苏,反侧以呻。家人尽骇。女子入,相向呜咽。安举手,挥众令去。女出青草一束,燂汤升许②,即床头进之,顷刻能言。叹曰:"再杀之惟卿,再生之亦惟卿矣!"因述所遇。女曰:"此蛇精冒妾也。前迷道时,所见灯光,即是物也。"安曰:"卿何能起死人而肉白骨也?毋乃仙乎?"曰:"久欲言之,恐致惊怪。君五年前,曾于华山道上买猎獐而放之否③?"曰:"然,其有之。"曰:"是即妾父也。前言大德,盖以此故。君前日已生西村王主政家④。妾与父讼诸阎摩王⑤,阎摩王弗善也。父愿坏道代郎死⑥,哀之七日,始得当⑦。今之邂逅,幸耳。然君虽生,必且痿痹不仁⑧,得蛇血合酒饮之,病乃可除。"生衔恨切齿,而虑其无术可以擒之。女曰:"不难。但多残

---

① 嗷(jiào)啕:即号啕,大声号哭。嗷,大哭声。
② 燂(tán)汤:烹汤。燂,煮。
③ 猎獐:猎获的獐子。
④ 主政:官名。明清时期中央各部主事的别称。
⑤ 阎摩王:梵文意译,也译作"阎魔王""阎罗王""阎王"等。原为古印度神话中管理阴间的王,佛教借指管理地狱的魔王,传入中国后,民间称"阎罗王""阎王"。
⑥ 坏道:毁坏修行多年的道业。佛、道迷信,说鬼怪精灵只要积累善行,修炼到一定程度,也能成佛成仙。这里的"道",即指老獐修炼多年积累的道行。下文"业行",同此。
⑦ 始得当:才得相抵。当,抵。
⑧ 痿痹不仁:肢体萎缩,失去知觉。不仁,麻木,丧失感觉。

生命,累我百年不得飞升。其穴在老崖中,可于晡时聚茅焚之①,外以强弩戒备,妖物可得。"言已,别曰:"妾不能终事,实所哀惨。然为君故,业行已损其七,幸悯宥也。月来觉腹中微动,恐是孽根。男与女,岁后当相寄耳。"流涕而去。

安经宿,觉腰下尽死,爬搔无所痛痒。乃以女言告家人。家人往,如其言,炽火穴中,有巨白蛇冲焰而出。数弩齐发,射杀之。火熄入洞,蛇大小数百头,皆焦臭。家人归,以蛇血进。安服三日,两股渐能转侧,半年始起。后独行谷中,遇老妪以绷席抱婴儿授之②,曰:"吾女致意郎君。"方欲问讯,瞥不复见。启襁视之,男也。抱归,竟不复娶。

异史氏曰:"人之所以异于禽兽者几希③,此非定论也。蒙恩衔结④,至于没齿⑤,则人有惭于禽兽者矣。至于花姑,始而寄慧于憨,终而寄情于恝⑥。乃知憨者慧之极,恝者情之至也。仙乎,仙乎!"

---

① 晡时:午后四时。
② 绷席:束扎着的褥子。绷,束。席,垫褥。刚出生不久的婴儿一般用其垫褥包裹。
③ 人之所以异于禽兽者几希:语出《孟子·离娄下》,意思是人与禽兽不同的地方很少。几希,很少,极少。
④ 蒙恩衔结:受恩图报的意思。衔结,衔环结草。衔,衔环。详前《罗刹海市》"衔报之诚"注。结,结草。《左传·宣公十五年》载,魏武子有病,对他儿子魏颗说,待其死后把他的嬖妾嫁出去,而病重之后又说让她殉葬。魏武子死后,魏颗没有让这个嬖妾殉葬,而令其改嫁。后来在一次战争中,魏颗见一老人结草绊倒敌马,使其俘获敌将。老人托梦说,他是这位嬖妾的父亲,以此报嫁女之恩。
⑤ 没齿:终身。
⑥ 恝(jiá):不在意。《孟子·万章上》:"夫公明高以孝子之心,为不若是恝。"赵岐注:"恝,无愁貌。"

# 西 湖 主

陈生弼教,字明允,燕人也①。家贫,从副将军贾绾作记室②,泊舟洞庭③。适猪婆龙浮水面④,贾射之中背。有鱼衔龙尾不去,并获之。锁置桅间,奄存气息;而龙吻张翕,似求援拯。生恻然心动,请于贾而释之。携有金创药⑤,戏敷患处,纵之水中,浮沉逾刻而没。

后年馀,生北归,复经洞庭,大风覆舟。幸扳一竹簏,漂泊终夜,絓木而止⑥。援岸方升,有浮尸继至,则其僮仆。方引出之,已就毙矣。惨怛无聊,坐对憩息。但见小山耸翠,细柳摇青,行人绝少,无可问途。自迟明以至辰后⑦,怅怅靡之⑧。忽僮仆肢体微动,喜而扪之。无何,呕水数斗,豁然顿苏。相与曝衣石上,近午始燥

---

① 燕(yān):古国名。其地大致在今河北及辽宁西部,旧时河北也别称"燕"。
② 副将军:武官名。清代为副总兵。记室:官名。东汉始置,为公府王国掌书记的官员,元以后废。后沿称掌管文书的官员。
③ 洞庭:湖名,在今湖南省。
④ 猪婆龙:即鼍(tuó),也称"扬子鳄"。长约两米,背有角质鳞,以鱼、蛙、小鸟及鼠类为食。生活于长江中下游岸边及太湖流域等沼泽地区。
⑤ 金创(chuāng)药:治疗刀箭创伤的外敷药。也即下文所说"刀圭之药"。刀圭,古时量药的小器具。
⑥ 絓木:挂在木头上。絓,同"挂"。
⑦ 迟明:迟至天明,即黎明。
⑧ 怅怅:怅然迷惘。靡之:无所之,没有地方可去。

可着。而枵肠辘辘①,饥不可堪。于是越山疾行,冀有村落。才至半山,闻鸣镝声②。方疑听所③,有二女郎乘骏马来,骋如撒菽④。各以红绡抹额⑤,髻插雉尾⑥;着小袖紫衣⑦,腰束绿锦;一挟弹,一臂青鞲⑧。度过岭头,则数十骑猎于榛莽,并皆姝丽,装束若一。生不敢前。有男子步驰,似是驭卒,因就问之。答曰:"此西湖主猎首山也⑨。"生述所来,且告之馁。驭卒解裹粮授之⑩,嘱云:"宜即远避,犯驾当死⑪!"生惧,疾趋下山。

茂林中隐有殿阁,谓是兰若。近临之,粉垣围沓⑫,溪水横流,朱门半启,石桥通焉。攀扉一望,则台榭环云⑬,拟于上苑⑭,又疑是贵家园亭。逡巡而入,横藤碍路,香花扑人。过数折曲栏,又是别一院宇,垂杨数十株,高拂朱檐。山鸟一鸣,则花片齐飞;深巷微风,则榆钱自落。怡目快心,殆非人世。穿过小亭,有秋千一架,上

---

① 枵(xiāo)肠辘辘:犹饥肠辘辘。枵,空,空虚。辘辘,本指车声,人饥饿时腹中有似车轮转动,因借喻腹鸣。
② 鸣镝:响箭。
③ 所:处。
④ 骋如撒菽:马疾驰而来,蹄声如同撒豆一样清脆。菽,豆类。这里指炒熟的豆粒,山东叫"料豆"。
⑤ 红绡抹额:红绸束额。红绡,红色的生丝薄绸。抹额,也作"抹头",束额巾,即将巾帕束于额头,为古代武士的束装,即所谓"戎装"。
⑥ 髻插雉尾:发髻上插着野鸡漂亮的尾羽。
⑦ 小袖:即窄袖,也就是下文所说的"秃袖"。
⑧ 臂青鞲(gōu):臂上有青色皮套袖。鞲,臂衣,俗称套袖。射箭时保护左臂的皮质袖套,也叫射鞲。
⑨ 首山:山名。所指未详。疑指君山。首,《广雅·释诂一》:"首,君也。"君山,在湖南岳阳西南,洞庭湖北岸边。一名湘山,也叫洞庭山,相传舜妃湘君曾到此游历,故名。
⑩ 裹粮:语出《左传·文公十二年》,包裹干粮。
⑪ 犯驾:冲撞大驾。古代帝王出门乘车、轿或骑马,沿途民众均须回避,否则即治不敬之罪,可当处死。驾,帝王出行曰"驾",或称"车驾"。
⑫ 粉垣围沓:白色院墙环绕。围沓,围而合之。沓,合。
⑬ 台榭环云:台榭如在云中。四方而高,叫台;台上有屋,叫榭。
⑭ 拟于上苑:可与皇家园林相比。拟,比,比拟。上苑,古时供帝王游猎的园林。

与云齐,而罥索沉沉①,杳无人迹。因疑地近闺阁,悾怯未敢深入②。俄闻马腾于门,似有女子笑语。生与僮潜伏丛花中。未几,笑声渐近,闻一女子曰:"今日猎兴不佳,获禽绝少。"又一女曰:"非是公主射得雁落,几空劳仆马也。"无何,红妆数辈,拥一女郎至亭上坐。秃袖戎装,年可十四五。鬓多敛雾③,腰细惊风④,玉蕊琼英⑤,未足方喻。诸女子献茗熏香,灿如堆锦⑥。移时,女起,历阶而下。一女曰:"公主鞍马劳顿,尚能秋千否?"公主笑诺。遂有驾肩者,捉臂者,褰裙者,挽扶而上。公主舒皓腕,蹑利屣⑦,轻如飞燕,蹴入云霄。已而扶下,群曰:"公主真仙人也!"嘻笑而去。

生睨良久,神志飞扬。迨人声既寂,出诣秋千下,徘徊凝想。见篱下有红巾,知为群美所遗,喜纳袖中。登其亭,见案上设有文具,遂题巾曰⑧:"雅戏何人拟半仙?分明琼女散金莲。广寒队里恐相妒,莫信凌波上九天。"题已,吟诵而出。复寻故径,则重门扃锢矣。踟蹰罔计,返而楼阁亭台,涉历几尽。一女掩入,惊问:"何得来此?"生揖之曰:"失路之人,幸能垂救。"女问:"拾得红巾否?"生曰:"有之。然已玷染,如何?"因出之。女大惊曰:"汝死无所矣!此公主所常御⑨,涂鸦若此,何能为地?"生失色,哀求脱免。

---

① 罥(juān)索沉沉:挂着的秋千绳静静地吊在那里。罥,挂。沉沉,静静下垂的样子。
② 悾(kuāng)怯:恐惧畏缩。
③ 鬓多敛雾:发鬓蓬松,如同积聚的云雾。鬓,挽发为髻。
④ 腰细惊风:细腰袅娜,如在风中摇摆。
⑤ 玉蕊琼英:香花美玉。玉蕊,花名,十分名贵,有异香。琼英,美玉。英,通"瑛",玉光。
⑥ 灿如堆锦:众女簇拥,如同锦绣堆聚一样灿烂。
⑦ 蹑利屣:穿着尖头舞鞋。蹑,踏,穿。利屣,舞鞋,头小而尖。《史记·货殖列传》:"今夫赵女郑姬,……揄长袖,蹑利屣。"
⑧ "遂题巾曰"以下四句:意思是:谁玩这高雅的游戏,游荡空中像"半仙";分明是位美女啊,把她那娇小的金莲飘散。如把她放在月宫里,那里的仙女也应妒忌她的美貌;但是请你不要相信,她真的会飘然飞上九天。半仙,唐玄宗称秋千为"半仙之戏",见《开元天宝遗事》。金莲,喻指女子的小脚,详前"娇娜""莲钩"注。广寒,广寒宫,即月宫。凌波,喻指美人步履轻盈,如同在水波上行走。
⑨ 御:用。

女曰:"窃窥宫仪①,罪已不赦。念汝儒冠蕴藉②,欲以私意相全;今孽乃自作③,将何为计!"遂皇皇持巾去。生心悸肌栗④,恨无翅翎,惟延颈俟死。迂久,女复来,潜贺曰⑤:"子有生望矣!公主看巾三四遍,辗然无怒容,或当放君去。宜姑耐守,勿得攀树钻垣,发觉不宥矣。"日已投暮,凶祥不能自必;而饿焰中烧,忧煎欲死。无何,女子挑灯至,一婢提壶榼⑥,出酒食饷生。生急问消息,女云:"适我乘间言:'园中秀才,可恕则放之;不然,饿且死。'公主沉思云:'深夜教渠何之?'遂命馈君食。此非恶耗也。"生徊徨终夜,危不自安。辰刻向尽,女子又饷之。生哀求缓颊⑦,女曰:"公主不言杀,亦不言放,我辈下人,何敢屑屑渎告⑧?"

既而斜日西转,眺望方殷,女子坌息急奔而入⑨,曰:"殆矣!多言者泄其事于王妃;妃展巾抵地⑩,大骂狂伧⑪,祸不远矣!"生大惊,面如灰土,长跽请教。忽闻人语纷挐⑫,女摇手避去。数人持索,汹汹入户。内一婢熟视曰:"将谓何人,陈郎耶?"遂止持索者,曰:"且勿且勿,待白王妃来。"返身急去。少间来,曰:"王妃请陈郎入。"生战惕从之。经数十门户,至一宫殿,碧箔银钩。即有美

---

① 宫仪:公主的容貌。帝王所居曰宫,后妃、公主皆自称"宫"。仪,仪容,容貌。古时偷看后妃、公主的仪容是死罪。
② 儒冠蕴藉:读书人敦厚。儒冠,读书人所戴冠巾。唐·杜甫《奉赠韦左丞丈二十二韵》:"纨绔不饿死,儒冠多误身。"蕴藉,敦厚,有涵养。
③ 孽乃自作:意思是罪孽是自己作下的,无人可救。《尚书·太甲》:"天作孽,犹可违;自作孽,不可逭(huàn)。"
④ 肌栗:肌肉战栗。
⑤ 潜贺:暗中祝贺。潜,私下,暗中;秘密从事,不为人所知。
⑥ 壶榼(kē):即壶。榼,盛水器。
⑦ 缓颊:委婉地为人说情。
⑧ 屑屑渎告:琐琐碎碎地重复告说。渎告,重复告说。《易·蒙》:"初筮告,再三渎。"
⑨ 坌(bèn)息:大口喘着气。坌,涌。
⑩ 抵地:扔到地上。抵,掷,扔。
⑪ 狂伧:不知好歹的伧夫。伧,伧夫,意思是粗俗鄙贱的人。
⑫ 纷挐(ná):纷乱,错杂。

西湖主

一幅红巾题好句
美人真简寂怜才
酬恩合共长生诀
会向龙宫发迅雷

姬揭帘,唱:"陈郎至。"上一丽者,袍服炫冶①。生伏地稽首曰:"万里孤臣,幸恕生命。"妃急起自曳之,曰:"我非君子,无以有今日。婢辈无知,致迕佳客,罪何可赎!"即设筵,酌以镂杯②。生茫然不解其故。妃曰:"再造之恩,恨无所报。息女蒙题巾之爱③,当是天缘,今夕即遣奉侍。"生意出非望,神惝恍而无着。

日方暮,一婢前白:"公主已严妆讫。"遂引生就帐。忽而笙管啾嘈④,阶上悉践花罽⑤,门堂藩溷⑥,处处皆笼烛。数十妖姬,扶公主交拜。麝兰之气,充溢殿庭。既而相将入帏,两相倾爱。生曰:"羁旅之臣,生平不省拜侍。点污芳巾,得免斧锧,幸矣;反赐姻好,实非所望。"公主曰:"妾母,湖君妃子,乃扬江王女。旧岁归宁,偶游湖上,为流矢所中。蒙君脱免,又赐刀圭之药,一门戴佩,常不去心。郎勿以非类见疑。妾从龙君得长生诀,愿与郎共之。"生乃悟为神人,因问:"婢子何以相识?"曰:"尔日洞庭舟上,曾有小鱼衔尾,即此婢也。"又问:"既不见诛,何迟迟不赐纵脱?"笑曰:"实怜君才,但不得自主。颠倒终夜,他人不及知也。"生叹曰:"卿,我鲍叔也⑦。馈食者谁?"曰:"阿念,亦妾腹心。"生曰:"何以报德?"笑曰:"侍君有日,徐图塞责未晚耳。"问:"大王何在?"曰:

---

① 炫冶:耀眼的华丽。冶,艳丽。
② 镂杯:镂金装饰的酒杯。镂,雕刻。
③ 息女:亲生女儿。息,生。
④ 笙管啾嘈:各种乐器声响喧闹、嘈杂。笙、管,均指管乐器。笙,笙竽,吹奏的管乐器;十三簧者为笙,三十六簧者为竽。管,这里指竹制管乐,如笛、箫、篪(chí)等。
⑤ 花罽(jì):花地毯。
⑥ 藩溷:藩篱、厕所。
⑦ 我鲍叔也:我的知己呀。鲍叔,指春秋齐大夫鲍叔牙。《史记·管晏列传》载,管仲少时与鲍叔牙交游,管仲因家贫,常占鲍叔的便宜,鲍叔从不说什么。后来两人分别奉事齐的两个公子,在争夺公位的斗争中,管仲所保的公子纠被打死,他自己也做了囚犯,而鲍叔所事公子小白得立为公,即齐桓公。鲍叔认为自己的能力不如管仲,就向桓公推荐他。后来,管仲辅佐齐桓公称霸诸侯。管仲曾说:"生我者父母,知我者鲍子也。"

"从关圣征蚩尤未归①。"

居数日,生虑家中无耗,悬念萦切,乃先以平安书遣仆归。家中闻洞庭舟覆,妻子缞绖已年馀矣②。仆归,始知不死;而音闻梗塞,终恐漂泊难返。又半载,生忽至,裘马甚都③,囊中宝玉充盈。由此富有巨万,声色豪奢,世家所不能及。七八年间,生子五人。日日宴集宾客,宫室饮馔之奉,穷极丰盛。或问所遇,言之无少讳。

有童稚之交梁子俊者,宦游南服十馀年④。归过洞庭,见一画舫,雕槛朱窗,笙歌幽细,缓荡烟波。时有美人推窗凭眺。梁目注舫中,见一少年丈夫,科头叠股其上⑤;傍有二八姝丽,挼莎交摩⑥。念必楚襄贵官⑦,而驺从殊少⑧。凝眸审谛,则陈明允也。不觉凭栏酬呼,生闻罢棹,出临鹢首⑨,邀梁过舟。见残肴满案,酒雾犹浓。生立命撤去。顷之,美婢三五,进酒烹茗,山海珍错,目所未睹。梁惊曰:"十年不见,何富贵一至于此!"笑曰:"君小觑穷措大不能发迹耶⑩?"问:"适共饮何人?"曰:"山荆耳。"梁又异之。问:"携家何往?"答:"将西渡。"梁欲再诘,生遽命歌以侑酒。一言甫

---

① 关圣征蚩尤:关圣,即三国时蜀将关羽,宋以后屡有封赠,明万历年间封为"三界伏魔大帝神威远镇天尊关圣帝君"。蚩尤,神话传说中为黄帝时期的东方九黎族的领袖,与黄帝战于涿鹿(今属河北)。失败被杀。关圣征蚩尤为关圣灵圣的迷信传说之一,见《聊斋志异》吕湛恩注引彭宗古《关帝实录》。
② 缞绖(cuīdié):古时孝服。详见前《罗刹海市》"缞绖"注。
③ 裘马甚都:衣裘乘马,十分华美。裘,皮袍。都,美。
④ 宦游南服:在南方做官。南服,南方。
⑤ 科头叠股:只束巾没戴帽,驾着二郎腿。科头,不戴帽子,只束着头巾,为古时官员家居或闲游时的装束。
⑥ 挼(ruó)莎交摩:用手在那里按摩、揉搓。挼莎,也作"挼搓""挼挲",搓揉。这里指按摩、捶背一类动作。
⑦ 楚襄:也作"荆襄",指今湖北荆州、襄阳一带地区。楚,古国名,最初辖有荆襄一带,都于郢(今荆州)。
⑧ 驺从:古时贵官出门,前后侍从的骑卒称"驺从"。
⑨ 鹢(yì)首:船头。鹢,形似鹭鸶一类的鸟。古时船头常绘制鹢鸟以为装饰,故称船为"鹢首"。
⑩ 穷措大:指贫士,即贫寒的读书人。

毕,旱雷聒耳,肉竹嘈杂①,不复可闻言笑。梁见佳丽满前,乘醉大言曰:"明允公,能令我真个销魂否?"生笑云:"足下醉矣!然有一美妾之资,可赠故人。"遂命侍儿进明珠一颗,曰:"绿珠不难购②,明我非吝惜。"乃趣别曰③:"小事忙迫,不及与故人久聚。"送梁归舟,开缆径去。

梁归,探诸其家,则生方与客饮,益疑。因问:"昨在洞庭,何归之速?"答曰:"无之。"梁乃追述所见,一座尽骇。生笑曰:"君误矣,仆岂有分身术耶?"众异之,而究莫解其故。后八十一岁而终。迨殡,讶其棺轻;开之,则空棺耳。

异史氏曰:"竹篦不沉,红巾题句,此其中具有鬼神;而要皆恻隐之一念所通也④。迨宫室妻妾,一身而两享其奉⑤,则又不可解矣。昔有愿娇妻美妾、贵子贤孙,而兼长生不死者,仅得其半耳。岂仙人中亦有汾阳、季伦耶⑥?"

---

① 肉竹:歌唱和弹奏。肉,歌喉。竹,琴、瑟、箫、笛一类管乐器。
② 绿珠:晋代石崇的侍妾,以美貌著称。见《晋书·石崇传》。
③ 趣(cù)别:催促离去。趣,催促。别,离。
④ 要皆恻隐之一念所通也:意思是同情弱小之心可通鬼神。要,总之。恻隐,恻隐之心,即同情心。
⑤ 两享其奉:同时在两地享受。奉,供奉。
⑥ 汾阳:指唐代郭子仪,号称中兴名将,肃宗时封汾阳郡王;富贵寿考,子孙满堂。见新、旧《唐书》本传。季伦,晋石崇字季伦,富有资产,吃住穷极富丽,为古代生活奢侈的典型。事详《晋书》本传。

## 阎　王

　　李常久，临朐人①。壶榼于野②，见旋风蓬蓬而来③，敬酹奠之④。后以故他适，路旁有广第⑤，殿阁弘丽。一青衣人自内出，邀李，李固辞。青衣人要遮甚殷⑥。李曰："素不识荆⑦，得无误耶？"青衣云："不误。"便言李姓字。问："此谁家？"答云："入自知之。"入，进一层门，见一女子手足钉扉上。近视，其嫂也。大骇。李有嫂，臂生恶疽⑧，不起者年馀矣。因自念何得至此。转疑招致意恶，畏沮却步，青衣促之，乃入。至殿下，上一人，冠带如土者，气象威猛。李跪伏，莫敢仰视。王者命曳起之，慰之曰："勿惧。我以曩昔扰子杯酌⑨，欲一见相谢，无他故也。"李心始安，然终不知其

---

① 临朐(qú)：县名，今属山东省潍坊市。
② 壶榼(kē)于野：携酒榼在野外自酌。壶榼，盛水器。见前《西湖主》"壶榼"注。这里指酒壶。
③ 旋风蓬蓬而来：旋风裹挟尘土而来。蓬蓬，尘土飞动的样子。
④ 酹奠：洒酒于地，祭奠鬼神。
⑤ 广第：宽大的宅院。
⑥ 要遮甚殷：挽留十分殷勤。要遮，拦阻；挽留。
⑦ 识荆：指初见素所仰慕的人。唐以后常用作与人初识的套语。荆，荆州。唐代韩朝宗曾任荆州长史，有识辨人才、奖掖后进的美名。唐·李白《上韩荆州书》："生不愿封万户侯，但愿一识韩荆州。"
⑧ 恶疽(jū)：恶疮。疽，痈疽，溃烂发臭的毒疮。
⑨ 扰子杯酌：叨扰您一杯酒。扰，叨扰。

故。王者又曰："汝不忆田野酹奠时乎？"李顿悟，知其为神，顿首曰："适见嫂氏，受此严刑，骨肉之情，实怆于怀。乞王怜宥！"王者曰："此甚悍妒，宜得是罚。三年前，汝兄妾盘肠而产①，彼阴以针刺肠上，俾至今脏腑常痛。此岂有人理者②！"李固哀之。乃曰："便以子故宥之。归当劝悍妇改行。"李谢而出，则扉上无人矣。归视嫂，嫂卧榻上，创血殷席③。时以妾拂意故④，方致诟骂。李遽劝曰："嫂勿复尔！今日恶苦，皆平日忌嫉所致。"嫂怒曰："小郎若个好男儿；又房中娘子贤似孟姑姑⑤，任郎君东家眠，西家宿，不敢一作声。自当是小郎大好乾纲⑥，到不得代哥子降伏老媪！"李微哂曰："嫂勿怒，若言其情，恐欲哭不暇矣。"嫂曰："便曾不盗得王母箧中线⑦，又未与玉皇香案吏一眨眼⑧，中怀坦坦，何处可用哭者！"李小语曰："针刺人肠，宜何罪？"嫂勃然色变，问此言之因。李告之故。嫂战惕不已，涕泗流离而哀鸣曰："吾不敢矣！"啼泪未干，觉疼顿止，旬日而瘥⑨。由是立改前辙，遂称贤淑。后妾再产，肠复堕，针宛然在焉。拔去之，肠痛乃瘳。

异史氏曰："或谓天下悍妒如某者，正复不少，恨阴网之漏多也。余谓：不然。冥司之罚，未必无甚于钉扉者，但无回信耳。"

---

① 盘肠：肠在腹内缠绕。盘，曲绕。产：生产，生孩子。
② 人理：人性。理，性。《礼记·乐记》："天理灭矣。"注："理，犹性也。"
③ 创血殷席：疮血把垫席染成赤黑色。创，通"疮"。殷，赤黑色。
④ 拂意：违逆心意。
⑤ 孟姑姑：指东汉孟光，古代贤妻的典型。据《后汉书·逸民·梁鸿传》载，隐士梁鸿的妻子孟光，扶风平陵（今陕西咸阳西北）人，嫁梁鸿后，夫妻一起隐居山中。后至吴，梁鸿受雇为人舂米，每当吃饭时，孟光不敢仰视，举案齐眉，送到梁鸿面前，对梁鸿始终十分敬重。
⑥ 乾纲：这里指夫权。乾，《易》卦名。八卦的首卦，象阳、象天、象君；次卦名坤，象阴、象地、象臣。男为乾，女为坤。纲，纲常。所谓"君为臣纲，父为子纲，夫为妻纲"，见《白虎通德论·三纲六纪》。
⑦ 王母箧中线：王母娘娘针线筐里的线。王母，西王母的略称。神话传说中的女神。箧，筐，俗称针线筐。
⑧ 玉皇香案吏：玉皇大帝管香案的官吏。玉皇，也称玉帝，天帝，迷信传说中天界的最高统治者。
⑨ 瘥(chài)：病愈。下文"瘳(chōu)"，义同。

閻王

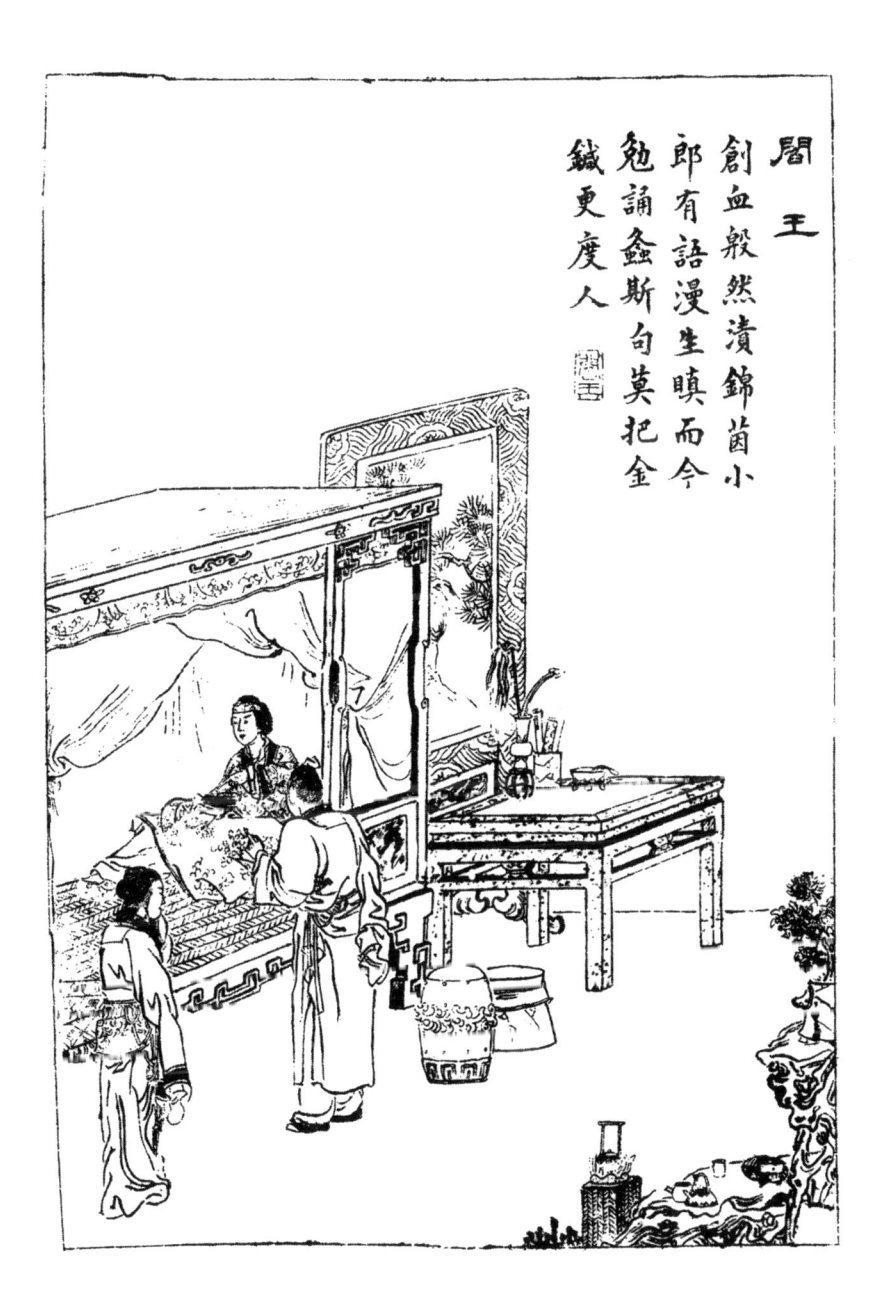

創血殷然漬錦茵　小
郎有語漫生嗔　而今
勉誦盉斯句　莫把金
鍼更度人

# 伍 秋 月

秦邮王鼎①,字仙湖。为人慷慨有力,广交游。年十八,未娶②,妻殒。每远游,恒经岁不返。兄鼐,江北名士,友于甚笃③。劝弟勿游,将为择偶。生不听,命舟抵镇江访友④。友他出,因税居于逆旅阁上⑤。江水澄波,金山在目⑥,心甚快之。次日,友人来,请生移居,辞不去。

居半月馀,夜梦女郎,年可十四五,容华端妙,上床与合,既寤而遗。颇怪之,亦以为偶。入夜,又梦之。如是三四夜。心大异,不敢息烛,身虽偃卧,惕然自警。才交睫,梦女复来;方狎,忽自惊寤;急开目,则少女如仙,俨然犹在抱也。见生醒,顿自愧怯。生虽知非人,意亦甚得;无暇问讯,直与驰骤。女若不堪,曰:"狂暴如此,无怪人不敢明告也。"生始诘之,答云:"妾伍氏秋月。先父名

---

① 秦邮:地名。秦时在这里筑台置邮亭,故名。后置县,明清废县置州。在今江苏省高邮市。
② 未娶:这里指订婚未娶,所以下文说"妻殒"。
③ 友于甚笃:对兄弟十分友爱。友于,友爱兄弟。《尚书·君陈》:"惟孝友于兄弟。"笃,厚。
④ 镇江:府名。在今江苏镇江市。
⑤ 税居于逆旅:在旅馆租借住处。税,租赁。逆旅,旅馆。
⑥ 金山:山名。在今镇江市西北,风景秀美,为古今游览胜地。

儒,邃于易数①。常珍爱妾,但言不永寿,故不许字人。后十五岁果夭殂,即攒瘗阁东②,令与地平,亦无冢志③,惟立片石于棺侧,曰:'女秋月,葬无冢,三十年,嫁王鼎。'今已三十年,君适至。心喜,亟欲自荐;寸心羞怯,故假之梦寐耳。"王亦喜,复求讫事。曰:"妾少须阳气,欲求复生,实不禁此风雨。后日好合无限,何必今宵。"遂起而去。次日,复至,坐对笑谑,欢若生平。灭烛登床,无异生人;但女既起,则遗泄流离,沾染茵褥。

一夕,月明莹澈,小步庭中。问女:"冥中亦有城郭否?"答曰:"等耳。冥间城府,不在此处,去此可三四里。但以夜为昼。"问:"生人能见之否?"答云:"亦可。"生请往观,女诺之。乘月去,女飘忽若风,王极力追随。欻至一处,女言:"不远矣。"生瞻望殊无所见。女以唾涂其两眦,启之,明倍于常,视夜色不殊白昼。顿见雉堞在杳霭中④;路上行人,如趋墟市⑤。俄二皂絷三四人过⑥,末一人怪类其兄;趋近视之,果兄。骇问:"兄那得来?"兄见生,潸然零涕,言:"自不知何事,强被拘囚。"王怒曰:"我兄秉礼君子⑦,何至缧绁如此⑧!"便请二皂,幸且宽释。皂不肯,殊大傲睨⑨,生恚,欲与争,兄止之曰:"此是官命,亦合奉法。但余乏用度,索贿良苦。弟归,宜措置。"生把兄臂,哭失声。皂怒,猛掣项索,兄顿颠蹶。

---

① 邃于易数:精通《易》的象数,即长于占卜之术。邃,精深。易数,《易》的象数,这里指以象数进行卜筮。易,指《周易》,古代占卜用书。
② 攒瘗(yì):掩埋。攒,不举行葬礼,只将其灵柩掩埋。瘗,埋。
③ 冢志:坟墓的标志。
④ 雉堞在杳霭中:城墙在迷茫的云雾之中。雉堞,城墙的垛口。这里指城墙。杳,冥,昏暗。霭,云雾。
⑤ 墟市:集市。
⑥ 二皂:两个皂隶。皂,皂隶。古时官衙的差役穿黑衣,故称"皂隶"。
⑦ 秉礼君子:秉持礼义的君子。
⑧ 缧绁:拘系犯人的绳索。
⑨ 殊大傲睨:特别表现出不屑一顾的傲慢态度。傲睨,傲视。睨,斜视。

生见之,忿火填胸,不能制止,即解佩刀,立决皂首。一皂喊嘶,生又决之。女大惊曰:"杀官使,罪不宥!迟则祸及!请即觅舟北发,归家勿摘提幡①,杜门绝出入,七日保无虑也。"王乃挽兄夜买小舟,火急北渡。归见吊客在门,知兄果死。闭门下钥,始入。视兄已渺;入室,则亡者已苏,便呼:"饿死矣!可急备汤饼②。"时死已二日,家人尽骇。生乃备言其故。七日启关,去丧幡,人始知其复苏。亲友集问,但伪对之。

转思秋月,想念颇烦。遂复南下,至旧阁,秉烛久待,女竟不至。朦胧欲寝,见一妇人来,曰:"秋月小娘子致意郎君:前以公役被杀,凶犯逃亡,捉得娘子去,见在监押,押役遇之虐。日日盼郎君,当谋作经纪③。"王悲愤,便从妇去。至一城都,入西郭,指一门曰:"小娘子暂寄此间。"王入,见房舍颇繁,寄顿囚犯甚多,并无秋月。又进一小扉,斗室中有灯火。王近窗以窥,则秋月在榻上,掩袖呜泣。二役在侧,撮颐捉履,引以嘲戏,女啼益急。一役挽颈曰:"既为罪犯,尚守贞耶?"王怒,不暇语,持刀直入,一役一刀,摧斩如麻,篡取女郎而出④。幸无觉者。裁至旅舍,蓦然即醒。方怪幻梦之凶,见秋月含睇而立。生惊起曳坐,告之以梦。女曰:"真也,非梦也。"生惊曰:"且为奈何!"女叹曰:"此有定数⑤。妾待月尽,始是生期;今已如此,急何能待!当速发瘗处,载妾同归,日频唤妾名,三日可活。但未满时日,骨软足弱,不能为君任井臼耳⑥。"言已,草草欲出。又返身曰:"妾几忘之,冥追若何⑦?生时,父传我

---

① 提幡(fān):旧时丧家挂在门首的白布灵幡。清嘉庆四年(1799)《寿光县志》:"既殓后,以布八尺书死者姓氏树立门侧,亦有以楮为之者。"
② 汤饼:即今之切面,也称汤面,面条的一种。
③ 谋作经纪:意思为其解脱困厄想想办法。经纪,经理其事。
④ 篡取:夺取。
⑤ 定数:命定的运数。迷信者认为命由天定,人自己无法改变。
⑥ 任井臼:操持家务。井,指汲水;臼,指舂米。
⑦ 冥追:冥间追捕。

## 伍秋月

片石留題易散精
瑾香卅載竟重生
冥追情有靈
待在秋月於今
十倍明

符书,言三十年后可佩夫妇。"乃索笔疾书两符,曰:"一君自佩,一粘妾背。"

送之出,志其没处①,掘尺许,即见棺木,亦已败腐。侧有小碑,果如女言。发棺视之,女颜色如生。抱入房中,衣裳随风尽化。粘符已,以被褥严裹,负至江滨;呼拢泊舟,伪言妹急病,将送归其家。幸南风大竞,甫晓已达里门。抱女安置,始告兄嫂。一家惊顾,亦莫敢直言其惑。生启衾,长呼秋月,夜辄拥尸而寝。日渐温暖,三日竟苏,七日能步;更衣拜嫂,盈盈然神仙不殊。但十步之外,须人而行②;不则随风摇曳,屡欲倾侧。见者以为身有此病,转更增媚。每劝生曰:"君罪孽太深,宜积德诵经以忏之。不然,寿恐不永也。"生素不佞佛③,至此皈依甚虔④。后亦无恙。

异史氏曰:"余欲上言定律⑤:'凡杀公役者,罪减平人三等。'盖此辈无有不可杀者也。故能诛锄蠹役者,即为循良;即稍苛之,不可谓虐。况冥中原无定法,倘有恶人,刀锯鼎镬,不以为酷。若人心之所快,即冥王之所善也。岂罪致冥追,遂可幸而逃哉!"

---

① 志其没处:记住她消失的地方。
② 须人而行:待人扶持而行。须,待。
③ 佞佛:亲近佛教。佞,媚,亲近。
④ 皈依甚虔:信仰佛教十分虔诚。皈依,也作"归依"。佛家用语。意思是身心归向而依附之。
⑤ 上言定律:向皇上进言,规定为律条。

# 莲 花 公 主

胶州窦旭①,字晓晖。方昼寝,见一褐衣人立榻前,逡巡惶顾,似欲有言。生问之,答云:"相公奉屈②。"生问:"相公何人?"曰:"近在邻境。"从之而出。转过墙屋,导至一处,叠阁重楼,万椽相接,曲折而行,觉万户千门,迥非人世。又见宫人女官往来甚伙③,都向褐衣人问曰:"窦郎来乎?"褐衣人诺。俄,一贵官出,迎见生甚恭,既登堂,生启问曰:"素既不叙④,遽疏参谒。过蒙爱接,颇注疑念⑤。"贵官曰:"寡君以先生清族世德⑥,倾风结慕⑦,深愿思晤焉⑧。"生益骇,问:"王何人?"答云:"少间自悉。"

---

① 胶州:州、县名。今属山东青岛市。
② 相公奉屈:我家相公敬请屈驾光临。相公,丞相封公,自曹操始,因尊称相公。汉·王粲《从军诗五首》之一:"相公征关右,赫怒震天威。"后成为一般士绅的敬称,见《通俗编·仕进·相公》。
③ 宫人女官:供役使的宫女和管理宫廷事务的女子。
④ 素既不叙:平时既然没有过往。素,平日。叙,叙寒温,问候。
⑤ 颇注疑念:甚为疑虑。注,属,系。
⑥ 寡君以先生清族世德:我君以您出身寒素,世代有德。寡君,谦称自己的国君。清族,清门,寒素之家。
⑦ 倾风结慕:钦仰思慕。倾风,倾慕其风采。
⑧ 思晤:会晤。思,语中助词,无义。

无何,二女官至,以双旌导生行①。入重门,见殿上一王者,见生入,降阶而迎,执宾主礼。礼已,践席②,列筵丰盛。仰视殿上一匾曰"桂府"。生局蹙不能致辞。王曰:"忝近芳邻,缘即至深。便当畅怀,勿致疑畏。"生唯唯。酒数行,笙歌作于下,钲鼓不鸣③,音声幽细。稍间,王忽左右顾曰:"朕一言④,烦卿等属对⑤:'才人登桂府⑥。'"四座方思,生即应云:"君子爱莲花⑦。"王大悦曰:"奇哉!莲花乃公主小字,何适合如此?宁非夙分?传语公主,不可不出一晤君子。"移时,佩环声近,兰麝香浓,则公主至矣。年十六七,妙好无双。王命向生展拜,曰:"此即莲花小女也。"拜已而去。生睹之,神情摇动,木坐凝思。王举觞劝饮,目竟罔睹。王似微察其意,乃曰:"息女宜相匹敌,但自惭不类⑧,如何?"生怅然若痴,即又不闻。近坐者蹴之曰⑨:"王揖君未见,王言君未闻耶?"生茫乎若失,懡㦬自惭⑩,离席曰:"臣蒙优渥⑪,不觉过醉,仪节失次,幸能

---

① 双旌:二旗,古代诸侯出行的仪节。唐·储光羲《同张侍御宴北楼》:"今之太守古诸侯,出入双旌垂七旒。"
② 践席:入席,就座。古人席地而坐,故称座为席。
③ 钲鼓:钟鼓。钲与鼓,为古代雅乐所用的乐器。《周礼·考工记·凫氏》:"凫氏以为钟,鼓上谓之钲。"
④ 朕:秦以前为第一人称代词,以后为皇帝专用的自称。
⑤ 属(zhǔ)对:文辞中联属而成对偶的句子,称为"属对"。这里指与上联成为对偶句。
⑥ 才人登桂府:在"属对"中,这叫"出句"。桂府,"王者"所居,含有"桂"字,隐含"桂子"。桂子,树名。也用作他人之子的美称。旧时诗文常形容桂气为"桂子飘香"。唐·宋之问《灵隐寺》:"桂子月中落,天香云外飘。"
⑦ 君子爱莲花:此为对句。对句要求与出句平仄相协,文意相关。"君子"对"才人",自是妥帖;"莲花"对"桂府",虽稍有不合,而因隐含"桂子",也就十分恰切了。或认为上联隐含"蟾宫折桂"的意思,此联隐含"洞房花烛"的意思,可供参考。
⑧ 不类:不是同类。
⑨ 蹴之:用脚踏捻。
⑩ 懡㦬(mǒluǒ)自惭:自我羞惭的样子。宋·赵叔向《肯綮录》:"羞惭曰懡㦬。"
⑪ 优渥:优厚,丰盛。《诗经·小雅·信南山》:"既优既渥,既沾既足。"朱熹《集注》:"优、渥、沾、足,皆饶洽之意也。"这里指盛情款待。

蓮箏公主

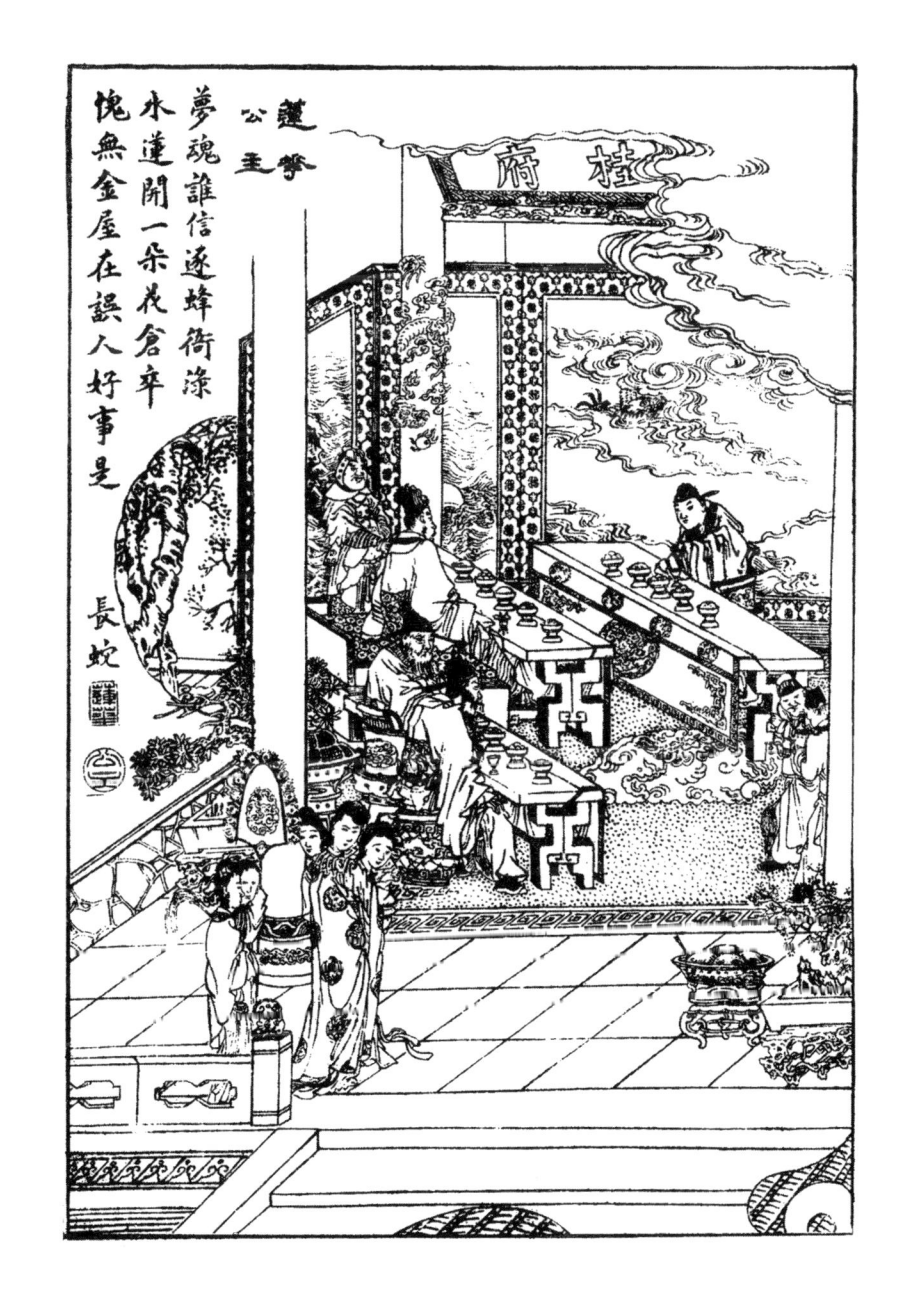

夢魂誰信逐蜂衙溓
水蓮開一朵花倉卒
愧無金屋在誤人好事是

長蛇

垂宥。然日旰君勤①，即告出也。"王起曰："既见君子，实惬心好，何仓卒而便言离也？卿既不住，亦无敢于强，若烦萦念，更当再邀。"遂命内官导之出②。途中，内官语生曰："适王谓可匹敌，似欲附为婚姻，何默不一言？"生顿足而悔，步步追恨，遂已至家。

忽然醒寤，则返照已残。冥坐观想，历历在目。晚斋灭烛，冀旧梦可以复寻，而邯郸路渺③，悔叹而已。一夕，与友人共榻，忽见前内官来，传王命相召。生喜，从去，见王伏谒，王曳起，延止隅坐④，曰："别后知劳思眷。谬以小女子奉裳衣⑤，想不过嫌也。"生即拜谢。王命学士大臣⑥，陪侍宴饮。酒阑，宫人前白："公主妆竟⑦。"俄见数十宫女，拥公主出。以红锦覆首，凌波微步⑧，挽上氍毹⑨，与生交拜成礼。已而送归馆舍。洞房温清⑩，穷极芳腻。生曰："有卿在目，真使人乐而忘死。但恐今日之遭，乃是梦耳。"公主掩口曰："明明妾与君，那得是梦？"诘旦方起⑪，戏为公主匀铅黄⑫；已而以带围腰，布指度足⑬。公主笑问曰："君颠耶⑭？"曰：

---

① 日旰(gàn)君勤：日色已晚，君主劳倦。语出《左传·昭公十二年》。
② 内官：宫内之官，指宦官。
③ 邯郸路渺：意思是美梦难寻。邯郸路，指卢生邯郸客店的富贵梦，详前《续黄粱》"黄粱将熟"注。
④ 延止隅坐：请到偏坐。延止，请至。隅，旁，侧。王者正坐；窦旭坐在旁边，即为偏坐。
⑤ 奉裳衣：即做妻子。
⑥ 学士：官名。魏晋南北朝时期设学士职司编纂撰述，唐置学士于学士院，职司渐重；明清翰林院置学士之官。
⑦ 妆竟：梳妆完毕。
⑧ 凌波微步：形容女子步态轻盈。凌波，是说女子走起来，像走在波浪上一样。三国魏·曹植《洛神赋》："凌波微步，罗袜生尘。"
⑨ 氍毹(qúshū)：毛制地毯。
⑩ 温清：温馨，清静。
⑪ 诘旦：次日早晨。
⑫ 铅黄：即铅华，铅粉，也称铅白。一种混合香料和淀粉等炼治的化妆用品，白色，用以傅面，取其光洁。
⑬ 布指度足：舒展手指，度量女足大小。布，展。
⑭ 颠：情绪和理智颠倒失常。

"臣屡为梦误,故细志之。倘是梦时,亦足动悬想耳。"

调笑未已,一宫女驰入曰:"妖入宫门,王避偏殿①,凶祸不远矣!"生大惊,趋见王。王执手泣曰:"君子不弃,方图永好。讵期孽降自天②,国祚将覆③,且复奈何!"生惊问何说。王以案上一章,授生启读。章曰:"含香殿大学士臣黑翼④,为非常怪异,祈早迁都,以存国脉事:据黄门报称⑤:自五月初六日,来一千丈巨蟒盘踞宫外,吞食内外臣民一万三千八百馀口,所过宫殿尽成丘墟,等因⑥。臣奋勇前窥,确见妖蟒:头如山岳,目等江海;昂首则殿阁齐吞,伸腰则楼垣尽覆。真千古未见之凶,万代不遭之祸!社稷宗庙⑦,危在旦夕!乞皇上早率宫眷,速迁乐土"云云。生览毕,面如灰土。即有宫人奔奏:"妖物至矣!"合殿哀呼,惨无天日。王仓遽不知所为,但泣顾曰:"小女已累先生。"生坌息而返⑧。公主方与左右抱首哀鸣,见生入,牵衿曰:"郎焉置妾?"生怆恻欲绝,乃捉腕思曰:"小生贫贱,惭无金屋⑨。有茅庐三数间,姑同窜匿可乎?"公主含涕曰:"急何能择,乞携速往。"生乃挽扶而出。未几,至家,公

---

① 偏殿:旁侧的宫殿。相对正殿而言,两旁宫殿都称偏殿。
② 讵期:岂料,哪里想到。
③ 国祚将覆:国家将亡。国祚,帝王之位,也指国家的命运。覆,灭亡。
④ 含香殿大学士:虚拟的官名。大学士,唐代始置,明清时期为内阁长官,其职权屡有变化。大学士都以殿阁名入衔;明以中极、建极、文华、武英等殿入衔,清有保和、文华、武英三殿和文渊、体仁、东阁三阁入衔。
⑤ 黄门:指宦官。汉代掌事内廷的有黄门令、中黄门诸官,均由宦官充任,故称。
⑥ 等因:古时奏事说明事由之后的套语。
⑦ 社稷宗庙:古代国家政权以社稷宗庙为标志,因代指国家。社稷,土、谷之神。《白虎通义·社稷》:"人非土不立,非谷不食,……故封土立,示有土也;稷,五谷之长,故立稷而祭之也。"历代王朝初建必先立社稷,灭人之国也必变置社稷。宗庙,帝王祭祀祖先的处所。封建帝王实行家天下,世代相传,故把宗庙作为王室和国家的代称。
⑧ 坌(bèn)息:气息坌涌,指气急。坌,涌。
⑨ 金屋:为所爱女子筑建的华美居室。据《汉武故事》载,武帝年幼时,长公主抱置膝上,指其女阿娇问他乐不乐意取其为妻,他说:"若得阿娇,当以金屋贮之。"

211

主曰:"此大安宅,胜故国多矣。然妾从君来,父母何依?请别筑一舍,当举国相从。"生难之。公主曰:"不能急人之急,安用郎也!"生略慰解,即已入室。公主伏床悲啼,不可劝止。焦思无术,顿然而醒,始知梦也。而耳畔啼声,嘤嘤未绝,审听之,殊非人声,乃蜂子二三头,飞鸣枕上。大叫怪事。

友人诘之,乃以梦告,友人亦诧为异。共起视蜂,依依裳袂间,拂之不去。友人劝为营巢,生如所请,督工构造。方竖两堵,而群蜂自墙外来,络绎如蝇,顶尖未合,飞集盈斗。迹所由来①,则邻翁之旧圃也。圃中蜂一房,三十馀年矣,生息颇繁。或以生事告翁,翁觇之,蜂户寂然。发其壁,则蛇据其中,长丈许,捉而杀之。乃知巨蟒即此物也。蜂入生家,滋息更盛,亦无他异。

---

① 迹所由来:循迹看从哪里来。迹,追寻踪迹。

# 云 翠 仙

梁有才,故晋人①,流寓于济②,作小负贩。无妻子田产。从村人登岱③。岱,当四月交④,香侣杂沓⑤。又有优婆夷、塞⑥,率男子以百十,杂跪神座下,视香炷为度⑦,名曰:"跪香"。才视众中有女郎,年十七八而美,悦之。诈为香客,近女郎跪;又伪为膝困无力状,故以手据女郎足。女回首似嗔,膝行而远之。才亦膝行而近之;少间,又据之。女郎觉,遽起,不跪,出门去。才亦起,亦出,履其迹⑧,不知其往。心无望,怏怏而行。途中见女郎从媪,似为女

---

① 晋:山西省的简称。
② 流寓于济:流落外地,寄居于济南。流寓,流落而寄居他乡。济,指济南府所在地,即今山东济南市。
③ 岱:即泰山。岱,大山。泰山古称太山。大、太古音同。
④ 四月交:刚交四月,即四月之初。这里指浴佛节,也称佛诞节,为纪念佛祖释迦牟尼诞生的节日。我国汉族居住区,一般定于夏历四月初八。届时各地佛教寺院隆重举行庆祝活动,诵经拜佛,施舍僧侣等;各地信众也赶往附近寺院祭拜求福。泰山自古为佛教中心,届时前往朝拜的人很多。
⑤ 香侣杂沓:香客众多。香侣,结伴烧香的人。杂沓,众多。
⑥ 优婆夷、塞:即优婆夷、优婆塞,均为梵语音译。优婆夷,意译为信女,佛教指接受五戒(佛教指不杀生、不偷盗、不邪淫、不妄语、不饮酒)的在家女信徒。优婆塞,意译为近善男,佛教通称在家的男信徒。
⑦ 香炷为度:以一炷香燃完为限度,即跪拜一炷香的工夫。
⑧ 履其迹:踏着她的脚印,意思是紧随其后。履,践行。

也母者①,才趋之。

媪女行且语。媪云:"汝能参礼娘娘②,大好事!汝又无弟妹,但获娘娘冥加护,护汝得快婿③。但能相孝顺,都不必贵公子、富王孙也。"才窃喜,渐渍诘媪④。媪自言为云氏,女名翠仙,其出也⑤。家西山四十里。才曰:"山路涩⑥,母如此蹜蹜⑦,妹如此纤纤⑧,何能便至?"曰:"日已晚,将寄舅家宿耳。"才曰:"适言相婿,不以贫嫌,不以贱鄙,我又未婚,颇当母意否?"媪以问女,女不应。媪数问,女曰:"渠寡福,又荡无行,轻薄之心,还易翻覆。儿不能为遏伎儿作妇⑨。"才闻,朴诚自表,切矢皦日⑩。媪喜,竟诺之。女不乐,勃然而已。母又强拍咻之⑪。才殷勤,手于橐⑫,觅山兜二⑬,舁媪及女。己步从,若为仆。过隘⑭,辄诃兜夫不得颠摇动,

---

① 女也母者:即该女之母。也、者,均为语助词,无义。
② 参礼娘娘:指参拜碧霞元君。碧霞元君为道教神,传说为东岳大帝的女儿,宋真宗时(997—1022)封为天仙玉女碧霞元君。见清·张尔岐《蒿庵闲话》。今泰山极顶有碧霞元君祠。
③ 快婿:称心的女婿。
④ 渐渍诘媪:慢慢地靠近,问老妇人的情况。渐渍,渐次浸润。这里是说梁有才用话引话,逐渐接近老妇人。诘,问。
⑤ 其出也:为她所自生。
⑥ 山路涩:山路难走。涩,难。见《广雅·释诂》。
⑦ 蹜(sù)蹜:前脚拉着后脚走(像走在绳子上一样)。《论语·乡党》"足蹜蹜如有循"《集解》引郑玄注:"举前曳踵也。"
⑧ 纤纤:指脚步细小。
⑨ 为遏(tà)伎儿作妇:给鄙猥轻薄的小子当媳妇。遏伎,举止猥琐、轻薄。
⑩ 切矢皦(jiǎo)日:急切地指着太阳发誓。切,急,急迫。矢,通"誓"。皦日,白日。《诗经·王风·大车》:"谷则异室,死则同穴。谓予不信,有如皦日。"(谷,生,活着。)
⑪ 强拍咻(xiū)之:劝她,抚慰她。强,劝。拍,抚拍,亲昵的表示。咻,呼叫。这里指劝慰的声音。
⑫ 手于橐:把手插到钱袋里,即掏出钱来。
⑬ 山兜:山轿。兜,兜子。兜,也作"篼",二人抬的小轿。
⑭ 过隘:路过险阻之处。隘,险阻。

霍翠華

名花高占一
枝春忍聽黃
言別贈人留得
黃金無用震子
明阿母誤兒身

良殷。俄抵村舍,便邀才同入舅家。舅出翁,妗出媪也。云兄之嫂之①,谓:"才吾婿。日适良②,不须别择,便取今夕。"舅亦喜,出酒肴饵才。既,严妆翠仙出,拂榻促眠。女曰:"我固知郎不义,迫母命,漫相随③。郎若人也④,当不须忧偕活。"才唯唯听受。明日早起,母谓才:"宜先去,我以女继至。"

才归,扫户闼。媪果送女至。入视室中,虚无有,便云:"似此何能自给?老身速归,当小助汝辛苦⑤。"遂去。次日,即有男女数辈,各携服食器具,布一室满之。不饭俱去,但留一婢。才由此坐温饱⑥,惟日引里无赖朋饮竞赌,渐盗女郎簪珥佐博⑦。女劝之,不听;颇不耐之,惟严守箱奁,如防寇。一日,博党款门访才,窥见女,适适惊⑧。戏谓才曰:"子大富贵,何忧贫耶?"才问故,答曰:"曩见夫人,实仙人也。适与子家道不相称。货为媵⑨,金可得百;为妓,可得千。千金在室,而听饮博无资耶?"才不言,而心然之。归,辄向女欷歔,时时言贫不可度。女不顾,才频频击桌,抛箸,骂婢,作诸态。

一夕,女沽酒与饮。忽曰:"郎以贫故,日焦心。我又不能御穷⑩,分郎忧,中岂不愧怍⑪?但无长物,止有此婢,鬻之,可稍稍佐

---

① 兄之嫂之:称之为兄,称之为嫂。
② 日适良:今日恰好为吉日。
③ 漫相随:稀里糊涂地相跟随。漫,漫漫,糊糊涂涂。
④ 郎若人也:郎君如像个人样。
⑤ 小助汝辛苦:稍微帮助你们辛苦度日。
⑥ 坐温饱:坐享温饱。
⑦ 盗女郎簪珥佐博:偷云女的发簪、耳环以充赌资。簪,簪子,发簪。古时女子插定发髻、男子连冠于发的针状饰物。后专指女子的首饰。珥,女子的珠玉耳饰。
⑧ 适(tì)适惊:适适然惊,语出《庄子·秋水》篇。十分吃惊的样子。
⑨ 货为媵:卖作小妾。媵,古时指称陪嫁的女子为媵妾,后泛指小妾。
⑩ 御穷:当穷,对付贫穷。《诗经·邶风·谷风》:"宴而新婚,以我御穷。"朱熹注:"御,当也。"
⑪ 中:心,心中。

经营。"才摇首曰:"其值几何!"又饮少时,女曰:"妾于郎,有何不相承?但力竭耳。念一贫如此,便死相从,不过均此百年苦,有何发迹?不如以妾鬻贵家,两所便益,得值或较婢多。"才故愕言:"何得至此!"女固言之,色作庄①。才喜曰:"容再计之。"遂缘中贵人②,货隶乐籍③。中贵人亲诣才,见女大悦。恐不能即得,立券八百缗④,事濒就矣⑤。女曰:"母日以婿家贫,常常萦念,今意断矣,我将暂归省;且郎与妾绝,何得不告母?"才虑母阻,女曰:"我顾自乐之,保无差忒⑥。"才从之。夜将半,始抵母家。挝阖入⑦,见楼舍华好,婢仆辈往来憧憧⑧。才日与女居,每请诣母,女辄止之。故为甥馆年馀⑨,曾未一临岳家。至此大骇,以其家巨,恐媵妓所不甘从也。女引才登楼上,媪惊问:"夫妻何来?"女怨曰:"我固道渠不义,今果然。"乃于衣底出黄金二铤⑩,置几上,曰:"幸不为小人赚脱,今仍以还母。"母骇问故,女曰:"渠将鬻我,故藏金无用处。"乃指才骂曰:"豺鼠子!曩日负肩担,面沾尘如鬼。初近我,熏熏作汗腥,肤垢欲倾塌,足手皴一寸厚,使人终夜恶。自我归汝家,安座餐饭,鬼皮始脱。母在前,我岂诬耶?"才垂首,不敢少出

---

① 色作庄:脸色很郑重。
② 缘中贵人:借由中贵人的关系。缘,因,由,凭借。中贵人,原指贵幸的内官,见《史记·李将军列传》。后专指宦官。
③ 隶乐籍:隶属于乐户的名籍。乐,乐户,指官妓。
④ 立券:签署契约。缗(mín):钱串,一般一千钱为一串。古时铜钱有孔,用绳贯穿起来;缗原指穿钱的绳子,后指钱串。
⑤ 事濒就矣:事情接近成功了。濒,近。
⑥ 保无差忒(tè):保证没有差错。忒,通"贰",差错。
⑦ 挝(zhuā)阖入:敲开门进来。挝,敲,击。
⑧ 往来憧(chōng)憧:往来不绝。憧憧,往来不绝的样子。《易·咸》:"憧憧往来,朋从尔思。"
⑨ 为甥馆:做女婿。古时称岳父为外舅,称婿为甥。相传舜娶尧女,在谒见尧的时候,尧把他安置在副宫里。《孟子·万章下》:"舜尚(上)见帝(指尧),帝馆甥于贰室(副宫)。""甥馆"本指女婿在岳父母家的住处,后代指女婿。
⑩ 铤(dìng):同"锭"。古时金银的计量单位,一铤为五至十两。

气。女又曰:"自顾无倾城姿,不堪奉贵人;似若辈男子,我自谓犹相匹,有何亏负,遂无一念香火情①?我岂不能起楼宇、买良沃?念汝儇薄骨、乞丐相②,终不是白头侣!"言次,婢妪连衿臂,旋旋围绕之。闻女责数,便都唾骂,共言:"不如杀却,何须复云云。"才大惧,据地自投③,但言知悔。女又盛气曰:"鬻妻子已大恶,犹未便是剧④;何忍以同衾人赚作娼!"言未已,众眦裂⑤,悉以锐簪、剪刀股攒刺胁肋⑥。才号悲乞命,女止之,曰:"可暂释却。渠便无仁义,我不忍觳觫⑦。"乃率众下楼去。

才坐听移时,语声俱寂,思欲潜遁。忽仰视,见星汉,东方已白,野色苍莽,灯亦寻灭。并无屋宇,身坐削壁上。俯瞰绝壑,深无底。骇绝,惧堕。身稍移,塌然一声,随石崩坠。壁半有枯横焉⑧,罥不得堕⑨。以枯受腹,手足无着。下视茫茫,不知几何寻丈⑩。不敢转侧,嗥怖声嘶,一身尽肿,眼耳鼻舌身力俱竭。日渐高,始有樵人望见之;寻绠来,縋而下,取置崖上,奄将溘毙⑪。异归其家,

① 香火情:焚香誓约之情,这里指夫妻情。
② 儇薄骨、乞丐相:天生的轻佻无行的骨头、讨饭的相貌。儇薄,轻佻无行。骨、相,骨骼、相貌,都是先天生就的。
③ 据地自投:意思是双手与头一起自投于地。据地,据掌致诸地。据掌,以右手据左手之掌,头与手俱至地,为古代稽首之礼。见《礼记·玉藻》。一般跪拜,双手先按地,然后叩头。这里极言梁有才遑急,头随着手一齐叩下。
④ 犹未便是剧:这还不是最恶劣的。犹,还。剧,甚。
⑤ 眦(zì)裂:眼眶裂开,形容人愤怒时瞪目而视的样子。
⑥ 胁肋(lěi):即肋骨。肋,借作"肋"。
⑦ 不忍觳觫:语本《孟子·梁惠王上》"吾不忍其觳觫",意思是不忍心看到他吓得颤抖的可怜样。
⑧ 壁半有枯横焉:峭壁半腰有一棵枯树横在那里。
⑨ 罥(juàn)不得堕:挂住没有掉下去。罥,挂。
⑩ 不知几何寻丈:不知有多少丈深。寻、丈,都是长度单位;八尺为寻。因梁有才挂在峭壁上,从高处往下看,所以这么说。
⑪ 奄将溘(kè)毙:奄然将死。奄,奄然,犹奄奄,气息将绝。溘,忽然。

至则门洞敞①,家荒荒如败寺②,床箦什器俱杳,惟有绳床败案③,是己家旧物,零落犹存。嗒然自卧④。饥时,日一乞食于邻。既而肿溃为癞⑤。里党薄其行⑥,悉唾弃之。才无计,货屋而穴居,行乞于道,以刀自随。或劝以刀易饵;才不肯,曰:"野居防虎狼,用自卫耳。"后遇向劝鬻妻者于途,近而哀语,遽出刀擎而杀之⑦,遂被收⑧。官廉得其情⑨,亦未忍酷虐之,系狱中,寻瘐死⑩。

异史氏曰:"得远山芙蓉⑪,与共四壁⑫,与之南面王岂易哉⑬!己则非人,而怨逢恶之友⑭;故为友者不可不知戒也。凡狭邪子诱人淫博⑮,为诸不义,其事不败,虽则不怨亦不德。迨于身无襦,妇无裤,千人所指,无疾将死⑯,穷败之念,无时不萦于心;穷败之恨,无时不加于齿。清夜牛衣中⑰,辗转不寐。夫然后历历想未落

---

① 门洞敞:屋门大开。
② 荒荒如败寺:一片荒凉,如同一座破庙。
③ 绳床败案:指简单的坐具和破旧的桌子。绳床,坐具,用木版制作,也叫"胡床"。案,桌子。
④ 嗒然自卧:无精打采地躺在那里。嗒然,神不守舍的样子。语出《庄子·齐物论》。
⑤ 肿溃为癞:浮肿溃烂成为恶疮。癞,恶疾,即麻风病。
⑥ 里党薄其行:邻里鄙薄他的品行。里党,邻里。
⑦ 擎而杀之:语出《公羊传·宣公六年》,旁寻头项而杀死他。擎,击,指旁击头项。
⑧ 被收:被捕系入狱。收,拘收,捕。
⑨ 廉得其情:查访到真实情况。廉,查访。情,实,真实情况。
⑩ 寻瘐(yǔ)死:不久死于狱中。死于狱中,叫"瘐死"。
⑪ 得远山芙蓉:得到淡眉如远山一抹、脸如芙蓉盛开的美貌女子。
⑫ 与共四壁:与她穷困相守。四壁,家徒四壁,一无所有。
⑬ 与之南面王岂易哉:就是给他个皇帝做也是不能换的。南面王,即做帝王。古时帝王坐朝,坐北面南。易,交换。
⑭ 逢恶之友:逢迎好好、引诱作恶的朋友。
⑮ 狭邪子:好作狭邪游的浮浪子弟。狭邪,同狭斜,曲巷;狎妓游乐为狭邪游。
⑯ 千人所指,无疾将死:语出《汉书·王嘉传》,原作"千人所指,无病而死",为俗谚。千人,众人。指,指其背而骂之。
⑰ 清夜牛衣中:寒夜睡在蓑衣下。清,冷,凉。牛衣,用草编织,为牛御寒,蓑衣一类编织物。

时①,历历想将落时,又历历想致落之故,而因以及发端致落之人。至于此,弱者起,拥絮坐诅②;强者忍冻裸行,篝火索刀③,霍霍磨之,不待终夜矣。故以善规人,如赠橄榄;以恶诱人,如馈漏脯也④。听者固当省⑤,言者可勿惧哉!"

① 历历想未落:一一回想未落魄前的情况。历历,分明可数。落,落魄。
② 拥絮坐诅:围着被坐在家里诅咒。
③ 篝火索刀:点灯寻找钢刀。篝火,即篝灯,以笼蔽灯,意即点灯。
④ 漏脯:腐败变质的干肉。晋·葛洪《抱朴子·嘉遁》:"咀漏脯以充饥,酣鸩酒以止渴。"
⑤ 固当省:故当醒悟。固,通"故"。

# 小　谢

　　渭南姜部郎第①,多鬼魅,常惑人。因徙去。留苍头门之而死②。数易皆死。遂废之。里有陶生望三者,夙倜傥,好狎妓,酒阑辄去之。友人故使妓奔就之③,亦笑内不拒④;而实终夜无所沾染。常宿部郎家,有婢夜奔,生坚拒不乱,部郎以是契重之。家綦贫,又有"鼓盆之戚"⑤,茅屋数椽,溽暑不堪其热,因请部郎,假废第。部郎以其凶故,却之。生因作《续无鬼论》献部郎⑥,且曰:"鬼何能为!"部郎以其请之坚,诺之。

　　生往除厅事⑦。薄暮,置书其中;返取他物,则书已亡。怪之,仰卧榻上,静息以伺其变。食顷,闻步履声,睨之,见二女自房中出,所亡书送还案上。一约二十,一可十七八,并皆姝丽。逡巡立

---

① 渭南:县名。明清时属西安府。今属陕西省。部郎:古时中央六部的侍郎、郎中、员外郎等官员的统称。第:宅第,府第。
② 苍头:仆人。门之:看守大门。
③ 奔就之:私自来到他这里。奔,私奔。古时称女子私就男子为私奔。
④ 内(nà):通"纳"。
⑤ 鼓盆之戚:丧妻之悲。《庄子·至乐》:"庄子妻死,惠子吊之,庄子则方箕踞鼓盆而歌。"
⑥ 《续无鬼论》:晋人阮瞻曾作《无鬼论》,故陶生称其作为"续"。
⑦ 除厅事:清扫中庭。厅事,也作"听事",原指官府听事办公的地方,后私宅的中庭也称厅事。

榻下,相视而笑。生寂不动。长者翘一足踹生腹,少者掩口匿笑。生觉心摇摇若不自持,即急肃然端念①,卒不顾。女近以左手捋髭,右手轻批颐颊,作小响,少者益笑。生骤起,叱曰:"鬼物敢尔!"二女骇奔而散。生恐夜为所苦,欲移归,又耻其言不掩②,乃挑灯读。暗中鬼影憧憧,略不顾瞻。夜将半,烛而寝。始交睫,觉人以细物穿鼻,奇痒大嚏;但闻暗处隐隐作笑声。生不语,假寐以俟之。俄见少女以纸条拈细股,鹤行鹭伏而至③;生暴起诃之,飘窜而去。既寝,又穿其耳。终夜不堪其扰。鸡既鸣,乃寂无声,生始酣眠,终日无所睹闻。日既下,恍惚出现。生遂夜炊,将以达旦。长者渐曲肱几上,观生读;既而掩生卷。生怒捉之,即已飘散;少间,又抚之。生以手按卷读。少者潜于脑后,交两手掩生目,瞥然去,远立以哂。生指骂曰:"小鬼头!捉得便都杀却!"女子即又不惧。因戏之曰:"房中纵送,我都不解,缠我无益。"二女微笑,转身向灶,析薪溲米④,为生执爨⑤。生顾而奖之曰:"两卿此为,不胜憨跳耶⑥?"俄顷粥熟,争以匕、箸、陶碗置几上。生曰:"感卿服役,何以报德?"女笑云:"饭中溲合砒、鸩矣⑦。"生曰:"与卿夙无嫌怨,何至以此相加。"啜已,复盛,争为奔走。生乐之,习以为常。日渐稔,接坐倾语,审其姓名。长者云:"妾秋容,乔氏;彼,阮家小谢也。"又研问所由来。小谢笑曰:"痴郎!尚不敢一呈身,谁要汝问门第,作嫁娶耶?"生正容曰:

---

① 肃然端念:严肃地端正自己的意念。
② 耻其言不掩:以不能兑现其言为耻。掩,遮盖,掩饰。陶生曾大言不怕鬼,作《续无鬼论》,如见鬼就离开,就无法自圆其说。
③ 鹤行鹭伏:像鹤一样轻轻行走,像鹭一样伏身前来。鹭,白鹭。
④ 析薪溲(sōu)米:劈柴、淘米。
⑤ 为生执爨(cuàn):为陶生做饭。爨,烧火做饭。
⑥ 胜:强似。憨跳:憨痴跳腾。憨,憨态,娇痴情态。跳,跳腾,本指走路轻便,这里是闹腾的意思。
⑦ 溲合砒、鸩(zhèn):调和毒药、毒酒。溲,调和。砒,砒霜。鸩,通"酖",酖毒。

"相对丽质,宁独无情;但阴冥之气,中人必死。不乐与居者,行可耳;乐与居者,安可耳。如不见爱,何必玷两佳人?如果见爱,何必死一狂生?"二女相顾动容,自此不甚虐弄之;然时而探手于怀,捋裤于地,亦置不为怪。

　　一日,录书未卒业而出,返则小谢伏案头,操管代录①。见生,掷笔睨笑。近视之,虽劣不成书②,而行列疏整。生赞曰:"卿雅人也!苟乐此,仆教卿为之。"乃拥诸怀,把腕而教之画。秋容自外入,色乍变,意似妒。小谢笑曰:"童时尝从父学书,久不作,遂如梦寐。"秋容不语。生喻其意,伪为不觉者,遂抱而授以笔,曰:"我视卿能此否?"作数字而起,曰:"秋娘大好笔力!"秋容乃喜。生于是折两纸为范③,俾共临摹;生另一灯读。窃喜其各有所事,不相侵扰。仿毕,祗立几前④,听生月旦⑤。秋容素不解读⑥,涂鸦不可辨认,花判已⑦,自顾不如小谢,有惭色。生奖慰之,颜始霁⑧。二女由此师事生,坐为抓背,卧为按股,不惟不敢侮,争媚之。逾月,小谢书居然端好,生偶赞之。秋容大惭,粉黛淫淫⑨,泪痕如线,生百端慰解之,乃已。因教之读,颖悟非常,指示一过,无再问者。与生竞读,常至终夜。小谢又引其弟三郎来,拜生门下,年十五六,姿

---

① 操管:执笔。
② 劣不成书:能力低下,写不成字。劣,低下,差。
③ 折两纸为范:折叠两张纸作为规范。范,规范。这里指供初学书用的仿影。
④ 祗立几前:恭敬地站在几案前面。祗,敬。
⑤ 月旦:品评。详前《阿宝》"恣其月旦"注。
⑥ 素不解读:素来不识字。
⑦ 花判:旧时地方官对于含有笑料的民事、刑事案件,判词常用骈体,而语带滑稽,称为花判。见宋·洪迈《容斋随笔·唐书判》。这里指陶生对二女所写字语带滑稽的评阅意见。
⑧ 颜始霁:脸色才开朗起来。霁,云散天晴。
⑨ 粉黛淫淫:泪流满面。粉、黛,古时女子化妆用的颜料;粉以涂面,黛以描眉。淫淫,涕泪流下的样子。战国·屈原《九章·哀郢》:"望长楸而太息兮,涕淫淫其若霰。"

容秀美。以金如意一钩为贽①;生令与秋容执一经②。满堂咿唔;生于此设鬼帐焉③。部郎闻之喜,以时给其薪水。积数月,秋容与三郎皆能诗,时相酬唱。小谢阴嘱勿教秋容,生诺之;秋容阴嘱勿教小谢,生亦诺之。一日生将赴试,二女涕泪持别④。三郎曰:"此行可以托疾免;不然,恐履不吉⑤。"生以告疾为辱,遂行。

先是,生好以诗词讥切时事⑥,获罪于邑贵介⑦,日思中伤之。阴赂学使,诬以行检⑧,淹禁狱中⑨。资斧绝⑩,乞食于囚人,自分已无生理。忽一人飘忽而入,则秋容也,以馔具馈生。相向悲咽,曰:"三郎虑君不吉,今果不谬。三郎与妾同来,赴院申理矣⑪。"数语而出,人不之睹。越日,部院出,三郎遮道声屈⑫,收之。秋容入狱报生,返身往侦之,三日不返。生愁饿无聊,度日如年岁。忽小谢至,怆恍欲绝,言:"秋容归,经由城隍祠⑬,被西廊黑判强摄去,

---

① 以金如意一钩为贽:用金如意一件作为见面礼。金如意,金质的搔杖。如意,搔痒痒用的一种钩状器具,俗称痒痒挠。
② 执一经:学习同一种经书。执,持。
③ 设鬼帐:为鬼设教馆。设帐,设帐授徒。详前《娇娜》"设帐"注。
④ 涕泪持别:哭着握手告别。持,握。
⑤ 恐履不吉:恐蹈凶险。履,践,蹈地。
⑥ 讥切时事:痛切讥讽时政。
⑦ 邑贵介:本县地位尊贵的人。贵介,尊贵的意思。介,大。
⑧ 诬以行检:以品行不端相诬告。行检,操行。检,约束。
⑨ 淹禁:久禁。淹,滞留,久留。
⑩ 资斧绝:资财费用断绝。资斧,语出《易·旅》。宋·程颐《易·传》解释为"资财器用",后遂通称旅费为"资斧"。这里指狱中的费用。
⑪ 赴院申理:赴巡抚衙门为陶生的冤屈申诉。申理,为含冤者申明冤屈。院,即下文"部院",指巡抚。清代各省巡抚多兼兵部侍郎和都察院右副都御史衔,故称为"部院"。
⑫ 遮道声屈:拦路喊冤。
⑬ 城隍:古代神话中守护城池的神,后纳入道教诸神系列。清·赵翼《陔馀丛考》引王敬哉《冬夜笺记》说:"城隍之名见于《易》,所谓'城复于隍也'。又引《礼记》(郊特牲)天子大蜡八水庸居;其七水则隍也,庸则城也。"祭祀城隍始于六朝,唐以后各地普遍奉祀,称某地城隍。城隍神下属有判官,在庙中两廊下。下文"西廊黑判",即指黑面判官。

小像

意雖相承華既雖
鄉妓念已增妙返魂
香蒐雙珠合道士行
春術小寺

逼充御媵①。秋容不屈,今亦幽囚。妾驰百里,奔波颇殆;至北郭,被老棘刺吾足心,痛彻骨髓,恐不能再至矣。"因示之足,血殷凌波焉②。出金三两,跛踦而没③。部院勘三郎,素非瓜葛,无端代控,将杖之,扑地遂灭。异之。览其状,情词悲恻。提生面鞫,问:"三郎何人?"生伪为不知。部院悟其冤,释之。既归,竟夕无一人。更阑,小谢始至,惨然曰:"三郎在部院,被廨神押赴冥司④;冥王以三郎义,令托生富贵家。秋容久锢,妾以状投城隍,又被按阁⑤,不得入,且复奈何?"生忿然曰:"黑老魅何敢如此!明日仆其像,践踏为泥,数城隍而责之⑥。案下吏暴横如此,渠在醉梦中耶!"悲愤相对,不觉四漏将残。秋容飘然忽至。两人惊喜,急问。秋容泣下曰:"今为郎万苦矣!判日以刀杖相逼,今夕忽放妾归,曰:'我无他,原以爱故;既不愿,固亦不曾污玷。烦告陶秋曹⑦,勿见谴责。'"生闻少欢,欲与同寝,曰:"今日愿与卿死。"二女戚然曰:"向受开导,颇知义理,何忍以爱君者杀君乎?"执不可。然俯颈倾头,情均伉俪。二女以遭难故,妒念全消。

会一道士途遇生,顾谓"身有鬼气"。生以其言异,具告之。道士曰:"此鬼大好,不拟负他。"因书二符付生,曰:"归授两鬼,任其福命:如闻门外有哭女者,吞符急出,先到者可活。"生拜受,归嘱二女。后月馀,果闻有哭女者,二女争弃而去。小谢忙急,忘吞

---

① 逼充御媵(yìng):逼迫她充当侍妾。御媵,侍妾。
② 血殷(yān)凌波:鲜血染红了鞋袜。殷,红黑色。这里是染红的意思。凌波,本指女子轻盈的步态,见三国魏·曹植《洛神赋》。这里指女子的鞋袜。
③ 跛踦(qī)而没:瘸着一只脚消失了。跛踦,也作"跛倚",瘸一只脚。跛,用一只脚站着;倚靠他物行走为"踦"。
④ 廨神:保护官署的神。廨,官署。
⑤ 按阁:压下、搁置。阁,同"搁"。
⑥ 数城隍而责之:数责城隍的罪过。数,责。
⑦ 秋曹:对刑部属官的尊称。周主刑罚的官员称"秋官",后作为刑部官员的尊称。这里称陶生为"秋曹",是预知其将来任职刑部。

其符。见有丧舆过,秋容直出,入棺而没;小谢不得入,痛哭而返。生出视,则富室郝氏殡其女。共见一女子入棺而去,方共惊疑;俄闻棺中有声,息肩发验,女已顿苏。因暂寄生斋外,罗守之。忽开目问陶生。郝氏研诘之①,答云:"我非汝女也。"遂以情告。郝未深信,欲异归;女不从,径入生斋,偃卧不起。郝乃识婿而去②。生就视之,面庞虽异,而光艳不减秋容,喜惬过望,殷叙平生。忽闻呜呜然鬼泣,则小谢哭于暗隅③。心甚怜之,即移灯往,宽譬哀情④,而衿袖淋浪,痛不可解,近晓始去。天明,郝以婢媪赍送香奁,居然翁婿矣。暮入帷房,则小谢又哭。如此六七夜。夫妇俱为惨动,不能成合卺之礼。生忧思无策,秋容曰:"道士,仙人也。再往求,倘得怜救。"生然之。迹道士所在,叩伏自陈。道士力言"无术"。生哀不已。道士笑曰:"痴生好缠人。合与有缘,请竭吾术。"乃从生来,索静室,掩扉坐,戒勿相问。凡十馀日,不饮不食。潜窥之,瞑若睡。一日晨兴,有少女搴帘入,明眸皓齿,光艳照人。微笑曰:"跋履终日,惫极矣!被汝纠缠不了,奔驰百里外,始得一好庐舍⑤,道人载与俱来矣。得见其人,便相交付耳。"敛昏,小谢至,女遽起迎抱之,翕然合为一体,仆地而僵。道士自室中出,拱手径去。拜而送之。及返,则女已苏。扶置床上,气体渐舒,但把足呻吟趾股痠痛,数日始能起。后生应试得通籍⑥。有蔡子经者与同谱⑦,以事过生,留数日。小谢自邻舍归,蔡望见之,疾趋相蹑;小谢侧身敛避,心窃怒其轻薄。蔡告生曰:"一事深骇物听⑧,可相告否?"诘

---

① 研诘:仔细盘问。
② 识婿:认下女婿。识,认。
③ 暗隅:黑暗的角落。
④ 宽譬哀情:譬喻以宽解其悲哀之情。宽譬,犹譬解,以具体的事例来宽解人的哀痛。
⑤ 庐舍:本指居处,这里是指灵魂所依附的躯体。
⑥ 通籍:通其名籍于朝,指仕宦为官。
⑦ 同谱:即"同榜"。指科举考试同时被录取的人。
⑧ 深骇物听:众人听到深为骇怪。物,众人。

之,答曰:"三年前,少妹夭殒,经两夜而失其尸,至今疑念。适见夫人,何相似之深也?"生笑曰:"山荆陋劣,何足以方君妹①?然既系同谱,义即至切②,何妨一献妻孥。"乃入内室,使小谢衣殉装出。蔡大惊曰:"真吾妹也!"因而泣下。生乃具述其本末。蔡喜曰:"妹子未死,吾将速归,用慰严慈③。"遂去。过数日,举家皆至。后往来如郝焉。

异史氏曰:"绝世佳人,求一而难之,何遽得两哉!事千古而一见,惟不私奔女者能遘之也。道士其仙耶?何术之神也!苟有其术,丑鬼可交耳。"

---

① 方:比拟。
② 义即至切:情谊至为亲近。义,通"谊",情谊。切,近。
③ 用慰严慈:用以安慰父母。

# 狼 三 则

有屠人货肉归,日已暮,欻一狼来①,瞰担上肉②,似甚涎垂,步亦步,尾行数里。屠惧,示之以刃,则稍却;既走,又从之。屠无计,默念狼所欲者肉,不如姑悬诸树而蚤取之③。遂钩肉,翘足挂树间,示以空空。狼乃止。屠即径归。昧爽往取肉,遥望树上悬巨物,似人缢死状,大骇。逡巡近之,则死狼也。仰首审视,见口中含肉,肉钩刺狼腭,如鱼吞饵。时狼革价昂,直十馀金,屠小裕焉。缘木求鱼,狼则罹之④,亦可笑也!

一屠晚归,担中肉尽,止有剩骨。途中两狼,缀行甚远⑤。屠惧,投以骨。一狼得骨止,一狼仍从;复投之,后狼止而前狼又至;骨已尽,而两狼之并驱如故。屠大窘,恐前后受其敌。顾野有麦场,场主以薪积其中,苫蔽成丘⑥。屠乃奔倚其下,弛担持

---

① 欻(xū):忽然。
② 瞰:远眺或俯视,这里是远望的意思。
③ 蚤:通"早"。
④ "缘木"二句:是说屠人本非为捉狼而挂肉,不料狼却因贪吃自己上了钩。缘木求鱼,爬到树上捉鱼。语出《孟子·梁惠王上》。本来比喻行为与其希望达到的目的相反,这里化用其意,是说屠人本为避害,并无捉狼的打算。罹,遭,遭遇。
⑤ 缀行:尾随而行。
⑥ 苫(shàn)蔽成丘:把堆积的柴草苫盖成小山一样。苫,俗称草苫子,用稻草、谷秸编制的覆盖物。这里是苫盖的意思。

# 狼

魚因吞餌枉銜鉤
謂貪狼竟致尤償
莫有金無意浮笑
人何事抛敝求

狼二

前後分兵
掘夾攻
兩狼心計
亦殊工
誰知不出
屠兒手
一霎刀光
血染紅

狼三

茅苫潛伏
尚驚猎狼之居然
破壁來賴有舊傳吹
豕法聲肩且喜奏功回

刀①。狼不敢前,眈眈相向②。少时,一狼径去;其一犬坐于前③,久之,目似瞑,意暇甚④。屠暴起⑤,以刀劈狼首,又数刀毙之。转视积薪后,一狼洞其中⑥,意将隧入以攻其后也⑦。身已半入,露尻尾⑧,屠自后断其股,亦毙之。方悟前狼假寐,盖以诱敌。狼亦黠矣!而顷刻两毙,禽兽之变诈几何哉,止增笑耳!

一屠暮行,为狼所逼。道旁有夜耕者所遗行室⑨,奔入伏焉。狼自苫中探爪入,屠急捉之,令不可去。顾思无计可以死之。惟有小刀不盈寸,遂割破狼爪下皮,以吹豕之法吹之。极力吹移时,觉狼不甚动,方缚以带。出视,则狼胀如牛,股直不能屈,口张不得合。遂负之以归。非屠,乌能作此谋也⑩!三事皆出于屠;则屠人之残,杀狼亦可用也。

---

① 弛担:放下肉担。弛,放松。
② 眈眈相向:彼此瞪目直视。
③ 犬坐于前:像狗一样蹲坐在屠人前方。
④ 意暇甚:意态十分悠闲。暇,闲暇。
⑤ 暴起:骤然跃起。
⑥ 洞其中:在其中打洞。
⑦ 隧入:从洞中进入。
⑧ 尻(kāo)尾:臀和尾巴。
⑨ 行室:供耕作者暂时歇息的简易棚屋。
⑩ 乌能作此谋:那里会出这种主意。乌,何。

# 蕙 芳

马二混,居青州东门内①,以货面为业②。家贫,无妇,与母共作苦。一日,媪独居,忽有美人来,年可十六七,椎布甚朴③,而光华照人。媪惊顾穷诘,女笑曰:"我以贤郎诚笃,愿委身母家④。"媪益惊曰:"娘子天人⑤,有此一言,则折我母子数年寿⑥!"女固请之。意必为侯门亡人⑦,拒益力。女乃去。越三日,复来,留连不去。问其姓氏,曰:"母肯纳我,我乃言;不然,固无庸问⑧。"媪曰:"贫贱佣保骨⑨,得妇如此,不称亦不祥。"女笑坐床头,恋恋殊殷。媪辞之,言:"娘子宜速去,勿相祸。"女出门,媪窥之西去。

又数日,西巷中吕媪来,谓母曰:"邻女董蕙芳,孤而无依,自愿为贤郎妇,胡弗纳?"母以所疑为逃亡具白之。吕曰:"乌有此

① 青州:府名。治所在今山东青州市。
② 以货面为业:以卖面粉为业。
③ 椎布甚朴:梳着独髻,穿着棉布,十分朴素。椎,独髻;一个发辫挽起的发髻,其形如椎。
④ 委身:托身,以身许人。这里指嫁为人妇。
⑤ 天人:貌似天仙。
⑥ 折我母子数年寿:减损我母子多年阳寿。旧时认为非分享用或无故受益,都会缩短自己的寿命。折,损减。
⑦ 意必为侯门亡人:心想一定是王侯府中逃亡之人。
⑧ 固无庸问:本不用问。固,本来。庸,用。
⑨ 贫贱佣保骨:生来就是给人做雇工的贫贱骨头。贫贱,穷苦卑贱。佣保,雇工。

## 蕙芳

轴蕈生涯口
僅蜥何期中
镇有仙姝相離
算謂難相見記
取唐宮乞巧圖

耶？如有乖谬,咎在老身。"母大喜,诺之。吕去,媪扫室布席,将待子归往娶之。日将暮,女飘然自至,入室参母,起拜尽礼。告媪曰:"妾有两婢,未得母命,不敢进也。"媪曰:"我母子守穷庐,不解役婢仆。日得蝇头利,仅足自给。今增新妇一人,娇嫩坐食,尚恐不充饱;益之二婢,岂吸风所能活耶?"女笑曰:"婢来,亦不费母度支①,皆能自得食。"问:"婢何在?"女乃呼:"秋月、秋松!"声未及已,忽如飞鸟堕,二婢已立于前,即令伏地叩母。

既而马归,母迎告之,马喜。入室,见翠栋雕梁,侔于宫殿;中之几屏帘幕,光耀夺视。惊极,不敢入。女下床迎笑,睹之若仙,益骇,却退,女挽之,坐与温语。马喜出非分,形神若不相属②。即起,欲出行沽。女曰:"勿须。"因命二婢治具③。秋月出一革袋,执向扉后,格格撼摆之。已而以手探入,壶盛酒,桦盛炙④,触类熏腾。饮已而寝,则花罽锦裀⑤,温腻非常。天明出门,则茅庐依旧。母子共奇之。媪诣吕所,将迹所由⑥。入门,先谢其媒合之德,吕讶云:"久不拜访,何邻女之曾托乎?"媪益疑,具言端委。吕大骇,即同媪来视新妇。女笑迎之。极道作合之义。吕见其惠丽,愕眙良久⑦,即亦不辨,唯唯而已。女赠白木搔具一事⑧,曰:"无以报德,姑奉此为姥姥爬背耳。"吕受以归,审视则化为白金。

马自得妇,顿更旧业,门户一新。笥中貂锦无数⑨,任马取着;

---

① 度(duó)支:算在支付生活费用之内。度,计算。这里指支付费用。
② 形神若不相属:躯体与精神像不连在一起一样。形容喜得出神。
③ 治具:治办酒食。
④ 桦盛炙:盘盛烤肉。桦,同"盘"。
⑤ 花罽(jì)锦裀(yīn):绣花毛毯,锦织褥子。
⑥ 将迹所由:将要察访她的来历。
⑦ 愕眙(chì):惊愕呆视。眙,惊视,直视。
⑧ 搔具:搔痒的器具。一事:一件。
⑨ 笥中貂锦:箱笼中貂皮袍和锦缎衣服。

而出室门,则为布素①,但轻暖耳。女所自衣亦然。积四五年,忽曰:"我谪降人间十馀载②,因与子有缘,遂暂留止。今别矣。"马苦留之,女曰:"请别择良偶,以承庐墓③。我岁月当一至焉。"忽不见。马乃娶秦氏。后三年,七夕,夫妻方共语,女忽入,笑曰:"新偶良欢,不念故人耶?"马惊起,怆然曳坐,便道衷曲。女曰:"我适送织女渡河④,乘间一相望耳。"两相依依,语无休止。忽空际有人呼"蕙芳",女急起作别。马问其谁,曰:"余适同双成姊来⑤,彼不耐久伺矣。"马送之,女曰:"子寿八旬,至期,我来收尔骨。"言已,遂逝。今马六十馀矣。其人但朴讷⑥,无他长。

异史氏曰:"马生其名混,其业亵,蕙芳奚取哉?于此见仙人之贵朴讷诚笃也。余尝谓友人曰:若我与尔,鬼狐且弃之类。所差不愧于仙人者,惟'混'耳。"

---

① 布素:布衣。素,素底无彩。
② 谪降人间:神话传说,天上神仙犯罪后罚到人间受苦。谪,贬谪。
③ 承庐墓:相当于说延续香火。指生儿子。古时父母或师长葬后,儿子或弟子多在墓旁搭建小屋守丧,称"庐墓""庐居"或"庐舍"。
④ 适送织女渡河:适逢送织女渡银河。
⑤ 双成:指董双成,神话传说中西王母的侍女。见《汉武帝内传》。
⑥ 朴讷:朴厚而拙于言辞。

# 刘　姓

　　邑刘姓①,虎而冠者也②。后去淄居沂③,习气不除,乡人咸畏恶之。有田数亩,与苗某连垄。苗勤,田畔多种桃。桃初实,子往攀摘,刘怒驱之,指为己有。子啼而告诸父。父方骇怪,刘已诟骂在门,且言将讼。苗笑慰之。怒不解,忿而去。

　　时有同邑李翠石作典商于沂④,刘持状入城,适与之遇。以同乡故相熟,问:"作何干?"刘以告,李笑曰:"子声望众所共知。我素识苗甚平善,何敢占骗?将毋反言之也?"乃碎其词纸,曳入肆⑤,将与调停。刘恨恨不已,窃肆中笔,复造状,藏怀中,期以必告。未几,苗至,细陈所以,因哀李为之解免,言:"我农人,半世不见官长。但得罢讼,数株桃何敢执为己有?"李呼刘出,告以退让之意。刘又指天画地,叱骂不休。苗惟和色卑词,无敢少辩。

---

① 邑:本县。指淄川县,今为山东省淄博市淄川区。
② 虎而冠者:戴着帽子的老虎。比喻凶暴似虎之人。
③ 去淄居沂:离开淄川,迁居沂水。沂,县名,今山东省沂水县。
④ 李翠石:名永康,字翠石,淄川人。《淄川县志·义厚传》记载:"乡有恶豪某姓者,与苗姓相连。苗种桃数株。苗饲桃,某怒,以为攘己物也,将讼诸官。康见之,碎其词,力为排解。某犹怒不已。会以阴谴悔悟,乃德康焉。唐太史《龙泉桥记》、蒲明经《聊斋志异》可按也。"典商:开当铺的商人。典,典当,抵押。
⑤ 肆:店铺,商店。

既罢,逾四五日,见其村中人,传刘已死,李为惊叹。异日他适,见杖而来者①,俨然刘也。比至,殷殷问讯,且请顾临。李逡巡问曰②:"日前忽闻凶讣③,一何妄也?"刘不答,但挽入村。至其家,罗浆酒焉。乃言:"前日之传,非妄也。曩出门见二人来,捉见官府。问何事,但言不知。自思出入衙门数十年,非怯见官长者,亦不为怖,从去。至公廨,见南面者有怒容④,曰:'汝即某耶?罪恶贯盈⑤,不自悛悔⑥;又以他人之物,占为己有。此等横暴,合置铛鼎⑦!'一人稽簿曰⑧:'此人有一善,合不死。'南面者阅簿,其色稍霁,便云:'暂送他去。'数十人齐声呵逐。余曰:'因何事勾我来?又因何事遣我去?还祈明示。'吏持簿下,指一条示之。上记:崇祯十三年⑨,用钱三百,救一人夫妇完聚。吏曰:'非此,则今日命当绝,宜堕畜生道⑩。'骇极,乃从二人出。二人索贿,怒告曰:'不知刘某出入公门二十年,专勒人财者,何得向老虎讨肉吃耶?'二人乃不复言。送至村,拱手曰:'此役不曾唉得一掬水。'二人既去,入门遂苏,时气绝已隔日矣。"

----

① 杖而来者:拄杖而来的人。
② 逡(qūn)巡:因为有所顾虑而徘徊不前。
③ 凶讣:死讯。凶,与死人有关的。讣,报丧的文字或信息。
④ 南面者:面向南坐着的人。这里指坐于正廊下的官员。
⑤ 罪恶贯盈:罪恶满盈;罪大恶极,坏事做尽。语出《尚书·周书·泰誓上第一》:"商罪贯盈,天命诛之。"贯,罪恶。
⑥ 悛(quān)悔:改悔、悔悟。悛,改变。
⑦ 合置铛鼎:应当受烹煮之刑。铛鼎,商周时期用于煮盛物品、或置于宗庙作铭功记绩的礼器。亦用作烹人的刑具。铛,一种形状似锅的三足烹器。鼎,古代烹煮用的炊器。
⑧ 稽簿:核查簿籍。簿,迷信传说中记录人生善恶功过的册子。传说阎王爷掌管着生死簿、功劳簿等。
⑨ 崇祯十三年:公元1640年。崇祯,明思宗朱由检年号。
⑩ 堕畜生道:即来世转生为畜生。据佛教"六道"说,众生根据其生前的善恶行为,死后有六种轮回转生之道途,即地狱、饿鬼、畜生、阿修罗、人、天等。见《俱舍论·八》。

李闻而异之,因诘其善行颠末①。初,崇祯十三年,岁大凶②,人相食。刘时在淄,为主捕隶③。适见男女哭甚哀,问之,答云:"夫妇聚裁年馀④,今岁荒,不能两全,故悲耳。"少时,油肆前复见之,似有所争。近诘之,肆主马姓者便云:"伊夫妇饿将死,日向我讨麻酱以为活⑤;今又欲卖妇于我。我家中已买十馀口矣,此何要紧?贱则售之,否则已耳。如此可笑,生来缠人⑥!"男子因言:"今粟如珠,自度非得三百数,不足供逃亡之费⑦。本欲两生,若卖妻而不免于死,何取焉?非敢言直⑧,但求作阴骘行之耳⑨。"刘怜之,便问马出几何。马言:"今日妇口⑩,止直百许耳。"刘请勿短其数,且愿助以半价之资,马执不可。刘少负气,便谓男子:"彼鄙琐不足道,我请如数相赠。若能逃荒,又全夫妇,不更佳耶?"遂发囊与之。夫妻泣拜而去。刘述此事,李大加奖叹。

　　刘自此前行顿改,今七旬犹健。去年李诣周村⑪,遇刘与人争,众围劝不能解,李笑呼曰:"汝又欲讼桃树耶?"刘芒然改容⑫,呐呐敛手而退⑬。

---

① 颠末:始末。颠,本义头顶,泛指物体的顶部,引申为本、始。末,本义树梢,泛指物的末端、末尾。
② 岁大凶:年景非常不好,粮食颗粒无收。岁,年景,一年的农事收成。凶,歉收、闹饥荒。《墨子·七患》:"三谷不收谓之凶。"
③ 主捕隶:旧时州县官署中捕役的班头。
④ 裁:通"才",刚刚。
⑤ 麻酱:芝麻酱,俗称麻汁,芝麻榨油后馀留的面酱。
⑥ 生来:山东方言,硬是、生生的、活活的。
⑦ 逃亡:逃生流亡。
⑧ 言直:谈价钱,讨价还价。
⑨ 阴骘(zhì):语出《尚书·周书·洪范》:"惟天阴骘下民,相协厥居。"原指上苍默默地安定下民,转指阴德。阴,隐藏的、不露在外面的。骘,安定。
⑩ 妇口:妇女。口,人口。
⑪ 周村:地名,今为山东省淄博市周村区。
⑫ 芒然:茫然,表情困惑、不知所措。
⑬ 呐(nè)呐:形容难为情时说话吞吞吐吐、结结巴巴。敛手:缩手不敢乱动。

## 劉 姓

荒年夫婦賴完全　三百青銅
壽可延我願世人知此意積
功原不在多錢

异史氏曰:"李翠石兄弟,皆称素封①。然翠石又醇谨②,喜为善,未尝以富自豪,抑然诚笃君子也③。观其解纷劝善,其生平可知矣。古云'为富不仁'④。吾不知翠石先仁而后富者耶?抑先富而后仁者耶?"

---

① 素封:无官爵封邑而富有资财的人。语出《史记·货殖列传》:"今有无秩禄之奉,爵邑之入,而乐与之比者。命曰'素封'。"张守节正义云:"不仕之人自有园田收养之给,其利比於封君,故曰'素封'也。"
② 醇谨:淳朴厚道而言行不苟。
③ 抑然:然则。用在句子开头,表示"既然这样,那么……"。抑,转折连词,相当于"则""然"。诚笃:诚实笃厚。
④ 为富不仁:要想致富,则不能行仁义之事。语出《孟子·滕文公上》:"阳虎曰:'为富不仁矣,为仁不富矣。'"意思是说富与仁不能同时并行。

## 阿　绣

　　海州刘子固①，十五岁时，至盖省其舅②。见杂货肆中一女子，姣丽无双，心爱好之。潜至其肆，托言买扇。女子便呼父，父出，刘意沮，故折阅之而退③。遥睹其父他往，又诣之。女将觅父，刘止之曰："无须，但言其价，我不靳直耳④。"女如言，故昂之⑤。刘不忍争，脱贯竟去⑥。明日复往，又如之。行数武⑦，女追呼曰："返来！适伪言耳，价奢过当⑧。"因以半价返之。刘益感其诚，蹈隙辄往⑨，由是日熟。女问："郎居何所？"以实对。转诘之，自言："姚氏。"临行，所市物，女以纸代裹完好，已而以舌舐粘之。刘怀归不

---

① 海州：海州卫，治所在今辽宁省海城市。辽时置为州，明代改置为海州卫。
② 盖：地名，今辽宁省盖州市。唐置盖州，明改为盖州卫，清改为盖平县。
③ 折(shé)阅：本义指折本亏损或减价销售，这里指压低售价。《荀子·修身》谓："良贾不为折阅不市。"折，生意亏损。阅，本钱。
④ 不靳直：不计较价钱。靳，吝惜。直，同"值"。
⑤ 故昂之：故意提高价格。
⑥ 脱贯：从钱串上取下钱来，即付钱的意思。贯，古时穿钱的绳索。
⑦ 武：古代距离度量单位，指半步。也泛指脚步。古代以六尺为步，半步为武。《国语·周语下》："夫目之察度，也不过步武尺寸之间。"韦昭注："六尺为步，半步为武。"又《集韵》谓："凡一人举足曰跬；跬，三尺也。两举足曰步，六尺也。"古代的"步武"多用为度量距离的单位，即行走时两脚之间的距离，也泛指脚步；"跬步"则多指行走的标准或方法。
⑧ 价奢过当：价格过分，超过标准。奢，过分。当，适当，这里指适当的价格标准。
⑨ 蹈隙：趁空，利用空隙。这里是指乘其父不在的时候。蹈，乘，利用。

敢复动,恐乱其舌痕也。积半月为仆所窥,阴与舅力要之归①。意惓惓不自得②。以所市香帕脂粉等类,密置一箧,无人时,辄阖户自捡一过③,触类凝想④。

次年复至盖,装甫解即趋女所,至则肆宇阒焉⑤,失望而返。犹意偶出未返,早又诣之,阒如故。问诸邻,始知姚原广宁人⑥,以贸易无重息,故暂归去;又不审何时可复来。神志乖丧⑦。居数日,怏怏而归。母为议婚,屡梗之⑧,母怪且怒。仆私以曩事告母,母益防闲之⑨,盖之途由是绝。刘忽忽遂减眠食⑩。母忧思无计,念不如从其志。于是,刻日办装,使如盖;转寄语舅媒合之。舅即承命诣姚。逾时而返,谓刘曰:"事不谐矣!阿绣已字广宁人。"刘低头丧气,心灰绝望。既归,捧箧啜泣,而徘徊顾念,冀天下有似之者。

适媒来,艳称复州黄氏女⑪。刘恐不确,命驾至复。入西门,见北向一家,两扉半开,内一女郎怪似阿绣。再属目之,且行且盼而入,真是无讹。刘大动,因僦其东邻居⑫,细诘知为李氏。反复疑念:天下宁有此酷肖者耶?居数日,莫可夤缘⑬,惟目眈眈候其

---

① 要之归:请他回家。要,约请、邀请。这里有点强迫的意思。
② 惓(quán)惓:本义是恳切的样子。这里是眷念不忘的意思。
③ 自捡一过:自己挨样拿起来看一遍。过,遍、次。
④ 触类凝想:看到一样东西就凝神回忆当时的情景。即触物生情,思念不已。
⑤ 肆宇:即杂货肆。宇,房屋。
⑥ 广宁:旧县名,治所在今辽宁省北镇市。
⑦ 乖丧:因不顺心而灰心丧气。乖,不顺利、不如意。
⑧ 梗:阻碍,拒绝。
⑨ 防闲:防范约束。闲,限制、约束。
⑩ 忽忽:不知不觉地。
⑪ 艳称:羡慕并赞美。艳,艳羡、羡慕。复州:辽置,治所在今辽宁省复县西北,明改为复州卫。
⑫ 僦(jiù):租赁。
⑬ 夤(yín)缘:本义指攀附上升,后用以比喻攀附权贵、向上巴结。这里是指寻找机会与李家交往、亲近之意。

门①,以冀女或复出。一日,日方西,女果出。忽见刘,即返身走,以手指其后,又复掌及额而入。刘喜极,但不能解。凝思移时,信步诣舍后,见荒园寥廓②,西有短垣,略可及肩。豁然顿悟,遂蹲伏露草中。久之,有人自墙上露其首,小语曰:"来乎?"刘诺而起,细视,真阿绣也。因大恸③,涕堕如绠④。女隔堵探身,以巾拭其泪,深慰之。刘曰:"百计不遂,自谓今生已矣,何期复有今夕?顾卿何以至此?"曰:"李氏,妾表叔也。"刘请逾垣。女曰:"君先归,遣从人他宿,妾当自至。"刘如言,坐伺之。少间,女悄然入,妆饰不甚炫丽,袍裤犹昔。刘挽坐,备道艰苦,因问:"卿已字⑤,何未醮也⑥?"女曰:"言妾受聘者,妄也。家君以道里赊远⑦,不愿附公子婚,此或托舅氏诡词⑧,以绝君望耳⑨。"既就枕席,宛转万态,款接之欢不可言喻。四更遽起,过墙而去。刘自是不复措意黄氏矣⑩。旅居忘返,经月不归。一夜,仆起饲马,见室中灯犹明。窥之,见阿绣,大骇。顾不敢诘主人。旦起,访市肆,始返而诘刘曰:"夜与还往者,何人也?"刘初讳之。仆曰:"此第岑寂,狐鬼之薮⑪,公子宜自爱。彼姚家女郎,何为而至此?"刘始觍然曰⑫:"西邻是其表叔,有何疑沮⑬?"仆言:"我已访之审:东邻止一孤媪,西家一子尚幼,

---

① 眈眈:形容眼睛高度注视的样子。
② 寥廓:寂静空阔。寥,空虚,寂静。廓,大、广大,空阔。
③ 恸(tòng):悲痛,伤心。
④ 绠(gěng):本义指井绳。泛指绳索。
⑤ 字:女子许嫁。相当于定亲。
⑥ 醮(jiào):嫁,指结婚成亲。
⑦ 家君:家父,对父亲的敬称。道里:路程,里程。赊远:遥远。赊,遥远。
⑧ 诡词:借口,假话。诡,欺诈,假冒。
⑨ 以绝君望:用来打消您的期望。绝,杜绝,停止。望,期待、愿望。
⑩ 措意:留意,用心。措,处理、安排。
⑪ "此第"二句:意思是说这一栋住宅寂静清冷,正是鬼狐聚集的地方。岑寂,高而静,清冷。薮(sǒu),人或物聚集的地方。
⑫ 觍(tiǎn)然:羞愧。觍,厚颜。
⑬ 疑沮:疑惧,怀疑害怕。沮,畏惧,害怕。

别无密戚。所遇当是鬼魅。不然,焉有数年之衣尚未易者?且其面色过白,两颊少瘦,笑处无微涡①,不如阿绣美。"刘反复思,乃大惧曰:"然且奈何?"仆谋:伺其来,操兵入,共击之。至暮女至,谓刘曰:"知君见疑,然妾亦无他,不过了夙分耳②。"言未已,仆排闼入③。女呵之曰:"可弃兵!速具酒来,当与若主别。"仆便自投④,若或夺焉⑤。刘益恐,强设酒馔⑥。女谈笑如常,举手向刘曰:"君心事⑦,方将图效绵薄⑧,何竟伏戎⑨?妾虽非阿绣,颇自谓不亚⑩,君视之犹昔否耶?"刘毛发俱竖,嗫不语⑪。女听漏三下⑫,把盏一呷⑬,起立曰:"我且去,待花烛后,再与新妇较优劣也。"转身遂杳。

　　刘信狐言,竟如盖。怨舅之诳己也,不舍其家。寓近姚氏,托媒自通,啖以重赂⑭。姚妻乃言:"小郎为觅婿广宁⑮,若翁以是故去⑯,就否未可知。须旋日方可计校⑰。"刘闻之,彷徨无以自主,惟

---

① 微涡:隐隐的酒涡。
② 夙分:旧缘,前世的缘分。夙,旧,平素。
③ 排闼(tà):推门。排,排开。闼,本义是小门,此代指房门。
④ 自投:自己丢掉兵器。投,投弃,抛弃。
⑤ 若或夺焉:好像有人夺走了(兵器)一样。
⑥ 酒馔:酒食。馔,一般的食品或食物。
⑦ 君心事:指刘子固喜欢阿绣的心事。
⑧ 方将图效绵薄:正打算尽微力为您效劳。绵薄,微弱的能力,谦辞。
⑨ 伏戎:埋伏下刀兵。指仆人操兵偷袭之事。戎,古代兵器的总称。
⑩ 颇自谓不亚:很是自认为不丑。亚,本义是丑的意思。
⑪ 嗫不语:闭口不言。嗫,闭口。
⑫ 漏三下:打三更。漏,漏壶,也叫更漏。这里用作动词。古代夜间凭漏壶表示的时刻报更。
⑬ 呷(xiā):小口饮。
⑭ 啖以重赂:用丰厚的财礼利诱对方。啖,用饵或物勾引,引诱。赂,赠送的财物和钱。
⑮ 小郎:古代妇女称丈夫的弟弟为小郎。
⑯ 若翁:其父。指阿绣的父亲。若,作代词用时,可代指"你(们)""你(们)的",也可代指"他的"。
⑰ 旋日:回来的日子。指姚翁回家以后。旋,返回或归来。

坚守以伺其归。逾十馀日,忽闻兵警①,犹疑讹传。久之,信益急,乃趣装行②。中途遇乱,主仆相失,为侦者所掠③。以刘文弱,疏其防,盗马亡去。至海州界,见一女子,蓬鬓垢耳④,出履蹉跌⑤,不可堪。刘驰过之,女遽呼曰:"马上人非刘郎乎?"刘停鞭审顾,则阿绣也。心仍讶其为狐,曰:"汝真阿绣耶?"女问:"何为出此言?"刘述所遇。女曰:"妾真阿绣也。父携妾自广宁归,遇兵被俘,授马屡堕⑥。忽一女子握腕趣遁⑦,荒窜军中,亦无诘者。女子健步若飞隼⑧,苦不能从,百步而屡屡褪焉⑨。久之,闻号嘶渐远,乃释手曰:'别矣!前皆坦途,可缓行。爱汝者将至,宜与同归。'"刘知其狐,感之。因述其留盖之故。女言其叔为择婿于方氏,未委禽而乱始作⑩。刘始知舅言非妄。携女马上,叠骑归⑪。入门则老母无恙,大喜。系马入,俱道所以。母亦喜,为女盥濯,妆竟,容光焕发。母抚掌曰:"无怪痴儿魂梦不置也⑫!"遂设裀褥⑬,使从己宿。又遣人赴盖,寓书于姚⑭。不数日,姚夫妇俱至,卜吉成礼乃去⑮。

---

① 兵警:出兵打仗的消息。
② 趣装:速整行装。
③ 侦者:侦探敌情的人。这里指军队的前哨。
④ 蓬鬓垢耳:犹"蓬头垢面"。头发蓬乱,满脸污垢。
⑤ 出履蹉跌:比喻走路跌跌撞撞。出履,迈步。蹉跌,失足跌倒。这里是跌跌撞撞的意思。
⑥ 授马屡堕:给了一匹马让我骑,却老是从马上掉下来。
⑦ 趣遁:快速逃走。趣,急,快。
⑧ 飞隼(sǔn):飞鸟。隼,本指一种凶猛的鸟。也泛指鸟类。
⑨ 屦:本指用麻、葛等制成的单底鞋。后泛指鞋。
⑩ 委禽:致送聘礼。委,致送,给。禽,本指雁,后来泛指订婚的礼物。
⑪ 叠骑:二人共骑一马。
⑫ 魂梦不置:犹"魂牵梦绕",醒时梦里都不能忘怀。魂,本义是灵魂,这里是指白天不睡觉的时候。置,搁置,放下,放在一边。
⑬ 裀(yīn)褥:本义是指一种坐卧的器具。也泛指铺盖。裀,草垫子。
⑭ 寓书:寄信。《说文》:"寓,寄也。"
⑮ 卜吉成礼:选定吉日,举行婚礼。

刘出藏箧，封识俨然①。有粉一函②，启之，化为赤土。刘异之。女掩口曰："数年之盗，今始发觉矣。尔日见郎任妾包裹，更不及审真伪，故以此相戏耳。"方嬉笑间，一人搴帘入曰："快意如此，当谢蹇修否③？"刘视之，又一阿绣也，急呼母。母及家人悉集，无有能辨识者。刘回眸亦迷，注目移时，始揖而谢之。女子索镜自照，赧然趋出④，寻之已杳。夫妇感其义，为位于室而祀之⑤。一夕，刘醉归，室暗无人。方自挑灯，而阿绣至。刘挽问："何之？"笑曰："醉臭熏人，使人不耐！如此盘诘，谁作桑中逃耶⑥？"刘笑捧其颊，女曰："郎视妾与狐姊孰胜？"刘曰："卿过之。然皮相者不辨也⑦。"已而合扉相狎。俄有叩门者，女起笑曰："君亦皮相者也。"刘不解，趋启门，则阿绣入，大愕。始悟适与语者，狐也。暗中又闻笑声。夫妻望空而祷，祈求现像。狐曰："我不愿见阿绣。"问："何不另化一貌？"曰："我不能。"问："何故不能？"曰："阿绣，吾妹也，前世不幸夭殂⑧。生时，与余从母至天宫见西王母⑨，心窃爱慕，归则刻意效之。妹较我慧，一月神似。我学三月而后成，然终不及

---

① 封识(zhì)俨然：包装和封记整齐如故。封识，即封记。封，用加盖印章的纸条贴在门、箱或其他容器的口上以防开启。识，标记。俨然，形容整齐。
② 一函：一盒。函，盛物的匣子或套子等。
③ 蹇(jiǎn)修：媒人。语出屈原《离骚》："解佩纕以结言兮，吾令蹇修以为理。"蹇修，传说是伏羲氏的臣子。理，使者，即媒人、说亲人。后世因以蹇修作为媒人的代称。
④ 赧(nǎn)然：形容难为情的样子，羞愧的样子。
⑤ 为位：设牌位。为，动词，设置、建立。
⑥ 作桑中逃：指外出幽会。语出《诗经·鄘风·桑中》："期我乎桑中，要我乎上宫。"后世因以"桑中之约"代指男女幽会。
⑦ 皮相者：只看外表的人。《韩诗外传》卷十："吴延陵季子游于齐，见遗金，呼牧者取之。牧者曰：'子居之高，视之下；貌之君子，而言之野也。吾有君不君，有友不友，当暑衣裘，君疑取金者乎？'延陵子知其为贤者，请问姓名。牧者曰：'子乃皮相之士也。何足语姓字哉！'遂去。"
⑧ 夭殂(cú)：早死。夭，短命，早死；未成年而死。殂，死亡。
⑨ 西王母：古代神话中的女神，为女仙之宗。俗称"王母娘娘"。相传住在昆仑山上，右带瑶池，左环翠山，又有蟠桃园，园中桃树三千年一开花，三千年一结果，人食之能长生不老。

## 阿繡

知君自有意
中人贋鼎如
何謾不真他
日重來鞍僾
勞尚提幻術
現雙身

妹。今已隔世,自谓过之,不意犹昔耳。我感汝两人诚,故时复一至。今去矣。"遂不复言。自此三五日辄一来,一切疑难悉决之。值阿绣归宁①,来常数日住,家人皆惧避之。每有亡失,则华妆端坐,插玳瑁簪长数寸②,朝家人而庄语之③:"所窃物,夜当送至某所;不然,头痛大作,悔无及!"天明,果于某所获之。三年后,绝不复来。偶失金帛,阿绣效其装吓家人,亦屡效焉。

---

① 归宁:回家省亲。多指已嫁女子回娘家看望父母。《诗经·周南·葛覃》:"害澣害否,归宁父母。"害(hé),通"曷",何不。澣(huàn),洗衣服。《毛传》曰:"宁,安也。父母在,则有时归宁尔。"
② 玳瑁(dàimào)簪:用玳瑁龟壳上取得的玳瑁片制作的簪子。玳瑁,热带和亚热带海洋里的一种食肉性海龟,甲壳黄褐色,有黑斑,很光润,可作装饰品。
③ 朝(cháo)家人:召集家中婢仆。朝,会集、召集。

聊斋志异选

《小翠》

聊斋志异选

《于去恶》

聊斋志异选

《凤仙》

聊斋志异选

智欲圆行欲方

《张鸿渐》

聊斋志异选

《席方平》

聊斋志异选

《贾奉雉》

聊斋志异选

《胭脂》

聊斋志异选

《织成》

# 小　翠

　　王太常①,越人②。总角时③,昼卧榻上。忽阴晦,巨霆暴作④,一物大于猫,来伏身下,展转不离。移时晴霁,物即径出。视之非猫,始怖,隔房呼兄。兄闻,喜曰:"弟必大贵,此狐来避雷霆劫也⑤。"后果少年登进士,以县令入为侍御⑥。生一子名元丰,绝痴,十六岁不能知牝牡⑦,因而乡党无与为婚。王忧之。适有妇人率少女登门,自请为妇。视其女,嫣然展笑,真仙品也。喜问姓名,自

---

① 太常:官职名,汉代为九卿之一,以后各代设太常寺,置太常寺卿和太常寺少卿各一人,通称"太常"。掌管宫廷祭祀、礼乐等事。
② 越:古国名,也称"於越",姒姓,相传始祖为夏少康庶子无余,封于会稽(今浙江绍兴)。春秋末年,越王勾践卧薪尝胆,终于灭吴称霸,疆域拥有今江苏南部、江西东部和浙江北部地区。战国时为楚灭。
③ 总角:指童年。语出《诗经·卫风·氓》:"总角之宴,言笑晏晏。……婉兮娈兮,总角丱兮。""丱"字为象形字,其形如儿童将头发在头顶两侧扎成发髻之状。
④ 巨霆暴作:突然打了一个响雷。霆,疾雷,霹雳。暴,急骤,猛烈。
⑤ 避雷霆劫:即"避雷劫"。古代迷信认为,狐、蛇等动物要想修炼成人形,五百年要遭天庭雷击,称为"雷劫"。届时须寻求显贵、有福之人的庇护,方能躲过雷劫,称为"避雷劫"。躲过雷劫,方能脱去凡身,凝魂结魄为人形。躲不过雷劫,则被天雷霹死或重新修炼。
⑥ 以县令入为侍御:从外任知县调入朝廷为御史。御史,官职名,古代监官。秦以前指史官,明清指主管纠察的官吏,也称侍御史或侍御。
⑦ 牝牡(pìnmǔ):雌雄,公母。

言:"虞氏。女小翠,年二八矣。"与议聘金,曰:"是从我糠覈不得饱①,一旦置身广厦,役婢仆,厌膏粱②,彼意适,我愿慰矣,岂卖菜也而索直乎!"夫人大悦,优厚之。妇即命女拜王及夫人,嘱曰:"此尔翁姑③,奉侍宜谨。我大忙,且去,三数日当复来。"王命仆马送之,妇言:"里巷不远,无烦多事。"遂出门去。小翠殊不悲恋,便即奁中翻取花样④。夫人亦爱乐之。

数日,妇不至。以居里问女,女亦憨然不能言其道路。遂治别院,使夫妇成礼。诸戚闻拾得贫家儿作新妇,共笑姗之⑤;见女皆惊,群议始息。女又甚慧,能窥翁姑喜怒。王公夫妇宠惜过于常情,然惕惕焉惟恐其憎子痴。而女殊欢笑,不为嫌。第善谑⑥,刺布作圆⑦,踢蹴为笑⑧。着小皮靴,蹴去数十步,绐公子奔拾之⑨,公子及婢恒流汗相属。一日王偶过,圆訇然来⑩,直中面目。女与婢俱敛迹去⑪,公子犹踊跃奔逐之。王怒,投之以石,始伏而啼。王以告夫人,夫人往责女,女俯首微笑,以手刓床⑫。既退,憨跳如故⑬,以脂粉涂公子,作花面如鬼。夫人见之,怒甚,呼女诟骂。女倚几弄带,不惧亦不言。夫人无奈之,因杖其子。元

---

① 糠覈(hé):糠中的粗屑。形容粗糙的饭食。覈,本义是指果核。这里是指米、麦的粗屑。
② 厌:通"餍",饱食。膏粱:肥肉与细粮,代指美食。
③ 翁姑:公婆。翁,古代指夫之父或妻之父。姑,丈夫的母亲。
④ 奁:这里指闺中盛放什物的箱匣。花样:绣花时所依据的纸样。
⑤ 笑姗:姗笑,嘲笑。姗,通"讪",讥讽,诽谤。
⑥ 第:转折连词,但、但是。善谑:喜欢取笑作乐。
⑦ 刺布作圆:缝布作球。刺,刺绣、缝制。圆,圆球。
⑧ 踢蹴(cù):踢来踢去。"踢"与"蹴"同义,都是踢的意思。
⑨ 绐(dài):哄骗。
⑩ 訇(hōng)然:形容声音很大。
⑪ 敛迹:隐蔽形迹,不敢露面。这里是躲藏的意思。
⑫ 刓(wán):划刻、抠挖。指被责骂时无聊的动作。
⑬ 憨跳:顽皮。憨,本义是傻,引申为顽皮。

丰大号,女始色变,屈膝乞宥①。夫人怒顿解,释杖去。女笑拉公子入室,代扑衣上尘,拭眼泪,摩挲杖痕,饵以枣栗。公子乃收涕以忻②。女阖庭户③,复装公子作霸王,作沙漠人;己乃艳服,束细腰,婆娑作帐下舞;或髻插雉尾,拨琵琶,丁丁缕缕然④,喧笑一室,日以为常。王公以子痴,不忍过责妇,即微闻焉,亦若置之。

同巷有王给谏者⑤,相隔十馀户,然素不相能⑥。时值三年大计吏⑦,忌公握河南道篆⑧,思中伤之。公知其谋,忧虑无所为计。一夕早寝,女冠带饰冢宰状⑨,剪素丝作浓髭,又以青衣饰两婢为虞候⑩,窃跨厩马而出,戏云:"将谒王先生。"驰至给谏之门,即又

---

① 屈膝乞宥:跪在地上请求原谅。宥,原谅、宽恕。
② 收涕以忻:变哭为笑,止住眼泪笑起来。忻,假借为"欣",心喜、高兴。
③ 庭户:院门。
④ "复装"八句:是写小翠哄着丈夫扮演的两出戏。"作霸王"指扮演西楚霸王项羽,"作沙漠人"是指扮演匈奴王呼韩邪单于;"己乃艳服"三句是指扮演项羽的爱妾虞姬,"髻插雉尾"三句是指扮演王昭君。项羽与虞姬,串演的是"霸王别姬"的故事;单于与王昭君,串演的是昭君出塞和亲的故事。
⑤ 给谏:官职名,古代谏官,专门负责规劝天子改正过失。明清时为给事中的别称。按:谏官与上文注释中的监官不同,监官主要负责监察政府官员,谏官则主要负责对皇帝进谏。
⑥ 素不相能:一向不和睦。能,友好、亲善,和睦。
⑦ 大计吏:考核官吏的工作成绩。明清时,每三年对官吏举行一次考绩,对外官的考绩称"大计",对京官的考绩称"京察"。
⑧ 握河南道篆:掌握着河南道监察御史的官印。明代将全国划分为十二个监察区域,称为"道",由都察院下设十三道监察御史,给予印信,负责考察各道的刑名吏治情况。《明史·职官志二》谓:"都御史,职专纠劾百司,辩明冤枉,提督各道,为天子耳目风纪之司。……十三道监察御史,主察纠内外百司之官邪,或露章面劾,或封章奏劾。……十三道各协管两京、直隶衙门;而都察院衙门分属河南道,独专诸内外考察。"所以王给谏忌妒王侍御,而要中伤他。篆,官印的代称。
⑨ 冢宰:周代中央最高长官,为六卿之首。《周礼·天官冢宰》:"乃立天官冢宰,使帅其属,而掌邦治,以佐王均邦国,治官之属。"后世则称宰相为冢宰。明代以内阁大学士为相,中叶以后多兼吏部尚书,故又称吏部尚书为冢宰。
⑩ 虞候:古代掌管山泽之官,唐宋时为禁卫之官,宋以后则指官僚雇用的侍从。这里是指吏部尚书的侍卫、随员。

鞭挝从人①,大言曰:"我谒侍御王,宁谒给谏王耶!"回辔而归②。比至家门,门者误以为真,奔白王公。公急起承迎,方知为子妇之戏。怒甚,谓夫人曰:"人方蹈我之瑕③,反以闺阁之丑登门而告之。余祸不远矣!"夫人怒,奔女室,诟让之④。女惟憨笑,并不一置词。挞之,不忍;出之⑤,则无家。夫妻懊怨⑥,终夜不寝。时冢宰某公赫甚⑦,其仪采服从⑧,与女伪装无少殊别,王给谏亦误为真。屡侦公门,中夜而客未出⑨,疑冢宰与公有阴谋。次日早期,见而问曰:"夜相公至君家耶⑩?"公疑其相讥,惭言唯唯,不甚响答。给谏愈疑,谋遂寝⑪,由此益交欢公。公探知其情,窃喜,而阴嘱夫人劝女改行⑫,女笑应之。

逾岁,首相免⑬。适有以私函致公者,误投给谏。给谏大喜,先托善公者往假万金⑭,公拒之。给谏自诣公所,公觅巾袍⑮,并不可得。给谏伺候久,怒公慢,愤将行。忽见公子衮衣旒冕⑯,有女

---

① 鞭挝(zhuā):鞭打。挝,敲、打。
② 回辔(pèi):回马。辔,本义缰绳,借指马。
③ 蹈我之瑕:寻找我的过错,利用我的过失。蹈,乘、利用。瑕,本义是玉上的斑点,比喻人或事物显露出来的缺陷、缺点或小毛病。引申为空虚、空子。
④ 诟让:责骂。让,责备。
⑤ 出:休弃。
⑥ 懊怨:懊恼埋怨。
⑦ 赫甚:极为显赫。
⑧ 仪采服从:仪容风采和服饰扈从。
⑨ 中夜:半夜,子时。
⑩ 相公:相当于"宰相大人"。
⑪ 谋遂寝:打算中伤王侍御的阴谋就中止了。寝,停止、中止。
⑫ 改行(xíng):改变自己的行为。指嘱咐小翠改变整天游戏玩耍的行为。
⑬ 首相免:宰相被免职。首相,即前文所说的"冢宰"。明清时在内阁供职的大学士称为"辅臣",首席大学士称为"首辅"或"首相",成为实际上的宰相。
⑭ 善公者:与王侍御友善的人。善,与……相善、相好。
⑮ 巾袍:头巾和袍服。这里指官服。
⑯ 衮衣旒冕:帝王穿戴的冠服。衮衣,皇帝所穿的上面绣有飞龙的礼服,俗称衮龙袍。旒冕,皇帝所戴的前后悬垂玉串的冕冠,古称平天冠。

子自门内推之以出,大骇。已而笑抚之,脱其服冕而去。公急出,则客去远。闻其故,惊颜如土,大哭曰:"此祸水也!指日赤吾族矣①!"与夫人操杖往。女已知之,阖扉任其诟厉。公怒,斧其门,女在内含笑而告之曰:"翁无烦怒。有新妇在,刀锯斧钺妇自受之,必不令贻害双亲。翁若此,是欲杀妇以灭口耶?"公乃止。给谏归,果抗疏揭王不轨②,衮冕作据。上惊验之,其旒冕乃粱藁心所制,袍则败布黄袱也。上怒其诬。又召元丰至,见其憨状可掬,笑曰:"此可以作天子耶?"乃下之法司③。给谏又讼公家有妖人,法司严诘臧获④,并言无他,惟颠妇痴儿,日事戏笑。邻里亦无异词。案乃定,以给谏充云南军⑤。王由是奇女。又以母久不至,意其非人,使夫人探诘之,女但笑不言。再复穷问,则掩口曰:"儿玉皇女,母不知耶?"

无何,公擢京卿⑥。五十馀,每患无孙。女居三年,夜夜与公子异寝,似未尝有所私。夫人舁榻去⑦,嘱公子与妇同寝。过数日,公子告母曰:"借榻去,悍不还!小翠夜夜以足股加腹上,喘气不得;又惯掐人股里。"婢媪无不粲然。夫人呵拍令去。一日,女

---

① 指日赤吾族矣:不几天我们家族就要一个不剩了。指日,不久、不几日、为期不远。赤族,诛灭全族。赤,除掉、诛灭。
② 抗疏:上疏直陈。抗,呈上。不轨,越山常规,不守法度。规,法度、准则。
③ 下之法司:指把王给谏交付法司审理。明清时以刑部、都察院、大理寺为三法司,凡重大案件均由三法司三堂会审。
④ 臧获:奴婢。语出《荀子·王霸》:"如是,则虽臧获,不肯与天子易势业。"《方言》第三:"臧、甬、侮、获,奴婢贱称也。荆淮海岱杂齐之间骂奴曰臧,骂婢曰获。燕之北鄙凡民男而婿婢谓之臧,女而归奴谓之获。亡奴谓之臧,亡婢谓之获。皆异方骂奴婢之贱称也。"臧,本义指男奴隶,泛指奴隶。获,古代对奴婢的贱称。
⑤ 充云南军:充军到云南。充军为古代刑罚,宋代把罪犯发配往军内或官营作坊服劳役,明代则多发配往边远军营服役。
⑥ 擢京卿:提升为京堂。京卿,清代对三品或四品京官的尊称,又称"京堂"。这里是指从侍御提升为太常寺卿。
⑦ 舁(yú):本义是共同抬东西。这里是抬的意思。

浴于室。公子见之,欲与偕。女笑止之,谕使姑待①。既出,乃更泻热汤于瓮,解其袍裤,与婢扶之入。公子觉蒸闷,大呼欲出。女不听,以衾蒙之。少时无声,启视已绝。女坦笑不惊②,曳置床上,拭体干洁,加复被焉。夫人闻之,哭而入,骂曰:"狂婢何杀吾儿!"女辴然曰③:"如此痴儿,不如勿有。"夫人益恚,以首触女;婢辈争曳劝之。方纷嗓间,一婢告曰:"公子呻矣!"辍涕抚之④,则气息休休,而大汗浸淫,沾浃裀褥⑤。食顷汗已,忽开目四顾,遍视家人,似不相识,曰:"我今回忆往昔,都如梦寐,何也?"夫人以其言语不痴,大异之。携参其父,屡试之,果不痴。大喜,如获异宝。至晚,还榻故处,更设衾枕以觇之⑥。公子入室,尽遣婢去。早窥之,则榻虚设。自此,痴颠皆不复作,而琴瑟静好,如形影焉⑦。

年余,公为给谏之党奏劾免官,小有罣误⑧。旧有广西中丞所赠玉瓶⑨,价累千金,将出以贿当路⑩。女爱而把玩之,失手堕碎,惭而自投。公夫妇方以免官不快,闻之怒,交口呵骂。女忿而出,谓公子曰:"我在汝家,所保全者不止一瓶,何遂不少存面目?实与君言:我非人也。以母遭雷霆之劫,深受而翁庇翼⑪;又以我两

---

① 谕:本义是指上告下。也指告诉。
② 坦笑:泰然自若地笑。
③ 辴(chǎn)然:笑的样子。
④ 辍涕:止住眼泪。
⑤ 沾浃裀褥:湿透了褥子。沾浃,浸透。沾,假借为"霑",浸润、浸湿。浃,湿透。裀褥,坐卧的器具。这里指褥子。
⑥ 觇(chān):暗中察看。
⑦ 如形影焉:如影随形。比喻亲密无间。
⑧ 小有罣(guà)误:稍微受到一些牵连和处罚。罣误,也作"诖误"。因受牵连而受到处分或伤害。
⑨ 中丞:巡抚的别称。明清时,各省巡抚多兼副都御史衔,相当于前代的御史中丞,故有此称。
⑩ 当路:掌握一方权力。这里是指掌权者。
⑪ 庇翼:遮蔽保护。翼,本义指翅膀,引申为遮护。

人有五年夙分,故以我来报曩恩、了夙愿耳。身受唾骂,擢发不足以数①,所以不即行者,五年之爱未盈。今何可以暂止乎!"盛气而出,追之已杳。公爽然自失②,而悔无及矣。公子入室,睹其剩粉遗钩③,恸哭欲死,寝食不甘,日就羸瘁。公大忧,急为胶续以解之④,而公子不乐。惟求良工画小翠像,日夜浇祷其下⑤,几二年⑥。

偶以故自他里归,明月已皎。村外有公家亭园,骑马墙外过,闻笑语声。停辔,使厩卒捉鞚⑦,登鞍一望,则二女郎游戏其中。云月昏蒙,不甚可辨,但闻一翠衣者曰:"婢子当逐出门!"一红衣者曰:"汝在吾家园亭,反逐阿谁?"翠衣人曰:"婢子不羞!不能作妇,被人驱遣,犹冒认物产也?"红衣者曰:"索胜老大婢无主顾者⑧!"听其音,酷类小翠,疾呼之。翠衣人去曰:"姑不与若争,汝汉子来矣。"既而红衣人来,果小翠。喜极。女令登垣,承接而下之,曰:"二年不见,骨瘦一把矣!"公子握手泣下,具道相思。女言:"妾亦知之,但无颜复见家人。今与大姊游戏,又相邂逅,足知前因不可逃也。"请与同归,不可;请止园中,许之。公子遣仆奔白

---

① 擢发不足以数:即成语"擢发难数",典出《史记·范雎蔡泽列传》:战国时,魏国的须贾曾陷害范雎,后范雎为秦相,须贾使秦,向范雎谢罪。范雎问:"汝罪有几?"须贾说:"擢贾之发,以续贾之罪,尚未足。"后因以形容罪行之多。这里是指小翠到王家后所受的委屈难以计数。擢,抽、拉、拔。
② 爽然自失:深感惆怅。语出《史记·屈原贾生列传》:"读《鹏鸟赋》,同死生,轻去就,又爽然自失矣。"爽然,茫然,也释为默然。自失,内心空虚。
③ 钩:指女子的绣鞋。
④ 胶续:指续娶。古代以琴瑟谐和比喻夫妻恩爱,因此俗称丧妻为"断弦",再娶为"续弦"。又《十洲记》谓:海上凤麟洲多仙人,能以凤喙麟角合煎为膏,名"续弦胶",能续弓弩之断弦。后人因称男女续娶为"胶续"或"鸾胶再续"。
⑤ 浇祷:浇奠祷告。
⑥ 几:几乎,差不多。
⑦ 厩卒:马夫。厩,马圈、马棚。捉鞚:抓住马笼头。鞚,有嚼口的马笼头。
⑧ 索胜:总还胜过。

夫人。夫人惊起,驾肩舆而往①,启钥入亭。女即趋下迎拜。夫人捉臂流涕,力白前过,几不自容,曰:"若不少记榛梗②,请偕归,慰我迟暮③。"女峻辞不可。夫人虑野亭荒寂,谋以多人服役。女曰:"我诸人悉不愿见,惟前两婢朝夕相从,不能无眷注耳;外惟一老仆应门,馀都无所复须④。"夫人悉如其言。托公子养疴园中⑤,日供食用而已。

女每劝公子别婚,公子不从。后年馀,女眉目音声渐与曩异,出像质之⑥,迥若两人。大怪之。女曰:"视妾今日何如畴昔美?"公子曰:"今日美则美矣,然较畴昔则似不如。"女曰:"意妾老矣⑦!"公子曰:"二十馀岁,何得遽老?"女笑而焚图,救之已烬。一日,谓公子:"昔在家时,阿翁谓妾抵死不作茧⑧,今亲老君孤,妾实不能产,恐误君宗嗣。请娶妇于家,旦晚侍奉公姑。君往来于两间,亦无所不便。"公子然之,纳币于钟太史之家⑨。吉期将近,女为新人制衣履,赍送母所。及新人入门,则言貌举止,与小翠无毫发之异。大奇之。往至园亭,则女亦不知所在。问婢,婢出红巾曰:"娘子暂归宁,留此贻公子。"展巾,则结玉玦一枚⑩。心知其不

---

① 肩舆:轿子。《资治通鉴》:"会(司马)睿出观禊,导使睿乘肩舆,具威仪。"胡三省注:"肩舆,平肩舆也,人以肩举之而行。"
② 榛梗:草木丛生,难以通行。比如阻碍或隔阂。榛,一种落叶灌木或小乔木。梗,有刺的草木。
③ 迟暮:本义是黄昏,比喻晚年、暮年。
④ 无所复须:不再需要。须,通"需",需要。
⑤ 托:假托,托言,借口。疴(kē):疾病。
⑥ 质:质对,对比。
⑦ 意妾老矣:大概是我老了。意,意料、猜测。二十四卷抄本作"噫"。
⑧ 抵死:至死,一直到死。不作茧:山东俗语,以蚕不能作茧比喻妇女不能生育。
⑨ 纳币:下聘礼。古代婚礼"六礼"之一,又称"纳征",始于鲁庄公人齐纳币。相当于现在的定婚。太史:古代史官名,明清时,因修史之事归于翰林院,因称翰林为太史。
⑩ 玉玦:环形而有缺口的佩玉。古代常以此表示与人决绝或永诀。《荀子·大略》谓:"绝人以玦,反绝以环。"

## 小幸

帷幄奇謀運
不窮癡兒顛
倒戲閨中功
成便爾將身
退留取餘情
補化工

返,遂携婢俱归。虽顷刻不忘小翠,幸而对新人如觌旧好焉①。始悟钟氏之姻,女预知之,故先化其貌,以慰他日之思云。

异史氏曰:"一狐也,以无心之德,而犹思所报。而身受再造之福者②,顾失声于破甑③,何其鄙哉!月缺重圆④,从容而去,始知仙人之情,亦更深于流俗也⑤!"

---

① 觌(dí):见,相见。
② 再造:比喻莫大之福。再造,再生,用于感激别人救助的敬辞。
③ 失声于破甑(zèng):语出《后汉书·郭(太)符(融)许(劭)列传》:"孟敏字叔达,钜鹿杨氏人也。客居太原。荷甑堕地,不顾而去。林宗见而问其意。对曰:'甑以破矣,视之何益?'"这里反用其意,借以指责王太常毫无涵养,因惋惜被摔碎的玉瓶,而诟骂对王家有再造之恩的小翠。失声,不自禁地出声,下意识地叫喊。甑,古代炊具,底部有许多小孔,用来放在鬲上蒸食物。
④ 月缺重圆:指小翠盛气离开王家后,又在公家园亭与公子重新团圆。
⑤ 流俗:世俗,一般的风俗习惯。这里指世俗之人。

## 梦　狼

白翁，直隶人①。长子甲筮仕南服②，二年无耗。适有瓜葛丁姓造谒③，翁款之。丁素走无常④。谈次，翁辄问以冥事，丁对语涉幻。翁不深信，但微哂之。

别后数日，翁方卧，见丁又来，邀与同游。从之去，入一城阙。移时，丁指一门曰："此间，君家甥也。"时翁有姊子为晋令⑤，讶曰："乌在此？"丁曰："倘不信，入便知之。"翁入，果见甥，蝉冠豸绣坐

---

① 直隶：古代行政区划名，多称直属京师所辖的地区。明永乐间，迁都北京，称直隶北京的地区为北直隶，直隶南京的地区为南直隶。清初以北直隶为直隶省，辖有今北京、天津两市、河北省大部及河南、山东小部分地区。
② 筮仕南服：在南方做官。筮仕，代指做官。古人出外为官，必先占卜吉凶，因称做官为筮仕。筮，用蓍草占卜。南服，代指南方。古代王畿外围每五百里分为一个区划，按距离远近分为五等地带——即甸服（即"京畿"）、侯服、卫服（又称"宾服"）、要服、荒服，称为五服。
③ 瓜葛：比喻辗转相连的亲戚关系或社会关系。这里指远房亲戚。
④ 走无常：古代迷信传说，阴间鬼使不足时，往往勾摄阳世之人代为服役，俗称走无常，也称当阴差。无常，本为佛教用语，指生灭变化不定。迷信传说中则指勾魂使者，即人死之前阎王派来勾魂的鬼。
⑤ 晋令：晋阳县令。晋，即晋阳，太原的古称。本为周代诸侯国名。周成王封其弟叔虞于唐，叔虞子燮父改国号为晋。春秋时居有今山西省大部与河北省西南地区，地跨黄河两岸。春秋末期，晋卿赵简子的家臣董安于和尹铎在晋水之北筑城，取名晋阳。秦置太原郡，治所即在晋阳。汉代又在晋阳置并州，统领太原、上党等六郡。北魏复置太原郡，其后历代相沿。

堂上①,戟幢行列②,无人可通③。丁曳之出,曰:"公子廨署,去此不远,亦愿见之否?"翁诺。少间,至一第,丁曰:"入之。"窥其门,见一巨狼当道,大惧不敢进。丁又曰:"入之。"又入一门,见堂上、堂下,坐者、卧者,皆狼也。又视墀中④,白骨如山,益惧。丁乃以身翼翁而进⑤。公子甲方自内出,见父及丁良喜。少坐,唤侍者治肴蔌⑥。忽一巨狼,衔死人入。翁战惕而起⑦,曰:"此胡为者?"甲曰:"聊充庖厨⑧。"翁急止之。心怔忡不宁,辞欲出,而群狼阻道。进退方无所主,忽见诸狼纷然嗥避,或窜床下,或伏几底。错愕不解其故。俄有两金甲猛士努目入⑨,出黑索索甲⑩。甲扑地化为虎,牙齿巉巉⑪,一人出利剑,欲枭其首⑫。一人曰:"且勿!且勿!此明年四月间事,不如姑敲齿去。"乃出巨锤锤齿,齿零落堕地。虎大吼,声震山岳。翁大惧,忽醒,乃知其梦。心异之,遣人招丁,

① 蝉冠豸(zhì)绣:戴着貂蝉冠,穿着绣有獬豸的官服。蝉冠,即貂蝉冠,本为武夫的盔帽,其特点是"附蝉为文,貂尾为饰",晋代以后成为文武官员的通用冠服。豸绣,绣有獬豸图案的官服。因传说獬豸、神羊能辨曲直、触奸佞,因此多为御史和其他司法官员所服。何垠注《聊斋志异》谓:"冠之用蝉,取之居高饮清。至獬豸,是风宪官服。县令服此,是行取入台之验。"
② 戟幢(chuáng)行(háng)列:棨戟和旌旗等仪仗排列成行。戟,本为古代一种可勾可刺兵器。这里指的是一种有缯衣或油漆的木戟,名为棨戟,为古代官吏出行时用作前导的一种仪仗。幢,古代的一种垂筒形、饰以羽毛、刺有锦绣的旗帜,多用为仪仗。
③ 通:通禀,转达。
④ 墀(chí):堂前台阶上面的空地。也指台阶。
⑤ 翼:本义翅膀,这里用为动词,遮护、掩护的意思。
⑥ 肴蔌(sù):鱼肉与蔬菜。肴,做熟的鱼、肉等。蔌,蔬菜的总称。
⑦ 战惕:战战兢兢,因恐惧而发抖。战,也写作"颤",发抖。惕,害怕。
⑧ 聊充庖厨:略供厨房使用。聊,略、略微。庖厨,厨房,也指厨师。
⑨ 努目:瞪着眼。把眼睛张大,使眼球突出。努,向外突出。
⑩ 黑索:即缧索,官府捆绑犯人所用的绳索。
⑪ 巉(chán)巉:本义指山峰险峻陡峭,这里是形容牙齿尖锐锋利。
⑫ 枭(xiāo)其首:砍他的头。枭首,是古代的一种酷刑,将犯人斩首后再把头颅悬挂于城头或高处示众。枭,本义是指一种恶鸟被人捉住后悬于树上示众,引申为悬头示众。

## 夢狼

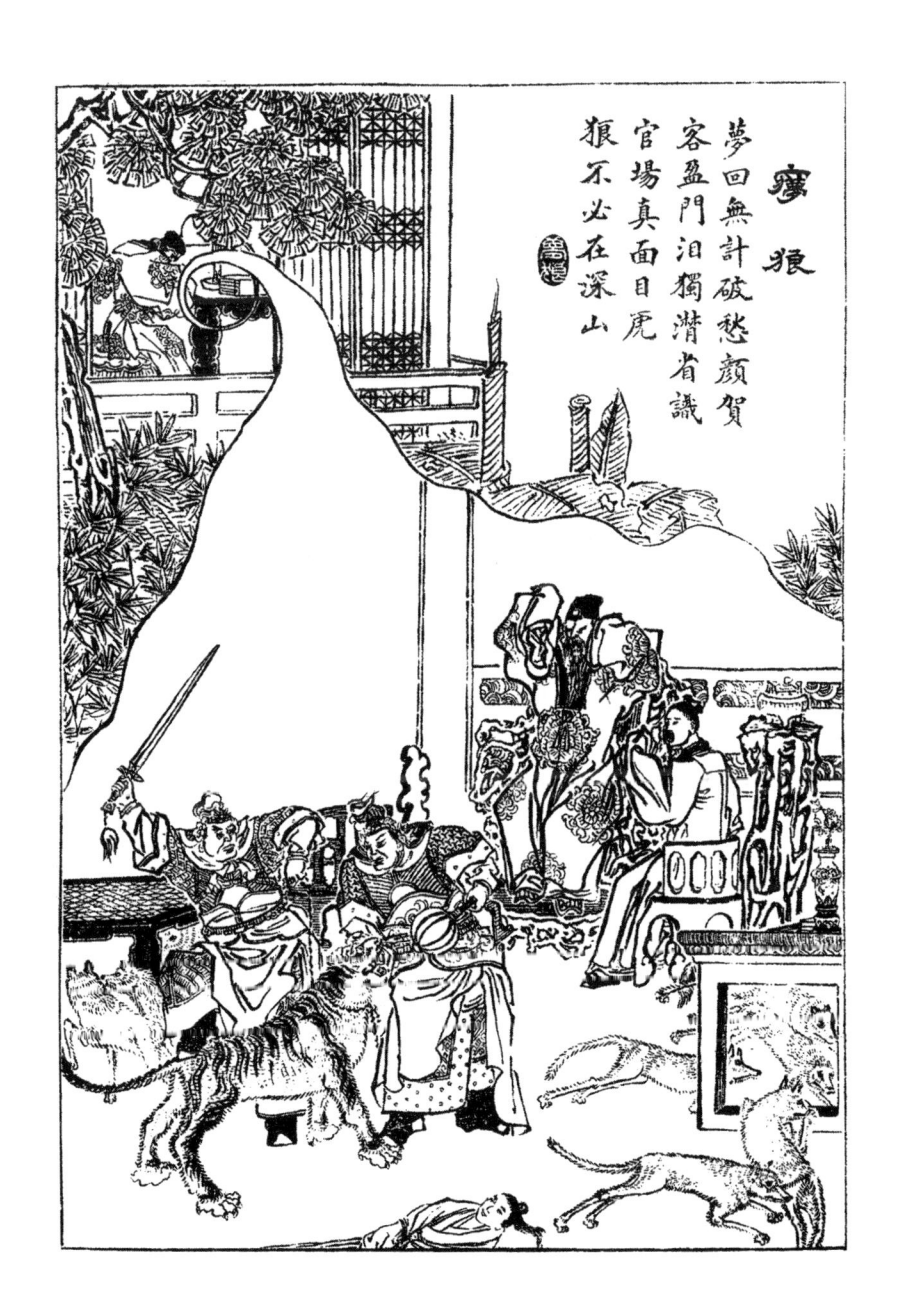

夢回無計破愁顏
客盈門泪獨潛省
官場真面目虎
狼不必在深山

丁辞不至。

翁志其梦,使次子诣甲,函戒哀切①。既至,见兄门齿尽脱。骇而问之,醉中坠马所折。考其时,则父梦之日也。益骇。出父书。甲读之变色,间曰②:"此幻梦之适符耳,何足怪。"时方赂当路者③,得首荐④,故不以妖梦为意。弟居数日,见其蠹役满堂⑤,纳贿关说者中夜不绝⑥,流涕谏止之。甲曰:"弟日居衡茅⑦,故不知仕途之关窍耳⑧。黜陟之权⑨,在上台不在百姓⑩。上台喜,便是好官;爱百姓,何术能令上台喜也?"弟知不可劝止,遂归,告父。翁闻之大哭。无可如何,惟捐家济贫,日祷于神,但求逆子之报,不累妻孥。次年,报甲以荐举作吏部⑪,贺者盈门。翁惟欷歔,伏枕托疾不出。未几,闻子归途遇寇,主仆殒命。翁乃起,谓人曰:"鬼神之怒,止及其身。佑我家者,不可谓不厚也。"因焚香而报谢之。慰藉翁者,咸以为道路讹传,惟翁则深信不疑,刻日为之营兆⑫。而甲固未死。先是四月间,甲解任,甫离境,即遭寇,甲倾装以献之。诸寇曰:"我等来,为一邑之民泄冤愤耳,宁专为此哉!"遂决其首。又问家人:"有司大成者,谁是?"司故甲之腹心,助纣为虐

---

① 函戒哀切:信中叮嘱告诫,情辞哀切。
② 间:一会儿、顷刻。
③ 当路者:也称"当道者",指掌握一方大权的官员。详前《小翠》"当路"注。
④ 得首荐:得到优先推荐,即成为被推荐人中的第一名。明清时,官员三年大计优异者,由巡抚荐举擢升新职。详前《小翠》"大计吏"注。
⑤ 蠹役:像蠹虫一样的吏役。这里是对衙门差役的贬称。
⑥ 关说(shuì):请求关照,疏通关系。关,关照。说,游说。
⑦ 衡茅:衡门茅舍。指平民所居的简陋房舍。衡门,横木为门,指简陋的处所。
⑧ 关窍:一义指人体的重要孔穴。引申为诀窍、窍门。
⑨ 黜陟(chùzhì):官吏的罢免与升迁。黜,降职或罢免。陟,本义登高,引申为晋升。
⑩ 上台:上司,上级官员。
⑪ 作吏部:做了吏部的官。指晋升为吏部的属官。明清时,各州县地方官内调中央各部,一般补授主事、员外郎之类的官职。
⑫ 营兆:卜寻墓葬之地。兆,墓地。

者。家人共指之,贼亦杀之。更有蠹役四人,甲聚敛臣也①,将携入都。并搜决讫,始分赀入囊,骛驰而去②。甲魂伏道旁,见一宰官过,问:"杀者何人?"前驱者曰:"某县白知县也。"宰官曰:"此白某之子,不宜使老后见此凶惨③,宜续其头。"即有一人掇头置腔上,曰:"邪人不宜使正,以肩承颔可也④。"遂去。移时复苏。妻子往收其尸,见有馀息,载之以行;从容灌之,亦受饮。但寄旅邸,贫不能归。半年许,翁始得确耗,遣次子致之而归⑤。甲虽复生,而目能自顾其背,不复齿人数矣⑥。翁姊子有政声,是年行取为御史⑦,悉符所梦。

异史氏曰:"窃叹天下之官虎而吏狼者,比比也⑧。即官不为虎,而吏且将为狼,况有猛于虎者耶⑨! 夫人患不能自顾其后耳。苏而使之自顾,鬼神之教微矣哉⑩!"

邹平李进士匡九⑪,居官颇廉明。常有富民为人罗织⑫,门役吓之曰:"官索汝二百金,宜速办;不然,败矣!"富民惧,诺备半数。役摇手不可,富民苦哀之,役曰:"我无不极力,但恐不允耳。待听

---

① 聚敛臣:指代长官搜刮钱财的帮凶。臣,本义指男性奴隶,这里指甲手下的差役。
② 骛驰:车马奔驰。骛,本义纵横奔驰,泛指疾驰。
③ 老后:死后。老,死的讳称。
④ 以肩承颔:用肩膀接着下巴。意思是歪着头,脸偏向肩膀的方向。
⑤ 致之而归:送他回家。致,送。
⑥ 不复齿人数:即"不齿人类",不能再算是人。齿,并列、同等。数,数目,引申为数类、种类。
⑦ 行取:明清时,州县地方官经上级推荐保举后调任京职,称为"行取"。御史:详前《小翠》注。
⑧ 比比:到处,处处。这里是"比比皆是"的意思。
⑨ 猛于虎:比虎还凶猛。这里指朝廷的苛捐杂税。语出《礼记·檀公下·第四》:"孔子过泰山侧,有妇人哭于墓者而哀。夫子式而听之。使子路问之曰:'子之哭也,一似重有忧者?'而曰:'然。昔者,吾舅死于虎,吾夫又死焉,今吾子又死焉。'夫子曰:'何为不去也?'曰:'无苛政。'夫子曰:'小子识之,苛政猛于虎也。'"
⑩ 微:微妙,精妙。
⑪ 邹平:县名,即今山东省邹平市。
⑫ 为人罗织:被人诬陷。罗织,虚构种种罪名,对无辜者加以诬陷。

鞫时①,汝目睹我为若白之,其允与否,亦可明我意之无他也。"少间,公按是事②。役知李戒烟,近问:"饮烟否?"李摇其首。役即趋下曰:"适言其数,官摇首不许,汝见之耶?"富民信之,惧,许如数。役知李嗜茶,近问:"饮茶否?"李颔之。役托烹茶,趋下曰:"谐矣!适首肯,汝见之耶?"既而审结,富民果获免,役即收其苞苴③,且索谢金。呜呼!官自以为廉,而骂其贪者载道焉。此又纵狼而不自知者矣④。世之如此类者更多,可为居官者备一鉴也。

又,邑宰杨公⑤,性刚鲠⑥,撄其怒者必死⑦;尤恶隶皂⑧,小过不宥。每凛坐堂上,胥吏之属无敢咳者⑨。此属间有所白,必反而用之。适有邑人犯重罪,惧死。一吏索重赂,为之缓颊⑩。邑人不信,且曰:"若能之,我何靳报焉!"乃与要盟⑪。少顷,公鞫是事。邑人不肯服。吏在侧呵语曰:"不速实供,大人械梏死矣⑫!"公怒曰:"何知我必械梏之耶?想其赂未到耳。"遂责吏,释邑人。邑人乃以百金报吏。要知狼诈多端,少失觉察即为所用,正不止肆其爪

---

① 听鞫(jū):听断,听审。听,决断、审理。鞫,审问。
② 按:考察,审讯。
③ 苞苴:本指包裹鱼肉的草包,引申为馈赠的礼物或行贿的财物。《荀子·大略》谓:"苞苴行与?谗夫兴与?"唐·杨倞《荀子注》曰:"货贿必以物包裹,故总谓之苞苴。"苞是席草,苴是苴麻,可用来编草鞋、草垫、草席之类。
④ 纵狼:放纵吏役作恶。狼,即上文所说"吏狼"。
⑤ 邑宰:本县知县。邑,旧时对县的别称。
⑥ 刚鲠(gěng):刚直。鲠,刚直。
⑦ 撄:触,触犯。
⑧ 隶皂:即"皂隶",穿黑衣的衙役。古代衙门里的差役多穿黑衣,故有此称。
⑨ 胥吏:古代官府中办理文书的小官吏。
⑩ 缓颊:婉言劝解或代人讲情。
⑪ 要(yāo)盟:立盟,立约。要,约言,以明誓的方式就某事做出庄严的承诺或表示某种决心。
⑫ 械梏:本义是指手铐脚镣之类的刑具,械指脚镣,梏指木枷即木手铐。这里用作动词,是用刑、施以刑罚的意思。

牙,以食人于乡而已也。此辈败我名,败我阴骘①,甚至丧我身家②。不知居官者作何心肺③,偏要以赤子饲麻胡也④!

---

① 阴骘:原指上苍默默地安定下民,转指阴德。阴,暗中,暗地里。骘,安定。
② 身家:对自身和家庭的合称。
③ 心肺:即"心肠",指人的心地或心理。
④ 以赤子饲麻胡:用婴儿来喂麻胡。麻胡,为隋朝将军麻祜的音转。传说麻祜生性残暴,为隋炀帝开凿汴河时,曾残酷地蒸食小孩,被百姓视为恶魔,因此常都拿他来吓唬小孩。唐·李济翁《资暇集》卷下载:"俗怖婴儿曰:'麻胡来!'不知其源者,以为多髯之神而验刺者,非也。隋将军麻祜,性酷虐,炀帝令开汴河,威棱既盛,至稚童望风而畏,互相恐吓曰:'麻祜来!'稚童语不正,转祜为胡。"这里是指像杨公这样的清廉之官以善良的心理来对待那些狼诈多端的差役。

# 司 文 郎

　　平阳王平子①,赴试北闱②,赁居报国寺③。寺中有余杭生先在④,王以比屋居⑤,投刺焉⑥,生不之答。朝夕遇之,多无状。王怒其狂悖⑦,交往遂绝。

　　一日,有少年游寺中,白服裙帽,望之傀然⑧。近与接谈,言语谐妙⑨,心爱敬之。展问邦族⑩,云:"登州宋姓⑪。"因命苍头设座⑫,相对噱谈⑬。余杭生适过,共起逊坐⑭。生居然上座,更不挚

---

① 平阳:明代府名,治所以今山西省临汾市。
② 北闱:本指北京顺天府的乡试贡院,这里指顺天府举行的乡试。明清时,习惯上称在北京顺天府举行的乡试为"北闱",在南京应天府举行的江南考试为"南闱"。闱,科举时代对考场、试院的称谓。
③ 报国寺:明初刘侗、于奕正《帝京景物略》卷三记载:报国寺在北京广宁门外。
④ 余杭:县名,在今浙江省杭州市北部。
⑤ 比屋:隔壁,邻屋。比,本义并列,引申为连接、接近。
⑥ 投刺:投递名片。指前去拜访。刺,名片、名帖。
⑦ 狂悖(bèi):狂妄傲慢,不通情理。
⑧ 傀(guī)然:超群独立的样子。
⑨ 谐妙:诙谐而精妙。
⑩ 展问:恭敬地询问。展,敬辞。邦族:籍贯和家族。
⑪ 登州:明代府名,治所在今山东省蓬莱市。
⑫ 苍头:指仆人。汉时奴仆皆以深青色头巾包头,故名。也指老年人。
⑬ 噱(jué)谈:谈笑。噱,大笑。
⑭ 逊坐:让坐。逊,辞让、谦让。

挹①。卒然问宋②:"亦入闱者耶?"答曰:"非也。驽骀之才③,无志腾骧久矣④。"又问:"何省?"宋告之。生曰:"竟不进取,足知高明。山左、右并无一字通者⑤。"宋曰:"北人固少通者,而不通者未必是小生;南人固多通者,然通者亦未必是足下。"言已,鼓掌,王和之⑥,因而哄堂。生惭忿,轩眉攘腕而大言曰⑦:"敢当前命题,一校文艺乎⑧?"宋他顾而哂曰:"有何不敢!"便趋寓所,出经授王。王随手一翻,指曰:"'阙党童子将命⑨。'"生起,求笔札。宋曳之曰:"口占可也。我破已成⑩,'于宾客往来之地,而见一无所知之人焉。'"王捧腹大笑。生怒曰:"全不能文,徒事嫚骂⑪,何以为

---

① 挹挹(huīyì):谦逊,谦让。挹,谦让,诚挚和谦逊的。挹,谦抑。
② 卒(cù)然:突然。指冒失而无礼貌的样子。
③ 驽骀(nútái):驽和骀都是劣马。比如才能平庸低下。
④ 腾骧(xiāng):马昂首奔腾。比喻奋力上进。骧,腾跃,昂首奔驰。
⑤ 山左、右:太行山的东边和西边,指山东、山西。山东省在太行山的东边,故称山左,这里是指宋生而言。山西省在太行山的西边,故称山右,这里是指王子平而言。无一字通者:指没有通晓文墨的人。
⑥ 和(hè):附和,响应。
⑦ 轩眉攘腕:抬起眉毛,捋起袖子。表示因生气而欲一比高低的架势。轩,高扬。攘,捋起(袖子)。
⑧ 校:较量,比试。文艺:指八股文。也称"时艺""窗艺""课艺""制艺"或"制义"。《清史稿》卷一〇八《选举三》:"有清科目取士,承明制用八股文。取四子书及易、书、诗、春秋、礼记五经命题,谓之制义。"其中出自"四书"者称为"书艺(义)"或"四书艺(义)",出目"五经"者称为"经论"或"五经论(义)"。八股文是明清时期科举考试的规定科目,文章固定分为破题、承题、起讲、入手、起股、中股、后股、束股八个部分。其中"起股"至"束股"是正式议论,而且这四股中每股都有两股对比的文字,合起来一共又有八股,故称"八股文"或"八比文"。
⑨ 阙党童子将命:《论语·宪问》:"阙党童子将命。或问之曰'益者与?'子曰:'吾见其居于位也,见其与先生并行也。非求益者也,欲速成者也。'"大意是说,阙里的一位童子奉命捷走,孔子说这个童子不是求上进,而是一个想走捷径的人。这里以"阙党童子将命"作为比试"四书义"的题目,含有借题发挥、奚落余杭生之意。
⑩ 破:即破题。八股文的开头,要求用两句话说破题目的要义,称为破题。"于宾客"二句即是破题,既解释了"阙党童子将命"的题意,又语义双关地嘲骂了余杭生。
⑪ 嫚骂:也写作"谩骂",恣意辱骂。嫚,侮辱。

人!"王力为排难①,请另命佳题。又翻曰:"'殷有三仁焉②。'"宋立应曰:"三子者不同道③,其趋一也④。夫一者何也?曰:仁也。君子亦仁而已矣,何必同?"生遂不作,起曰:"其为人也小有才。"遂去。

王以此益重宋。邀入寓室,款言移晷⑤,尽出所作质宋⑥。宋流览绝疾,逾刻已尽百首,曰:"君亦沉深于此道者⑦。然命笔时,无求必得之念,而尚有冀幸得之心⑧,即此已落下乘⑨。"遂取阅过者一一诠说。王大悦,师事之;使庖人以蔗糖作水角⑩。宋啖而甘之,曰:"生平未解此味,烦异日更一作也。"从此相得甚欢。宋三五日辄一至,王必为之设水角焉。余杭生时一遇之,虽不甚倾谈,而傲睨之气顿减。一日,以窗艺示宋⑪。宋见诸友圈赞已浓⑫,目一过,推置案头,不作一语。生疑其未阅,复请之,答已览竟。生又疑其不解,宋曰:"有何难解?但不佳耳!"生曰:"一览丹黄⑬,何知

---

① 排难(nàn):调解纠纷。排,排解、疏通。难,仇怨。这里指矛盾、纠纷。
② 殷有三仁焉:出自《论语·微子第十八》:"微子去之,箕子为之奴,比干谏而死。孔子曰:'殷有三仁焉。'"大意是说殷纣王昏庸残暴,而微子、箕子、比干则是三位仁人。
③ 不同道:对待殷纣王的暴政所采取的方法不同。据《史记·宋微子世家》记载:微子名启,乃纣王之兄,因谏纣王不听,遂抱着商汤的祭器逃往国外;箕子亦因谏不听,"乃披发佯狂而为奴";比干则因"直言谏纣"而被杀,并被剖腹挖心。
④ 其趋一也:他们的目的都是一致的。趋,趋向,志趣。
⑤ 款言移晷:指二人推心置腹地交谈,不知不觉过去了很长时间。款言,真诚地交谈。款,真诚、诚恳。移晷,日影移动,指时间很长。晷,本义日影,比喻光阴、时间。
⑥ 质:质疑问难。即请教的意思。
⑦ 沉深:即沉迷、沉湎。
⑧ 冀幸得:希望侥幸得中(考中)。
⑨ 下乘:本为佛教用语,即"小乘"。借指平庸的境界或下品。
⑩ 水角:水饺。
⑪ 窗艺:指平时习作的八股文。古代以"窗下"代指上学读书,因有此称。详本篇"文艺"注。
⑫ 圈赞:古人阅读文章时,每遇有佳句,往往在文句旁边加圈以示赞许,称为圈赞。
⑬ 丹黄:古人批校书籍时用朱笔书写,如遇错字则用雌黄涂抹,因以"丹黄"代指文章的评点。这里指诸友对王平子所作八股文的圈赞。

不佳?"宋便诵其文,如夙读者,且诵且訾①。生踧踖汗流②,不言而去。移时宋去,生入,坚请王作。王拒之。生强搜得,见文多圈点,笑曰:"此大似水角子!"王故朴讷,觍然而已。次日宋至,王具以告。宋怒曰:"我谓'南人不复反矣③',伧楚何敢乃尔④!必当有以报之!"王力陈轻薄之戒以劝之,宋深感佩。

既而场后以文示宋,宋颇相许⑤。偶与涉历殿阁,见一瞽僧坐廊下,设药卖医。宋讶曰:"此奇人也!最能知文,不可不一请教。"因命归寓取文。遇余杭生,遂与俱来。王呼师而参之。僧疑其问医者,便诘症候⑥。王具白请教之意,僧笑曰:"是谁多口?无目何以论文?"王请以耳代目。僧曰:"三作两千馀言,谁耐久听!不如焚之,我视以鼻可也。"王从之。每焚一作,僧嗅而颔之曰:"君初法大家⑦,虽未逼真,亦近似矣。我适受之以脾。"问:"可中否?"曰:"亦中得。"余杭生未深信,先以古大家文烧试之。僧再嗅曰:"妙哉!此文我心受之矣,非归、胡何解办此⑧!"生大骇,始焚己作。僧曰:"适领一艺,未窥全豹⑨,何忽另易一人来也?"生托

---

① 訾(zǐ):本义是毁谤、非议,这里是批评、议论的意思。
② 踧踖(jújí):局促不安,拘谨不自然。
③ 南人不复反矣:语出《三国志·诸葛亮传》裴松之注引《汉晋春秋》:三国时,诸葛亮七擒孟获,孟获心悦诚服,向诸葛亮表示:"公天威也!南人不复反矣!"这里宋生引用此话,是用来比喻原以为余杭生不再寻衅生事的意思。
④ 伧(cāng)楚:鄙陋的家伙。魏晋南北朝时,吴人鄙视楚人荒陋,故称楚地人为伧楚。后世因以"伧楚"代称粗野鄙贱、缺乏教养的人。伧,粗俗。
⑤ 相许:赞许、称赞。相,表他称。
⑥ 症候:症状。
⑦ 法:师法,效仿。
⑧ 归、胡:指明代散文家归有光和胡友信,二人为明嘉靖、隆庆年间精通八股文的大家。见《明史·文苑传》。
⑨ 未窥全豹:未能看见全部。这里是未能领略全文的意思。语出《晋书·王献之传》:"管中窥豹,时见一斑。"一斑,指豹子身上的一处斑纹。后世因以"全豹"比喻全部或整体。

言:"朋友之作,止此一首。此乃小生作也。"僧嗅其馀灰,咳逆数声①,曰:"勿再投矣!格格而不能下②,强受之以膈③,再焚则作恶矣④。"生惭而退。

数日榜放,生竟领荐⑤,王下第⑥。生与王走告僧。僧叹曰:"仆虽盲于目,而不盲于鼻;帘中人并鼻盲矣⑦。"俄馀杭生至,意气发舒,曰:"盲和尚,汝亦啖人水角耶?今竟何如?"僧曰:"我所论者文耳,不谋与君论命⑧。君试寻诸试官之文,各取一首焚之,我便知孰为尔师。"生与王并搜之,止得八九人。生曰:"如有舛错⑨,以何为罚?"僧愤曰:"剜我盲瞳去!"生焚之,每一首,都言非是。至第六篇,忽向壁大呕,下气如雷。众皆粲然。僧拭目向生曰:"此真汝师也!初不知而骤嗅之,刺于鼻,棘于腹⑩,膀胱所不能容,直自下部出矣!"生大怒去,曰:"明日自见!勿悔!勿悔!"越二三日,竟不至;视之,已移去矣。乃知即某门生也。

宋慰王曰:"凡吾辈读书人,不当尤人,但当克己⑪;不尤人则德益弘⑫,能克己则学益进。当前踬落⑬,固是数之不偶⑭;平心而

---

① 咳逆:因气逆而作咳。
② 格格而不能下:即"格格不入",因格塞不顺而不能下气。格,阻遏。
③ 膈(gé):胸腔和腹腔间的膈膜。
④ 作恶:恶心,呕吐。
⑤ 领荐:领乡荐,即考中举人。
⑥ 下第:落榜。这里指乡试没有考中。
⑦ 帘中人:指负责阅卷的内帘官。明清乡试时,考场与公堂之间的门用一道帘子隔开,称外帘和内帘,外帘管考务,内帘管阅卷。详前《于去恶》"帘官"注。
⑧ 不谋:没有打算。
⑨ 舛(chuǎn)错:差错。
⑩ 棘:刺,扎。这里是阻、格的意思。
⑪ "不当"二句:意思是说不该责怪别人,而只该严格要求自己。尤人,怨恨别人。尤,责怪、怪罪、怨恨。克,克制、约束。
⑫ 弘:广大。
⑬ 踬(cù)落:失意。
⑭ 数之不偶:命运不佳。不偶,遭遇不顺利。偶,假借为"遇",遇合、得到赏识。

司文郎

水角訂交談藝日
半生喻著誤儒
冠聲價揚家憇
文運盲目何須
怨試官

论,文亦未便登峰①。其由此砥砺②,天下自有不盲之人。"王肃然起敬。又闻次年再行乡试,遂不归,止而受教。宋曰:"都中薪桂米珠③,勿忧资斧。舍后有窖镪④,可以发用。"即示之处。王谢曰:"昔窦、范贫而能廉⑤,今某幸能自给,敢自污乎?"王一日醉眠,仆及庖人窃发之。王忽觉⑥,闻舍后有声;窃出,则金堆地上。情见事露,并相慑伏⑦。方诃责间,见有金爵,类多镌款⑧,审视,皆大父字讳⑨。盖王祖曾为南部郎⑩,入都寓此,暴病而卒,金其所遗也。王乃喜,称得金八百馀两。明日告宋,且示之爵,欲与瓜分,固辞乃已。以百金往赠瞽僧,僧已去。

积数月,敦习益苦⑪。及试,宋曰:"此战不捷,始真是命矣!"俄以犯规被黜⑫。王尚无言,宋大哭不能止,王反慰解之。宋曰:"仆为造物所忌,困顿至于终身,今又累及良友。其命也夫!其命也夫!"王曰:"万事固有数在。如先生乃无志进取,非命也。"宋拭泪曰:"久欲有言,恐相惊怪。某非生人,乃飘泊之游魂也。少负

---

① 登峰:登上高峰。比喻考中举人。
② 砥砺:本义是磨刀石,引申为勉励、磨炼。
③ 薪桂米珠:柴价贵如桂,米价贵如珠。比喻生活费用昂贵。
④ 窖镪(jiàoqiǎng):埋藏在地下的钱财。窖,贮藏、埋藏。镪,通"繈"。本义是穿钱的绳子。引申为成串的铜钱。也泛指钱币。通常则指银子或银锭。
⑤ 窦、范:指窦仪和范仲淹。窦仪,渔阳人,宋初为工部尚书,为官清介持重。贫穷时,金精化形戏弄他,但他不为所动。见《小说杂记》。范仲淹,吴县人,少孤,从母适长山(今山东省邹平县长山镇)朱氏,读书长白山醴泉寺,虽贫而食粥,却见窖金而不发。见乾隆《章丘县志》卷九。贫而能廉:生活贫穷却能廉洁自守。
⑥ 觉:睡醒,醒来。
⑦ 慑伏:因恐惧而屈服。
⑧ 类多镌款:大都铸刻着款识。类,大都。款,款识,古代钟鼎彝器上铸刻的标志落款的文字。
⑨ 大父:祖父。字讳:名字。古代晚辈对尊长不直称其名,谓之避讳。因也以"讳"字指称所避讳的名字。
⑩ 南部郎:南京的部郎官。郎官,指六部所属的郎中、员外郎等属官。明朝初年,明太祖朱元璋建都南京;永乐年间,明成祖朱棣迁都北京,但在南京仍保留六部官制。
⑪ 敦习:勤勉学习。敦,勤勉,专心且刻苦地完成任务。
⑫ 以犯规被黜:因为违犯考试规则被除名。黜,降职或罢免。这里是指黜落、除名。

才名,不得志于场屋①。佯狂至都,冀得知我者,传诸著作。甲申之年②,竟罹于难,岁岁飘蓬③。幸相知爱,故极力为他山之攻④。生平未酬之愿,实欲借良朋一快之耳。今文字之厄若此,谁复能漠然哉⑤!"王亦感泣,问:"何淹滞⑥?"曰:"去年上帝有命,委宣圣及阎罗王核查劫鬼⑦,上者备诸曹任用,馀者即俾转轮⑧。贱名已录,所未投到者⑨,欲一见飞黄之快耳⑩。今请别矣!"王问:"所考何职?"曰:"梓潼府中缺一司文郎⑪,暂令聋僮署篆⑫,文运所以颠倒。万一幸得此秩⑬,当使圣教昌明⑭。"明日,忻忻而至⑮,曰:"愿

---

① 场屋:考场和号舍,代指考场。明清科举考试的考场称闱,其中乡试的考场称贡院或秋闱,会试的考场称试院或春闱。每一考场都建有数十排砖木结构的简易小屋,称为考棚,单间小屋则称号舍,多者达两万馀间。因俗称场屋。
② 甲申之年:指崇祯十七年(1644)。李自成领导的起义军于是年攻陷北京。
③ 飘蓬:本义是随风飘荡的蓬草。比喻四处游荡,居无定所。
④ 他山之攻:指帮助朋友刻苦攻读。他山,也写作"它山",语出《诗经·小雅·鹤鸣》:"它山之石,可以攻玉。"意思是说它山的石头可以用为琢磨玉器的砺石。后来用以比喻在学习上互相砥砺、共同进步。
⑤ 漠然:无动于衷。
⑥ 淹滞:拖延、滞留。指宋生没有及时投胎转世。
⑦ 宣圣:唐太宗对孔子的追封。据史料记载:鲁哀公诔孔子曰尼父,汉平帝元始元年(公元1年)加谥宣尼父,北魏孝文帝太和十六年(492)改谥文圣尼父,唐太宗贞观十一年(637)尊为宣圣尼父,唐玄宗开元二十一年(733)进谥文宣王,元武宗至大元年(1308)加谥大成至圣文宣王,明世宗嘉靖九年(1530)改为至圣先师孔子神位,清世祖顺治二年(1645)改称大成至圣文宣先师孔子,顺治十四年(1657)改为至圣先师孔子神位。劫鬼:遭遇劫难、无辜而死的鬼魂。
⑧ 俾:使,把。转轮:转世轮回,投胎转世。
⑨ 投到:前往报到。投,投奔,前往。
⑩ 飞黄:传说中的神马。这里指"飞黄腾达",比喻科举考中。
⑪ 梓潼府:道教传说中的梓潼帝君之府。据道教传说,梓潼帝君姓张名亚子或恶子,居文昌府,是主宰天下文教之神,专管人间的功名禄位。司文郎:唐代官职名,司文局之佐郎。这里指梓潼帝君属下的主管文运之神。
⑫ 暂令聋僮署篆:暂时让聋僮代掌官印。据北宋王逵《蠡海录》记载,梓潼帝君有二从者,一名天聋,一名地哑。此处称"聋僮署篆",含有讽刺主考官昏聩不明的意思。
⑬ 秩:职位。
⑭ 圣教:指儒教。
⑮ 忻忻:高兴的样子。忻,假借为"欣"。

遂矣！宣圣命作'性道论'①,视之色喜,谓可司文。阎罗稽簿②,欲以'口孽'见弃③。宣圣争之,乃得就。某伏谢已,又呼近案下,嘱云:'今以怜才,拔充清要④;宜洗心供职,勿蹈前愆。'此可知冥中重德行更甚于文学也。君必修行未至,但积善勿懈可耳。"王曰:"果尔,余杭其德行何在?"曰:"不知。要冥司赏罚⑤,皆无少爽。即前日瞽僧,亦一鬼也,是前朝名家。以生前抛弃字纸过多,罚作瞽。彼自欲医人疾苦,以赎前愆,故托游廛肆耳⑥。"王命置酒,宋曰:"无须。终岁之扰,尽此一刻。再为我设水角足矣。"王悲怆不食,坐令自啖。顷刻,已过三盛⑦,捧腹曰:"此餐可饱三日,吾以志君德耳⑧。向所食都在舍后,已成菌矣。藏作药饵,可益儿慧。"王问后会,曰:"既有官责⑨,当引嫌也。"又问:"梓潼祠中,一相酹祝⑩,可能达否?"曰:"此都无益。九天甚远,但洁身力行,自有地司牒报⑪,则某必与知之。"言已,作别而没。王视舍后,果生紫菌⑫,采而藏之。旁有新土坟起,则水角宛然在焉。

王归,弥自刻厉⑬。一夜,梦宋舆盖而至,曰:"君向以小忿误杀一婢,削去禄籍⑭,今笃行已折除矣。然命薄,不足任仕进也。"

---

① 性道论:作者虚拟的题目。性道,指儒家讲的人性与天道。
② 稽簿:核查簿籍。详前《刘姓》注。
③ 口孽:佛教用语,也称"口业"。这里指争强好辩、讥讽他人、争一时口舌之快等恶业,泛指言论过失。
④ 清要:清明显要之职。
⑤ 要:重要,关键。
⑥ 廛(chán)肆:街市,集市。
⑦ 三盛(chéng):三碗或三盘。盛,器皿,如杯、碗之类。
⑧ 志:记着。
⑨ 官责:做官的职责。
⑩ 一相酹祝:一旦酹酒祷告。
⑪ 地司:阴间的地方官,指城隍、郡司之类。牒报:具牒呈报。
⑫ 紫菌:即紫芝,菌类植物。古人以"芝"为瑞草,食之可益寿却病。
⑬ 弥自刻厉:更加刻苦自励。
⑭ 禄籍:禄位名籍。指官位。

是年,捷于乡①;明年,春闱又捷②。遂不复仕。生二子,其一绝钝,啖以菌,遂大慧。后以故诣金陵,遇余杭生于旅次③,极道契阔④,深自降抑⑤,然鬓毛斑矣。

异史氏曰:"余杭生公然自诩,意其为文,未必尽无可观;而骄诈之意态颜色,遂使人顷刻不可复忍。天人之厌弃已久,故鬼神皆玩弄之。脱能增修厥德⑥,则帘内之'刺鼻棘心'者,遇之正易⑦。何所遭之仅也⑧!"

---

① 捷于乡:乡试报捷,即乡试被录取。捷,告捷,成功。这里指考中。
② 春闱:指会试。明清时,乡试的时间一般在子、午、卯、酉年的秋季八月,故称"秋闱";会试的时间一般在辰、戌、丑、未年的春季二月,故又称"春闱"。闱,古代对考场、试院的称谓。
③ 旅次:旅途中暂住的地方。也指旅途中暂作停留。
④ 契阔:久别的情怀。契,友谊,情义。阔,久不相见。
⑤ 降抑:卑恭,谦虚。
⑥ 脱能增修厥德:假若能够提高、培养他的德行。脱,连词,表示假设,相当于"倘若"。厥,代词,其、他的。
⑦ "则帘内"二句:意思是说只有不通的考官,才会录取不通的考生。帘内之"刺鼻棘心"者,指只会作臭文章的考官。
⑧ 仅:少。

# 于 去 恶

　　北平陶圣俞①,名下士②。顺治间赴乡试③,寓居郊郭④。偶出户,见一人负笈偃儴⑤,似卜居未就者⑥。略诘之,遂释负于道,相与倾语⑦,言论有名士风。陶大说之,请与同居。客喜,携囊入,遂同栖止。客自言:"顺天人,姓于,字去恶。"以陶差长⑧,兄之。于性不喜游瞩⑨,常独坐一室,而案头无书卷。陶不与谈,则默卧而已。陶疑之,搜其囊箧,则笔砚之外,更无长物。怪而问之,笑曰:"吾辈读书,岂临渴始掘井耶⑩?"一日,就陶借书去,闭户抄甚疾,

---

① 北平:旧府名,明洪武元年(1368)置,治所在今北京大兴、宛平两县(今北京市)。永乐元年(1403)改顺天府,迁都于此,建为北京。
② 名下士:有盛名的人士。名下,盛名之下,指有名声的人。
③ 顺治:清世祖爱新觉罗福临的年号(1644—1661)。乡试:又称"秋闱",考中者称举人,第一名称解元。详前《叶生》注。
④ 郊郭:城外郊区。郊,上古时代指国都之外百里以内的地区,后来泛指郊区。郭,本义是指在城的外围加筑的一道城墙,后来泛指外城。
⑤ 负笈偃儴(wǎngráng):背着书箱,疲惫不堪地走着。笈,用竹、藤等编织而成的箱子,多用以盛放书籍。偃,同"尪",瘦弱,困顿。儴,因,仍。
⑥ 卜居:寻找住处。
⑦ 倾语:交谈。倾,交。
⑧ 差长(zhǎng):年龄略大。
⑨ 游瞩:游赏风景。瞩,看,眺望,上下观看。
⑩ 临渴始掘井:即成语"临渴掘井",比喻平时无备,事到临头才想办法。《素问·四气调神大论》:"夫病已成而后药之,乱已成而后治之,譬犹渴而穿井,斗而铸锥,不亦晚乎!"

终日五十馀纸,亦不见其折迭成卷。窃窥之,则每一稿脱,则烧灰吞之。愈益怪焉。诘其故,曰:"我以此代读耳。"便诵所抄书,倾刻数篇,一字无讹。陶悦,欲传其术;于以为不可。陶疑其吝,词涉诮让①。于曰:"兄诚不谅我之深矣。欲不言,则此心无以自剖;骤言之,又恐惊为异怪。奈何?"陶固谓:"不妨。"于曰:"我非人,实鬼耳。今冥中以科目授官②,七月十四日奉诏考帘官③,十五日士子入闱④,月尽榜放矣。"陶问:"考帘官为何?"曰:"此上帝慎重之意,无论鸟吏鳖官皆考之⑤。能文者以内帘用,不通者不得与焉。盖阴之有诸神,犹阳之有守、令也⑥。得志诸公,目不睹坟、典⑦,不

---

① 词涉诮让:言谈之间流露出责怪的意思。诮让,责备。
② 以科目授官:按不同科目考试,授与相应官职。科目,古代分科取士的名目。唐代科举考试分秀才、明经、进士、俊士、明法、明字、明算等五十馀科,又有大经、小经之目,故称科目。明清虽只设进士一科,但仍沿称科目。
③ 帘官:科举时代乡试、会试贡院内的官员。明清时期,考生和试官进入考场后,即将贡院的大门锁上,并在考场和公堂之间的门上挂一道帘子。在考场负责提调、监试等任务的官员,称为外帘官;在帘内公堂负责阅卷、录取等工作的主考官、同考官等,称为内帘官。他们都不得出堂帘之外,故统称"帘官"。
④ 入闱:进入考场。
⑤ 鸟吏鳖官:犹混账官吏。传说古代帝王少昊氏曾以鸟名官。见《左传·昭公十七年》:"我高祖少皞挚之立也,凤鸟适至,故纪于鸟,为鸟师而鸟名:凤鸟氏,历正也;玄鸟氏,司分者也;伯赵氏,司至者也;青鸟氏,司启者也;丹鸟氏,司闭者也;祝鸠氏,司徒也;雎鸠氏,司马也;鸤鸠氏,司空也;爽鸠氏,司寇也;鹘鸠氏,司事也;五鸠,鸠民者也。五雉为五工正,利器用、正量度,夷民者也。"《周礼·天官冢宰》载天官冢宰的属官有鳖人,"掌取互物(甲壳动物的总称),以时籍(cè,用叉刺取鱼鳖等,泛指渔猎)鱼鳖龟蜃凡狸物。春献鳖蜃,秋献龟鱼。祭祀,共蠯(pí,古书上说的一种形状狭长的蚌)蠃(luó,披有旋线螺壳的软体动物的总称)蚳(chí,蚂蚁卵),以授醢人。掌凡邦之籍事。"这里含贬义,是痛骂当时各级官吏的粗话。
⑥ 守、令:太守和县令。指州、县等地方长官。
⑦ 坟、典:即"三坟五典",相传是我国最古老的书籍名。《左传·昭公十二年》载,楚灵王称赞左史倚相:"是良史也,子善视之,是能读《三坟》《五典》《八索》《九丘》。"《尚书序》谓:"伏牺、神农、黄帝之书,谓之《三坟》,言大道也。少昊、颛顼、高辛、唐(尧)、虞(舜)之书,谓之《五典》,言常道也。"

过少年持敲门砖猎取功名①,门既开则弃去;再司簿书十数年②,即文学士,胸中尚有字耶!阳世所以陋劣幸进③,而英雄失志者,惟少此一考耳。"陶深然之,由是益加敬畏。

一日,自外来,有忧色,叹曰:"仆生而贫贱,自谓死后可免。不谓迍邅先生相从地下④。"陶请其故,曰:"文昌奉命都罗国封王⑤,帝官之考遂罢。数十年游神耗鬼⑥,杂入衡文⑦,吾辈宁有望耶?"陶问:"此辈皆谁何人?"曰:"即言之,君亦不识。略举一二人,大概可知:乐正师旷、司库和峤是也⑧。仆自念命不可凭,文不

---

① 敲门砖:砖用来敲门,入门即丢弃。明清八股文,刻板僵化,无实用价值,只供科考猎取功名,因称"敲门砖"。
② 司簿书:管理官府中的文书簿册。
③ 陋劣幸进:知识浅薄、品行恶劣之人侥幸被录取。进,指考取功名,即科举考试被录取。
④ 迍邅(zhūnzhān)先生:犹说"倒霉的家伙""倒霉鬼",戏指坎坷的命运如影随形。迍邅,难行迟滞,喻指命运多舛。
⑤ 文昌:古代神话中的文教之神,全称文昌梓潼帝君。文昌本为古代星官名,是斗魁(即魁星)之上六星的总称。周、汉以来,将文昌配于郊祀。梓潼帝君本为雷神,宋、元道士声称玉皇大帝命梓潼帝君掌管文昌府和人间禄籍。文昌星和梓潼帝君都被道教尊为主宰功名禄位之神,元仁宗延祐三年(1316)将两者合为"辅元开化文昌司禄宏仁帝君",故称文昌帝君。都罗国:所指不详。《汉书·西域传》作《巴俞》都卢"注有"都卢国",其人"体轻善缘"。这里或借都卢国人善于攀缘的特点讽指"夤缘攀附之国"。
⑥ 游神:民间传说中阎王手下的两个阴神,即日游神和夜游神。二神分别于白天和夜间轮流游荡于人间,巡察人间善恶。明·许仲琳《封神演义》第九十九回谓:"日游神温(讳)良,夜游神乔(讳)坤。"这里用以比喻整日闲逛、不学无术的考官。耗鬼:古代称魑,古书上指能使财物虚耗的鬼。见张衡《东京赋》薛综注。这里用以喻指贪赃枉法的主考官。
⑦ 杂入衡文:混迹入考官之中,批阅试卷文章。
⑧ 乐正师旷:师旷为春秋时晋国的乐师,天生具有很强的辨音能力,但生而目盲。乐正,本为周代的乐官之长,后来泛指掌管音乐的官员。司库和峤:和峤是晋朝人,家极富而性至吝,杜预说他有"钱癖"。见《晋书·杜预传》。司库,掌管钱库的官员。这里借师旷眼瞎无目、和峤爱钱成癖,影射主考官有眼无珠、盲目衡文和贪财受贿、衡文不公。

可恃,不如休耳。"言已怏怏,遂将治任①。陶挽而慰之,乃止。至中元之夕②,谓陶曰:"我将入闱。烦于昧爽时③,持香炷于东野④,三呼'去恶',我便至。"乃出门去。陶沽酒烹鲜以待之。东方既白,敬如所嘱。无何,于偕一少年来。问其姓字,于曰:"此方子晋,是我良友。适于场中相邂逅。闻兄盛名,深欲拜识。"同至寓,秉烛为礼。少年亭亭似玉,意度谦婉⑤。陶甚爱之,便问:"子晋佳作,当大快意。"于曰:"言之可笑!闱中七则⑥,作过半矣;细审主司姓名⑦,裹具径出。奇人也!"陶扇炉进酒,因问:"闱中何题?去恶魁解否⑧?"于曰:"书艺、经论各一,夫人而能之。策问⑨:'自古邪僻固多⑩,而世风至今日,奸情丑态,愈不可名,不惟十八狱所不得尽,抑非十八狱所能容。是果何术而可?或谓宜量加一二狱,然殊失上帝好生之心。其宜增与、否与?或别有道以清其源,尔多士

---

① 治任:收拾行李,整理行装,表示要离去。任,担,负(背),载。引申为担负的器具。这里指行装。
② 中元:节日,农历七月十五。古代有"三元"之说,正月十五为"上元",乃天官生日,主赐福;七月十五为"中元",乃地官生日,主赦罪;十月十五为"下元",乃水官生日,主解厄。
③ 昧爽:拂晓,天蒙蒙亮。
④ 炷:点燃。
⑤ 意度谦婉:意态气度谦逊柔和。
⑥ 闱中七则:清顺治三年(1646)颁布的科举条例规定:乡试第一场,试时义七篇。其中"四书"三题——即下文所说的"书艺";"五经"各四题——即下文所谓的"经论",考生可自选一经。合称"七艺"或"七则"。《清史稿·选举三》:"首场四书三题,五经各四题,士子各占一经。""二场论一道,判五道,诏、诰、表各一道,三场经史时务策五道。乡、会试同。"
⑦ 主司:主管官员。这里指主考官。
⑧ 魁解:本义指乡试中式的第一名,泛指高中第一名。魁,即"经魁",明清科举考试分"五经"取士,各经的第一名叫"经魁",合称"五经魁"或"五魁首"。解,即"解元",明清乡试称解试,中式者称举人,举人第一名称"解元"或"魁解"。
⑨ 策问:明清科举考试项目之一,以简策发问的形式提出与时政或经史相关的问题(即策题),考生据题作出回答(即"策论")。
⑩ 邪僻:品行不正,行为反常。

其悉言勿隐①。'弟策虽不佳,颇为痛快。表②:'拟天魔殄灭,赐群臣龙马天衣有差③。'次则《瑶台应制诗》《西池桃花赋》④。此三种,自谓场中无两矣!"言已鼓掌。方笑曰:"此时快心,放兄独步矣⑤。数辰后,不痛哭始为男子也。"天明,方欲辞去。陶留与同寓,方不可,但期暮至。三日竟不复来,陶使于往寻之。于曰:"无须。子晋拳拳⑥,非无意者⑦。"日既西,方果来。出一卷授陶,曰:"三日失约。敬录旧艺百馀作⑧,求一品题。"陶捧读大喜,一句一赞,略尽一二首,遂藏诸笥⑨。谈至更深,方遂留,与于共榻寝。自此为常。方无夕不至,陶亦无方不欢也。

　　一夕,仓皇而入,向陶曰:"地榜已揭,于五兄落第矣!"于方卧,闻言惊起,泫然流涕。二人极意慰藉,涕始止。然相对默默,殊

---

① 尔多士:指参加考试的众考生。
② 表:一种文体,指给皇帝的奏章。参见"策问"注。下文"拟天魔"二句,是表文的题目。参见下注。
③ "拟天魔"二句:意思是说写一篇"天魔殄灭,赐群臣龙马天衣有差"的表文。拟,拟稿,撰写。天魔,佛教所说的从天上降到人间破坏佛道的恶魔,代指旁门邪道。龙马,指骏马。《周礼·天官·庾人》谓:"马八尺以上为龙,七尺以上为䮫,六尺以上为马。"天衣,本指神仙穿的衣服,传说由织女织就,无缝。见《太平广记》卷六八引前蜀牛峤《灵怪录·郭翰》。这里指皇帝所赐的冠带朝服。有差(cī),分等级。差,次第,等级。
④ 《瑶台应制诗》《西池桃花赋》:明清科举考试中有诗赋写作科目。《清史稿·选举三》:"(乾隆)二十二年,诏剔旧习,求实效,移经文于二场,罢论、表、判,增五言八韵律诗。"瑶台,神话传说中神仙居住的地方。应制诗,奉皇帝之命所作的诗。西池,神话传说中昆仑山上的池名,相传是西王母居住的地方。桃花赋,传说西王母有蟠桃园,因有此赋题。瑶台、西池,这里喻指帝王居处。
⑤ 放兄独步:任凭您超群领先。放,任凭,放任。独步,本义是独自行走,引申为超群出众、独一无二。
⑥ 拳拳:诚信,恳切。
⑦ 无意:没有情意,不讲交情。
⑧ 旧艺:过去所写的八股文。艺,即八股文。明清时称八股文为"制艺"或"制义",即前文所说的"书艺""经论"。详前《司文郎》注。
⑨ 笥(sì):一种方形竹器,可用来盛放食物、衣物、书籍等。

不可堪。方曰:"适闻大巡环张桓侯将至①,恐失志者之造言也②。不然,文场尚有翻覆。"于闻之色喜。陶询其故,曰:"桓侯翼德,三十年一巡阴曹,三十五年一巡阳世,两间之不平,待此老而一消也。"乃起,拉方俱去。两夜始返,方喜谓陶曰:"君不贺五兄耶?桓侯前夕至,裂碎地榜,榜上名字,止存三之一。遍阅遗卷③,得五兄甚喜,荐作交南巡海使④,旦晚舆马可到⑤。"陶大喜,置酒称贺。酒数行,于问陶曰:"君家有闲舍否?"问:"将何为?"曰:"子晋孤无乡土,又不忍恝然于兄⑥。弟意欲假馆相依。"陶喜曰:"如此,为幸多矣。即无多屋宇,同榻何碍? 但有严君,须先关白⑦。"于曰:"审知尊大人慈厚可依。兄场闱有日,子晋如不能待,先归何如?"陶留伴逆旅,以待同归。次日方暮,有车马至门,接于莅任。于起,握手曰:"从此别矣。一言欲告,又恐阻锐进之志。"问:"何言?"曰:"君命淹蹇⑧,生非其时。此科之分十之一⑨;后科桓侯临世,公道初彰,十之三;三科始可望也。"陶闻,欲中止。于曰:"不然,此皆天数。即明知不可,而注定之艰苦,亦要历尽耳。"又顾方曰:"勿淹滞⑩,今朝年、月、日、时皆良,即以舆盖送君归。仆驰马自去。"

---

① 大巡环张桓侯:大巡环张飞。大巡环,虚拟的官名,取巡回视察的意思。张桓侯,三国时蜀汉名将张飞,字翼德,谥桓侯。《太平广记》卷一百八十九《关羽》条引《独异志》谓:"蜀将关羽善抚卒而轻士大夫,张飞敬礼士大夫而轻卒伍。"故虚拟张飞巡视考场,以消除蕴第上了的失志不平。
② 造言:假造的言辞,故意传播的流言。
③ 遗卷:遗落的试卷,这里指未被录取者的试卷。
④ 交南:交州南部地区。泛指今广东、广西以南地区。交州,古地名。详前《夜叉国》"交州"注。
⑤ 舆马:指迎接于去恶上任的车马仪仗。
⑥ 恝(jiá)然:淡然,无动于衷;不在意的样子。
⑦ 关白:禀告,禀知。关,通,通其意以言之。白,禀告、报告。
⑧ 淹蹇:困穷失意。淹,滞留。指有才德而居下位。蹇,停。
⑨ 分(fēn)本义是指所分之物,整体中的一部分。引申为缘分、命运、机遇的意思。
⑩ 淹滞:长久停留。

方忻然拜别。陶中心迷乱①,不知所嘱,但挥涕送之。见舆马分途,顷刻都散。始悔子晋北旋,未致一字,而已无及矣。

三场毕,不甚满志,奔波而归。入门问子晋,家中并无知者。因为父述之,父喜曰:"若然,则客至久矣。"先是陶翁昼卧,梦舆盖止于其门,一美少年自车中出,登堂展拜。讶问所来,答云:"大哥许假一舍,以入闱不得偕来。我先至矣。"言已,请入拜母。翁方谦却,适家媪入曰:"夫人产公子矣。"恍然而醒,大奇之。是日陶言,适与梦符,乃知儿即子晋后身也。父子各喜,名之小晋。儿初生,善夜啼,母苦之。陶曰:"倘是子晋,我见之,啼当止。"俗忌客忤②,故不令陶见。母患啼不可耐,乃呼陶入。陶鸣之曰③:"子晋勿尔!我来矣!"儿啼正急,闻声辍止,停睇不瞬,如审顾状。陶摩顶而去④。自是竟不复啼。数月后,陶不敢见之,一见则折腰索抱,走去则啼不可止。陶亦狎爱之。四岁离母,辄就兄眠;兄他出,则假寐以俟其归。兄于枕上教毛诗,诵声呢喃,夜尽四十馀行。以子晋遗文授之,欣然乐读,过口成诵;试之他文,不能也。八九岁眉目朗彻,宛然一子晋矣。陶两入闱,皆不第。丁酉,文场事发⑤,帘官多遭诛遣,贡举之途一肃,乃张巡环力也。陶下科中副车⑥,寻

---

① 中心迷乱:内心迷惑烦乱。中心,内心。
② 俗忌客忤:民间风俗,月子里的婴儿忌见生人,尤其是远途而来的客人。
③ 鸣:本为象声词,即抚儿声。这里用作动词,即哄、抚弄(小孩)的意思。
④ 摩顶:用手抚摩其头顶。佛家摩顶,原为嘱咐大法或授记,见《法华经·嘱累品》。后为佛家施法的一种动作。相传宋仁宗初生时,昼夜啼哭。娄道者(僧人娄守坚的法号)摩其头顶即止。见《聊斋志异》吕注引《一统志》。
⑤ "丁酉"二句:指清顺治十四年(1657)丁酉科乡试舞弊案。丁酉科乡试,顺天、江南、山东、山西、河南等地考场都发生了程度不同的舞弊案,皇帝震怒,将顺天府考官李振邺、张成璞及江南乡试主考官方猷、钱开宗等人全部问斩,并将江南已中式举人传集于北京,由顺治皇帝在太和门外亲自主持复试。结果二十四人被罚停会试,十四人因文笔不通被革去举人资格。成为清代影响最大的一起科场舞弊案。
⑥ 副车:清代科举考试分正、副两榜。正榜取中者称举人,又称"公车";副榜取中者称"副车",相当于预科生。《清史稿·选举三》:"乡、会试正榜外取中副榜,会试副榜免廷试,咨吏部授职。康熙三年罢之。"

## 子太悲

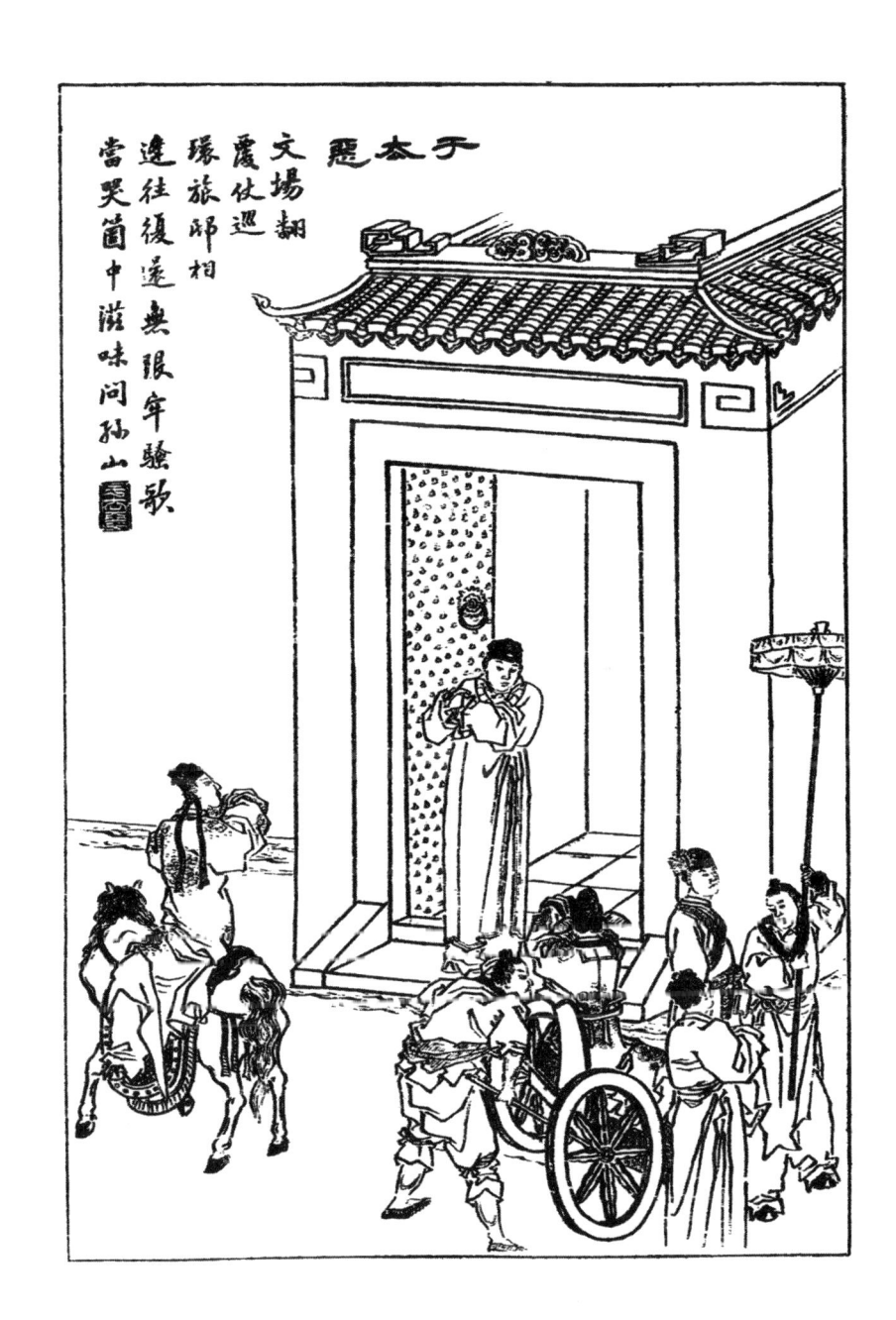

文場翻覆仗巡環
旅邸相逢往復還
無限年驄歌當哭
筒中滋味問孫山

贡①。遂灰志前途,隐居教弟。尝语人曰:"吾有此乐,翰苑不易也②。"

异史氏曰:"余每至张夫子庙堂③,瞻其须眉,凛凛有生气。又其生平暗哑如霹雳声④,矛、马所至,无不大快,出人意表。世以将军好武,遂置与绛、灌伍⑤,宁知文昌事繁,须侯固多哉!呜呼!三十五年,来何暮也!"

---

① 寻贡:不久举荐为贡生。明清时期,取得副车资格的生员,可以贡入国子监读书。
② 翰苑:翰林院。这里指翰林院的官员,即翰林。翰林是皇帝的文学侍从官,唐朝以后始设,明、清改从进士中选拔。
③ 张夫子庙堂:指张飞庙。
④ 暗哑(yīnwū):同"暗恶",发怒声。
⑤ 置与绛、灌伍:把他(张飞)放在与周勃、灌婴相同的地位上。绛,指汉初名将周勃,被封为绛侯。灌,指汉初名将灌婴,此二人皆勇武而无文。

# 凤 仙

　　刘赤水,平乐人①,少颖秀,十五入郡庠。父母早亡,遂以游荡自废②。家不中资,而性好修饰,衾榻皆精美。一夕,被人招饮,忘灭烛而去。酒数行,始忆之,急返。闻室中小语,伏窥之,见少年拥丽者眠榻上。宅临贵家废第,恒多怪异,心知其狐,亦不恐,入而叱曰:"卧榻岂容鼾睡③!"二人遑遽④,抱衣赤身遁去。遗紫纨裤一⑤,带上系针囊。大悦,恐其窃去,藏衾中而抱之。俄,一蓬头婢自门罅入⑥,向刘索取。刘笑要偿⑦。婢请遗以酒,不应;赠以金,又不应。婢笑而去。旋返曰:"大姑言:如赐还,当以佳偶为报。"刘问:"伊谁?"曰:"吾家皮姓。大姑小字八仙,共卧者胡郎也;二姑水仙,适富川丁官人⑧;三姑凤仙,较两姑尤美,自无不当意者。"

---

① 平乐:县名。明清时为广西平乐府治所。今属广西壮族自治区。
② 以游荡自废:因为游乐、放纵而自己荒废了学业。
③ 卧榻岂容鼾睡:借用宋太祖语。据北宋杨亿《谈苑》记载:北宋开宝七年(974),宋太祖命曹彬率军进攻南唐,南唐后主李煜派徐铉出使宋朝,请求暂缓出兵,宋太祖说:"不须多言。江南亦有何罪? 但天下一家,卧榻之侧,岂容他人鼾睡?"
④ 遑遽:即惶遽,惶恐急遽。
⑤ 纨裤:用细绢做的裤子。泛指富家子弟穿的华美衣着。
⑥ 门罅(xià):门缝。
⑦ 要(yāo)偿:索取酬报。要,索取、求取。
⑧ 富川:县名,在今广西平乐县东北。官人:唐代称当官的人。宋代以后成为对有一定地位的男子的敬称。

刘恐失信,请坐待好音。婢去复返曰:"大姑寄语官人:好事岂能猝合?适与之言,反遭诟厉①。但缓时日以待之,吾家非轻诺寡信者。"刘付之。

过数日,渺无信息。薄暮②,自外归,闭门甫坐,忽双扉自启,两人以被承女郎,手捉四角而入,曰:"送新人至矣!"笑置榻上而去。近视之,酣睡未醒,酒气犹芳,赪颜醉态③,倾绝人寰。喜极,为之捉足解袜,抱体缓裳。而女已微醒,开目见刘,四肢不能自主,但恨曰:"八仙淫婢卖我矣!"刘狎抱之。女嫌肤冰,微笑曰:"今夕何夕,见此凉人④!"刘曰:"子兮子兮,如此凉人何!"遂相欢爱。既而曰:"婢子无耻,玷人床寝,而以妾换裤耶!必小报之!"从此无夕不至,绸缪甚殷。袖中出金钏一枚,曰:"此八仙物也。"又数日,怀绣履一双来,珠嵌金绣⑤,工巧殊绝,且嘱刘暴扬之⑥。刘出夸示亲宾,求观者皆以资酒为贽⑦,由此奇货居之。女夜来,作别语。怪问之,答云:"姊以履故恨妾,欲携家远去,隔绝我好。"刘惧,愿还。女云:"不必,彼方以此挟妾,如还之,中其机矣⑧。"刘问:"何不独留?"曰:"父母远去,一家十馀口,俱托胡郎经纪⑨。若不从去,恐长舌妇造黑白也⑩。"从此不复至。

---

① 诟厉:诟病。厉,病。
② 薄暮:傍晚。
③ 赪(chēng)颜:红红的脸色。赪,红色或浅红色。
④ "今夕"二句:《诗经·唐风·绸缪》:"今夕何夕,见此良人。子兮子兮,如此良人何!"良人,古时夫妻互称为良人,后多用于妻子称丈夫。这里谐"良"为"凉",用作玩笑语。
⑤ 珠嵌金绣:金线绣地上镶嵌着珍珠。
⑥ 暴扬之:公开地展示、炫耀八仙的绣鞋。暴,显露。扬,宣扬。
⑦ 资酒:提供酒钱。资,资助、供给。贽:初次求见人时所送的礼物,即见面礼。
⑧ 中其机:中了她设下的圈套。机,机关;计策、计谋。
⑨ 经纪:料理、安排。
⑩ 长舌妇:喜欢搬弄是非的女人。《诗经·大雅·瞻卬》:"妇有长舌,维厉之阶。"郑玄笺曰:"长舌,喻多言语。"

逾二年,思念綦切①。偶在途中,遇女郎骑款段马②,老仆鞚之③,摩肩过④,反启障纱相窥⑤,丰姿艳艳。顷,一少年后至,曰:"女子何人?似颇佳丽。"刘亟赞之。少年拱手笑曰:"太过奖矣!此即山荆也。"刘惶愧谢过。少年曰:"何妨。但南阳三葛,君得其龙⑥。区区者又何足道!"刘疑其言。少年曰:"君不认窃眠卧榻者耶?"刘始悟为胡。叙僚婿之谊⑦,嘲谑甚欢。少年曰:"岳新归,将以省觐。可同行否?"刘喜,从入紫山。山上故有邑人避乱之宅,女下马入。少间,数人出望,曰:"刘官人亦来矣。"入门谒见翁妪。又一少年先在,靴袍炫美。翁曰:"此富川丁婿。"并揖就坐。少时,酒炙纷纶⑧,谈笑颇洽。翁曰:"今日三婿并临,可称佳集。又无他人,可唤儿辈来,作一团圞之会⑨。"俄,姊妹俱出。翁命设坐,各傍其婿。八仙见刘,惟掩口而笑;凤仙辄与嘲弄;水仙貌少亚,而沉重温克⑩,满座倾谈,惟把酒含笑而已。于是履舄交错⑪,兰麝熏

---

① 綦(qí)切:非常殷切。綦,非常、很。
② 款段马:指行走缓慢的马。款段,从容徐缓的样子。
③ 鞚(kòng):马笼头。这里是"捉鞚"的意思,即牵着马笼头。
④ 摩肩过:擦肩而过。摩肩,肩挨着肩。
⑤ 障纱:明清时期,妇女骑马或骑驴出门远行时用以蒙面的纱巾。《掖县四续志》谓:"妇女纱障,见于《聊斋志异》,而行之者独有掖俗,妇女骑驴戴此。其形似帘,以两叉插鬓上,亦doubled眼罩。多以黑纱为之,可以看人而人不睹其貌。礼云:'妇女出门必拥蔽其面。'是纱障犹有古制。今则多年无用者。"
⑥ "南阳"二句:意思是说皮家三姐妹,您得到了其中最美的一个。南阳三葛,指三国时诸葛亮、诸葛瑾、诸葛诞二兄弟,分别仕于蜀、吴、魏。相传诸葛亮曾躬耕南阳,时人称之为"卧龙"。《世说新语·品藻》谓"诸葛瑾弟亮及从弟诞,并有盛名,各在一国。于时以为:'蜀得其龙,吴得其虎,魏得其狗。'"因有此说。
⑦ 僚婿:同为女婿。古代姐夫与妹夫之间,互称僚婿。也称连襟。
⑧ 酒炙纷纶:行酒上菜,忙乱不堪。炙,本义是指烤肉,这里泛指菜肴。纷纶,乱而多,忙乱。
⑨ 团圞(luán):团聚。
⑩ 沉重温克:深沉庄重,温恭自持。温克,语出《诗经·小雅·小宛》,是说饮酒虽醉,仍能温恭自持。温,温恭,温和恭敬。克,胜,克制。
⑪ 履舄交错:各种鞋杂乱地放在一起。这里形容男女混杂。《史记·滑稽列传》:"男女同席,履舄交错。"古人席地而坐,赴宴者脱鞋然后入室。履,单底鞋。舄,复底鞋,即后文所说"复履"。

人,饮酒乐甚。刘视床头乐具毕备,遂取玉笛,请为翁寿。翁喜,命善者各执一艺①,因而合座争取,惟丁与凤仙不取。八仙曰:"丁郎不谙可也,汝宁指屈不伸者?"因以拍板掷凤仙怀中,便串繁响②。翁悦曰:"家人之乐极矣!儿辈俱能歌舞,何不各尽所长?"八仙起,捉水仙曰:"凤仙从来金玉其音③,不敢相劳;我二人可歌《洛妃》一曲④。"二人歌舞方已,适婢以金盘进果,都不知其何名。翁曰:"此自真腊携来⑤,所谓'田婆罗'也⑥。"因掬数枚送丁前。凤仙不悦曰:"婿岂以贫富为爱憎耶?"翁微哂不言。八仙曰:"阿爹以丁郎异县,故是客耳。若论长幼,岂独凤妹妹有拳大酸婿耶?"凤仙终不快,解华妆,以鼓拍授婢,唱《破窑》一折⑦,声泪俱下。既阕⑧,拂袖径去,一座为之不欢。八仙曰:"婢子乔性犹昔⑨。"乃追之,不知所往。刘无颜,亦辞而归。

至半途,见凤仙坐路旁,呼与并坐,曰:"君一丈夫,不能为床头人吐气耶?黄金屋自在书中,愿好为之。"举足云:"出门匆遽,棘刺破复履矣。所赠物,在身边否?"刘出之,女取而易之。刘乞其敝者。辴然曰⑩:"君亦大无赖矣!几见自己衾枕之物,亦要怀藏者?如相见爱,一物可以相赠。"旋出一镜付之曰:"欲见妾,当

---

① 各执一艺:各拿出一门技艺。艺,技艺。这里指演奏乐器。
② 串:串演、演奏。繁响:繁杂的声响。这里指音乐。
③ 金玉其音:指把自己的歌声视为金玉一般珍贵。即不轻易演唱的意思。
④ 《洛妃》一曲:杂剧《洛神记》中的一支曲子。三国魏·曹植曾作《洛神赋》,明代汪道昆据以改为杂剧《洛神记》,又名《洛水悲》,演洛水女神洛嫔事。
⑤ 真腊:古国名,明代后期改名为柬埔寨。见《明史·真腊传》。
⑥ 田婆罗:热带水果名,即波罗蜜,又称将军木、天婆罗、牛肚子果等,桑科多年生常绿果树。果实硕大,平均单果重约6—10公斤,人称水果之王。
⑦ 《破窑》一折:杂剧《破窑记》中的一折。元代有王实甫的《破窑记》杂剧,写富家女刘月娥与穷书生吕蒙正婚恋故事。折,元杂剧剧情发展的自然段落,相当于现在的一幕。
⑧ 既阕:演唱结束。阕,乐曲终了。
⑨ 乔性:高傲的脾气。乔,通"骄"。
⑩ 辴(chǎn)然:笑的样子。

于书卷中觅之;不然,相见无期矣。"言已不见。怊怅而归①。视镜,则凤仙背立其中,如望去人于百步之外者②。因念所嘱,谢客下帷③。一日,见镜中人忽现正面,盈盈欲笑,益重爱之。无人时,辄以共对。月馀,锐志渐衰④,游恒忘返。归见镜影,惨然若涕;隔日再视,则背立如初矣。始悟为己之废学也。乃闭户研读,昼夜不辍。月馀,则影复向外。自此验之:每有事荒废,则其容戚;数日攻苦,则其容笑。于是朝夕悬之,如对师保⑤。如此二年,一举而捷。喜曰:"今可以对我凤仙矣!"揽镜视之,见画黛弯长⑥,瓠犀微露⑦,喜容可掬,宛在目前。爱极,停睇不已。忽镜中人笑曰:"'影里情郎,画中爱宠⑧',今之谓矣。"惊喜四顾,则凤仙已在座右。握手问翁媪起居,曰:"妾别后不曾归家,伏处岩穴,聊与君分苦耳。"刘赴宴郡中,女请与俱,共乘而往,人对面不相窥。既而将归,阴与刘谋,伪为娶于郡也者。女既归,始出见客,经理家政。人皆惊其美,而不知其狐也。

刘属富川令门人,往谒之。遇丁,殷殷邀至其家,款礼优渥⑨,言:"岳父母近又他徙,内人归宁将复。当寄信往,并诣申贺。"刘

---

① 怊怅(chāochàng):憾恨失望的样子。《楚辞·九辩》:"心摇悦而日幸兮,然怊怅而无冀。"
② 去人:离开的人,出远门的人。
③ 下帷:放下帷幕。语出《汉书·董仲舒传》,原为"下帷讲诵",后称闭门苦读,不与闻外事。详前《红玉》"下帷读"注。
④ 锐志:锐意进取的意志。
⑤ 师保:语出《易·系辞下》,指帝王的辅佐。周代的三公(太师、太傅、太保)别称师保,后指太子的老师。这里用作老师的敬称。
⑥ 画黛弯长:以黛描绘的眉毛弯曲而长。画黛,以黛描绘眉毛。代指女子的眉毛。黛,古代女子用以画眉的青黑色颜料。
⑦ 瓠犀微露:洁白整齐的牙齿微微露出。瓠犀,瓠瓜的子。因排列整齐,色泽洁白,所以常用来比喻美人的牙齿。
⑧ 影里情郎,画中爱宠:语出《西厢记》第二本第四折崔莺莺的唱词《越调·斗鹌鹑》:"他做了个影儿里的情郎,我做了个画儿里的爱宠。"
⑨ 优渥:优厚丰盛。

初疑丁亦狐,及细审邦族,始知富川大贾子也。初,丁自别业暮归,遇水仙独步,见其美,微睨之。女请附骥以行①。丁喜,载至斋,与同寝处。棂隙可入②,始知为狐。女言:"郎勿见疑。妾以君诚笃,故愿托之。"丁嬖之③。竟不复娶。刘归,假贵家广宅,备客燕寝④,洒扫光洁,而苦无供帐⑤。隔夜视之,则陈设焕然矣。过数日,果有三十馀人,赍旗采酒礼而至⑥,舆马缤纷,填溢阶巷。刘揖翁及丁、胡入客舍,凤仙逆妪及两姨入内寝。八仙曰:"婢子今贵,不怨冰人矣。钏、履犹存否?"女搜付之,曰:"履则犹是也,而被千人看破矣。"八仙以履击背,曰:"挞汝寄于刘郎⑦。"乃投诸火,祝曰⑧:"新时如花开,旧时如花谢。珍重不曾着,姮娥来相借。"水仙亦代祝曰:"曾经笼玉笋⑨,着出万人称。若使姮娥见,应怜太瘦生⑩。"凤仙拨火曰:"夜夜上青天,一朝去所欢。留得纤纤影,遍与世人看。"遂以灰捻柈中⑪,堆作十馀分,望见刘来,托以赠之。但见绣履满柈,悉如故款⑫。八仙急出,推柈堕地,地上犹有一二只存者,又伏吹之,其迹始灭。次日,丁以道远,夫妇先归。八仙贪与妹戏,

---

① 附骥:依附他人而成名,称附骥尾。骥,千里马。《史记·伯夷列传》:"颜渊虽笃学,附骥尾而行益显。"《索隐》:"蚊蝇附骥尾而致千里,以譬颜回因孔子而名彰。"这里是女子请求跟随丁生的恭维话。
② 棂(líng)隙:窗户的缝隙。棂,窗户或栏杆上雕有花纹的格。
③ 嬖:宠爱。
④ 备客燕寝:预备为客人居住。燕,安。
⑤ 供帐:陈设的帷帐。也泛指陈设之物。
⑥ 赍:携带、持、拿。旗采酒礼:泛指各种礼品。旗采,带有标识的彩礼。酒礼,赴酒宴所带的礼物。
⑦ 挞汝寄于刘郎:意思是把我打你的意思,传达给刘郎。寄,传,传达。
⑧ 祝:祷告,向鬼神求福避祸。
⑨ 笼玉笋:意思是曾让玉笋般的小脚穿过。笼,罩。玉笋,比喻女子尖尖的小脚。
⑩ 太瘦生:唐人惯用语,太瘦,过于窄小的意思。"生"为语气助词。李白《戏赠杜甫》:"因何别来太瘦生,总为从前作诗苦。"
⑪ 柈:通"盘"。
⑫ 故款:原来的式样。款,款式。

## 鳳儀

儂堉身家自富貴
先鞭宜著莫因循
郎君及第歸來日
第一先酬鏡裏人

翁及胡屡督促之,亭午始出①,与众俱去。

初来,仪从过盛,观者如市。有两寇窥见丽人,魂魄丧失,因谋劫诸途。侦其离村,尾之而去。相隔不盈一矢②,马极奔不能及。至一处,两崖夹道,舆行稍缓。追及之,持刀吼咤,人众都奔。下马启帘,则老妪坐焉。方疑误掠其母,才他顾,而兵伤右臂,顷已被缚。凝视之,崖并非崖,乃平乐城门也;舆中则李进士母,自乡中归耳。一寇后至,亦被断马足而絷之。门丁执送太守,一讯而伏。时有大盗未获,诘之,即其人也。

明春,刘及第。凤仙以招祸,故悉辞内戚之贺。刘亦更不他娶。及为郎官③,纳妾,生二子。

异史氏曰:"嗟乎!冷暖之态,仙凡固无殊哉!少不努力,老大徒伤④。惜无好胜佳人,作镜影悲笑耳。吾愿恒河沙数仙人⑤,并遣娇女婚嫁人间;则贫穷海中,少苦众生矣⑥。"

---

① 亭午:正午,中午。
② 不盈一矢:不足一箭之地。古代的一箭之地,约合现在的200米。盈,满。
③ 郎官:帝王的侍从官的通称。东汉以后,郎官的职任与过去不同。明清时侍郎为各部长官之副,郎中为中央六部各司长官。
④ 少不努力,老大徒伤:《汉乐府·长歌行》"少壮不努力,老大徒伤悲"的省语。徒,空自、白白地。
⑤ 恒河沙数:佛经中语,形容数量多得像恒河里的沙子一样无法计算。恒河,印度境内的一条大河。
⑥ 少苦:少吃一点苦头,减少一点苦难。

## 张 鸿 渐

张鸿渐,永平人①。年十八为郡名士。时卢龙令赵某贪暴,人民共苦之。有范生被杖毙②,同学忿其冤,将鸣部院③,求张为刀笔之词④,约其共事。张许之。妻方氏,美而贤。闻其谋,谏曰:"大凡秀才作事,可以共胜,而不可以共败。胜则人人贪天功⑤,一败则纷然瓦解,不能成聚。今势力世界,曲直难以理定;君又孤,脱有翻覆,急难者谁也⑥?"张服其言,悔之,乃宛谢诸生⑦,但为创词而去⑧。质审一过,无所可否。赵以巨金纳大僚,诸生坐结党被收,

---

① 永平:府名。治所在今河北省唐山市卢龙县。
② 被杖毙:受杖刑而被打死。
③ 鸣部院:到部院府衙鸣冤告状。部院,明清时指总督或巡抚的衙门。详前《小谢》注。
④ 为刀笔之词:撰写讼状。古代在竹木简上刻字记事,用刀子刮去错字,后遂把有关案牍(文书)之事叫作刀笔,而称掌案牍的书吏为刀笔吏;讼状是文书的一种,讼师也俗称"刀笔"。
⑤ 贪天功:即"贪天之功"。语出《左传·僖公二十四年》,意思是把自然成功之事归为己有。后泛指把集体或他人的功劳都记在自己的名下。
⑥ 急难者谁也:有谁能在你最困难的时候帮助你呢? 急难者,热心地帮助别人摆脱困境的人。这里指兄弟。《诗经·小雅·常棣》:"脊令在原,兄弟急难。"
⑦ 诸生:即生员,俗称秀才。
⑧ 创词:初稿,草稿。创,草创。

又追捉刀人①。

张惧,亡去。至凤翔界②,资斧断绝。日既暮,踟蹰旷野,无所归宿。欻睹小村③,趋之。老妪方出阖扉,见生,问所欲为。张以实告,妪曰:"饮食床榻,此都细事;但家无男子,不便留客。"张曰:"仆亦不敢过望,但容寄宿门内,得避虎狼足矣。"妪乃令入,闭门,授以草荐④,嘱曰:"我怜客无归,私容止宿。未明宜早去,恐吾家小娘子闻知,将便怪罪。"妪去,张倚壁假寐。忽有笼灯晃耀,见妪导一女郎出。张急避暗处,微窥之,二十许丽人也。及门,见草荐,诘妪。妪实告之,女怒曰:"一门细弱⑤,何得容纳匪人⑥!"即问:"其人焉往?"张惧,出伏阶下。女审诘邦族,色稍霁⑦,曰:"幸是风雅士,不妨相留。然老奴竟不关白,此等草草,岂所以待君子?"命妪引客入舍。俄顷,罗酒浆,品物精洁;既而设锦裯于榻。张甚德之,因私询其姓氏。妪曰:"吾家施氏,太翁夫人俱谢世,止遗三女。适所见,长姑舜华也。"妪去。张视几上有《南华经注》⑧,因取就枕上,伏榻翻阅。忽舜华推扉入。张释卷,搜觅冠履。女即榻捺坐曰⑨:"无须,无须!"因近榻坐,腼然曰:"妾以君风流才士,欲以

---

① 捉刀人:这里指代写讼状的人。《世说新语·容止》:"魏武将见匈奴使,自以形陋,不足雄远国,使崔季珪代,帝自捉刀立床头。既毕,令间谍问曰:'魏王何如?'匈奴使答曰:'魏王雅望非常;然床头捉刀人,此乃英雄也。'"后世因称代人写文章为捉刀。
② 凤翔:府名,治所在今陕西省凤翔县。
③ 欻(xū)忽然。又读chuā,象声词,形容急促的声响。
④ 草荐:用稻草、蒲草等编成的用来铺床的草垫子。
⑤ 细弱:细微柔弱。代指老、幼、妇女。
⑥ 匪人:非其人,指行为不良的人,或不是亲近的人。匪,非。
⑦ 色稍霁(jì):脸色稍微平和了一点。霁,本义雨停,引申为怒气消散、脸色转和。
⑧ 《南华经》:即《庄子》。唐玄宗天宝元年封庄子为南华真人,后称《庄子》为《南华真经》。《旧唐书·玄宗本纪》载:天宝元年二月"丙申(十二日),庄子号为南华真人,文子号为通玄真人,列子号为冲虚真人,庚桑子号为洞虚真人,其四子所著书改为真经。"清代以前《庄子》流行较广的注本为晋·郭象《庄子注》。
⑨ 捺(nà):本义是用手重按。这里是用手按住的意思。

门户相托①,遂犯瓜李之嫌②。得不相遐弃否③?"张皇然不知所对④,但云:"不相诳,小生家中固有妻耳。"女笑曰:"此亦见君诚笃;顾亦不妨。既不嫌憎,明日当烦媒妁。"言已欲去。张探身挽之,女亦遂留。未曙即起,以金赠张曰:"君持作临眺之资⑤。向暮宜晚来⑥,恐旁人所窥。"张如其言,早出晏归,半年以为常。

一日归颇早,至其处,村舍全无,不胜惊怪。方徘徊间,闻姬云:"来何早也!"一转盼间,则院落如故,身固已在室中矣。益异之。舜华自内出,笑曰:"君疑妾耶?实对君言:妾,狐仙也,与君固有夙缘。如必见怪,请即别。"张恋其美,亦安之。夜谓女曰:"卿既仙人,当千里一息耳⑦。小生离家三年,念妻孥不去心⑧,能携我一归乎?"女似不悦,曰:"琴瑟之情,妾自分于君为笃⑨;君守此念彼,是相对绸缪者,皆妄也!"张谢曰:"卿何出此言。谚云:'一日夫妻,百日恩义。'后日归念卿时,亦犹今日之念彼也。设得新忘故,卿何取焉?"女乃笑曰:"妾有褊心⑩:于妾,愿君之不忘;于人,愿君之忘之也。然欲暂归,此复何难?君家咫尺耳!"遂把袂出门,见道路昏暗,张逡巡不前。女曳之走,无几时,曰:"至矣。

---

① 以门户相托:以家事相托付。这里指招赘男子入门。门户,指家。《乐府诗集·陇西行》:"健妇持门户,(亦)胜丈夫。"
② 瓜李之嫌:这里指舜华私自与张鸿渐幽夜相会,容易使人产生误解。《乐府诗集·君子行》:"君子防未然,不处嫌疑间。瓜田不纳履,李下不正冠。"《乐府解题》曰:"古辞云'君子防未然',盖言远嫌疑也。"
③ 遐弃:疏远抛弃。《诗经·周南·汝坟》:"既见君子,不我遐弃。"遐,远,疏远。
④ 皇然:即"惶然",恐惧不安的样子。
⑤ 临眺之资:旅费,游资。临眺,登高望远,指游览。
⑥ 向暮:傍晚。
⑦ 千里一息:千里之间,呼吸可达。即喘口气的工夫就能到达千里之外的地方。息,喘气、呼吸。
⑧ 妻孥(nú):妻子和儿女。
⑨ 自分(fèn):自认为。分,揣度、料想。
⑩ 褊(biǎn)心:心地狭窄。褊,通"偏",气量狭小。

君归,妾且去。"张停足细认,果见家门。逾垝垣入①,见室中灯火犹荧。近以两指弹扉②。内问为谁,张具道所来;内秉烛启关③,真方氏也。两相惊喜,握手入帷。见儿卧床上,慨然曰:"我去时儿才及膝,今身长如许矣!"夫妇依倚,恍如梦寐。张历述所遭。问及讼狱,始知诸生有瘐死者④,有远徙者⑤,益服妻之远见。方纵体入怀,曰:"君有佳偶,想不复念孤衾中有零涕人矣!"张曰:"不念,胡以来也?我与彼虽云情好,终非同类。独其恩义难忘耳。"方曰:"君以我何人也?"张审视,竟非方氏,乃舜华也。以手探儿,一竹夫人耳⑥。大惭无语。女曰:"君心可知矣!分当自此绝矣⑦。犹幸未忘恩义,差足自赎⑧。"

过二三日,忽曰:"妾思痴情恋人,终无意味。君日怨我不相送,今适欲至都,便道可以同去。"乃向床头取竹夫人共跨之,令闭两眸。觉离地不远,风声飕飕。移时,寻落。女曰:"从此别矣。"方将订嘱⑨,女去已渺。怅立少时,闻村犬鸣吠,苍茫中见树木屋庐,皆故里景物,循途而归。逾垣叩户,宛若前状。方氏惊起,不信夫归;诘证确实,始挑灯呜咽而出。既相见,涕不可仰。张犹疑舜华之幻弄也⑩。又见床卧一儿如昨夕,因笑曰:"竹夫人又携入

---

① 垝垣(guǐyuán):坏墙,坍塌的院墙。垝,毁坏、坍塌。垣,矮墙,也泛指墙。
② 弹扉:敲门。扉,本义是门扇,代指门。
③ 启关:开门。关,门闩,用以闩门的横木。
④ 瘐死:在监狱中病死。瘐,囚犯在狱中因饥寒致病。
⑤ 远徙:流放到边远地区。徙,本义是移动,这里指流放。
⑥ 竹夫人:一种夏天置于床上或膝间用以通风取凉的用具,用竹筒或竹篾制成,圆柱形,中空,四周有孔,可以通风。又称竹姬、竹儿或竹夹膝。
⑦ 分(fèn)当:自应,本应该。
⑧ 差足自赎:勉强可以赎罪。差,略微、比较。自赎,将功折罪,以功劳抵免刑责。
⑨ 订嘱:相约、叮嘱。订,约定。
⑩ 幻弄:幻术。弄,戏。

耶?"方氏不解,变色曰:"妾望君如岁①,枕上啼痕固在也。甫能相见,全无悲恋之情,何以为心矣!"张察其情真,始执臂欷歔,具言其详。问讼案所结,并如舜华言。方相感慨,闻门外有履声,问之不应。盖里中有恶少甲,久窥方艳,是夜自别村归,遥见一人逾垣去,谓必赴淫约者,尾之入。甲故不甚识张,但伏听之。及方氏亟问②,乃曰:"室中何人也?"方讳言:"无之。"甲言:"窃听已久,敬将以执奸也。"方不得已,以实告。甲曰:"张鸿渐大案未消,即使归家,亦当缚送官府。"方苦哀之,甲词益狎逼。张忿火中烧,把刀直出,剁甲中颅。甲踣犹号,又连剁之,遂死。方曰:"事已至此,罪益加重。君速逃,妾请任其辜③。"张曰:"丈夫死则死耳,焉肯辱妻累子以求活耶!卿无顾虑,但令此子勿断书香④,目即瞑矣。"天明,赴县自首。赵以钦案中人⑤,姑薄惩之。寻由郡解都,械禁颇苦⑥。

途中遇女子跨马过,一老妪捉鞚,盖舜华也。张呼妪欲语,泪随声堕。女返辔,手启障纱,讶曰:"表兄也,何至此?"张略述之。女曰:"依兄平昔,便当掉头不顾。然予不忍也。寒舍不远,即邀公役同临,亦可少助资斧。"从去二三里,见一山村,楼阁高整。女下马入,令妪启舍延客。既而酒炙丰美,似所夙备。又使妪出曰:"家中适无男子,张官人即向公役多劝数觥,前途倚赖多矣⑦。遭

---

① 望君如岁:盼望您就像盼望丰收年景。语出《左传·哀公十二年》:"国人望君,如望岁焉。"岁,年景,指一年的收成。
② 亟(qì)问:多次询问。亟,屡次。
③ 辜:罪行。《说文》:"辜,罪也。"段玉裁注曰:"辜,本非常重罪。引申之,凡有罪者皆曰辜。"
④ 勿断书香:意思是令儿子继承父业,读书上进。书香,古人收藏书籍时,往往将芸香草置于书籍之中,用以驱虫辟蠹,故有书香之称。后世因以书香代指读书的家风。
⑤ 钦案:皇帝下令审办的案件。钦,古代对皇帝行事的敬称。
⑥ 械禁:用脚镣手铐等刑具拘禁起来。这里是指戴着手铐脚镣等刑具。
⑦ 倚赖:依赖,依靠。

人措办数十金为官人作费,兼酬两客,尚未至也。"二役窃喜,纵饮,不复言行。日渐暮,二役径醉矣。女出,以手指械,械立脱。曳张共跨一马,驶如龙。少时,促下,曰:"君止此。妾与妹有青海之约①,又为君逗留一晌,久劳盼注矣②。"张问:"后会何时?"女不答,再问之,推堕马下而去。既晓,问其地,太原也。遂至郡,赁屋授徒焉。托名宫子迁。居十年,访知捕亡寝怠,乃复逡巡东向。既近里门,不敢遽入,俟夜深而后入。及门,则墙垣高固,不复可越,只得以鞭挝门。久之,妻始出问。张低语之。喜极,纳入,作呵叱声曰:"都中少用度,即当早归,何得遣汝半夜来?"入室,各道情事,始知二役逃亡未返。言次,帘外一少妇频来。张问伊谁,曰:"儿妇耳。"问:"儿安在?"曰:"赴郡大比未归③。"张涕下曰:"流离数年,儿已成立,不谓能继书香④。卿心血殆尽矣!"话未已,子妇已温酒炊饭,罗列满几。张喜慰过望。居数日,隐匿屋榻,惟恐人知。一夜方卧,忽闻人语腾沸,捶门甚厉。大惧,并起。闻人言曰:"有后门否?"益惧,急以门扇代梯,送张夜度垣而出;然后诣门问故,乃报新贵者也⑤。方大喜,深悔张遁,不可追挽。

张是夜越莽穿榛,急不择途。及明,困殆已极。初念本欲向西,问之途人,则去京都通衢不远矣⑥。遂入乡村,意将质衣而食。见一高门,有报条粘壁上⑦。近视,知为许姓,新孝廉也。顷之,一

---

① 青海之约:青海湖古称仙海,中有海心山,俗称仙山,传说为求仙访道之地。这里是指仙人的聚会。
② 盼注:凝目盼望。注,注视。
③ 大比:明清时每三年举行一次科举考试,称为大比。多用来指乡试。《明太祖实录》卷一六〇载:"凡三年大比,子午卯酉年乡试,辰戌丑未年会试,举人不拘额数,从实充贡。"
④ 不谓:不料,没想到。谓,意料。
⑤ 报新贵者:向新考中举人、进士者报喜的人。新贵,新近做高官的人。这里指刚刚考中举人或进士的人。
⑥ 通衢(qú):来往畅通的大路。衢,四通八达的道路。
⑦ 报条:向科举中式者报喜的帖子。

張鴻漸

料得書生事不
成逃亡張祿竟
知名只因夢境
迷離後夜半敲
門總呼鶯

翁自内出,张迎揖而告以情。翁见仪容都雅,知非赚食者,延入相款。因诘所往,张托言:"设帐都门,归途遇寇。"翁留诲其少子。张略问官阀,乃京堂林下者①;孝廉,其犹子也②。月馀,孝廉偕一同榜归③,云是永平张姓,十八九少年也。张以乡谱俱同④,暗中疑是其子。然邑中此姓良多,姑默之。至晚解装,出"齿录"⑤,急借披读⑥,真子也。不觉泪下。共惊问之,乃指名曰:"张鸿渐,即我是也。"备言其由。张孝廉抱父大哭。许叔侄慰劝,始收悲以喜。许即以金帛函字⑦,致告宪台⑧,父子乃同归。

方自闻报,日以张在亡为悲⑨。忽白孝廉归,感伤益痛。少时,父子并入,骇如天降,询知其故,始共悲喜。甲父见其子贵,祸心不敢复萌。张益厚遇之,又历述当年情状,甲父感愧,遂相交好。

---

① 京堂林下者:退休的京官。京堂,明清时称各部的主官为堂官,比如都御史称都堂、尚书称部堂、府州县正印官称正堂等。而供职于京师中央各部的堂官,则称京堂。林下,僻静之处,指退隐之地。这里是"退隐林下"的意思。
② 犹子:侄子。
③ 同榜:明清时指同榜被录取的人。也称同科。
④ 乡谱:籍贯和姓名。乡,乡里、籍贯。谱,家谱。
⑤ 齿录:科举时代同榜举人、进士的题名录,上载中式者的姓名、年龄、籍贯、三代等。以中式名次为序者,称为同年录;以年龄长幼为序者,称为同年齿录,简称齿录。
⑥ 披读:翻阅,打开书阅读。披,打开。
⑦ 金帛函字:礼品及书信。
⑧ 宪台:本为东汉时对御史府的称呼,后用作对御史的通称。这里是对上官的尊称。
⑨ 在亡:在逃,流亡在外。

# 王　子　安

　　王子安,东昌名士①,困于场屋②。入闱后期望甚切。近放榜时,痛饮大醉,归卧内室。忽有人白:"报马来③。"王踉跄起曰:"赏钱十千!"家人因其醉,诳而安之曰:"但请睡,已赏矣。"王乃眠。俄又有人者曰:"汝中进士矣!"王自言:"尚未赴都④,何得及第?"其人曰:"汝忘之耶?三场毕矣⑤。"王大喜,起而呼曰:"赏钱十千!"家人又诳之如前。又移时,一人急入曰:"汝殿试翰林⑥,长班在此⑦。"果见二人拜床下,衣冠修洁⑧。王呼赐酒食,家人又绐之⑨,暗笑其醉而已。久之,王自念不可不出耀乡里,大呼长班;凡

---

① 东昌:明清府名,治所在今山东省聊城市东昌府区。
② 困于场屋:意思是科考不顺利。场屋,考场和号舍,代指考场。明清科举考试的考场称闱,进入考场参加考试,称"入闱"。参见《司文郎》注。
③ 报马:即骑快马报喜的"报子"。古代称为科举中式者或新任官员报喜的人为报子,因多骑快马报信,故又称报马。
④ 赴都:即赴京城参加会试。明清乡试在各行省举行,直隶府、州在京师举行,共考三场;会试则统一在京师举行,亦考三场,由礼部主持。
⑤ 三场:指会试的三场考试。参前"赴都"注。
⑥ 殿试翰林:指殿试及第,授官翰林。按明清科举考试规定:举人参加会试被录取者称为贡士,随后参加由皇帝亲自主持的面试——即殿试,录取者称进士。其中成绩优异者,授翰林院修撰或编修等官职。
⑦ 长班:又称"长随",跟随官员身边随时听候使唤的公役。
⑧ 修洁:漂亮整洁。修,美好。
⑨ 绐(dài):哄骗。

数十呼,无应者。家人笑曰:"暂卧候,寻他去。"又久之,长班果复来。王捶床顿足大骂:"钝奴焉往①!"长班怒曰:"措大无赖②!向与尔戏耳,而真骂耶?"王怒,骤起扑之,落其帽。王亦倾跌。妻入,扶之曰:"何醉至此!"王曰:"长班可恶,我故惩之,何醉也?"妻笑曰:"家中止有一媪,昼为汝炊,夜为汝温足耳。何处长班,伺汝穷骨③?"子女皆笑。王醉亦稍解,忽如梦醒,始知前此之妄。然犹记长班帽落。寻至门后,得一缨帽如盏大④,共疑之。自笑曰:"昔人为鬼揶揄⑤,吾今为狐奚落矣。"

异史氏曰:"秀才入闱,有七似焉:初入时,白足提篮⑥,似丐。唱名时⑦,官呵隶骂,似囚。其归号舍也⑧,孔孔伸头,房房露脚⑨,似秋末之冷蜂。其出场也,神情惝怳⑩,天地异色,似出笼之病鸟。迨望报也⑪,草木皆惊⑫,梦想亦幻。时作一得志想⑬,则顷刻而楼

---

① 钝奴:蠢才,愚笨的奴才。钝,呆,笨拙。
② 措大:过去对贫寒的读书人的轻慢称呼。无赖:放刁、撒泼,蛮不讲理。也指游手好闲、刁滑蛮横的人。
③ 穷骨:穷骨头,对穷穷之人的蔑称。这里是王妻的玩笑话。
④ 缨帽:即"红缨帽",清代的官帽,帽顶披红缨。盏:浅而小的杯子。
⑤ 昔人为鬼揶揄:指晋代罗友仕途失意,被鬼戏弄一事。详见《叶生》注。揶揄,戏弄、侮辱。
⑥ 白足提篮:光着脚,提着考篮。是为防止考生携带小抄、考场作弊而采取的搜检措施。清初规定,考生入场时,可以将带格眼的竹、柳考篮携入考场,用以盛放笔墨、餐具等;顺治时又规定,考生只许穿拆缝衣服和单层鞋袜入场。因此,考生入场前,都要左手执笔砚,右手提鞋袜,解衣、赤脚站立,等候点名、搜检。
⑦ 唱名:即点名入场。明清时期,考试入场之前,先期告知考生点名入场的分路和次序,等考生齐集后,由差役持点名牌导入号舍。
⑧ 号舍:考生日间考试、夜间住宿的屋舍。参前"场屋"注。
⑨ 孔孔伸头,房房露脚:号舍是一种非常简易的小屋,无窗,门有小孔,供传递试卷等。舍内只有一块门板:白天供书写,夜间供睡觉。因号舍窄小,睡觉时或露脚于门外。故言"孔孔伸头,房房露脚"。
⑩ 惝怳(chǎnghuǎng):恍惚,神志不清。因明清乡、会试均三场,中间不准出号舍,故有此说。
⑪ 望报:盼望报录人报告喜讯。
⑫ 草木皆惊:"草木皆兵"的化用,意思是但有风吹草动,都以为是报录人来了。比喻等待录取消息时的紧张心情。
⑬ 得志:实现志愿。这里指考取功名。

## 王子安

醉裏頻呼賞十千
東昌名士竟如顛
一般薦舉雄君羞
勝搖搖見長班拜楊前

阁俱成;作一失意想①,则瞬息而骸骨已朽。此际行坐难安,则似被絷之猱②。忽然而飞骑传人③,报条无我④,此时神色猝变,嗒然若死⑤,则似饵毒之蝇,弄之亦不觉也⑥。初失志,心灰意败,大骂司衡无目⑦,笔墨无灵⑧,势必举案头物而尽炬之;炬之不已,而碎踏之;踏之不已,而投之浊流⑨。从此披发入山,面向石壁⑩,再有以'且夫''尝谓'之文进我者⑪,定当操戈逐之。无何日渐远,气渐平,技又渐痒⑫,遂似破卵之鸠,只得衔木营巢,从新另抱矣⑬。如此情况,当局者痛哭欲死⑭;而自旁观者视之,其可笑孰甚焉⑮。王子安方寸之中⑯,顷刻万绪,想鬼狐窃笑已久,故乘其醉而玩弄之。床头人醒⑰,宁不哑然失笑哉?顾得志之况味⑱,不过须臾;词

① 失意:不得志,不能实现自己的意愿。这里指科举落第。
② 被絷之猱(náo):被绑起来的猴子。猱,猕猴,又叫狨,身体便捷,善攀援,好动。
③ 飞骑(jì)传人:报录人飞马传送喜报给别人。飞骑,指报录人骑的马。
④ 报条:报录人手中拿的、书写有中式者名单的纸帖。
⑤ 嗒(tà)然:失魂落魄的样子。
⑥ 弄(nòng):山东方言,搞、鼓捣。可理解为触摸、摇晃、戳弄、叫喊等。
⑦ 司衡无目:考官瞎眼,有眼无珠。司衡,对考官的俗称。因考官主持衡文评卷,故有此称。
⑧ 笔墨无灵:笔墨没有灵气。这里是埋怨自己文思不敏捷,下笔没有神助。灵,神。
⑨ 浊流:相对"清流"而言。古代称德行高洁之士为"清流"。欧阳修《朋党论》谓:"唐之晚年,渐起朋党之论。及昭宗时,尽杀朝之名士,或投之黄河,曰:'此辈清流,可投浊流。'而唐遂亡矣。"这里所说将案头之物投之浊流,是说丢弃八股文,不再参加科举考试的意思。
⑩ 披发入山,面向石壁:意思是遁入深山,出家修道。面向石壁,即"面壁",佛教用语,面对石壁默坐静修之义。相传印度高僧达摩"一苇渡江"来到中原,在嵩山少林寺面壁十年,修真养性。见《五灯会元》卷一。
⑪ "且夫""尝谓"之文:指八股文。"且夫""尝谓"为八股文惯用套语,因以代指。
⑫ 技又渐痒:想显示自己八股文写作能力的愿望又渐渐地控制不住了。技痒,形容显示自己技艺的欲望难以抑制。
⑬ 抱:山东方言,即"抱窝",禽类用体温孵蛋。
⑭ 当局者:当事人。这里指落榜者。
⑮ 其可笑孰甚焉:没有比这更为可笑的了。
⑯ 方寸:方寸之地,指心。
⑰ 床头人醒:意思是其妻为旁观者,头脑比较清醒。床头人,指妻子。
⑱ 顾:回顾。况味:境遇中的体味。

林诸公①,不过经两三'须臾'耳。子安一朝而尽尝之,则狐之恩与荐师等②。"

---

① 词林诸公:翰林院的诸位先生。词林,翰林院的别称。
② 与荐师等:与推荐试卷的房师一样。按明清科举考试规定,同考官分房阅卷,在优秀的卷子上批一"荐"字,呈送主考官核批录取。被录取者称荐举其试卷的考官为房师,也称荐师。等,一样,同样。

# 席　方　平

　　席方平,东安人①。其父名廉,性戆拙②。因与里中富室羊姓有郤③,羊先死。数年,廉病垂危,谓人曰:"羊某今贿嘱冥使榜我矣④。"俄而身赤肿,号呼遂死,席惨怛不食⑤,曰:"我父朴讷⑥,今见凌于强鬼⑦;我将赴地下,代伸冤气矣。"自此不复言,时坐时立,状类痴,盖魂已离舍矣⑧。

　　席觉初出门,莫知所往,但见路有行人,便问城邑⑨。少选⑩,入城。其父已收狱中。至狱门,遥见父卧檐下,似甚狼狈。举目见子,潸然流涕,便谓:"狱吏悉受赇嘱⑪,日夜榜掠,胫股摧残甚矣!"

---

① 东安:古时郡县名"东安"的很多,这里疑指汉所置东安郡(国),今沂水县沂水镇南有东安故城遗址。
② 戆(zhuàng)拙:迂直诚实。戆,憨厚而刚直。
③ 郤(隙):嫌隙,仇恨。
④ 贿嘱:贿赂嘱托。冥使:阴间的官吏。榜(péng):榜掠、拷打。
⑤ 惨怛(dá):悲痛忧伤。
⑥ 朴讷:质朴寡言。讷,不善言辞。
⑦ 见凌于强鬼:被强鬼欺负。凌,欺侮。
⑧ 魂已离舍:灵魂已经出窍。舍,指躯体。民间迷信认为,人的肉体是灵魂的宅舍。
⑨ 城邑:城市。合言之,则大者曰城,小者曰邑;分言之,则均指城市。宋·苏洵《六国论》:"小则获邑,大则获城。"这里是指县一级行政区划。古代的行政区划设置基本上都采用了郡(州)县两级制,本篇写阴间也采用了这一惯例。
⑩ 少选:一会儿。选,片刻,须臾。
⑪ 赇(qiú)嘱:同"贿嘱"。赇,行贿或受贿。

席怒,大骂狱吏:"父如有罪,自有王章①,岂汝等死魅所能操耶②!"遂出,抽笔为词③。值城隍早衙④,喊冤以投。羊惧,内外贿通,始出质理⑤。城隍以所告无据,颇不直席⑥。席忿气无所复伸,冥行百馀里,至郡,以官役私状,告之郡司⑦。迟至半月,始得质理。郡司扑席⑧,仍批城隍复案。席至邑,备受械梏,惨冤不能自舒。城隍恐其再讼,遣役押送归家。役至门辞去。席不肯入,遁赴冥府⑨,诉郡、邑之酷贪⑩。冥王立拘质对。二官密遣腹心与席关说⑪,许以千金。席不听。过数日,逆旅主人告曰⑫:"君负气已甚!官府求和而执不从,今闻于王前各有函进⑬,恐事殆矣。"席以道路之口⑭,犹未深信。俄有皂衣人唤入⑮。升堂,见冥王有怒色,不容置词⑯,命笞二十。席厉声问:"小人何罪?"冥王漠若不闻。席受笞,喊曰:"受笞允当⑰,谁教我无钱也!"冥王益怒,命置火床⑱。两鬼捽席下,见东墀有铁

---

① 王章:王法。章,法规、规章。
② 操:本义是握在手里,引申为掌握、控制。
③ 抽笔为词:提笔拟定讼状。词,指讼词。
④ 城隍:道教指城池的守护神。从下文看,这里指县城的城隍。早衙:也称"早堂",指古代官府早晨坐衙治事。
⑤ 质理:对质审理。
⑥ 不直席:不认为席方平有理。直,正当,有理。这里用作动词。
⑦ 郡司:指阴间郡(府)一级的长官。
⑧ 扑:鞭打,杖击。
⑨ 冥府:古代迷信中指人死后鬼魂所在的地方。这里是指阴间的最高官府;其最高统治者称冥王,俗称"阎王"。
⑩ 郡、邑:指郡司和城隍。邑即城。酷贪:酷虐和贪婪。
⑪ 腹心:即心腹,亲信。关说(shuì):通其词说,就是转达"二官"说的话。《史记·佞幸列传》:"公卿皆因关说。"关,通。
⑫ 逆旅主人:旅店老板。逆旅,古代私人经营的旅店。
⑬ 各有函进:各有函仪呈进。函,指函仪,信件和礼物。这里指贿赂。
⑭ 道路之口:道听途说的传言。
⑮ 皂衣人:穿黑衣服的人,即"皂隶"。古代指衙门里的差役。
⑯ 置词:说话,申辩。
⑰ 受笞允当:挨打是合理的。这里是反话。允当,公平合理,公允适当。
⑱ 火床:传说是阴间惩治恶人的一种酷刑。用火将铁床烧红,将恶人置于其上,使受痛苦。又有"火山""火海"等说。

床①,炽火其下,床面通赤。鬼脱席衣,掬置其上,反复揉捺之。痛极,骨肉焦黑,苦不得死。约一时许,鬼曰:"可矣。"遂扶起,促使下床着衣,犹幸跛而能行。复至堂上,冥王问:"敢再讼乎?"席曰:"大冤未伸,寸心不死,若言不讼,是欺王也。必讼!"王曰:"讼何词?"席曰:"身所受者,皆言之耳。"冥王又怒,命以锯解其体②。二鬼拉去,见立木高八九尺许,有木板二,仰置其下,上下凝血模糊。方将就缚,忽堂上大呼"席某",二鬼即复押回。冥王又问:"尚敢讼否?"答曰:"必讼!"冥王命捉去速解。既下,鬼乃以二板夹席缚木上。锯方下,觉顶脑渐辟,痛不可忍,顾亦忍而不号。闻鬼曰:"壮哉此汉!"锯隆隆然寻至胸下。又闻一鬼云:"此人大孝无辜,锯令稍偏,勿损其心。"遂觉锯锋曲折而下,其痛倍苦。俄顷,半身辟矣。板解,两身俱仆。鬼上堂大声以报,堂上传呼,令合身来见。二鬼即推令复合,曳使行。席觉锯缝一道,痛欲复裂,半步而踣③。一鬼于腰间出丝带一条授之,曰:"赠此以报汝孝。"受而束之,一身顿健,殊无少苦。遂升堂而伏。冥王复问如前;席恐再罹酷毒,便答:"不讼矣。"冥王立命送还阳界。

隶率出北门,指示归途,反身遂去。席念阴曹之昧暗尤甚于阳间,奈无路可达帝听。世传灌口二郎为帝勋戚④,其神聪明正直,诉之当有灵异。窃喜二隶已去,遂转身南向。奔驰间,有二人追

---

① 东墀(chí):东面台阶上的空地。古代堂前有东、西二阶,欲登堂,须拾级而上。墀,台阶上面的空地。
② 锯解其体:即锯解之刑,也称锯尸。传说也是阴间的一种酷刑。将人置于夹板之中,用锯将人锯成两半。
③ 踣(bó):本义是向前仆倒,泛指跌倒、摔倒。
④ 灌口二郎为帝勋戚:灌口二郎神是玉皇大帝功劳显赫的亲戚。灌口二郎,四川灌县(今都江堰市)有二郎庙,供奉的神灵是战国时蜀郡太守李冰的次子(即二郎),因助其父修建都江堰有功,因建庙供奉。见朱熹《朱子语类》卷三。《西游记》第六回则称二郎神为杨戬,是玉皇大帝的外甥,住在灌洲灌江口,因有功于玉帝,所以"只是听调不听宣"。勋戚,有功于王业的亲戚。

至,曰:"王疑汝不归,今果然矣。"捽回复见冥王。窃疑冥王益怒,祸必更惨;而王殊无厉容,谓席曰:"汝志诚孝。但汝父冤,我已为若雪之矣。今已往生富贵家,何用汝鸣呼为①?今送汝归,予以千金之产、期颐之寿②,于愿足乎?"乃注籍中③,嵌以巨印,使亲视之。席谢而下。鬼与俱出,至途,驱而骂曰:"奸猾贼!频频反复,使人奔波欲死!再犯,当捉入大磨中细细研之④!"席张目叱曰:"鬼子胡为者!我性耐刀锯,不耐挞楚耶!请反见王,王如令我自归,亦复何劳相送。"乃返奔。二鬼惧,温语劝回。席故蹇缓⑤,行数步辄憩路侧。鬼含怒不敢复言。约半日,至一村,一门半辟,鬼引与共坐;席便据门阈⑥,二鬼乘其不备,推入门中。惊定自视,身已生为婴儿。愤啼不乳,三日遂殇⑦。魂摇摇不忘灌口,约奔数十里,忽见羽葆来⑧,旙戟横路⑨。越道避之,因犯卤簿⑩,为前马所执⑪,絷送车前。仰见车中一少年,丰仪瑰玮⑫。问席:"何人?"席冤愤正

---

① 何用汝鸣呼为:哪里用得着你去喊冤。鸣呼,叫呼。这里是喊冤的意思。为,语气词。
② 期(jī)颐之寿:一百岁的寿数。《礼记·曲礼上》:"百年曰期颐。"期,周期,指以百年为一周期。颐,养。指儿子对父母尽奉养的义务。后世因以"期颐"代指百岁。
③ 籍:本义是登记册、户口簿,这里是迷信者所指冥府载录人寿命和死期的生死簿。
④ "当捉人"句:指磨碾之刑,传说也是阴间的一种酷刑。将人放入磨中碾成细末。
⑤ 蹇(jiǎn)缓:本义是行路艰难,这里是行走迟缓的意思。
⑥ 门阈(yù):门槛。
⑦ 殇(shāng):夭亡,未成年而死。
⑧ 羽葆:以鸟羽为饰的仪仗。葆,车盖,或似盖之物。
⑨ 旙戟横路:长旙和门戟等仪仗遮满道路。旙,长幅下垂的旌旗。戟,即后文所说的"棨戟",是一种有缯衣或油漆的木戟,为古代官吏出行时用作前导的一种仪仗。详前《梦狼》注。横路,遮路。
⑩ 卤簿:古代帝王或官吏出行的仪仗队。详前《姊妹易嫁》"卤簿"注。
⑪ 前马:仪仗队的前驱,在皇帝或官员车马之前的仪仗。《国语·越语》载:越王勾践"亲为夫差前马"。注曰:"前马,前驱,在马前也。"
⑫ 丰仪瑰玮:姿容丰润,瑰丽奇伟。丰,丰润。仪,仪表、姿容。瑰玮,指仪容不凡,高大魁梧。

无所出,且意是必巨官,或当能作威福①,因缅诉毒痛②。车中人命释其缚,使随车行。俄至一处,官府十馀员,迎谒道左,车中人各有问讯。已而指席谓一官曰:"此下方人,正欲往诉③,宜即为之剖决。"席询之从者,始知车中即上帝殿下九王,所嘱即二郎也。席视二郎,修躯多髯,不类世间所传。

九王既去,席从二郎至一官廨④,则其父与羊姓并衙隶俱在。少顷,槛车中有囚人出⑤,则冥王及郡司、城隍也。当堂对勘⑥,席所言皆不妄。三官战栗,状若伏鼠。二郎援笔立判。顷刻,传下判语,令案中人共视之。判云:"勘得冥王者:职膺王爵,身受帝恩。自应贞洁以率臣僚,不当贪墨以速官谤⑦。而乃繁缨棨戟⑧,徒夸品秩之尊⑨;羊狠狼贪⑩,竟玷人臣之节。斧敲斲,斲入木,妇子之皮骨皆空⑪;鲸吞鱼,鱼食虾,蝼蚁之微生可悯⑫。当掬江西之水,

---

① 作威福:即"作威作福",凭恃权势,任赏任罚。比喻大权在握,独断专行。威是刑罚,福指赏赐。
② 缅诉毒痛:尽情诉说自己所经历的极端痛苦。缅,尽、尽情。毒,苦。
③ 往诉:前往诉冤。
④ 官廨(xiè):也称"公廨",旧时官吏办公的地方。
⑤ 槛(jiàn)车:古代押解犯人的囚车。
⑥ 对勘:对质审问。勘,审问。
⑦ 贪墨以速官谤:因为贪污腐败而招致不称职的责难。贪墨,同"贪冒",指贪以败官。见《左传·昭公十四年》。墨,即贪污、不廉洁。速,招致。官谤,因居官不称职而受到责难。
⑧ 繁(pán)缨:语出《左传·成公二年》,指古代天子或诸侯的马饰。繁,马头上的饰物。许慎《说文解字》:"繁,马髦饰也。"缨,套在马颈或马腹上的皮带。棨戟:参前"䊜载横路"注。
⑨ 品秩:官阶和品级。
⑩ 羊狠狼贪:羊性倔强,狼性贪婪,用以形容贪婪狠毒的人。《史记·项羽本纪》:"猛如虎,狠如羊,贪如狼。"这里用以比喻冥王的凶狠与贪婪。
⑪ "斧敲斲(zhuó)"三句:意思是说就像斧头敲凿子、凿子入木头一样,妇女弱子的皮肉骨髓都被压榨一空。斲,本义是砍削,这里借用作名词"凿"。
⑫ 蝼蚁:蝼蛄与蚍蜉,喻指细微之物,这里喻指细弱小民。微生:微弱的生命。

## 席方平

一心憶父
竟離魂
紅日何由照覆盆
不遇二郎神
訟決九幽
呼籲怨無門

为尔涮肠①;即烧东壁之床②,请君入瓮③。城隍、郡司:为小民父母之官,司上帝牛羊之牧④。虽则职居下列,而尽瘁者不辞折腰⑤;即或势逼大僚,而有志者亦应强项⑥。乃上下其鹰鸷之手⑦,既罔念夫民贫;且飞扬其狙狯之奸⑧,更不嫌乎鬼瘦。惟受赃而枉法,真人面而兽心! 是宜剔髓伐毛⑨,暂罚冥死⑩;所当脱皮换革,仍令

---

① "当掏"二句:意思是说应该取长江之水,来清洗冥王的污肠。涮(jiān)肠,洗肠。涮,用水洗。详前《陆判》注。
② 东壁之床:即火床,呼应上文"东墀有铁床"而来。
③ 请君入瓮:比喻以其人之道还治其人之身。典出《新唐书·酷吏列传》:"天授中,人告(来)子珣、(周)兴与丘神绩谋反,诏来俊臣鞫状。初,兴未知被告,方对俊臣食,俊臣曰:'囚多不服,奈何?'兴曰:'易耳,内之大瓮,炽炭周之,何事不承?'俊臣曰:'善。'命取瓮且炽火,徐谓兴曰:'有诏按君,请尝之。'兴骇汗,叩头服罪。"
④ 司上帝牛羊之牧:代替上帝负责管理人民之事。《孟子·公孙丑下》:"今有受人之牛羊而牧之者,则必为之求牧与刍矣。"这里化用其意,喻指地方官应该解除民困。
⑤ "虽则"二句:意思是说郡司和城隍虽然职位不高,也应尽瘁为国,屈己奉公。尽瘁,竭尽心力。折腰,屈身事人。《晋书·陶潜传》:"吾不能为五斗米折腰,拳拳事乡里小人邪!"这里化用其意,比喻屈己奉公。
⑥ "即或"二句:意思是说就算是受到上司所威逼,而有志气的人也绝不低头。强项,挺直脖子,不低头。比喻刚直不阿。据《后汉书·董宣传》记载:东汉时,洛阳令董宣杀了湖阳公主的恶奴,光武帝大怒,令小黄门挟持董宣向湖阳公主叩头谢罪。董宣两手据地,终不肯低头。光武帝称之为"强项令"。
⑦ 上下其鹰鸷之手:意思是枉法作弊,手法凶狠,任意颠倒是非。据《左传·襄公二十六年》记载,公元前547年,楚康王的弟弟公子围率军攻打郑国,楚国猛将穿封戍生擒郑国守将皇颉。回国后,公子围与穿封戍争功,随军太宰伯州犁自请裁处,令皇颉本人指认。伯州犁为了让皇颉明白公子围与穿封戍的身份,先指着公子围"上其手曰:'夫子为公子围,寡君之贵介弟也。'"又指着穿封戍"下其手曰:'此子为穿封戍,方城外之县尹也。谁获之?'"皇颉明白了伯州犁的意思,便承认是公子围俘虏了自己。后世因以"上下其手"比喻玩弄手法,串通作弊。鹰鸷,两种猛禽,泛指凶猛的鸟。这里喻指郡司和城隍手法凶狠。
⑧ 飞扬其狙狯之奸:任意施展奸狡的计谋。狙狯之奸,狡猾、奸诈的计谋。
⑨ 剔髓伐毛:即成语"伐毛洗髓",刮去毛发,清洗骨髓。比喻彻底清除自身的污秽。汉·郭宪《洞冥记·东方朔》:"吾却食吞气,已九千余年。目中童子,皆有青光,能见幽隐之物。三千年一返骨洗髓,二千年一剥皮伐毛。吾生来已三洗髓五伐毛矣。"这里是指一种极其残酷的死刑。
⑩ 冥死:古代迷信认为,人死后到阴间变成鬼。鬼死则称为"冥死"。

胎生①。隶役者:既在鬼曹,便非人类。只宜公门修行,庶还落蓐之身②;何得苦海生波,益造弥天之孽?飞扬跋扈,狗脸生六月之霜③;隳突叫号④,虎威断九衢之路⑤。肆淫威于冥界,咸知狱吏为尊;助酷虐于昏官,共以屠伯是惧⑥。当以法场之内,剁其四肢;更向汤镬之中,捞其筋骨⑦。羊某:富而不仁,狡而多诈。金光盖地,因使阎摩殿上尽是阴霾⑧;铜臭熏天,遂教枉死城中全无日月⑨。馀腥犹能役鬼,大力直可通神⑩。宜籍羊氏之家,以偿席生之孝。即押赴东岳施行⑪。"又谓席廉:"念汝子孝义,汝性良懦,可再赐阳

---

① "所当"二句:意思是说应当让郡司、城隍脱胎换骨,仍然让他们投胎转生,到人间受罪。
② 庶还落蓐之身:还可能有希望转世为人。庶,可能。还,转。落蓐之身,指人身。落蓐,婴儿出生后落在草席上,指出生、降生。蓐,草席、草垫。
③ 狗脸生六月之霜:意思是说鬼隶的脸上冰冷可怕,布满杀气。狗脸,骂人语,指鬼隶的脸。六月之霜,《初学记》卷二引《淮南子》谓:"邹衍事燕惠王,尽忠。左右谮之,王系之。仰天而哭,夏五月,天为之下霜。"六月飞霜,天象反常;霜当秋落,为肃杀之气,后遂喻指冤气冲天,上天示警。这里是用霜的肃杀之气,喻指鬼隶面目冰冷,布满杀气。
④ 隳突叫号:四处冲撞,骚扰百姓。唐·柳宗元《捕蛇者说》:"悍吏之来吾乡,叫嚣乎东西,隳突乎南北,哗然而骇者,虽鸡狗不得宁焉。"
⑤ 虎威:即"狐假虎威"。断九衢之路:意思是窃踞要害之地。九衢,四通八达的道路。许慎《说文解字》:"四达谓之衢。"
⑥ 屠伯:本义指宰牲的能手,比喻滥施刑罚的酷吏。《汉书·严延年传》载:严延年为河南太守,酷刑滥杀,每"冬月传属县囚,会论府下,流血数里,河南号曰屠伯。"
⑦ 汤镬:汤锅,古代烹囚的刑具。详前《刘姓》注。
⑧ "金光"二句:意思是说羊某使用大量金钱公开行贿,致使冥府昏暗不明、黑白不分。金光,金钱泛起的光彩,指金钱。阎摩殿,即阎王殿。阴霾(mái),昏暗的浊雾。
⑨ 枉死城:相传为枉死之鬼在阴间的居留之处,即地狱。
⑩ "馀腥"二句:意思是说小额金钱可以役使鬼吏,而巨额金钱则可以买通神灵。前句是说"有钱能使鬼推磨",后句是说"钱可通神",均借用民间惯用之词。馀腥,钱的馀臭,指小额金钱。大力,钱的巨大威力,指巨额金钱。
⑪ 东岳:泰山,这里指东岳大帝,俗称泰山神。道教传说中,认为泰山是人死后灵魂的归宿之地,泰山神则是阴间鬼魂的最高主宰。此信仰起源于西汉。汉代纬书《孝经援神契》曰:"太山天帝孙,主召人魂";"东方万物始,故主人生命之长短"。近代出土的东汉墓"镇墓券"中,也有"生人属西长安,死人属东太山","生属长安,死属太山,死生异处,不得相妨"等说法。

寿三纪①。"使两人送之归里。

席乃抄其判词,途中父子共读之。既至家,席先苏,令家人启棺视父,僵尸犹冰。俟之终日,渐温而活。及索抄词,则已无矣。自此,家道日丰,三年良沃遍野。而羊氏子孙微矣②,楼阁田产,尽为席有。里人或有买其田者,夜梦神人叱之曰:"此席家物,汝乌得有之!"初未深信,既而种作,则终年升斗无所获,于是复鬻于席。席父九十馀岁而卒。

异史氏曰:"人人言净土③,而不知生死隔世,意念都迷。且不知其所以来,又乌知其所以去。而况死而又死,生而复生者乎?忠孝志定,万劫不移④。异哉席生,何其伟也!"

---

① 纪:古代以十二年为一纪。
② 微:衰微、败落。
③ 净土:佛教用语,大乘佛教传说佛所居住的地方,也称"净界""佛国",即佛教所谓"西方极乐世界"。与世俗众生所居的充满尘世污浊的"秽土"相对。
④ 忠孝志定,万劫不移:意思是说只要忠与孝的理念坚定了,就是经过千难万劫也不会改变。万劫,比喻许多次磨难。劫,佛教名词,"劫波"的略称,意为极久远的时节。古代印度传说,世界每经历若干万年毁灭一次,然后重新再开始。这样一个周期叫作一"劫"。后人借指为天灾人祸。

## 贾奉雉

贾奉雉,平凉人①。才名冠世,而试辄不售。一日,途中遇一秀才,自言姓郎,风格飘洒,谈言微中②。因邀俱归,出课艺就正③。郎读之,不甚称许,曰:"足下文,小试取第一则有馀④,大场取榜尾亦不足⑤。"贾曰:"奈何?"郎曰:"天下事,仰而跂之则难,俯而就之甚易⑥。此何须鄙人言哉!"遂指一二人、一二篇以为标准,大率贾所鄙弃而不屑道者。闻之笑曰:"学者立言,贵乎不朽,即味列

---

① 平凉:县名,在今甘肃省东部。
② 谈言微中:以微言中人之意,意即言谈隐约委婉,而合乎听者的心意。微,隐秘不显。《史记·滑稽列传》:"谈言微中,亦可解纷。"
③ 课艺:练习写作的八股文。课,按规定的内容和数量讲授或学习。通常分大课和小课,大课试八股文,小课试诗赋。艺,时艺,指八股文。《清史稿·选举志》谓:"科举之法不同,自明至今,皆出于时艺。"详前《司文郎》注。
④ 小试:指府、县学的科试或各省学政主持的岁试,也称"小考"或"小场"。
⑤ 闱场:也称"大场",指省一级的乡试或全国一级的会试。乡试的时间一般在子、午、卯、酉年的秋季八月,故又称"秋闱";考中者称举人,第一名称解元。会试的时间一般在辰、戌、丑、未年的春季二月,故又称"春闱",考中者称进士,第一甲第一名称状元,第二名称榜眼,第三名称探花。闱,古代对考场、试院的称谓。榜尾,指榜上最后一名。
⑥ "天下事"三句:意思是说天下之事,想得到仰首跂脚也难企及的东西很难;如果你能低首俯就、降格以从则很容易。《礼记·檀弓上》:"子思曰:'先王之制礼也,过之者,俯而就之;不至焉者,跂而及之。'"这里化用其义。跂,抬起脚后跟站着,引申为盼望、企求之意。就,靠近、走近。

八珍①,当使天下不以为泰耳②。如此猎取功名,虽登台阁,犹为贱也。"郎曰:"不然。文章虽美,贱则弗传③。君欲抱卷以终也则已;不然,帘内诸官,皆以此等物事进身④,恐不能因阅君文,另换一副眼睛肺肠也。"贾终默然。郎起笑曰:"少年盛气哉!"遂别去。

是秋入闱复落,邑邑不得志,颇思郎言,遂取前所指示者强读之。未至终篇,昏昏欲睡,心惶惑无以自主。又三年,闱场将近,郎忽至,相见甚欢。出所拟七题,使贾作之。越日,索文而阅,不以为可,又令复作;作已,又訾之。贾戏于落卷中⑤,集其闒茸泛滥⑥、不可告人之句,连缀成文,俟其来而示之。郎喜曰:"得之矣!"因使熟记,坚嘱勿忘。贾笑曰:"实相告:此言不由中,转瞬即去,便受榎楚⑦,不能复忆之也。"郎坐案头,强令自诵一过;因使袒背,以笔写符而去,曰:"只此已足,可以束阁群书矣⑧。"验其符,濯之不下,深入肌理。至场中,七题无一遗者。回思诸作,茫不记忆,惟戏缀之文,历历在心。然把笔终以为羞⑨。欲少窜易⑩,而颠倒苦思,竟不能复更一字。日已西坠,直录而出。郎候之已久,问:"何暮

---

① 即:即使。味列八珍:享受美味佳肴。八珍,古代帝王食用的八种珍贵食品的烹饪方法。《周礼·天官·膳夫》:"凡王之馈,食用六谷,膳用六牲,饮用六清,羞用品百二十品。珍用八物,酱用百有二十瓮。王日一举,鼎十有二,物皆有俎,以乐侑食。"《注》谓:"珍谓淳熬、淳母、炮豚、炮牂(zāng)、捣珍、渍、熬、肝膋(liáo)。"
② 泰:奢侈,过分。
③ 贱则弗传:地位低下,文章就不能流传后世。意思是说当世重官位,而不重文章。
④ 物事:物什,东西。这里指陋劣的八股文。进身:指被录用或升官。
⑤ 落卷:落选的考卷。
⑥ 闒茸(tàróng)泛滥:形容格调低下、语意浮泛的八股文句。闒茸,低劣。泛滥,浮泛。
⑦ 榎(jiǎ)楚:也写作"夏楚",是古代学校中体罚学生的用具。用以扑挞犯礼者,肃整威仪。见于《礼记·学记》:"夏楚二物,收其威也。"后也用以泛指打人的刑杖。或用作动词,义同鞭笞。榎、夏,均通"檟",即楸木,用以制戒尺。楚,即荆木,用以制教鞭。
⑧ 束阁群书:把所有的书束之高阁。意思是以后不用再读书了。
⑨ 把笔:执笔、握笔。这里是执笔写作的意思。
⑩ 窜易:改动。窜,删改。

賈奉雉

一枕游仙夢作囮
榮華恰稱眼朦朧
寒灰少年盛氣
消磨盡自有
槎軺揚引來

也?"贾以实告,即求拭符;视之,已漫灭矣①。回忆场中文,遂如隔世。大奇之,因问:"何不自谋?"笑曰:"某惟不作此等想,故不能读此等文也。"遂约明日过诸其寓,贾诺之。郎既去,贾取文稿自阅之,大非本怀,怏怏不自得。不复访郎,嗒丧而归②。未几榜发,竟中经魁③。又阅旧稿,一读一汗。读竟,重衣尽湿④。自言曰:"此文一出,何以见天下士矣!"方惭怍间,郎忽至,曰:"求中既中矣,何其闷也?"曰:"仆适自念,以金盆玉碗贮狗矢⑤,真无颜出见同人。行将遁迹山林,与世长绝矣。"郎曰:"此亦大高,但恐不能耳。果能之,仆引见一人,长生可得;并千载之名,亦不足恋,况傥来之富贵乎⑥!"贾悦,留与共宿,曰:"容某思之。"天明,谓郎曰:"吾志决矣!"不告妻子,飘然遂去。

渐入深山,至一洞府,其中别有天地。有叟坐堂上,郎使参之,呼以师。叟曰:"来何早也?"郎曰:"此人道念已坚,望加收齿⑦。"叟曰:"汝既来,须将此身并置度外,始得。"贾唯唯听命。郎送至一院,安其寝处,又投以饵⑧,始去。房亦精洁,但户无扉,窗无棂,内惟一几一榻。贾解屦登榻⑨,月明穿射矣⑩。觉微饥,取饵啖之,甘而易饱。窃意郎当复来。坐久寂然,杳无声响,但觉清香满室,

---

① 漫灭:模糊不清,字迹消失。漫,模糊。灭,消失、隐没。
② 嗒(tà)丧:垂头丧气,失魂落魄。
③ 经魁:明清科举分五经取士,每科乡试及会试均于五经中各取第一名,称为"五经魁首",省称"经魁"。这里是指乡试的经魁。
④ 重衣:两层的衣服,即夹衣。
⑤ 金盆玉碗贮狗矢:比喻外表名贵而内容丑劣。《新五代史·孙晟传》载:孙晟奔依南唐李昪,"昪尤爱之,引与计议,多合意,以为右仆射,与冯延巳并为昪相。晟轻延巳为人,常曰:'金碗玉盆而盛狗屎,可乎?'"
⑥ 傥来:不期而得。傥,不期然而然,意外忽来。《庄子·缮性》谓:"物之傥来,寄也。"
⑦ 收齿:收取录用。齿,录、录用。
⑧ 饵:糕饼,后引申为食物的总称。
⑨ 屦:用麻、葛等制成的单底鞋。后来用作鞋子的泛称。
⑩ 穿射:明月穿窗而过,照射室内。

脏腑空明①,脉络皆可指数②。忽闻有声甚厉,似猫抓痒,自牖窥之,则虎蹲檐下。乍见甚惊,因忆师言,即复收神凝坐③。虎似知其有人,寻入近榻,气咻咻遍嗅足股。少顷,闻庭中嗥动④,如鸡受缚,虎即趋出。又坐少时,一美人入,兰麝扑人⑤,悄然登榻,附耳小言曰:"我来矣。"一言之间,口脂散馥。贾瞑然不少动。又低声曰:"睡乎?"声音颇类其妻,心微动。又念曰:"此皆师相试之幻术也。"瞑如故。美人笑曰:"鼠子动矣!"初,夫妻与婢同室,狎亵惟恐婢闻,私约一谜曰:"鼠子动,则相欢好。"忽闻是语,不觉大动,开目凝视,真其妻也。问:"何能来?"答云:"郎生恐君岑寂思归,遣一妪导我来。"言次,因贾出门不相告语,偎傍之际,颇有怨怼⑥。贾慰藉良久,始得嬉笑为欢。既毕,夜已向晨⑦,闻叟谯呵声⑧,渐近庭院。妻急起,无地自匿,遂越短墙而去。俄顷,郎从叟入。叟对贾杖郎,便令逐客。郎亦引贾自短墙出,曰:"仆望君奢⑨,不免躁进⑩。不图情缘未断,累受扑责。从此暂去,相见行有日也。"指示归途,拱手遂别。

贾俯视故村,故在目中。意妻弱步,必滞途间。疾趋里馀,已至家门,但见房垣零落,旧景全非,村中老幼,竟无一相识者,心始

---

① 空明:清澈透明。
② 指数(shǔ):指而数之,指着点数。
③ 收神凝坐:集中意念,静坐不动。收,聚集。神,精神。凝,集中,静止。
④ 嗥(háo)动:号叫的动静,即号叫声。嗥,通"号"。
⑤ 兰麝:兰花和麝香。泛指女子身上的脂粉香气。
⑥ 怨怼(duì):埋怨,怨恨。
⑦ 夜已向晨:即黑夜已经过去,早晨即将来临。《诗经·小雅·庭燎》:"夜如何其,夜乡(向)晨,庭燎有辉。"向,近。
⑧ 谯(qiào)呵:大骂,申斥。谯,同"诮",责备、谴责之义。
⑨ 仆望君奢:我对您期望过高。奢,过分。
⑩ 躁进:急躁冒进。指不顾客观情况,而急躁地进行。

骇异。忽念刘、阮返自天台①,情景真似。不敢入门,于对户憩坐。良久,有老翁曳杖出。贾揖之,问:"贾某家何所?"翁指其第曰:"此即是也。得无欲闻奇事耶?仆悉知之。相传此公闻捷即遁②;遁时,其子才七八岁。后至十四五岁,母忽大睡不醒。子在时,寒暑为之易衣;迨殁,两孙穷踧③,房舍拆毁,惟以木架苫覆蔽之④。月前,夫人忽醒,屈指百馀年矣。远近闻其异,皆来访视。近日稍稀矣。"贾豁然顿悟,曰:"翁不知贾奉雉即某是也。"翁大骇,走报其家。时长孙已死;次孙祥,至五十馀矣。以贾年少,疑有诈伪。少间夫人出,始识之。双涕霪霪⑤,呼与俱去。苦无屋宇,暂入孙舍。大小男妇,奔入盈侧,皆其曾、玄⑥,率陋劣少文。长孙妇吴氏,沽酒具藜藿⑦;又使少子杲及妇,与己同室,除舍舍祖翁姑。贾入舍,烟埃儿溺,杂气熏人。居数日,懊惋殊不可耐。两孙家分供餐饮,调饪尤乖⑧。里中以贾新归,日日招饮,而夫人恒不得一饱。吴氏故士人女,颇娴闺训,承顺不衰。祥家给奉渐疏,或呼尔与之⑨。贾怒,携夫人去,设帐东里。每谓夫人曰:"吾甚悔此一返,而已无及矣。不得已,复理旧业。若心无愧耻,富贵不难致也。"

① 刘、阮返自天台:指刘晨、阮肇在天台山遇仙女事。据南朝·宋·刘义庆《幽明录》记载:汉明帝永平五年,剡县刘晨、阮肇共入天台山取谷皮,迷不得返。二人逆流度山,出一大溪,在溪边遇见两位女子,姿质妙绝,邀刘、阮二人至家,住了半年。后来二人思乡求归,二女指示还路,共送刘、阮。既出,亲旧零落,邑屋改异,无复相识。问讯得七世孙。
② 闻捷即遁:听到科举考中的捷报就逃走了。
③ 穷踧(cù):贫困。踧,同"蹙",困窘。
④ 以木架苫:用木头架着草苫子。苫,用草或秸秆编制的覆盖物,俗称"苫子"。
⑤ 霪霪:大雨不断的样子。这里形容泪流不断。
⑥ 曾、玄:曾孙和玄孙。
⑦ 具藜藿:准备粗劣的饭菜。藜,俗称灰菜,其嫩叶可食。藿,大豆的叶子。
⑧ 调饪尤乖:指饭菜做得更差。调饪,调味,烹饪。乖,不顺心,不如意。
⑨ 呼尔与之:供给饮食的时候直接称呼"你"。按照古代礼俗,称祖父母为"你",为大不敬。

居年馀,吴氏犹时馈饷,而祥父子绝迹矣。

是岁,试入邑庠①。邑令重其文,厚赠之,由此家稍裕。祥稍稍来近就之。贾唤入,计曩所耗费,出金偿之,斥绝令去。遂买新第,移吴氏共居之。吴二子,长者留守旧业;次杲颇慧,使与门人辈共笔砚。贾自山中归,心思益明澈,遂连捷登进士。又数年,以侍御出巡两浙②,声名赫奕③,歌舞楼台,一时称盛。贾为人鲠峭④,不避权贵,朝中大僚思中伤之。贾屡疏恬退⑤,未蒙俞旨⑥,未几而祸作矣。先是,祥六子皆无赖,贾虽摈斥不齿⑦,然皆窃馀势以作威福,横占田宅,乡人共患之。有某乙娶新妇,祥次子篡娶为妾⑧。乙故狙诈⑨,乡人敛金助讼,以此闻于都。当道交章攻贾。贾殊无以自剖,被收经年⑩。祥及次子皆瘐死⑪,贾奉旨充辽阳军⑫。时杲入泮已久,人颇仁厚,有贤声。夫人生一子,年十六,遂以属杲⑬,夫妻携一仆一媪而去。贾曰:"十馀年之富贵,曾不如一梦之久。今始知荣华之场,皆地狱境界。悔比刘晨、阮肇,多造一重孽

---

① 试入邑庠:通过考试进入了县学。
② 以侍御出巡两浙:以侍御的身份出京巡察两浙地区。侍御,清代对御史的通称。两浙,指浙东和浙西,均在今浙江境内。
③ 赫奕:显耀盛大的样子。
④ 鲠峭:刚直严峻。
⑤ 屡疏恬退:多次上疏皇帝,要求辞官退休。恬退,安于退让,淡泊名利。《旧唐书·沈传师传》:"性恬退无竞。"
⑥ 俞旨:即谕旨。皇帝应许的旨意。详前《续黄粱》注。
⑦ 摈斥不齿:意思是说一概断绝关系,不将他们视为孙辈。摈斥,排斥、弃绝。不齿,不以同等相对待。齿,并列、次序。
⑧ 篡娶:强娶。篡,非法地夺取。
⑨ 狙(jū)诈:狡诈。狙,狡猾。
⑩ 被收:被拘捕囚禁。收,拘捕。
⑪ 瘐(yǔ)死:病死狱中。
⑫ 充辽阳军:即"充军辽阳",发配流放到辽阳。充军,发配流放,古代遣送犯罪者到边远地区服苦役的一种刑罚。
⑬ 遂以属杲:就把小儿子托付给重孙贾杲。属,托,托付。

案耳①。"

数日抵海岸,遥见巨舟来,鼓乐殷作②,虞候皆如天神③。既近,舟中一人出,笑请侍御过舟少憩。贾见惊喜,踊身而过④,押隶不敢禁⑤。夫人急欲相从,而相去已远,遂愤投海中。漂泊数步,见一人垂练于水,引救而去。隶命篙师荡舟⑥,且追且号,但闻鼓声如雷,与轰涛相间,瞬间遂杳。仆识其人,盖郎生也。

异史氏曰:"世传陈大士在闱中⑦,书艺既成,吟诵数四,叹曰:'亦复谁人识得!'遂弃而更作,以故闱墨不及诸稿⑧。贾生羞而遁去,此处有仙骨焉。乃再返人世,遂以口腹自贬⑨。贫贱之中人甚矣哉⑩!"

---

① 孽案:罪孽公案。指其归来这段经历。孽,佛教指妨碍修行的种种罪恶,亦称"业障"。案,公案。佛教禅宗认为用教理来解决疑难问题,有如官府判案,也称"公案"。
② 鼓乐殷作:鼓乐大作。殷,大。
③ 虞候:指巨舟上的侍从。详前《小翠》注。
④ 踊身:纵身。踊,向上腾跳。
⑤ 押隶:解差,押解犯人的衙役。
⑥ 篙师:船夫。
⑦ 陈大士:即陈际泰,江西临川人,汤显祖的门生,与罗万藻、章世纯、艾南英号称"四大才子"。少时家贫,父使治田事。十岁时,于外公家药笼中见《诗经》,携至田间读之,毕身不息。后与艾南英等以时文名天下。明崇祯年间,以六十八岁高龄考取进士,不久去世。
⑧ 闱墨不及诸稿:在考场中所写的八股文反而不及平时的习作。
⑨ 以口腹自贬:以口腹之累而自我贬抑。指贾奉雉出山后,因生活所迫,违心地参加科举考试。
⑩ 中(zhòng)人:害人。中,伤害。

# 胭 脂

东昌卞氏①,业牛医者②,有女小字胭脂,才姿惠丽。父宝爱之,欲占凤于清门③,而世族鄙其寒贱,不屑缔盟④,所以及笄未字。对户龚姓之妻王氏,佻脱善谑,女闺中谈友也。一日送至门,见一少年过,白服裙帽,丰采甚都⑤。女意似动,秋波萦转之。少年俯其首,趋而去。去既远,女犹凝眺。王窥其意,戏之曰:"以娘子才貌,得配若人,庶可无恨。"女晕红上颊,脉脉不作一语。王问:"识得此郎否?"女曰:"不识。"曰:"此南巷鄂秀才秋隼,故孝廉之子。妾向与同里,故识之。世间男子无其温婉。今衣素,以妻服未阕也⑥。娘子如有意,当寄语使委冰焉⑦。"女无语,王笑而去。

---

① 东昌:明清府名,治所在今山东省聊城市东昌府区。
② 牛医:专治牛病的兽医。
③ 占凤:择婚。据《左传·庄公二十二年》记载:春秋时,齐国懿仲想把女儿嫁给陈敬仲,合婚占卜时,得到"凤凰于飞,和鸣锵锵"等吉语。后世因以"占凤"代指择婿。清门:没有官爵,又不操贱业的寒素之家。一般是指读书人家。
④ 缔盟:指缔结婚约。
⑤ 都(dū):美好的样子。
⑥ 妻服未阕:为亡妻服丧,尚未满期。中国古代的丧服分"五服制",包括斩缞、齐缞、大功、小功、缌麻五种。亲人去世后,按血缘关系的远近,分别穿不同等级的丧服,称为服丧。不同的丧服有不同的穿戴期限,穿完规定的期限,称为服阕。
⑦ 委冰:托媒人。冰,冰人,即媒人。详前《辛十四娘》"作冰"注。

数日无耗,女疑王氏未往,又疑宦裔不肯俯就。邑邑徘徊,萦念颇苦,渐废饮食,寝疾惙顿①。王氏适来省视,研诘病由。答言:"自亦不知。但尔日别后,即觉忽忽不快,延命假息②,朝暮人也③。"王小语曰:"我家男子负贩未归,尚无人致声鄂郎。芳体违和④,非为此否?"女赪颜良久。王戏之曰:"果为此者,病已至是,尚何顾忌?先令其夜来一聚,彼岂不肯可?"女叹息曰:"事至此,已不能羞。若渠不嫌寒贱,即遣冰来,病当愈;若私约,则断断不可!"王颔之,遂去。

王幼时与邻生宿介通,既嫁,宿侦夫他出,辄寻旧好。是夜宿适来,因述女言为笑,戏嘱致意鄂生。宿久知女美,闻之窃喜,幸其机之可乘也。欲与妇谋,又恐其妒,乃假无心之词,问女家闺闼甚悉。次夜逾垣入,直达女所,以指叩窗。内问"谁何"?答以"鄂生"。女曰:"妾所以念君者,为百年,不为一夕。郎果爱妾,但宜速倩冰人;若言私合,不敢从命。"宿姑诺之,苦求一握纤腕为信。女不忍过拒,力疾启扉。宿遽入,即抱求欢。女无力撑拒,仆地上,气息不续。宿急曳之。女曰:"何来恶少,必非鄂郎!果是鄂郎,其人温驯,知妾病由,当相怜恤,何遂狂暴若此!若复尔尔⑤,便当鸣呼。品行亏损,两无所益!"宿恐假迹败露,不敢复强,但请后会。女以亲迎为期⑥。宿以为远,又请。女厌纠缠,约待病愈。宿求信物⑦,女不许;宿捉足解绣履而出。女呼之返,曰:"身已许君,

---

① 寝疾惙(chuò)顿:卧病在床,有气无力。惙顿,委顿、疲乏,有气无力的样子。
② 延命假息:借一口气延续性命。
③ 朝暮人:即过了早上、活不到晚上的人,意即垂死之人。
④ 违和:身体失和而不舒适,多用作对他人生病的婉称。
⑤ 若复尔尔:如果再这样。
⑥ 以亲迎为期:以亲迎之日作为下一次见面的日期。古代婚礼分为纳采、问名、纳吉、纳征、请期、亲迎六个过程,称为"六礼"。
⑦ 信物:当作凭证、以示诚信的物品。

复何吝惜？但恐画虎成狗①，致贻污谤。今亵物已入君手②，料不可反。君如负心，但有一死！"宿既出，又投宿王所。既卧，心不忘履，阴揣衣袂③，竟已乌有。急起篝灯④，振衣冥索⑤。诘王，不应。疑妇藏匿，妇故笑以疑之。宿不能隐，实以情告。言已，遍烛门外，竟不可得。懊恨归寝，犹意深夜无人，遗落当犹在途也。早起寻之，亦复杳然。

先是，巷中有毛大者，游手无籍⑥。尝挑王氏不得，知宿与洽，思掩执以胁之。是夜，过其门，推之未扃，潜入。方至窗外，踏一物，软若絮帛，拾视，则巾裹女舄。伏听之，闻宿自述甚悉。喜极，抽息而出。逾数夕，越墙入女家。门户不悉，误诣翁舍。翁窥窗见男子，察其音迹，知为女来者。心忿怒，操刀直出。毛大骇，反走。方欲攀垣，而卞追已近，急无所逃，反身夺刃；媪起大呼，毛不得脱，因而杀之。女稍痊，闻喧始起。共烛之，翁脑裂不能言，俄顷已绝。于墙下得绣履，媪视之，胭脂物也。逼女，女哭而实告之；但不忍贻累王氏，言鄂生之自至而已。

天明讼于邑。邑宰拘鄂。鄂为人谨讷⑦，年十九岁，见客羞涩如童子。被执骇绝。上堂不知置词，惟有战栗。宰益信其情真，横

---

① 画虎成狗：即成语"画虎不成反类狗"的省称。据《后汉书·马援列传》记载：东汉的伏波将军马援，曾写信告诫他的侄子不要追随当时的名士："效伯高不得，犹为谨敕之士，所谓刻鹄不成尚类鹜者也。效季良不得，陷为天下轻薄子，所谓画虎不成反类狗者也。"这里比喻胭脂、鄂秋隼二人若私订终身不成，反而会贻人笑柄。
② 亵物：指贴身穿着的衣物。这里指绣履。
③ 阴揣衣袂：悄悄地把手插进衣袖里。也就是暗地摸摸衣袖的意思。揣，藏入，伸进。袂，衣袖。古代衣袖宽大，可以藏物。
④ 篝灯：置灯于笼中。这里指点灯。篝，上大下小而长，可以盛物的竹笼。
⑤ 振衣：将衣服抖一抖披在身上，相当于现在的"披衣"。振，抖动、摇动。冥索：潜心地寻找。冥，潜心、专心。
⑥ 游手无籍：游手好闲，不事农耕。籍，耕。
⑦ 谨讷：行为拘谨，拙于言辞。

加桎械①。书生不堪痛楚,以是诬服。及解郡,敲扑如邑。生冤气填塞,每欲与女面相质;及相遭,女辄诟骂,遂结舌不能自伸,由是论死。往来覆讯,经数官无异词。

后委济南府复案②。时吴公南岱守济南,一见鄂生,疑其不类杀人者。阴使人从容私问之,俾得尽其词③。公以是益知鄂生冤。筹思数日,始鞫之④。先问胭脂:"订约后,有知者否?"答:"无之。""遇鄂生时,别有人否?"亦答:"无之。"乃唤生上,温语慰之。生自言:"曾过其门,但见旧邻妇王氏与一少女出,某即趋避,过此并无一言。"吴公叱女曰:"适言侧无他人,何以有邻妇也?"欲刑之。女惧曰:"虽有王氏,与彼实无关涉。"公罢质⑤,命拘王氏。数日已至,又禁不与女通,立刻出审,便问王:"杀人者谁?"王对:"不知。"公诈之曰:"胭脂供言,杀卞某汝悉知之,胡得隐匿?"妇呼曰:"冤哉!淫婢自思男子,我虽有媒合之言,特戏之耳。彼自引奸夫入院,我何知焉!"公细诘之,始述其前后相戏之词。公呼女上,怒曰:"汝言彼不知情,今何以自供撮合哉?"女流涕曰:"自己不肖,致父惨死,讼结不知何年,又累他人,诚不忍耳。"公问王氏:"既戏后,曾语何人?"王供:"无之。"公怒曰:"夫妻在床,应无不言者,何得云无?"王供:"丈夫久客未归。"公曰:"虽然⑥,凡戏人者,皆笑人之愚,以炫己之慧,更不向一人言,将谁欺?"命桎十指⑦。妇不

---

① 横加桎(gù)械:指滥施刑罚。桎,一种木制刑具,其中束缚双脚的刑具叫桎,束缚双手的刑具叫梏;械,即桎梏,指脚镣、手铐一类的刑具。
② 复案:复审。案,用作动词,查讯、审问的意思。
③ 俾得尽其词:以期得到全部的证词。
④ 鞫之:提审人犯,审问这一案件。
⑤ 罢质:停止审问。质,对质、质问。
⑥ 虽然:虽然如此。虽,连词,虽然;然,代词,如此、这样。
⑦ 桎十指:指拶(zǎn)指之刑。即用拶子夹犯人的手指。拶子是古代的一种刑具,用绳子串起五根小木棍,施刑时,将犯人的手指伸进小木棍中间,然后用力收缩绳子,作为刑罚。

## 臙脂

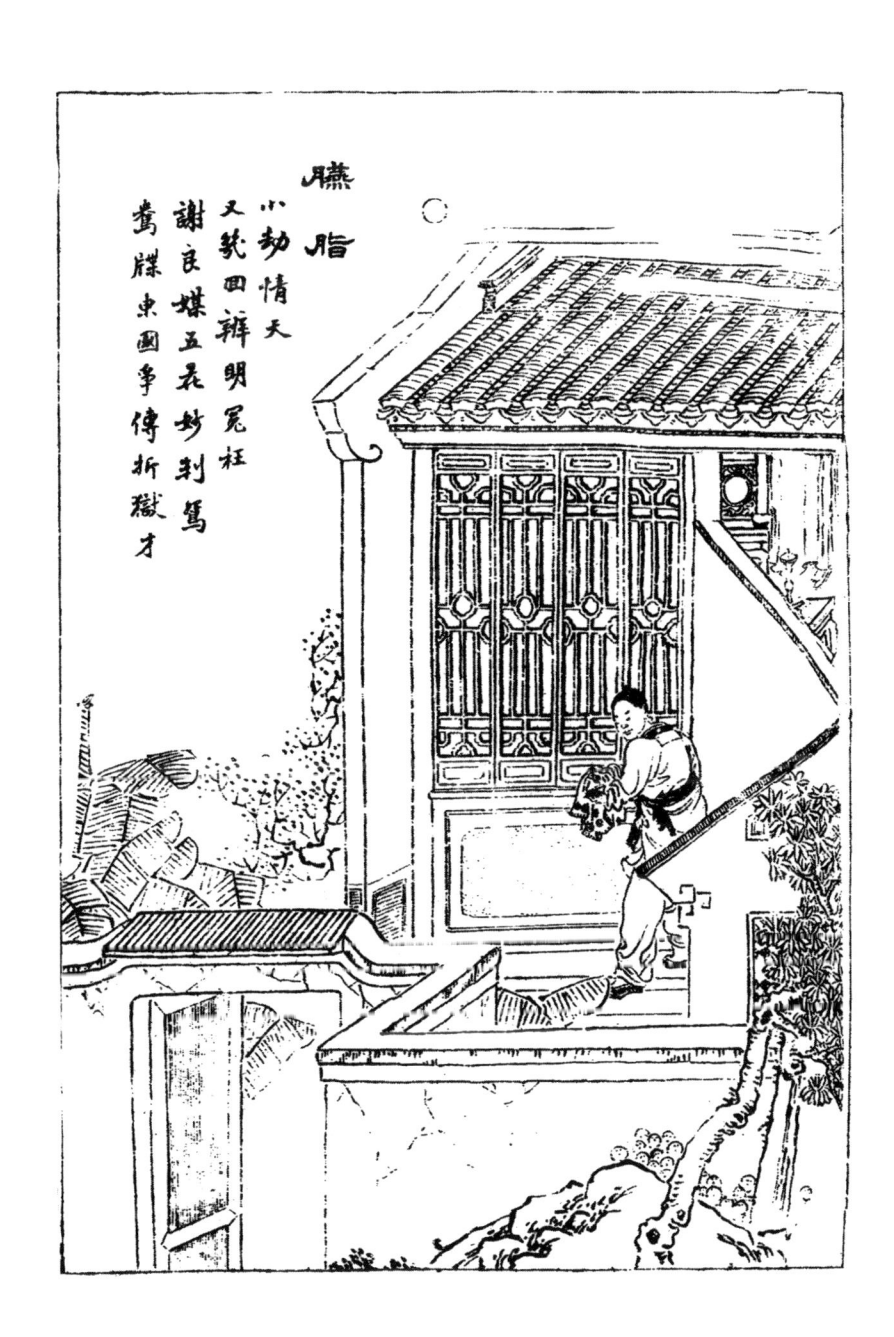

小劫情天
又欷四辨明冤枉
謝良媒五表妙判鴛
鴦牒東國爭傳折獄才

得已,实供:"曾与宿言。"公于是释鄂拘宿。宿至,自供:"不知。"公曰:"宿妓者必非良士!"严械之。宿自供:"赚女是真①。自失履后,未敢复往。杀人实不知情。"公怒曰:"逾墙者何所不至!"又械之。宿不任凌藉②,遂以自承。招成报上③,无不称吴公之神。铁案如山,宿遂延颈以待秋决矣。

然宿虽放纵无行,故东国名士④。闻学使施公愚山贤能称最⑤,又有怜才恤士之德。因以一词控其冤枉,语言怆恻。公讨其招供,反复凝思之,拍案曰:"此生冤也!"遂请于院、司⑥,移案再鞫。问宿生:"鞋遗何所?"供曰:"忘之。但叩妇门时,犹在袖中。"转诘王氏:"宿介之外,奸夫有几?"供言:"无有。"公曰:"淫乱之人,岂得专私一个?"供言:"身与宿介稚齿交合,故未能谢绝;后非无见挑者,身实未敢相从。"因使指其人以实之。供云:"同里毛大,屡挑而屡拒之矣。"公曰:"何忽贞白如此⑦?"命榜之⑧。妇顿首出血,力辨无有,乃释之。又诘:"汝夫远出,宁无有托故而来者?"曰:"有之。某甲、某乙,皆以借贷馈赠,曾一二次入小人家。"

---

① 赚女:指冒充鄂秋隼诓骗胭脂。赚,诓骗,欺诳。
② 不任凌藉:不堪污辱、欺凌。凌、藉,都是欺凌的意思。
③ 招成报上:招状写好以后呈报给上司。
④ 东国:指齐鲁之地。春秋时期的齐国和鲁国,皆位于我国东部地区,故有"东国"之称。
⑤ 学使施公愚山:山东提学佥事施闰章。施闰章(1618—1683),字尚白,号愚山,安徽宣城人,清初著名诗人,有"南施北宋"之称。顺治十三年曾任山东提学佥事,取士有"冰鉴"之誉。见《济南府志》卷三十七。按清代官制,清初各省都设有督学道,系按察使佥事衔,因又称提学佥事。负责一省的学校政令和岁、科两试。雍正四年各省学道更名学院,乾隆年间又改学院为学政,光绪三十一年再改学政为提学使。参见《清史稿·职官三(外官)》。贤能称最:贤良有才能,在当时被称为第一。
⑥ 院、司:部院和臬司。部院,即巡抚,负责一省军政的最高长官。臬司,即按察使,负责一省司法的最高官员。
⑦ 贞白:贞洁、清白。
⑧ 榜(péng):用棍子或竹板打。

盖甲、乙皆巷中游荡之子，有心于妇而未发者也。公悉籍其名①，并拘之。既集，公赴城隍庙，使尽伏案前。便谓："曩梦神人相告，杀人者不出汝等四五人中。今对神明，不得有妄言。如肯自首，尚可原宥；虚者，廉得无赦②！"同声言无杀人之事。公以三木置地③，将并加之。括发裸身④，齐鸣冤苦。公命释之，谓曰："既不自招，当使鬼神指之。"使人以毡褥悉障殿窗，令无少隙；袒诸囚背，驱入暗中；始授盆水，一一命自盥讫；系诸壁下，戒令"面壁勿动，杀人者，当有神书其背"。少间，唤出验视，指毛曰："此真杀人贼也！"盖公先使人以灰涂壁，又以烟煤濯其手。杀人者恐神来书，故匿背于壁而有灰色；临出，以手护背，而有烟色也。公固疑是毛，至此益信。施以毒刑，尽吐其实。

判曰："宿介：蹈盆成括杀身之道，成登徒子好色之名⑤。只缘两小无猜，遂野鹜如家鸡之恋⑥；为因一言有漏，致得陇兴望蜀之

---

① 籍：登记。
② 廉得：查出。廉，考察、查访。
③ 三木：古代刑具。一指夹棍，由三根木头做成，故称三木夹棍，又称天平踏杠，俗称三木之刑。二指枷在犯人颈、手、足上的木制刑具，俗称"三木被体"或"三木囊头"。这里当指前者。
④ 括发裸身：束起头发，剥下上衣。这是动刑之前的准备。
⑤ "蹈盆成括"二句：意思是说宿介走了盆成括的惹祸杀身之路，落下了登徒子好色之徒的名声。盆成括是战国叫人，复姓盆成，名括。《孟子·尽心下》载："盆成括仕于齐，孟子曰：'死矣！盆成括。'盆成括见杀，门人曰：'夫子何以知其将见杀？'曰：'其为人也小有才，未闻君子之大道。则足以杀其躯矣。'"这里以盆成括比喻宿介有小才而无君子之德，冒名调戏妇女，结果差一点招致杀身之祸。登徒子是战国楚·宋玉《登徒子好色赋》中的人物，复姓登徒，"子"是古代男子的通称。此人好色而不择美丑，后世因以"登徒子"代指好色之人。
⑥ "只缘"二句：意思是说只因为宿介与王氏为童稚之交，遂野合私通把王氏当作妻室。唐·李白《长干行》之一："郎骑竹马来，绕床弄青梅，同居长干里，两小无嫌猜。"两小无猜，指男女儿童天真无邪，一起玩耍，没有嫌疑猜忌。野鹜，野鸭。家鸡，家中饲养之鸡。家鸡、野鹜，本作"家鸡野雉"，语出晋·何法盛《晋中兴书》，喻指人弃自家妻室而喜外遇。

心①。将仲子而逾园墙,便如鸟堕②;冒刘郎而至洞口,竟赚门开③。感帨惊尨,鼠有皮胡若此④?攀花折树⑤,士无行其谓何!幸而听病燕之娇啼,犹为玉惜;怜弱柳之憔悴,未似莺狂⑥。而释幺凤于罗中⑦,尚有文人之意;乃劫香盟于袜底⑧,宁非无赖之尤!

---

① "为因"二句:意思是说因为王氏的一句话,泄露了胭脂爱慕鄂生的心思,以致引起宿介在占有王氏以后又想骗奸胭脂的邪念。得陇望蜀,喻贪心不足。据《后汉书·岑彭列传》载,建武八年(32年),岑彭率兵跟随光武帝攻破天水,并与吴汉在西城包围了割据陇上的隗嚣。蜀地的割据者公孙述派部将李育来救隗嚣,被盖延、耿弇围在上邽。光武帝东归,写信给岑彭说:"两城(指西城、上邽)若下,便可将兵南击蜀虏。人苦不知足,既平陇,复望蜀。每一发兵,头须为白。"
② "将(qiāng)仲子"二句:意思是说宿介逾墙进到卞家的院子里,就像飞鸟落地一样迅捷。《诗经·郑风·将仲子》诗中有"将仲子兮,无逾我墙"之句,本意是女方拒绝男方跳墙求爱的意思。这里反用其意。将,请、愿。仲子,相当于"二哥"。
③ "冒刘郎"二句:意思是说宿介冒充鄂生的名字来到胭脂窗下,竟骗得胭脂病中打开了房门。刘郎,指刘晨。详前《贾奉雉》注。这里借用刘晨和阮肇在天台山仙洞遇见仙女的故事,比喻宿介冒充鄂生向胭脂求爱。
④ "感帨(shuì)惊尨(máng)"二句:意思是说宿介对胭脂非礼的举动,如果要脸皮那会干出此等丑事?感帨惊尨,指对所爱女性非礼。《诗经·召南·野有死麕》:"无感我帨兮,无使尨也吠。"是女子告诫前来约会的男子不要过分亲近,不要惹起狗叫。感,通"撼",摇动的意思。帨,佩巾。古代女子出嫁时,由母亲所授,用以擦拭不洁。在家时挂在门右,外出时系在身左。尨,多毛的狗。鼠有皮,老鼠也有脸皮。《诗经·周南·相鼠》:"相鼠有皮,人而无仪。人而无仪,不死何为?"诗用"鼠有皮"起兴,说人的行为应讲究礼仪。这里是说宿介不要脸。
⑤ 攀花折树:喻指纠缠女性,苟且偷情。《诗经·郑风·将仲子》:"将仲子兮,无逾我里,无折我树杞。岂敢爱之,畏我父母。"
⑥ 病燕、弱柳:皆喻指病中的胭脂。
⑦ 幺凤:鸟名,有五彩羽毛,形体似燕而小,暮春之际栖集于梧桐花间,因又称桐花凤。有人认为幺凤即倒挂子,非。倒挂子是岭南特有的珍禽,绿毛红嘴,形似鹦鹉而小,暮冬时出现,栖息时常倒悬于梅花枝上,故称倒挂子,别称梅花使或绿毛凤。苏轼的梅花词【西江月】中的"倒挂绿毛幺凤",是以"幺凤"比喻倒挂于梅花之间的"绿毛凤"。本篇中是指少女胭脂。罗:罗网。
⑧ 劫香盟于袜底:指宿介强行拿走胭脂的绣花鞋,作为以后相会的信物。劫香盟,强行订下相爱之盟。

蝴蝶过墙,隔窗有耳①;莲花瓣卸,堕地无踪②。假中之假以生,冤外之冤谁信③?天降祸起,酷械至于垂亡;自作孽盈④,断头几于不续。彼逾墙钻隙,固有玷夫儒冠;而僵李代桃,诚难消其冤气⑤。是宜稍宽笞扑,折其已受之惨⑥;姑降青衣⑦,开彼自新之路。若毛大者:刁猾无籍,市井凶徒。被邻女之投梭,淫心不死⑧;伺狂童之入巷,贼智忽生⑨。开户迎风,喜得履张生之迹⑩;求浆值酒,妄思偷

---

① "蝴蝶"二句:意思是说宿介跳墙与胭脂幽会,却不提防被毛大窃听。蝴蝶过墙,唐·王驾的《雨晴》诗:"蛱蝶飞来过墙去,却疑春色在邻家。"本意是说邻家的春色引诱得蝴蝶飞过墙去。这里用来比喻宿介逾墙偷情。
② "莲花"二句:意思是说宿介强行拿走了胭脂的绣花鞋,却又不小心把鞋子弄丢了。莲花,取义于"步步生莲花"。《南齐书·东昏侯纪》载,南齐东昏侯凿金为莲花贴于地,令潘妃行于其上,曰:"此步步生莲花。"本意是指女子的步态之美,后以莲瓣代指女子的小脚,也称金莲。这里指绣鞋。
③ 假中之假:指宿介冒充鄂生,毛大又假冒宿介。冤中之冤:指鄂生因宿介受冤,宿介又因毛大而受冤。
④ 自作孽:自己做下的罪孽,无法原谅。《尚书·太甲》谓:"天作孽,犹可违;自作孽,不可逭。"盈,满。指做坏事做到了头。
⑤ "彼逾墙"四句:意思是说宿介逾墙偷情的丑行,固然玷辱了文人的身份;而因此被误认为是杀人凶手倍受酷刑,也实在难以消除他心中的冤气。逾墙钻穴,指偷情。《孟子·滕文公下》:"不待父母之命、媒妁之言,钻穴隙相窥,踰墙相从,则父母国人皆贱之。"儒冠,本指读书人所戴的帽子,代指读书人的身份。僵李代桃,《乐府诗集·鸡鸣》:"桃生露井上,李树生桃旁。虫来啮桃根,李树代桃僵。树木身相代,兄弟还相忘?"本指兄弟之间要像桃李共患难一样相互帮助、相互友爱。后世喻指代人受过或以此代彼。
⑥ 折,折合,相抵。
⑦ 姑降青衣:暂且降为青衣。这是清代对生员的一种降级处罚。生员着蓝衫,降为"青衣"后则由蓝衫改着青衫,称为"青生"。相当于保留生员资格、留学察看。参见《明史·选举志》。
⑧ "被邻女"二句:意思是说毛大虽然被王氏拒绝,却仍然淫心不死。邻女投梭,出自《晋书·谢鲲传》。谢鲲挑逗邻女,邻女方织,以梭投之,折鲲两齿。后世用以比喻女子拒绝男子的挑逗和引诱。
⑨ "伺狂童"二句:意思是说毛大等宿介与王氏偷情的时候,却突生贼智,打算当场捉奸来要挟王氏。狂童,语出《诗经·郑风·褰裳》,本为对所爱男子的昵称,这里借指宿介。
⑩ "开户"二句:意思是说当宿介与王氏幽会时,恰好让毛大偷听到了胭脂之事,使其妄想模仿张生骗财胭脂。开户迎风,语出唐·元稹《莺莺传》。崔莺莺与张生相恋,曾寄诗张生:"待月西厢下,迎风户半开。隔墙花影动,疑是玉人来。"张生得信后,遂逾墙与莺莺幽会。这里喻指男女私会。

韩掾之香①。何意魄夺自天,魂摄于鬼②。浪乘槎木,直入广寒之宫;径泛渔舟,错认桃源之路③。遂使情火息焰,欲海生波④。刀横直前,投鼠无他顾之意⑤;寇穷安往,急兔起反噬之心⑥。越壁入人家,止期张有冠而李借⑦;夺兵遗绣履,遂教鱼脱网而鸿离⑧。风流

---

① "求浆"二句:意思是说毛大本来想以捉奸要挟王氏,没想到却得到了亲近胭脂的机会,于是就企图像韩寿与贾充女儿幽会那样与胭脂偷情。求浆值酒,本想讨水喝,却恰遇到酒。浆,汤水。值,遇到、碰上。偷韩掾之香,即成语"韩寿偷香"。据《晋书·贾充传》记载,晋人韩寿本为贾充的掾吏,无意中被贾充的女儿看上。贾充的女儿便主动与韩寿偷期幽会,并将晋武帝赐给贾充的西域奇香送给韩寿,后来被贾充发现。贾充为了避免家丑外扬,便把女儿许配给了韩寿。后世多用以比喻男女暗中偷情。

② "何意"二句:意思是说没想到七魄被老天夺去,三魂被鬼吏摄走。指毛大前往卞家企图与胭脂幽会的时候,神智错乱,鬼迷心窍地走到了卞翁的门前。

③ "浪乘"四句:前两句指毛大跳墙进入卞家,后两句指毛大"误诣翁舍"。浪,轻率。乘槎木,意指登天。晋·张华《博物志·杂说下》:"旧说云天河与海通。近世有人居海渚者,年年八月有浮槎去来,不失期。"广寒之宫,指月宫。汉·郭宪《洞冥记》:"冬至后,月养魄于广寒宫。"这里比喻胭脂的闺房。渔舟、桃源,典出陶渊明的《桃花源诗并记》,大意是说:晋太元年间,有一位武陵的渔翁,在打渔的时候误入桃花源,看到了一幅大同世界的景象。这里戏指毛大误到了卞翁的屋子。

④ 情火息焰,欲海生波:指毛大偷情的欲望顿消,而杀人自保的念头陡生。

⑤ "刀横"二句:当卞翁的刀横在面前时,毛大也不再顾忌胭脂而把卞翁杀死。投鼠,"投鼠忌器"的省语。汉·贾谊《陈政事疏》:"里谚曰:'欲投鼠而忌器。'此善谕也。鼠近于器,尚惮不投,恐伤其器,况于贵臣之近主乎!"本指打老鼠顾忌打坏老鼠旁边的器物。这里是说毛大为了保命什么也不顾了。

⑥ "寇穷"二句:意思是说被逼到绝路上的强盗能到哪里去呢?被追急了的兔子反而生出咬人之心。这里是指毛大被卞翁逼急了,反而起了夺刀杀人之念。寇穷,指敌人势穷力竭。《孙子兵法·军争第七》:"归师勿遏,围师必阙,穷寇勿迫,此用兵之法也。"这里指毛大被卞翁逼到了墙下,急无所逃。急兔起反噬之心,即俗语"兔子急了也咬人"。这里指毛大被卞翁逼到墙下之后,返身夺刀杀人。

⑦ "越壁"二句:意思是说毛大跳墙进入卞家,只希望张戴冠李冒名骗奸胭脂。张有冠而李借,即成语"张冠李戴",比喻认错了对象或弄错了事实,也有调包舞弊之意。这里指毛大企图冒名顶替。

⑧ "夺兵"二句:意思是说毛大夺刀杀死卞翁,又遗下了胭脂的绣鞋,结果让凶手毛大逃脱而让无辜者鄂生、宿介等被捕。兵,兵刃。鱼脱网而鸿离,喻指不期然而结果相反。《诗经·邶风·新台》:"鱼网之设,鸿则离之。燕婉之求,得此戚施。"鸿,"苦蚕"的切音,即蟾蜍,俗称癞虾蟆。离,同"罹"。

道乃生此恶魔,温柔乡何有此鬼蜮哉①!即断首领,以快人心。胭脂:身犹未字,岁已及笄②。以月殿之仙人,自应有郎似玉③;原霓裳之旧队,何愁贮屋无金④?而乃感关雎而念好逑,竟绕春婆之梦⑤;怨摽梅而思吉士,遂离倩女之魂⑥。为因一线缠萦,致使群魔交至⑦。争

---

① "风流道"二句:意思是说风流道场却出现了像毛大这样的恶魔,温柔之乡怎么会有这样的鬼怪?风流道,指男女风流之地。温柔乡,比喻女色迷人之境。语出汉·玄伶《飞燕外传》。
② "身犹"二句:意思是说胭脂虽然还没有嫁人,却已经到了结婚的年龄。字,女子许嫁。及笄,古时女子十五束发加笄,表示成年可以出嫁。笄,束发用的簪子。
③ "以月殿"二句:意思是说以胭脂似月宫仙女般的容貌,自然会找到一位美貌如玉的丈夫。月殿之仙人,月宫里的仙女。这里用来形容胭脂的美丽。郎,郎君、丈夫。似玉,比喻其美如玉。
④ "原霓裳"二句:意思是说胭脂原本美如仙女,何愁没有人金屋藏娇。霓裳之旧队,原本为霓裳仙女。极言胭脂的美丽。史载唐玄宗企望求仙,曾改编西域传来的乐曲为《霓裳羽衣曲》。霓裳羽衣,都不是人间所服,因号称"天乐"。传说道士罗公远中秋侍玄宗赏月,曾与玄宗至月宫,见到女仙数百,素练霓裳,舞于广庭,乐曲即《霓裳羽衣》,玄宗记其音调,回来就制作了《霓裳羽衣曲》。见宋·王灼《碧鸡漫志》卷三。贮屋无金,化用"金屋藏娇"之典。据《汉武故事》记载:汉武帝为太子时,希望得到长公主之女阿娇为妇,曾说:"若得阿娇作妇,当作金屋以贮之。"
⑤ "而乃"一句:意思是说胭脂受《关雎》诗的感染,希望寻求自己的理想配偶,不料竟成为一场春梦。《关雎》,《诗经·周南》篇名。诗云:"关关雎鸠,在河之洲。窈窕之女,君子好逑。"这里借指胭脂怀春,对鄂生产生了爱慕之情。春婆之梦,即"春梦"。宋·王宗稷《东坡先生年谱》引赵令畤《侯鲭录》云:"东坡老人在昌化,尝负大瓢行歌田亩间,所歌者盖《哨遍》也。馌妇年七十,云:'内翰昔日富贵,一场春梦。'坡然之,里人呼此媪为春梦婆。坡一日被酒独行,遍至子云诸黎之舍,作诗云:'符老风流可奈何,朱颜减尽鬓丝多。投梭每闻邻女,换扇惟逢春梦婆。'是日复见老符秀才,言此春梦婆之实也。"这里指胭脂对鄂生的思慕成空。
⑥ "怨摽(biào)梅"二句:意思是说胭脂因单相思而埋怨鄂生不来幽会,以致相思成疾。摽梅,梅子熟透落地,即落梅。代指女子应当结婚的年龄。《诗经·召南·摽有梅》:"摽有梅,其实七兮。求我庶士,迨其吉兮。"这是一首描写女子珍惜青春、急于求偶的诗歌。吉士,古代对男子的美称。《诗经·召南·野有死麕》:"有女怀春,吉士诱之。"倩女之魂,出自"倩女离魂"的典故,见唐·陈玄祐传奇《离魂记》,大意是说:衡州张镒的女儿倩娘,与表兄王宙相恋。后张镒将倩娘另许他人,倩娘抑郁成疾,竟至灵魂出窍,追随王宙同赴蜀地,而躯体则卧病在家。在蜀地居住五年,生二子。后倩娘归宁,到家后,灵魂与躯体复合而为一。这里指胭脂因思念鄂生而相思成疾。
⑦ "为因"二句:意思是说只因为胭脂的一丝怀春情思萦绕于心,致使宿介、毛大之类的好色之徒交替而至。一线,细微。

妇女之颜色,恐失'胭脂'①;惹鸳鸟之纷飞,并托'秋隼'②。莲钩摘去,难保一瓣之香③;铁限敲来,几破连城之玉④。嵌红豆于骰子,相思骨竟作厉阶⑤;丧乔木于斧斤,可憎才真成祸水⑥!葳蕤自守,幸白璧之无瑕⑦;缧绁苦争,喜锦衾之可覆⑧。嘉其入门之拒,

① "争妇女"二句:意思是说宿介、毛大等好色之徒争夺女色,唯恐失去了"胭脂"。胭脂,在这里是双关语。一是借女主人公胭脂之名代指女子脸上的胭脂,即女色。二是化用了胭脂山的故事。胭脂山,又名燕支山或焉支山,因盛产胭脂草而得名。《史记·匈奴传》司马贞《索隐》引《西河旧事》:"祁连、燕支二山在张掖、酒泉界上,匈奴失二山,乃歌曰:'亡我祁连山,使我六畜不蕃息;失我燕支山,使我妇女无颜色。'"
② "惹鸳鸟"二句:意思是说胭脂的一线情思惹得宿介、毛大之徒都冒充鄂生秋隼的名字,像凶猛的鸟一样纷至沓来。并托秋隼,也是双关语。字面意思是指各种凶猛鸟都假装成秋隼,实际意思是指宿介、毛大等都冒充鄂秋隼。隼,也是一种凶猛的鸟。
③ "莲钩"二句:意思是说宿介强行脱走了胭脂的绣鞋,却未能保住而在半路上丢失。莲钩,即莲瓣、金莲,指女子的绣鞋。因其形状弯曲似钩,故称。一瓣之香,语意双关:本指一炷香,是焚香敬礼的意思。在这里"一瓣(莲花之一瓣),指一只绣鞋;香,香洁,指少女冰清玉洁的名声。
④ "铁限"二句:意思是说毛大闯入紧严的闺门,几乎破坏了胭脂的贞操。铁限,铁门限,即铁门槛。唐·李绰《尚书故事》载,王羲之的后裔僧智永为南朝陈著名书法家,住吴兴永欣寺,来求书的人挤破了门,他就用铁叶把门裹上,被人称作"铁门限"。这里借喻胭脂紧严的闺门,屡遭骚扰,门限为穿。敲,叩门。连城之玉,价值连城的美玉。详前《王成》注。古代女子坚守贞操,称"守身如玉"。故以连城玉比喻女子的贞操。
⑤ "嵌红豆"二句:意思是说胭脂对鄂生的刻骨相思,竟然成为致祸的根源。红豆,相思树所结之子,大如豌豆,微扁,色鲜红或半红半黑,俗称"相思子"。骰(tóu),骰子,俗称色(shǎi)子,一种赌博游戏工具,多用骨头制成。把相思豆嵌在骰子(即骨头)上,就成了下句所说的"相思骨"。唐·温庭筠《南歌子》:"玲珑骰子安红豆,刻骨相思知未知?"厉阶,祸端,致祸的台阶。
⑥ "丧乔木"二句:意思是说卞翁丧命于斧头之下,可爱的女儿居然成了红颜祸水。乔木,古代用以象征父亲。出自《尚书大传》:"南山之阳有木焉,名曰乔。高高然而上,父之道也。"这里指卞翁。可憎才,爱极的反语,对所爱之人的昵称。这里指胭脂。祸水,即"红颜祸水",古代对祸人败事之女子的贬称。
⑦ "葳蕤(wēiruí)"二句:意思是说胭脂在群魔交至之时能够严正自守,所幸保持了自己的清白。葳蕤,草名。一名"丽草"。《本草纲目·葳蕤》:"此草根长多须,如冠缨下垂之绥,而有威仪,故以名之。"这里用"有威仪"义。白璧之无瑕,即"白璧无瑕",没有斑痕的白玉,比喻十全十美、无可挑剔。这里指胭脂保住了自己的贞操。
⑧ "缧绁"二句:意思是说胭脂被囚禁于官府的时候,能够据理力争,终于洗雪耻辱保全自己的名声还是可喜的。缧绁,捆绑犯人的绳子,引申为监狱、囚禁。锦衾之可覆,来自宋元俗语"一床锦被遮盖",意为"遮丑"。

犹洁白之情人①;遂其掷果之心,亦风流之雅事②。仰彼邑令③,作尔冰人。"案既结,遐迩传颂焉。

自吴公鞫后,女始知鄂生冤。堂下相遇,靦然含涕,似有痛惜之词,而未可言也。生感其眷恋之情,爱慕殊切;而又念其出身微贱,日登公堂,为千人所窥指,恐娶之为人姗笑,日夜萦回④,无以自主。判牒既下,意始安贴。邑宰为之委禽⑤,送鼓吹焉⑥。

异史氏曰:"甚哉!听讼之不可以不慎也⑦!纵能知李代为冤,谁复思桃僵亦屈?然事虽暗昧,必有其间⑧,要非审思研察⑨,不能得也。呜呼!人皆服哲人之折狱明,而不知良工之用心苦矣⑩。世之居民上者,棋局消日⑪,紬被放衙⑫,下情民

---

① "嘉其"二句:意思是说胭脂爱慕鄂生,但拒绝苟合,仍然是一位纯洁清白的多情少女。嘉,嘉许。
② "遂其"二句:意思是说应该遂其纯洁的心愿,也是一件风流雅事。掷果之心,即成语"掷果盈车",典出《晋书·潘岳传》。晋人潘岳,字安仁,或称潘安,"岳美姿仪,辞藻绝丽,尤善为哀诔之文。少时常挟弹出洛阳道,妇人遇之者,皆连手萦绕,投之以果,遂满车而归"。后世因以"掷果"表示女子对男子的爱慕之情。这里是指胭脂对鄂生的爱慕。
③ 仰:古代公文中上级命令下级的惯用套语,期望、责成的意思。
④ 萦回:回旋环绕。这里是思来想去的意思。
⑤ 委禽:致送聘礼。委,给,致送。禽,指雁,古指订婚的礼物。详前《阿宝》注。
⑥ 送鼓吹:赠送一套鼓吹班子。鼓吹,指锣鼓、唢呐等乐器。这里指演奏这些乐器的班子。
⑦ 听讼:听理诉讼,审案。
⑧ 间(jiàn):缝隙、空隙的意思。这里是指案件中的破绽。
⑨ 审思研察:仔细地思考,精细地考察。审,详尽,仔细。研,精细,详尽。
⑩ "人皆服"二句:意思是说人们都佩服贤哲的官员断案明察秋毫,却不知他们也是煞费苦心啊。哲人,贤明而有智慧的人。良工,技术精良的工匠,借指贤良之人,见《后汉书·马援传》。唐·杜甫《题李尊师松树障子歌》:"已知仙客意相亲,更觉良工心独苦。"
⑪ 棋局消日:以下棋消磨时日,而荒废政务。《唐诗纪事》卷五十六载:唐宣宗时,令狐绹荐李远为杭州刺史,宣宗说:"我闻远诗云:'长日惟消一局棋。'岂可以临郡哉?"意思是担心李远只下棋而荒废政务。
⑫ 紬被放衙:贪睡好逸而荒废政务。放衙,官吏退衙,即放假。元·贡奎《倦游录》载:北宋文彦博为榆次县令,于衙鼓上题诗云:"置向谯楼一任挝,挝多挝少不知他。如今幸有黄紬被,努出头来听放衙。"紬,同"绸"。

艰①,更不肯一劳方寸②。至鼓动衙开,巍然坐堂上,彼哓哓者直以桁梏靖之,何怪覆盆之下多沉冤哉③!"

愚山先生吾师也④。方见知时⑤,余犹童子⑥。窃见其奖进士子⑦,拳拳如恐不尽;小有冤抑⑧,必委曲呵护之⑨,曾不肯作威学校,以媚权要。真宣圣之护法⑩,不止一代宗匠、衡文无屈士已也。而爱才如命,尤非后世学使虚应故事者所及。尝有名士入场,作"宝藏兴焉"文⑪,误记水下⑫。录毕而后悟之,料无不黜之理。作词曰:"宝藏在山间,误认却在水边。山头盖起水晶殿,瑚长峰尖,珠结树颠。这一回崖中跌死撑船汉!告苍天:留点蒂儿⑬,好与朋友看。"先生阅文至此,和之曰:"宝藏将山夸,忽然见在水涯。樵夫漫说渔翁话。题目虽差,文字却佳,怎肯放在他人下!尝见

---

① 下情民艰:即民情民意,指老百姓的情绪和困难。
② 方寸:指心。修行者称人心为"灵台方寸之地"或"灵台方寸山"。
③ "彼哓哓者"二句:意思是说对那些据理力争的告状者,竟然以酷刑来恫吓他们,不让他们说话,怎么能怪覆盆之下多有沉冤呢! 覆盆,即倒扣的盆子,比喻不见天日,或沉冤莫白。沉冤,长期未得到改正的冤案。
④ "愚山"句:施闰章任山东学政时,作者正参加县学考试,故称"吾师"。据盛伟《蒲松龄年谱》载:"顺治十五年戊戌(1658),十九岁。是年,应童科之试,以县、府、道三第一,补博士弟子员,受知于山东学使施愚山,文名籍籍诸生间。"
⑤ 见知:被赏识。
⑥ 童子:即童生。明清时期,在入庠成为生员前,不论年龄大小,皆称童生。
⑦ 奖进:奖励、提拔。
⑧ 冤抑:冤屈、冤枉。
⑨ 委曲:纤细曲折,意即想尽各种办法。呵护:爱护,保护。
⑩ 宣圣之护法:孔子的护法使者。即保护儒教的人。宣圣,指孔子,唐代曾追谥孔子为文宣王。护法,佛家语,指保护佛法的人。
⑪ 宝藏兴:是考试的题目。《礼记·中庸》:"今夫山,一拳石之多,及其广大,草木生之,禽兽居之,宝藏兴焉。"
⑫ 误记水下:误记成是水下的宝藏。指与原文中所说的山间宝藏不合。
⑬ 留点蒂儿:瓜烂了,留点瓜蒂,留点念想、希望的意思。蒂,花果与枝茎相连的部分,俗称"果鼻"。这位"名士"担心被黜,所以祈求苍天给他留点希望,不要一棍子打死;先生和词"那曾见,会水淹杀"正对"留点蒂儿"而言。

他,登高怕险;那曾见,会水淹杀①?"此亦风雅之一斑、怜才之一事也。

---

① 那曾见,会水淹杀:字面意思是哪里见过会游泳的人被淹死?隐含意思是哪里见过会写文章的人反而被黜落除名呢?是说这位"名士"还有希望。

# 织　成

　　洞庭湖中,往往有水神借舟。遇有空船,缆忽自解,飘然游行。但闻空中音乐并作,舟人蹲伏一隅,瞑目听之,莫敢仰视,任所往。游毕,仍泊旧处。

　　有柳生,落第归,醉卧舟上。笙乐忽作。舟人摇生不得醒,急匿艎下①。俄有人捽生②。生醉甚,随手堕地,眠如故,即亦置之。少间,鼓吹鸣聒③。生微醒,闻兰麝充盈④,睨之,见满船皆佳丽。心知其异,目若瞑⑤。少间,传呼织成。即有侍儿来,立近颊际,翠袜紫舄,细瘦如指。心好之,隐以齿啮其袜。少间,女子移动,牵曳倾踣⑥。上问之,因白其故。在上者怒,命即行诛。遂有武士入,捉缚而起。见南面一人,冠类王者。因行且语曰:"闻洞庭君为柳氏⑦,臣亦柳

---

① 艎(huáng)下:即船下。这里指船舱。艎,渡船。荆楚(今湖南、湖北一带)人称渡津舫(即摆渡船)为"艎"。见《字汇》。
② 捽(zuó):揪、持头发;揪住。
③ 鼓吹鸣聒:吹打的响声聒耳。鸣,响声。聒,聒耳。
④ 兰麝:兰草和麝香,均为高贵的香料,古时用来薰香。这里是指女子身上散发出的香气。
⑤ 目若瞑:眼睛像是闭着。意思是假装睡着,以察动静。瞑,合目。
⑥ 牵曳倾踣:因牵拉而倒地。牵曳,牵拉。倾踣,向前仆倒。踣,仆倒。
⑦ 闻洞庭君为柳氏:听说洞庭湖的龙君是柳氏。柳氏,即柳毅。故事出自唐人李朝威的传奇小说《柳毅传》,大意是说:柳毅落第而归,遇洞庭龙女被泾河小龙休弃,在泾河岸边牧羊。柳毅感于义愤,为龙女送信至洞庭湖,洞庭湖龙君将龙女接回。后龙女假托卢氏女与柳毅成婚,不久二人居于南海成仙。十几年后,柳毅嗣为洞庭龙君。篇末所述,则为又一传说。

氏;昔洞庭落第,今臣亦落第;洞庭得遇龙女而仙,今臣醉戏一姬而死。何幸、不幸之悬殊也!"王者闻之,唤回,问:"汝秀才下第者乎?"生诺。便授笔札,令赋《风鬟雾鬓》①。生固襄阳名士②,而构思颇迟,捉笔良久。上诮让曰:"名士何得尔?"生释笔自白:"昔《三都赋》十稔而成③,以是知文贵工不贵速也。"王者笑听之。自辰至午,稿始脱。王者览之,大悦曰:"真名士也!"遂赐以酒。顷刻,异馔纷纶④。方问对间,一吏捧簿进白:"溺籍告成矣⑤。"问:"人数几何?"曰:"一百二十八人。"问:"签差何人矣⑥?"答云:"毛、南二尉。"生起拜辞,王者赠黄金十斤,又水晶界方一握⑦,曰:"湖中小有劫数,持此可免。"忽见羽葆人马⑧,纷立水面,王者下舟登舆,遂不复见,久之寂然。

舟人始自艎下出,荡舟北渡,风逆不得前。忽见水中有铁猫浮出,舟人骇曰:"毛将军出现矣⑨!"各舟商人俱伏。又无何,湖中一木直立,筑筑摇动⑩。益惧曰:"南将军又出矣⑪!"少时,波浪大

---

① 赋《风鬟雾鬓》:以《风鬟雾鬓》为题作赋。《柳毅传》中说:柳毅在洞庭龙宫见到龙君,在述说龙女遭遇时曾说:"见大王爱女牧羊于野,风鬟雨鬓,所不忍视。"
② 襄阳:地名,今湖北省襄樊市襄阳区。
③ 昔《三都赋》十稔(rěn)而成:过去左思写《三都赋》,花了十年的时间才写成。《晋书·左思传》说左思写这篇赋"构思十年"。稔,年。
④ 异馔纷纶:珍异的酒食应有尽有。纷纶,多而美盛。
⑤ 溺籍:被淹死者的名册。
⑥ 签差何人:用签牌派遣什么人。签,签牌,差人时作凭证。差,派。
⑦ 界方:用以压纸的条状文具,也叫界尺。一握:一具。
⑧ 羽葆:一种以鸟羽为饰的仪仗。泛指仪仗。
⑨ 毛将军:也写作"猫将军",古代神话传说人物,但所指不详。据书中所述,是指一位以铁猫为形象特征的神话人物。中国民间则称三国时期的张飞为"毛将军"。日本、越南又有"猫将军庙",里面塑有一位猫头人身的神像,相传是为了纪念中国魏晋时期的武将毛玠——即毛将军,后来讹传为"猫将军"。
⑩ 筑筑摇动:上下摇动。就像筑杵捣物的样子。筑,捣土用的杵。古代筑墙时,用夹板夹住泥土,用杵把土砸实。
⑪ 南将军:也写作"楠将军"。古代神话传说人物。据书中所述,是指一位以楠木为形象特征的神话人物。

作,上翳天日,四顾湖舟,一时尽覆。生举界方危坐舟中,万丈洪涛至舟顿灭,以是得全。

既归,每向人语其异,言:"舟中侍儿,虽未悉其容貌,而裙下双钩,亦人世所无。"后以故至武昌,有崔媪卖女,千金不售;蓄一水晶界方,言有能配此者,嫁之。生异之,怀界方而往。媪忻然承接,呼女出见,年十五六已来,媚曼风流①,更无伦比。略一展拜,反身入帏。生一见,魂魄动摇,曰:"小生亦蓄一物,不知与老姥家藏颇相称否?"因各出相较,长短不爽毫厘。媪喜,便问寓所,请生即归命舆,界方留作信。生不肯留,媪笑曰:"官人亦太小心!老身岂为一界方抽身窜去耶?"生不得已,留之。出则赁舆急返②,而媪室已空。大骇。遍问居人,迄无知者。日已向西,形神懊丧,邑邑而返。中途,值一舆过,忽搴帘曰:"柳郎何迟也?"视之,则崔媪,喜问:"何之?"媪笑曰:"必将疑老身拐骗者矣。别后,适有便舆,顷念官人亦侨寓,措办良艰③,故遂送女归舟耳。"生邀回车④,媪必不可。生仓皇不能确信,急奔入舟,女果及一婢在焉。见生入,含笑承迎。生见翠袜紫履,与舟中侍儿妆饰,更无少别。心异之,徘徊凝注。女笑曰:"眈眈注目,生平所未见耶?"生益俯窥之,则袜后齿痕宛然,惊曰:"卿织成耶?"女掩口微哂。生长揖曰⑤:"卿果神人,早请直言,以祛烦惑⑥。"女曰:"实告君:前舟中所遇,即洞庭君也。仰慕鸿才,便欲以妾相赠;因妾过为王妃所爱,故归谋之。妾之来从妃命也。"生喜,沐手焚香,望湖朝拜。乃归。

---

① 媚曼:秀美。
② 赁舆:租了一顶轿子。舆,车、轿;马拉为车,人抬为轿。这里指轿。
③ 措办良艰:筹办婚事实在困难。
④ 回车:回转其车,调转车头向回走。
⑤ 长揖:古代礼节,拱手高举,自上而下至极低。表示敬重。
⑥ 祛烦惑:去除烦闷和困惑。

## 繪成

下第歸來一舸行
醉中猶
記賦閒情水精界
足如符
節齧足真成嚙臂
盟

后诣武昌,女求同去,将便归宁①。既至洞庭,女拔钗掷水,忽见一小舟自湖中出,女跃登如飞鸟集②,转瞬已杳。生坐船头,于没处凝盼之③。遥遥一楼船至,既近窗开,忽如一彩禽翔过,则织成至矣。一人自窗中递掷金珠珍物甚多,皆妃赐也。自是,岁一两觐以为常。故生家富有珠宝,每出一物,世家所不识焉。

相传唐柳毅遇龙女,洞庭君以为婿。后逊位于毅。又以毅貌文④,不能摄服水怪,付以鬼面,昼戴夜除;久之渐习忘除,遂与面合而为一。毅览镜自惭。故行人泛湖,或以手指物,则疑为指己也;以手覆额,则疑其窥己也;风波辄起,舟多覆。故初登舟⑤,舟人必以此告戒之。不则设牲牢祭享⑥,乃得渡。许真君偶至湖⑦,浪阻不得行。真君怒,执毅付郡狱。狱吏检囚,恒多一人,莫测其故。一夕,毅示梦郡伯⑧,哀求拔救。伯以幽明异路,谢辞之。毅云:"真君于某日临境,但为求恳,必合有济⑨。"既而真君果至,因代求之,遂得释。嗣后湖禁稍平⑩。

---

① 归宁:古时称已嫁女子回娘家省亲为"归宁"。
② 如飞鸟集:就像飞鸟落在树上。形容织成跳到船上的动作非常迅疾。集,止,群鸟栖止于树上。
③ 没(mò)处:指织成消失之处。没,沉入水中。
④ 貌文:相貌文雅。
⑤ 初登舟:客人第一次在洞庭湖乘船。
⑥ 不:同"否"。牲牢:古代祭祀或宴享时所用的牲畜。或谓野生者叫"牲",圈养者叫"牢"。祭享:供奉祭品祭神。
⑦ 许真君:东晋道士许逊,字敬之,河南汝南人,后移居江西南昌。二十岁学道于吴猛,尽传其秘。相传东晋孝武帝宁康二年八月一日,全家四十二口拔宅飞升,鸡犬升天。宋代封为"神功妙济真君",世称许真君或许旌阳。
⑧ 郡伯:郡守。这里指岳州府知府。洞庭湖属岳州府,在宋代以前属巴陵郡。
⑨ 必合有济:一定会有所帮助。合,当;济,帮助,好处。
⑩ 湖禁:洞庭湖的禁忌。

# 香　玉

　　劳山下清宫①,耐冬高二丈②,大数十围③,牡丹高丈馀,花时璀璨似锦。

　　胶州黄生④,舍读其中。一日,自窗中见女郎,素衣掩映花间。心疑:"观中焉得此?"趋出,已遁去。自此屡见之。遂隐身丛树中,以伺其至。未几,女郎又偕一红裳者来,遥望之,艳丽双绝。行渐近,红裳者却退,曰:"此处有生人!"生暴起,二女惊奔,袖裙飘拂,香风洋溢。追过短墙,寂然已杳。爱慕弥切,因题句树下云:"无限相思苦,含情对短釭⑤。恐归沙吒利,何处觅无双⑥?"归斋

---

① 劳山:即崂山。在今山东省青岛市海滨。下清宫:崂山上的道观名。
② 耐冬:即山茶花,属山茶科常绿灌木或小乔木,花色大红,尤其是隆冬季节,白雪、绿树、红花相映,气傲霜雪,因而得名"耐冬"。今为山东省青岛市市花。
③ 围:计量圆周的约略单位,指两只胳膊合围起来的长度,也指两只手的拇指和食指合围的长度。这里指后者。
④ 胶州:州、县名。今属山东省青岛市。
⑤ 短釭:矮灯。釭,通"釭",灯。唐·白居易《不睡》:"炎短寒釭尽,声长晓漏迟。"
⑥ "恐归"二句:意思是说惟恐自己所爱的人被别人抢去,那样的话就无处寻觅了。沙吒利,唐代许尧佐传奇小说《柳氏传》中的人物,故事大意是说:韩翃与柳氏相爱,安史之乱爆发后,柳氏被番将沙吒利抢走,后经好友许俊相助,韩翃与柳氏重新团圆。无双,唐代薛调传奇小说《无双传》中的人物,故事大意是:刘无双与王仙客原有婚约,后因时局动荡,无双被征入宫廷,王仙客求助于侠客古押衙,设计从宫中救出了无双,二人终得团圆。

冥思。女郎忽入,惊喜承迎。女笑曰:"君汹汹似强寇,令人恐怖;不知君乃骚雅士,无妨相见。"生叩生平①,曰:"妾小字香玉,隶籍平康巷②。被道士闭置山中,实非所愿。"生问:"道士何名?当为卿一涤此垢③。"女曰:"不必,彼亦未敢相逼。借此与风流士长作幽会,亦佳。"问:"红衣者谁?"曰:"此名绛雪,乃妾义姊。"遂相狎。及醒,曙色已红。女急起,曰:"贪欢忘晓矣。"着衣易履,且曰:"妾酬君作④,勿笑——'良夜更易尽,朝暾已上窗⑤。愿如梁上燕,栖处自成双。'"生握腕曰:"卿秀外惠中⑥,令人爱而忘死。顾一日之去,如千里之别。卿乘间当来,勿待夜也。"女诺之。由此夙夜必偕。每使邀绛雪来,辄不至,生以为恨。女曰:"绛姐性殊落落⑦,不似妾情痴也。当从容劝驾,不必过急。"

一夕,女惨然入曰:"君陇不能守,尚望蜀耶⑧?今长别矣。"问:"何之?"以袖拭泪,曰:"此有定数,难为君言。昔日佳作⑨,今成谶语矣⑩。'佳人已属沙吒利,义士今无古押衙'⑪,可为妾咏。"

---

① 叩:询问。
② 隶籍平康巷:从事妓女行业的婉称。隶籍,户籍隶属于。平康巷,指妓院。唐代长安凤街有平康里,为妓女聚居之地,后世因以"平康"代指妓院。
③ 一涤此垢:洗刷这种耻辱。
④ 妾酬君作:我和了一首您写的诗。酬,即酬和诗词,依照别人诗词的题材、韵律作诗。
⑤ 朝暾(tūn):清晨初升的太阳。
⑥ 秀外惠中:外貌秀美,内心聪明。惠,通"慧"。
⑦ 性殊落落:性情特别孤傲。落落,落落寡合,跟别人合不来。
⑧ "君陇"二句:意思是说您连我都保不住了,还想得到绛雪吗?这里化用了"得陇望蜀"的典故。详前《胭脂》注。
⑨ 昔日佳作:指黄生写的"恐归沙吒利,何处觅无双"一诗。
⑩ 谶(chèn)语:将来能应验的预言、预兆。这里指应验了诗句"恐归沙吒利,何处觅无双"。
⑪ "佳人"二句:相传是宋代王诜(字晋卿)所写诗句。王诜获罪被谪,其所钟爱的歌姬啭春莺被当地富豪马氏所得。王诜回朝后,得知此事,便写下了这两句诗。见宋·许顗《彦周诗话》。在这里,这两句诗也正好是黄生所写"恐归沙吒利,何处觅无双"两句诗的应验。

诘之不言,但有呜咽。竟夜不眠,早旦而去。生怪之。

次日有即墨蓝氏,入宫游瞩,见白牡丹,悦之,掘移径去。生始悟香玉乃花妖也,怅惋不已。过数日,闻蓝氏移花至家,日就萎悴①。恨极,作《哭花》诗五十首,日日临穴涕洟②。

一日凭吊方返,遥见红衣人挥涕穴侧。从容近就,女亦不避。生因把袂,相向汍澜③。已而挽请入室,女亦从之。叹曰:"童稚姊妹,一朝断绝!闻君哀伤,弥增妾恸。泪堕九泉,或当感诚再作④。然死者神气已散,仓卒何能与吾两人共谈笑也?"生曰:"小生薄命,妨害情人,当亦无福可消双美。曩频烦香玉道达微忱,胡再不临?"女曰:"妾以年少书生,什九薄幸;不知君固至情人也。然妾与君交,以情不以淫。若昼夜狎昵,则妾所不能矣。"言已告别。生曰:"香玉长离,使人寝食俱废。赖卿少留,慰此怀思,何决绝如此!"女乃止,过宿而去。

数日不复至。冷雨幽窗,苦怀香玉,辗转床头,泪凝枕席。揽衣更起,挑灯复踵前韵曰⑤:"山院黄昏雨,垂帘坐小窗。相思人不见,中夜泪双双。"诗成自吟。忽窗外有人曰:"作者不可无和⑥。"听之,绛雪也。启户内之。女视诗,即续其后曰⑦:"连袂人何处⑧?孤灯照晚窗。空山人一个,对影自成双。"生读之泪下,因怨相见之疏。女曰:"妾不能如香玉之热,但可少慰君寂寞耳。"生欲与狎。曰:"相见之欢,何必在此。"于是至无聊时,女辄一至。至则

---

① 萎悴:枯萎凋落。悴,也是枯萎的意思。
② 穴:指白牡丹被移后所留下的土坑。涕洟(tì):流泪哭泣。涕,眼泪;洟,鼻涕。
③ 汍(wán)澜:大哭流泪。
④ "泪堕"二句:意思是说我们的眼泪流入地下,或许白牡丹被我们至诚的怀念所感动而复生。作,本义是人站起身来,引申为复活。
⑤ 踵前韵:依照前诗的韵脚再作一首。踵,追随、继续。
⑥ 和(hè):和诗。和,酬和。依原韵和他人的诗。
⑦ 续:接续。这里指依前韵接着作诗,与原诗意脉相连。
⑧ 连袂人:同伴。这里指绛雪的女伴香玉。

宴饮唱酬,有时不寝遂去,生亦听之。谓曰:"香玉吾爱妻,绛雪吾良友也。"每欲相问:"卿是院中第几株?乞早见示,仆将抱植家中,免似香玉被恶人夺去,贻恨百年。"女曰:"故土难移,告君亦无益也。妻尚不能终从,况友乎!"生不听,捉臂而出,每至牡丹下,辄问:"此是卿否?"女不言,掩口笑之。

旋生以腊归过岁。至二月间,忽梦绛雪至,愀然曰①:"妾有大难!君急往,尚得相见;迟无及矣。"醒而异之,急命仆马,星驰至山。则道士将建屋,有一耐冬,碍其营造,工师将纵斤矣②。生急止之。入夜,绛雪来谢。生笑曰:"向不实告,宜遭此厄!今已知卿,如卿不至,当以艾炷相炙③。"女曰:"妾固知君如此,曩故不敢相告也。"坐移时,生曰:"今对良友,益思艳妻。久不哭香玉,卿能从我哭乎?"二人乃往,临穴洒涕。更馀,绛雪收泪劝止。

又数夕,生方寂坐,绛雪笑入曰:"报君喜信:花神感君至情,俾香玉复降宫中④。"生问:"何时?"答曰:"不知,约不远耳。"天明下榻,生嘱曰:"仆为卿来。勿长使人孤寂。"女笑诺。两夜不至。生往抱树,摇动抚摩,频唤无声。乃返,对灯团艾⑤,将往灼树。女遽入,夺艾弃之,曰:"君恶作剧,使人创痏⑥。当与君绝矣!"生笑拥之。坐未定,香玉盈盈而入。生望见,泣下流离,急起把握。香玉以一手握绛雪,相对悲哽。及坐,生把之觉虚,如手自握,惊问

---

① 愀(qiǎo)然:忧戚的样子。
② 斤:一种砍木头用的斧子。与斧相似,但比斧小而刃横。
③ 艾炷:这里指点燃的艾绒。艾绒,中医里面是指一种用艾叶制成、供针灸用的细丝。炷,可燃的柱状物。
④ 俾(bǐ):使,把。
⑤ 团艾:将艾叶揉搓成细柱状。团,当动词用的时候,本义是把东西揉弄成圆球形。这里是揉搓的意思。
⑥ 创痏(wěi):遭创伤而留下疤痕。痏,针刺的痕迹,针孔。这里指用艾绒灸树留下的痕迹。

香玉

花因情死花當哭
哭花多情生花念
丁惜愛花人
去後招花風
兩便猖狂

之。香玉泫然曰①:"昔妾花之神,故凝;今妾花之鬼,故散也。今虽相聚,勿以为真,但作梦寐观可耳。"绛雪曰:"妹来大好!我被汝家男子纠缠死矣。"遂去。

香玉款笑如前;但偎傍之间,仿佛以身就影。生悒悒不乐。香玉亦俯仰自恨,乃曰:"君以白蔹屑②,少杂硫黄,日酹妾一杯水。明年此日报君恩。"别去。明日,往观故处,则牡丹萌生矣。生乃日加培植,又作雕栏以护之。香玉来,感激倍至。生谋移植其家,女不可,曰:"妾弱质,不堪复戕③。且物生各有定处,妾来原不拟生君家,违之反促年寿。但相怜爱,合好自有日耳。"生恨绛雪不至。香玉曰:"必欲强之使来,妾能致之。"乃与生挑灯至树下,取草一茎,布掌作度,以度树本④。自下而上,至四尺六寸,按其处,使生以两爪齐搔之⑤。俄见绛雪从背后出,笑骂曰:"婢子来,助桀为虐耶!"牵挽并入。香玉曰:"姊勿怪!暂烦陪侍郎君,一年后不相扰矣。"从此遂以为常。

生视花芽,日益肥茂,春尽,盈二尺许⑥。归后,以金遗道士,嘱令朝夕培养之。次年四月至宫,则花一朵含苞未放;方流连间,花摇摇欲拆⑦;少时已开,花大如盘,俨然有小美人坐蕊中,裁三四指许;转瞬飘然欲下,则香玉也。笑曰:"妾忍风雨以待君,君来何迟也!"遂入室。绛雪亦至,笑曰:"日日代人作妇,今幸退而为

---

① 泫然:伤心流泪的样子。
② 白蔹(liǎn)屑:白蔹的碎末。白蔹是一种葡萄科植物,俗称山地瓜,其块根可以入药,具有清热解毒、消痈散结的功效。据明·王象晋《群芳谱》介绍:种植牡丹时,以白蔹末拌种,可使苗旺。分枝栽培时,以少量白蔹末和硫磺涂抹劈破处,则容易生根。
③ 复戕(qiāng):再次遭到伤害。戕,残杀、伤害的意思,这里指移植。
④ "布掌"二句:意思是说以手掌比量着作为尺度,来度量耐冬树的树身。
⑤ 两爪:两手的指甲。爪,人的指甲或趾甲。
⑥ 盈:长,增长。
⑦ 拆:绽开,花蕾绽放。

友。"遂相谈宴。至中夜,绛雪乃去。二人同寝,款洽一如从前。

后生妻卒,生遂入山不归。是时,牡丹已大如臂。生每指之曰:"我他日寄魂于此,当生卿之左。"二女笑曰:"君勿忘之。"后十馀年,忽病。其子至,对之而哀。生笑曰:"此我生期,非死期也。何哀为!"谓道士曰:"他日牡丹下有赤芽怒生,一放五叶者①,即我也。"遂不复言。子舆之归家。即卒。次年,果有肥芽突出,叶如其数。道士以为异,益灌溉之。三年,高数尺,大拱把②,但不花。老道士死,其弟子不知爱惜,斫去之③。白牡丹亦憔悴死;无何,耐冬亦死。

异史氏曰:"情之至者,鬼神可通。花以鬼从④,而人以魂寄⑤,非其结于情者深耶?一去而两殉之⑥,即非坚贞,亦为情死矣。人不能贞,亦其情之不笃耳。仲尼读《唐棣》而曰'未思',信矣哉⑦!"

---

① 赤芽怒生,一放五叶:当指五爪枫,枫树的一种。枫树,也称"枫香树",落叶乔木,春季开花,叶互生,通常裂为三四角或五六角,称"鸡爪枫"或"鸡爪槭",边缘有锯齿,秋季变成红色,俗称"红叶"。一放五叶,即一片叶子裂为五角。
② 拱把:满把,满握。拱,围绕、环绕。把,做量词用时,指一只手抓起的数量,也指一只手从拇指到中指的距离。这里指后者。
③ 斫:斧刃,引申为用刀、斧等砍、劈。
④ 花以鬼从:指香玉死后变为"花之鬼",仍然相从黄生。
⑤ 人以魂寄:指黄生死后寄魂于红叶,依附于香玉之侧。
⑥ 一去而两殉之:指黄生一人死后,香玉和绛雪二人相继去世,好像是殉情而死。
⑦ "仲尼"二句:意思是说孔子读了《唐棣》一诗后说:"实际上并没有想念对方。"我现在相信了。《论语·子罕》:"'唐棣之华,偏其反而!岂不尔思?室是远而。'子曰:'未之思也,夫何远之有?'"诗歌的意思是说:唐棣树的花,在翻翻地摇摆。难道我不想你吗?只是因为家住得太远了。而孔子看了这首诗后说:"还是没有想念。要是真的想念,还会有什么远近之分?"这里是借孔子的话,来进一步说明:如有至情,自然能够坚贞相爱。唐棣(dì),也称"栘(yí)"或栘栘(yíyī),一种常绿乔木,叶子椭圆形或卵状披针形,花白色,果实卵形。树皮和果实均可入药。

# 石 清 虚

邢云飞,顺天人①。好石,见佳石不惜重直。偶渔于河,有物挂网,沉而取之,则石径尺,四面玲珑,峰峦叠秀。喜极,如获异珍。既归,雕紫檀为座,供诸案头。每值天欲雨,则孔孔生云,遥望如塞新絮②。

有势豪某,踵门求观③。既见,举付健仆,策马径去。邢无奈,顿足悲愤而已。仆负石至河滨,息肩桥上,忽失手堕诸河。豪怒,鞭仆。即出金雇善泅者,百计冥搜④,竟不可见。乃悬金署约而去⑤。由是寻石者日盈于河,迄无获者。后邢至落石处,临流於邑⑥,但见河水清澈,则石固在水中。邢大喜,解衣入水,抱之而出。携归,不敢设诸厅所,洁治内室供之。

---

① 顺天:即顺天府。明洪武元年(1368),元大都改称为北平府,后又改为顺天府。即今北京市。
② "遥望"句:意思是说远远望去,石孔里的云气,就像塞着新棉絮一样。
③ 踵门:亲自登门。
④ 冥搜:潜心搜索。
⑤ 悬金署约:悬赏立约,意思是招告人们,将以重金酬报寻得异石的人。署约,签署契约。
⑥ 临流於(wū)邑(yì):面对河水悲泣。於邑,同"呜唈",呜咽悲泣。於,"呜"的本字。邑,古同"唈""悒",愁闷不安。

一日,有老叟款门而请①。邢托言石失已久。叟笑曰:"客舍非耶?"邢便请入舍,以实其无②。及入,则石果陈几上。愕不能言。叟抚石曰:"此吾家故物,失去已久,今固在此耶!既见之,请即赐还。"邢窘甚,遂与争作石主。叟笑曰:"既汝家物,有何验证?"邢不能答。叟曰:"仆则故识之。前后九十二窍,孔中五字云:'清虚天石供'③。"邢审视,孔中果有小字,细如粟米,竭目力才可辨认;又数其窍,果如所言。邢无以对,但执不与④。叟笑曰:"谁家物,而凭君作主耶!"拱手而出。邢送至门外。既还,已失石所在。邢急追叟,则叟缓步未远。奔牵其袂而哀之⑤。叟曰:"奇哉!经尺之石⑥,岂可以手握袂藏者耶?"邢知其神,强曳之归,长跽请之⑦。叟乃曰:"石果君家者耶、仆家者耶?"答曰:"诚属君家,但求割爱耳。"叟曰:"既然,石固在是。"入室,则石已在故处。叟曰:"天下之宝,当与爱惜之人。此石能自择主,仆亦喜之。然彼急于自见⑧,其出也早,则魔劫未除⑨。实将携去,待三年后,始以奉赠。既欲留之,当减三年寿数,乃可与君相终始。君愿之乎?"曰:"愿。"叟乃以两指捏一窍,窍软如泥,随手而闭。闭三窍,已,曰:"石上窍数,即君寿也。"作别欲去。邢苦留之,辞甚坚;问其姓字亦不言,遂去。

---

① 款门:敲门。请:请求观赏异石。
② 实,证实。
③ 清虚天石供:月宫里摆设的奇石。清虚天,指月宫。供,设。
④ 执不与:坚决不给他。执,坚决,坚持。
⑤ 袂(mèi):衣袖。
⑥ 经尺:即径尺。经,通"径"。
⑦ 长跽:长跪。跽,长时间双膝着地,上身挺直。
⑧ 自见(xiàn):在人前自我炫示。见,"现"的古字。
⑨ 魔劫:命中注定的灾难。魔,梵语"魔罗"的略称。佛教把一切扰乱身心、破坏行善、妨碍修行的心理活动均称为"魔"。劫,梵语"劫波"的略称,本义是极其久远的时节。佛教认为:世界经历若干万年之后,必将毁灭一次,然后再重新开始。这样一个周期叫作一"劫"。后人借指天灾人祸。

积年馀,邢以故他出,夜有贼入室,诸无所失,惟窃石而去。邢归,悼丧欲死①。访察购求,全无踪迹。积有数年,偶入报国寺,见卖石者,则故物也。将便认取②,卖者不服,因负石至官。官问:"何所质验③?"卖石者能言窍数。邢问其他,则茫然矣。邢乃言窍中五字及三指痕,理遂得伸。官欲杖责卖石者,卖石者自言以二十金买诸市,遂释之。邢得石归,裹以锦,藏椟中,时出一赏,先焚异香而后出之。

有尚书某,购以百金。邢曰:"虽万金不易也。"尚书怒,阴以他事中伤之。邢被收,典质田产。尚书托他人风示其子。子告邢,邢愿以死殉石。妻窃与子谋,献石尚书家。邢出狱始知,骂妻殴子,屡欲自经,皆以家人觉救得不死。夜梦一丈夫来,自言"石清虚",戒邢勿戚④:"特与君年馀别耳。明年八月二十日昧爽时⑤,可诣海岱门⑥,以两贯相赎⑦。"邢得梦,喜,谨志其日。其石在尚书家,更无出云之异,久亦不甚贵重之。明年,尚书以罪削职,寻死。邢如期至海岱门,则其家人窃石出售,因以两贯市归。

后邢至八十九岁,自治葬具;又嘱子,必以石殉⑧。及卒,子遵遗教,瘗石墓中⑨。半年许,贼发墓劫石去。子知之,莫可追诘。越二三日,同仆在道,忽见两人奔踬汗流⑩,望空投拜,曰:"邢先

---

① 悼丧欲死:(因奇石丢失)悲痛得要死。悼,悲痛,哀伤。丧,灰心丧气。
② 将便:要就便、顺便。
③ 质验:凭证。
④ 戚:忧愁,悲伤。
⑤ 昧爽:拂晓,天未全亮的时候。昧,昏暗不明;爽,明亮。
⑥ 海岱门:北京崇文门的俗称,又称哈德门,是北京正南门之一。
⑦ 两贯:两千文铜钱。贯,本义是穿钱的绳子,后用作量词。古代每条绳子上穿一千文铜钱,因称一千文铜钱为一贯。
⑧ 殉:陪葬。
⑨ 瘗(yì):埋葬。
⑩ 奔踬(zhì):跌跌撞撞地奔跑。踬,跌倒。

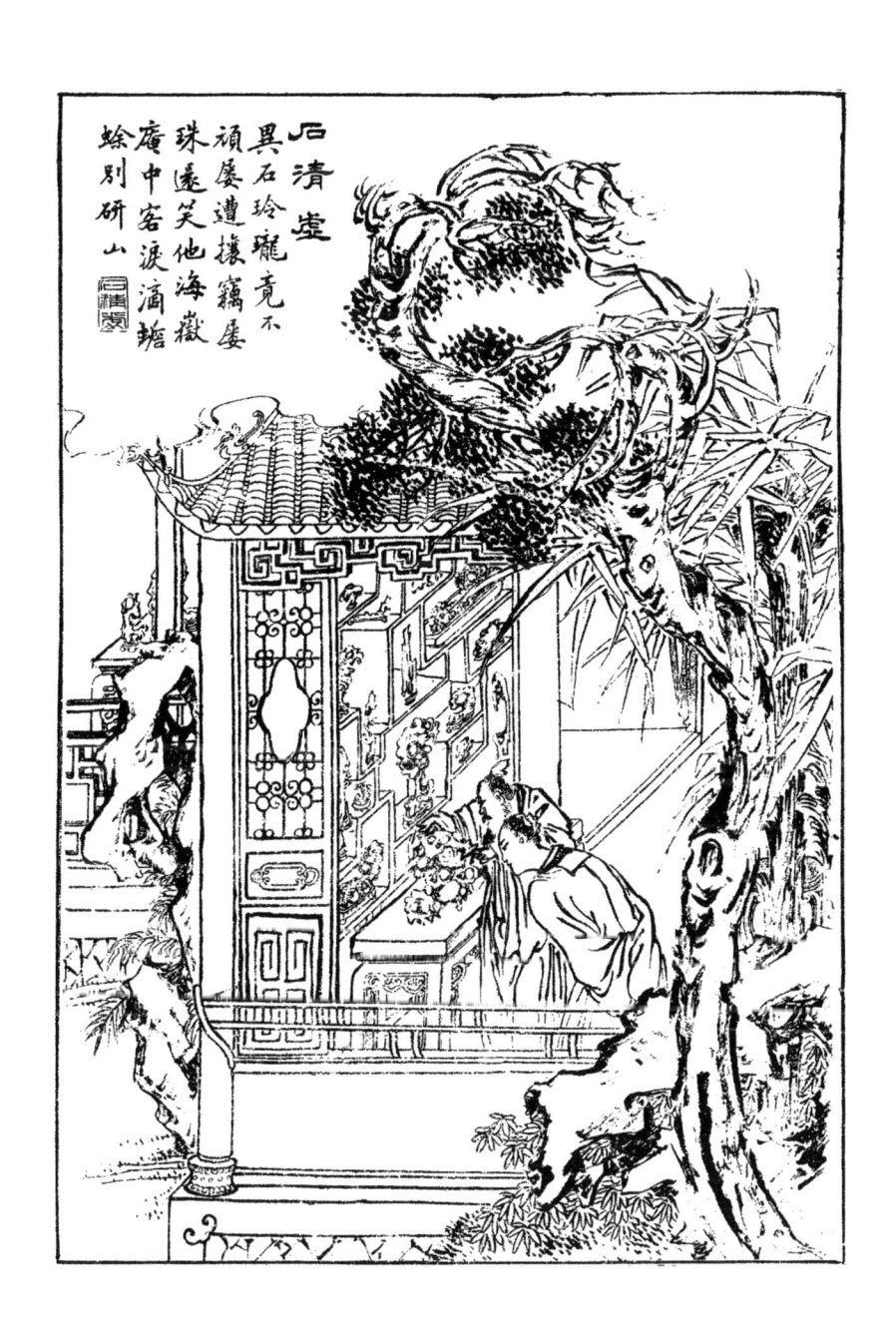

石清虚

異石玲瓏竟不
頑屢遭攘竊屢
珠還笑他海嶽
庵中客淚滴蟾
蜍別研山

生,勿相逼! 我二人将石去,不过卖四两银耳。"遂絷送到官①,一讯即伏。问石,则鬻宫氏。取石至,官爱玩,欲得之,命寄诸库。吏举石,石忽堕地,碎为数十馀片。皆失色。官乃重械两盗,论死。邢子拾碎石出,仍瘗墓中。

异史氏曰:"物之尤者祸之府②。至欲以身殉石,亦痴甚矣!而卒之石与人相终始,谁谓石无情哉? 古语云:'士为知己者死。'非过也! 石犹如此,何况于人!"

---

① 絷(zhí):拘执。
② 物之尤者祸之府:意思是说奇异的事物往往是招致各种灾祸的渊薮。尤,奇异。府,丛聚,事物汇集之处。